EXCALIBUR

Herausgegeben von
Melissa Andersson
und
Gerd Rottenecker

Die letzte Rune bei Excalibur:

1. Das Ruinentor (70143)
2. Der Fahle König (70144)
3. Der Runensteinturm (70141)
4. Die Flammenfestung (70142)

Weitere Bände in Vorbereitung.

Mark Anthony

DIE LETZTE RUNE 4

Die Flammenfestung

Ins Deutsche übertragen von
Andreas Decker

Knaur

Die amerikanische Originalausgabe erschien 1999
unter dem Titel »The Last Rune: Into the Fire, Part 2«
bei Bantam Books, New York.

Deutsche Erstveröffentlichung 4/2000

Umschlagkonzept: Melissa Andersson
Umschlaggestaltung: Agentur Zero, München
Umschlagillustration: Geoff Taylor/Dieter Jüdt, Trier
Karte: Detlev Henke, Bielefeld
Lektorat: Ralf Reiter
Satz: Ventura Publisher im Verlag
Druck und Bindung: Clausen & Bosse, Leck
Printed in Germany
ISBN 3-426-70142-1

2 4 5 3 1

KARTE

DAS WINTERMEER
Ur-Torin
DIE FROSTEBENE
TORINGARTH
Fal Imbri
IMBRIFALE
Das Runentor
Fal Threndur
(Eisenzahnberge)
DIE SCHATTENKLUFT
Burg Todesfaust
Der Fluß Fellgrim
(MALACHOR)
EMBARR
DIE ÖDNIS
Kelcior
Barrsunder
Der Winterwald
Der Schlangenschwanzfluß
Der Fluß Farwander
KÜSTE
Der Weiße Turm
EREDANE
Spardis
Fal Erenn
(Morgenrotberge)
Galt
PERRIDON
Westwald
Erendel
GALT
Dämmerwald
Der Graue Turm
Fal Sinfath
(Zwielichtberge)
Calavère
Ar-Tolor
DIE STURM-
DAS MEER DER
MORGENRÖTE
Der Königinnenpfad
CALAVAN
Der Fluß Dimduorn
TOLORIA
Der Schwarze Turm
Borelga
Der Große
Der Fluß Kelduorn
Gendarra
DIE FREIEN STÄDTE
Weißsteingipfel
BRELEGOND
Die Schleierberge
Nach Tarras
DAS SOMMERMEER
DIE DOMÄNEN
und Umland
Meilen
0 25 50

EINLEITUNG

In einer Herbstnacht verändert sich das Leben von Travis Wilder, einem Saloonbesitzer in der kleinen Stadt Castle City, für alle Zeiten. Sein Freund Jack Graystone bittet ihn, einen unscheinbaren Stein zu hüten, und stirbt Augenblicke später beim Angriff unheimlicher Wesen. Nur die Hilfe des mysteriösen Wanderpredigers Bruder Cy rettet Travis das Leben. Der Prediger befördert ihn nach Eldh, eine Welt voller Magie, deren Entwicklung dem irdischen Mittelalter entspricht – und von der Jacks Mörder kommen.

Zur gleichen Zeit stößt in Denver die Ärztin Grace Beckett auf die Männer mit den Eisenherzen. Grace, die in einem Waisenhaus in Castle City eine traumatische Kindheit verlebte, tötet in Notwehr einen von ihnen. Das Eingreifen des geheimnisvollen Hadrian Farr ermöglicht Grace die Flucht. Die endet jäh in Castle City, wo sie bereits von Bruder Cy erwartet wird.

Travis lernt auf Eldh den Barden Falken Schwarzhand kennen, der zusammen mit dem Ritter Beltan und der Zauberin Melia auf dem Weg zum Rat der Könige auf Schloß Calavere ist. Von ihm erfährt er eine erstaunliche Geschichte.

Vor tausend Jahren schlugen die vereinten Domänen Eldhs mit Hilfe der mächtigen Runenmeister den Angriff des Fahlen Königs zurück und sperrten ihn in seinem Reich Imbrifale ein. Doch die Runenmeister gibt es nicht mehr. Der Fahle König greift erneut nach den Domänen. Zu seinem Entsetzen muß Travis entdecken, daß Jack ein mächtiger Magier war, der ihm seine Macht übertragen hat.

Auch Grace kommt nach Schloß Calavere, wo sie jeder für eine Adlige hält. Die junge Frau schließt hier überraschende Freundschaften, wie mit der jungen Baronesse Aryn, deren rechter Arm von Geburt an verkrüppelt ist, und dem Ritter Durge von Embarr. König Boreas, der Herrscher der Domäne Calavan, setzt Grace beim Rat der Könige als Spionin ein. Zu ihrer Überraschung entdeckt sie durch den Kontakt mit den Hexen Eldhs, daß auch sie und Aryn über die *Gabe* verfügen und sich die *Weltenkraft* zunutze machen können, das magische Netz, das alle lebenden Dinge miteinander verbindet.

Die beiden und ihre neuen Freunde können den Fahlen König besiegen. Doch damit sind ihre Abenteuer noch lange nicht vorbei. Denn kurze Zeit später tauchen die *Krondrim* auf, die Verbrannten, deren Berührung Krankheit und einen grausamen Tod bringt – und zwar auf beiden Welten.

Grace erlebt eine Vision, die Travis in Todesgefahr zeigt. Sie bricht auf, um ihn zu retten. Neben ihren Freunden schließt sich auch die Hexe Lirith der kleinen Gruppe an. Die Reise wird zu einem Wettlauf mit dem Tod, als sie auf die *Krondrim* stoßen. Sie retten zwei Kinder, den blinden Daynen und die kleine Tira, deren eine Gesichtshälfte verbrannt ist und die seitdem kein Wort mehr spricht.

Als Grace bereits die Hoffnung aufgeben will, trifft sie auf den Ritter Beltan, nun ein Mitglied des Ordens von Malachor. Neue Zuversicht erfüllt sie, doch sie weiß nicht, daß Travis längst im Grauen Turm der Runensprecher weilt, wo sich sein Schicksal zu erfüllen droht ...

ERSTER TEIL

Der Zerbrochene Mann

1

Die Tür schloß sich, und Travis blieb allein in der kleinen Wohnzelle zurück.

Am ganzen Leib zitternd und schweißgebadet, ließ er sich auf die harte Bettstatt zurücksinken. Das Fieber war gebrochen, und er hatte die Krankheit – was auch immer es gewesen war – überstanden. Aber er fühlte sich ausgetrocknet und leer: Er kam sich wie ein Insekt vor, dessen Körper vom Feuer vernichtet worden war und von dem nur noch der leere Panzer übrig war. Er hatte sich mit Großmeister Oragien und dem anderen Runensprecher, dem scharfzüngigen Larad, nur wenige Minuten unterhalten, aber diese Anstrengung hatte ihm so viel abverlangt, als hätte er nach einer Woche ohne Schlaf einen Marathonlauf absolviert.

»Es wird einige Zeit dauern, bevor Ihr Euch richtig erholt habt«, hatte Oragien gesagt. »Ich weiß nicht, woher das Fieber kam. Zuerst hielt ich es für einen Schüttelfrost, der von dem Regen verursacht wurde, dem Ihr ausgesetzt wart, aber es schien mehr als das gewesen zu sein. Die Krankheit hat Euch drei Tage lang in ihrem Griff gehabt. Ihr solltet nicht versuchen aufzustehen, bevor Ihr dazu stark genug seid.«

Der Regen. Er hatte sich wieder erinnert. Er war mitten im Sturm aufgewacht, in einem offenen Grab. Auf der Erde hatte Bruder Cy ihn begraben; auf Eldh war er wieder zu sich gekommen – auf einem Friedhof. Und jetzt lag er hier.

Larad wandte sich dem alten Runensprecher zu. »Und was ist mit dem Abendchor? Die anderen sind des Wartens müde, Großmeister. Sie wollen diesen Helden sehen, den Ihr für sie gerufen habt.«

Sie rufen dich bereits. Kannst du sie nicht hören?

Die Worte des geheimnisvollen Predigers ergaben nun einen gewissen Sinn. Die Runensprecher hatten ihn nach Eldh geholt.

Aber warum nur?

Oragien runzelte die Stirn. »Immer mit der Ruhe, Bruder Larad. Der Mann war krank, und ...«

»Nein, schon gut. Ich komme zu Eurem ... Chor.«

Travis vermutete, daß er genauso verblüfft aussah wie die beiden Runensprecher. Aber es war offensichtlich, daß sie unterschiedlicher Meinung waren, was seine Person betraf. Das ließ die Frage nach dem Grund, warum sie ihn von der Erde geholt hatten, noch wichtiger erscheinen.

Und vor allem, wie *sie es gemacht haben, Travis. Die Runensprecher dürften nicht über eine solche Macht verfügen. Zumindest nicht mehr.*

Die Teilnahme an ihrem Chor schien die beste Möglichkeit darzustellen, um zu begreifen, was hier eigentlich vor sich ging. Und obwohl sich Travis noch immer schwach fühlte, ging er davon aus, daß seine Kraft ausreichte, um ein paar Männern in grauen Kutten beim Singen einiger Lieder zuzuhören.

Zumindest war er dieser Meinung gewesen, als er Oragien und Larad seine Teilnahme verkündet hatte. Als er jetzt auf dem Bett lag, war er sich nicht mehr so sicher. Schweiß strömte ihm in dicken Rinnsalen die Stirn hinunter, die Decke war feucht. Vielleicht würde er ihnen sagen müssen, daß er doch nicht kommen konnte.

Als sich die Tür quietschend öffnete, wurde ihm bewußt, daß er gedöst hatte. Eine kleine, mit einer braunen Kutte bekleidete Gestalt trat ein.

»Hallo«, sagte er.

Der junge Mann zuckte zusammen, dann kam Bewegung in seine massigen Züge; die wulstigen Lippen verzogen sich zu einem fröhlichen Grinsen. Trotz seiner Schwäche ließ sich Travis davon anstecken und grinste zurück. Der Mann stellte ein Tablett auf dem kleinen Tisch neben dem Bett ab. Darauf stand ein Tonkrug, dem ein angenehmer Geruch entstieg.

»Was ist das?« fragte Travis und richtete sich ein Stück auf. Sein Magen knurrte. Das war zumindest ein gutes Zeichen.

Der Mann formte die Hand zu einem Löffel und führte ihn zum Mund. Die Botschaft war klar: *Suppe – Essen.* Er ging wieder zur Tür.

»Wartet«, sagte Travis, obwohl er nicht genau wußte, warum er das tat. Vielleicht lag es nur daran, daß er sich in seinem Fieberdelirium so einsam gefühlt hatte. Er suchte nach Worten. »Hättet Ihr Lust, einen Augenblick zu bleiben und Euch mit mir zu unterhalten?«

Der Mann schüttelte den Kopf. Travis runzelte die Stirn. Warum sagte der Mann kein Wort?

Ihm kam ein Gedanke. Vielleicht konnte der andere ihn nicht verstehen. Er tastete unter der Decke herum, und seine Hand schloß sich um den kleinen Beutel, in dem sich die halbe Silbermünze befand; sie hatten ihn an seinem Hals hängen lassen. Natürlich – er hatte ja mit Oragien und Larad sprechen können. Warum aber dann nicht mit diesem Mann?

Der andere zeigte auf seinen Mund und schüttelte wieder den Kopf, und Travis verstand.

Das macht Sinn, Travis. Wer könnte den Runensprechern ein besserer Diener sein als ein Stummer? Es bestünde nicht die geringste Gefahr, daß er Runen ausspricht, die er aufgeschnappt hat.

»Es tut mir leid«, sagte er.

Der Mann zuckte mit den Schultern, dann lächelte er. Offenbar störte es ihn nicht besonders.

»Ich bin Travis Wilder. Wie heißt Ihr?«

Travis hatte die Frage noch nicht zu Ende gestellt, als er sie auch schon bedauerte. Wie sollte der Diener ihm antworten? Aber der Mann deutete auf sich und dann auf die schmale Öffnung hoch oben an der Wand.

Travis runzelte die Stirn. »Fenster? Luft?« Er schnippte mit den Fingern. »Himmel.«

Der Mann strahlte, zeigte auf sich und nickte. Travis grinste und wollte etwas sagen. Aber statt Worten kam nur ein großes Gähnen heraus. Der junge Mann – Himmel – faltete die Hände zusammen und drückte sie sich an die Wange. Travis brauchte weder Worte noch die Münze, um die Botschaft zu verstehen.

»Ja, schlafen hört sich gut an. Nach der Suppe.«

Himmel nickte, humpelte durch die Tür und zog sie hinter sich ins Schloß.

Die Beschwerden, die Travis' Magen äußerte, wurden lauter, und er beugte sich über den Tisch. Die Suppe war dünn, aber salzig und köstlich. Zuerst versuchte er, den Holzlöffel zu benutzen, den Himmel zurückgelassen hatte, aber seine Hand zitterte, und die Decke bekam mehr Suppe ab als er. Es war einfacher, den Krug zu nehmen und zu trinken.

Selbst die einfache Handlung des Essens war ermüdend. Travis stellte den Krug mit zitternden Armen ab und legte sich wieder hin. Er wollte über alles nachdenken, was ihm passiert war, aber bevor er dazu kam, übermannte ihn der kühle Schlaf.

Als er erwachte, war das durch das Fenster einströmende Licht verblaßt. Das leise Gurren von Tauben war zu hören. Abend.

Er blinzelte, erkannte, daß er sich nach der Ruhe und der Suppe erstaunlich besser fühlte, und setzte sich auf.

»Soso, endlich wacht unser Runenmeister auf.«

Es dauerte einen Augenblick lang, bis Travis seine Stimme

wiederfand. »Bruder Larad. Ich ... ich wußte nicht, daß Ihr hier seid.«

»Wie solltet Ihr auch?« fragte der schwarzhaarige Runensprecher. »Ihr habt geschlafen, als ich kam.«

Der harte Beiklang in Larads Worten ließ Travis zusammenzucken; er fragte sich, wie lange Larad dort gestanden und ihn beobachtet hatte.

Der Runensprecher deutete auf das Fenster. »Die Sonne hat den Horizont passiert. Der Chor tritt jetzt zusammen.«

»Wo ist Oragien?«

»Reicht ein einfacher Bruder nicht, um Euch zu begleiten?«

Travis biß die Zähne zusammen. *Das habe ich damit nicht sagen wollen,* dachte er. Aber er sprach es nicht laut aus, weil er wußte, daß es sinnlos war. Larads schwarze Augen blickten so hart wie Stein, und die Narben in seinem Gesicht schimmerten in dem schwachen Licht und verwandelten es in ein zerschmettertes Mosaik.

»Eure Kleider sind dort.« Larad wies mit einem Nicken auf einen Stapel zusammengefalteter Kleidung, der auf dem Stuhl lag.

Travis schlüpfte unter der Decke hervor, dann wurde er sich seiner Nacktheit bewußt. Aber Larad machte keinerlei Anstalten, zu gehen oder sich wenigstens abzuwenden. In Anwesenheit von Unbekleideten angezogen zu sein verlieh einem Macht – eine Tatsache, der sich Larad wohl bewußt zu sein schien. Travis biß die Zähne zusammen, schwang die Beine über die Bettkante und stellte die nackten Füße auf den kalten Steinboden.

Als ihm sofort schwindelig wurde, wurde das Verlangen nach Sittsamkeit schlagartig von dem Bedürfnis ersetzt, bei Bewußtsein zu bleiben. Aber die Benommenheit verging, und mit Hilfe des Tisches – aber keiner von Bruder Larad – konnte Travis stehen. Allerdings nur gebeugt. Genau so mußte es sich anfühlen, wenn man alt war – die gleiche kraftlose Gebrechlichkeit.

Travis bewegte sich weiter zum Stuhl. Dort lagen seine sämtlichen Besitztümer ordentlich zusammengelegt. Er nahm die graue Kutte und zog sie sich mit steifen, unbeholfenen Bewegungen über den Kopf. Sie war sauber und roch frisch, sämtliche Spuren von Erde und Blut waren verschwunden. Das gleiche galt für seine Wildlederstiefel. Er zog sie an, aber diese einfachen Handlungen hatten ihn so erschöpft, daß er das Stilett in den Nebelmantel eingehüllt liegen ließ. Verspätet fragte er sich, was aus seiner Brille geworden war, dann mußte er grinsen, als ihm klar wurde, daß sie auf seiner Nase saß. Zweifellos hatten die Runensprecher nicht gewußt, was sie damit anfangen sollten – das wußten auf dieser Welt nur wenige – und sie deshalb an Ort und Stelle gelassen.

»Die Dunkelheit bricht herein, Bruder Wilder«, sagte Larad. »Der Chor wartet.«

Offensichtlich nahmen die Runensprecher ihren Gesang sehr ernst. Travis nickte, atmete tief durch und bewegte sich auf die Tür zu. Larad griff nach der Klinke, um sie zu öffnen.

»Es freut Euch nicht, daß ich hier bin, oder, Larad?« sagte Travis zu dem Runensprecher.

Larad erstarrte, dann hob er eine Braue; eine dünne Narbe, die sie in der Mitte teilte, ließ sie wie einen Blitz aussehen. »Großmeister Oragien glaubt, Ihr habt die Macht, den Runensprechern in ihrer Zeit der Not zu helfen.«

Travis bemühte sich, über die Absurdität dieser Idee nicht zu lachen. Er konnte kaum aufrecht gehen. »Aber Ihr seid da anderer Meinung.«

Larad zuckte mit den Schultern, sein Blick war so undurchdringlich wie geschwärztes Glas. »Es ist nicht wichtig, was ich denke.«

Aber das sollte es sein, faßte Travis die unausgesprochene

Schlußfolgerung in Worte. Seine Nackenhärchen richteten sich auf. Jeder Instinkt sagte ihm, daß dieser Mann intelligent war. Und gefährlich.

Travis befeuchtete sich die Lippen. »Das hier … ist nicht meine Welt, Larad.«

Der Runensprecher musterte ihn und nickte dann. »Wir kennen alle Tatsachen, die Euch betreffen, Bruder Wilder.«

»Dann sagt mir – wie wurde ich hergerufen? Nach Eldh?«

Larad rümpfte die Nase, was die weiße Narbe noch tiefer in das Fleisch hineindrückte. »Oragien hat sich in dieser Angelegenheit Hilfe geholt.«

»Von wo?«

Zum ersten Mal vermittelten Larads eckige Züge einen deutlich lesbaren Ausdruck: Wut. »Von einer Quelle, von der ich nichts halte. Und wäre er nicht der Großmeister, würde es so mancher wagen, von Häresie zu sprechen.«

So wie Ihr jetzt gerade, wollte Travis sagen. Aber Larads Antlitz war wieder unbewegt, eine alabasterne Totenmaske in einer uralten Gruft, zerschmettert und reglos. Er öffnete die Tür des kleinen Raums.

»Kommt, Bruder Wilder, es ist Zeit zu gehen.«

2

Der Graue Turm der Runensprecher war sieben Jahrhunderte alt – das wußte Travis aus den Geschichten, die Falken Schwarzhand ihm erzählt hatte. Wenn er die Augen schloß, konnte er noch immer den Barden hören, wie er ihm die drei Türme beschrieb, die nach dem Fall Malachors errichtet wurden: Bastionen des Lehrens, gegründet, um das Wissen der Runenmeister zu bewahren.

Aber als er Bruder Larad folgte, war ihm auch ohne Falkens Geschichten klar, daß dieser Turm uralt war. Die Steine selbst bekräftigten eine archaische und fremde Gesinnung. Überall gab es dreieckige Durchgänge, in sich verdrehte Säulen und beunruhigende runde Formen, geschaffen von einer verlorengegangenen Handwerkskunst, um Augen zu erfreuen, die seit langem zu Staub zerfallen waren. Der graue Stein war völlig glatt; es gab weder Säume noch Übergänge oder gar Spalten. Nichts von dem, was Travis auf Eldh gesehen hatte – und ganz gewiß nicht die primitiven Festungen und Schlösser –, hatte auch nur im mindesten Ähnlichkeit mit diesem Ort.

Aber das stimmte so nicht, oder? Sicher, er war eine Ruine gewesen, als Travis ihn betreten hatte, aber der Weiße Turm der Runenbinder hatte in seinem Inneren die gleichen polierten Wände und die gleichen seltsamen Linien und Winkel aufgewiesen. Nur die Farbe der Wände war anders gewesen – Knochen statt Nebel. Doch der Weiße Turm war vor Jahrhunderten gefallen, die Torheit seiner Erbauer hatte sein Fundament vergiftet, und der Schwarze Turm war ebenfalls gefallen. Dieser Turm war der letzte der drei.

Trotz Travis' gerade überstandener Krankheit legte Bruder

Larad ein schnelles Tempo vor. Travis folgte ihm eine breite Treppe hinunter, die kreisförmig das Herz des Turms durchmaß. Auf der Innenseite gab es kein Geländer; der Rand grenzte an einen offenen, dreieinhalb Meter durchmessenden Schacht. Als Travis aufschaute, sah er dreißig Meter über sich ein Kuppeldach, durch dessen Schlitze jetzt Dämmerlicht hineinströmte und den grauen Wänden einen violetten Schimmer verlieh.

Alle paar Schritte passierten die beiden Männer eine hölzerne Tür, die in die Wand eingelassen war. Travis vermutete, daß jede von ihnen in eine kleine, trapezförmige Zelle führte, wie jene, in der er aufgewacht war, und die alle wie vertikal zueinander versetzte Dreieckstücke eines grauen Käserades um die Treppe arrangiert waren.

Travis trat auf den Saum seiner grauen Kutte und stolperte sofort auf den Treppenrand zu. Eine kräftige Hand schloß sich um seinen Arm und riß ihn zurück.

»Ich würde nicht empfehlen, dort herunterzufallen, Runenmeister. Es sei denn, Ihr kennt die Rune des Fliegens. Es ist ein langer Weg bis nach ganz unten.«

Travis schluckte schwer und nickte dem Runensprecher zu. Larad grinste. Aber es war kein Ausdruck irgendwelcher Belustigung. Er setzte sich wieder in Bewegung; Travis schloß sich ihm stirnrunzelnd an. Das war jetzt mindestens das dritte Mal gewesen, daß Larad ihn als *Runenmeister* bezeichnet hatte. Aber warum?

Travis wußte nur wenig über die Runenmeister oder wo sie hergekommen waren. Er wußte nur, daß es die größten Zauberer gewesen waren, die es auf Eldh jemals gegeben hatte, und daß sie die *Imsari* bewacht hatten, nachdem die drei Großen Steine vor tausend Jahren im Krieg gegen den Fahlen König erobert worden waren. Ein paar Jahrhunderte später waren die Runenmeister zusammen mit den drei *Imsari* verschwunden, und zwar direkt nach dem Fall des uralten Königreichs von Malachor.

Warum nannte ihn Larad also ständig *Runenmeister*? Travis war weder ein Zauberer noch siebenhundert Jahre alt. Es sei denn, der Runensprecher meinte es spöttisch. Je mehr Travis über den abweisenden Ausdruck auf Larads narbigem Gesicht nachdachte, desto wahrscheinlicher war diese Erklärung.

Die Treppe endete in einem kleinen, eiförmigen Raum, obwohl der Schacht den Boden durchstieß und weiter in die Tiefe führte. Travis blieb keine Zeit, dort hinunterzusehen, da Larad ihn wieder am Arm nahm.

»Hier entlang, Bruder Wilder.«

Vom Herzen des Turms gingen drei Korridore ab. Er folgte Larad in den nächsten hinein, bis sie zu einem der seltsamen dreieckigen Durchgänge kamen. Auf der anderen Seite befand sich eine weitere, schmalere Wendeltreppe. Die Wand fühlte sich hier dicker und schwerer an, und obwohl das Fieber und der Abstieg seinem Orientierungsvermögen zugesetzt hatten, konnte sich Travis des Eindrucks nicht erwehren, daß sich diese Treppe innerhalb der Außenmauer des Turms befand. Nach fünfzig Schritten endete sie. Aus einem weiteren Durchgang ergoß sich blasser Lichtschein, der von Geflüster untermalt wurde, das zwischen den Steinen widerhallte.

Larad trat hinter Travis und schob ihn vor sich her. Als Travis durch das Tor trat, entfuhr ihm unwillkürlich ein leises Keuchen. Das also war der Ort am Grund des Treppenschachts.

Das Chorgemach war weder Kreis noch Dreieck, sondern eine Mischung aus beidem. Sieben Reihen übereinander angeordneter Steinbänke säumten die Wände und umringten ein Podium in der Mitte. Vertikale Schlitze durchbrachen die Wände, und obwohl jeder davon zu schmal war, um etwas

Genaues sehen zu können, konnte Travis, wenn er den Kopf drehte, wie durch ein rotierendes Stroboskop hindurch verschwommene Bilder wahrnehmen – die Umrisse von Bergen, die vor einem pechschwarzen Himmel verblaßten.

Die Bänke hätten Platz für mehrere hundert Runensprecher geboten, doch Travis schätzte, daß kaum mehr als hundert Männer in grauen Kutten in der untersten Reihe saßen. Aber das war eigentlich keine Überraschung. Hatte Falken nicht gesagt, daß die Runensprecher nicht mehr so populär wie einst waren?

Ein unaufhörliches Murmeln hing wie ein schimmernder Schleier in der Luft, es war fast wie die in einer Muschel eingesperrte Stimme eines Ozeans. Dann traten Worte aus dem Hintergrundrauschen hervor.

»Guten Abend, Bruder Wilder.«

Der Gruß erfolgte nicht lauter als in einem ganz normalen Gesprächston, aber Travis hörte ihn klar und deutlich, und in diesem Augenblick erkannte er den wahren Zweck, der hinter der Bauweise dieses Gemachs steckte: Alles an diesem Ort war so konstruiert worden, daß es den geringsten Laut trug und ihn verstärkte.

Aber das macht Sinn, Travis. Um eine Rune aussprechen zu können, ohne ihre Macht heraufzubeschwören, muß man sie leise aufsagen, ohne Autorität oder Gefühl. An diesem Ort konnte ein Meister eine Rune flüstern, und die Lehrlinge konnten sie trotzdem hören.

Der Gruß verklang, aber die Worte verschwanden nicht, sondern vermischten sich mit den sanft modulierten Hintergrundgeräuschen. Wenn sich Travis konzentrierte, konnte er sie noch immer aus dem Flüstermeer heraushören.

Neue gewisperte Worte zischten in Travis' Ohr – scharfe Worte. »Habt Ihr es nicht nötig, den Gruß des Großmeisters zu erwidern, Runenmeister?«

Travis verzog peinlich berührt das Gesicht, dann blinzelte er und sah, daß Oragien tatsächlich vor dem Podium in der Mitte stand und in seine Richtung blickte. Travis nickte dem Großmeister zu.

»Hallo«, sagte er, und die Art und Weise, wie das laut gesprochene Wort durch das Gemach hallte, ließ ihn zusammenzucken. Larad starrte ihn finster an, und selbst Oragiens Lippen preßten sich zu einem schmalen weißen Strich zusammen. Travis biß sich auf die Zunge.

Larad führte Travis zu einer der Bänke in der ersten Reihe. Unterwegs war er sich der Blicke aus hundert Augenpaaren bewußt. Er konzentrierte sich darauf, nicht über seine Kutte zu stolpern, dann seufzte er erleichtert, als er sich auf die Bank sinken lassen konnte.

»Nun, Ihr seht beträchtlich besser aus«, sagte neben ihm eine schrille Stimme. »Ich hoffe, es stört Euch nicht, daß ich das sage, Bruder Wilder, aber als ich Euch das letzte Mal sah, saht Ihr aus wie eine Fleischkeule, die jemand vergessen hat, auf dem Bratspieß umzudrehen.«

Da sich Travis allein darauf konzentriert hatte, sich zu setzen, ohne weitere finstere Blicke von Larad zu kassieren, war ihm gar nicht aufgefallen, neben wem er da Platz genommen hatte. Jetzt drehte er sich um und musterte den kleinen, dicken Mann in mittleren Jahren, dessen ansonsten saubere graue Kutte hier und da mit Essen und Wein bekleckert war. Trotz der Linien um Mund und Augen und des dünner werdenden Haars wies sein Gesicht eine jungenhafte Beschaffenheit auf. Aus irgendeinem Grund kam ihm der Runensprecher vage bekannt vor. War er ihm bereits irgendwo zuvor begegnet?

»Das ist Bruder Eriaun«, sagte Larad in einem übertrieben leisen Tonfall, zweifellos zu Travis' Nutzen. »Er stand Euch während Eurer Krankheit bei.«

Natürlich. Darum kam ihm der andere vertraut vor; er mußte ihn während seines Deliriums gesehen haben. »Danke, daß Ihr mir geholfen habt.«

Bruder Eriaun lächelte, in seinen Wangen traten Grübchen zum Vorschein. »Nichts zu danken. Ich bin einfach nur erfreut, Euch wohlauf zu sehen. Eine Zeitlang hatte ich die Befürchtung, es wäre die Feuerkrankheit.«

Diese Worte ließen Travis frösteln. Wieder stieg die reißerische Schlagzeile vor seinem inneren Auge auf: *Arzt bezeichnet es als »neuen Schwarzen Tod«.* Er wollte Eriaun sofort danach fragen.

»Dieser Chor hat begonnen«, intonierte eine Stimme, bevor er dazu kam. »Sollen sich unsere Worte zusammenfinden wie ein Wort, und unsere Gedanken wie ein Gedanke.«

Oragien hatte das Podium betreten. Der Großmeister stützte sich auf seinen Stab, aber irgendwie sah er nicht im mindesten gebrechlich aus. Sein Blick war so durchdringend wie der eines Falken, und sein weißes Haar und der Bart leuchteten in dem farblosen Licht, das sich aus der Höhe herabsenkte. Bloß daß hier weder Fackeln noch Kerzen zu sehen waren. Wie wurde das Gemach erleuchtet?

Instinktiv legte Travis den Kopf schräg und lauschte. Dann hörte er es, ein einziges Wort in der Flut aus unablässigem Raunen, die anschwoll und wieder verebbte. Es war nur ganz schwach und doch unmißverständlich. *Lir.*

Er schüttelte erstaunt den Kopf. Wie lange würde die Rune durch die Luft hallen und das Chorgemach mit ihrem sanften Licht erfüllen? Travis vermochte es nicht zu sagen. Vermutlich würde sie Bestand haben, bis jemand die Rune *Bri* sagte und einen Vorhang der Dunkelheit auf das Gemach niedergehen ließ.

Travis beugte sich zu Bruder Eriaun hinüber. »Fangt ihr jetzt alle zu singen an?«

»Singen?« Der Runensprecher legte die fleischige Stirn in Falten. »Wieso? Hier wird nicht gesungen, Bruder Wilder.«

Jetzt war es an Travis, die Stirn zu runzeln. »Aber ich dachte, daß alle singen. Dafür tritt ein Chor doch zusammen.«

»Das ist ja auch richtig – es ist eine Zeit, in der alle sprechen dürfen, in der alle Stimmen zu einer werden.«

Bevor Travis weiterfragen konnte, sprach Oragien weiter, und jedes seiner Worte hallte durch den Raum, bevor es mit dem wispernden Hintergrund verschmolz. »Wie alle sehen können, ist Bruder Wilder aus der Krankheit erwacht, die ihn seit seiner Ankunft in ihren Fängen hatte. Nun ist die Zeit gekommen, ihm zu sagen, warum wir ihn aus seiner fernen Heimat zu uns riefen.«

Oragiens Ansprache rief in dem Gemach allgemeines Nikken und zustimmende Laute hervor. Der Großmeister drehte sich um und sah Travis direkt an.

»Bruder Wilder, ich weiß, daß Ihr einige Zeit auf Calavere bei Bruder Jemis studiert habt, aber ich weiß nicht, was er Euch beigebracht hat. Ich konnte nicht mit Bruder Jemis sprechen, bevor er ... bevor er diese Welt verließ.«

Travis biß die Zähne zusammen. *Du meinst, bevor Jemis von seinem Studenten Rin erwürgt wurde, der zu einem Eisenherzen und Diener des Fahlen Königs geworden war.* Aber er unterbrach den Großmeister nicht.

»Die Runensprecher blicken auf eine Geschichte zurück, die viele Jahrhunderte umfaßt«, sagte Oragien. »Es ist eine stolze Geschichte. Aber auch eine, die bei den meisten in Vergessenheit geraten ist. Ich weiß nicht, ob Jemis Euch dieses Wissen vermittelt hat, aber die Runensprecher sind nicht mehr so ... wohlgelitten wie einst.«

Neben Travis erklang ein rauhes Lachen. Bruder Larad. »Wir sind vieles nicht mehr, was wir einst waren.«

Oragien warf Larad einen mißbilligenden Blick zu. Der

schwarzhaarige Runensprecher nahm seine Worte zwar nicht zurück, aber er hielt den Mund.

»In letzter Zeit ist bei einigen diese Abneigung zu Haß geworden«, fuhr Oragien fort. »Wie ich fürchte, seid Ihr unten im Dorf damit konfrontiert worden.«

Travis schüttelte den Kopf. »Aber warum? Warum verabscheuen die Menschen die Runensprecher so sehr?«

Oragien zuckte mit den Schultern. »Das ist eine Frage, die wir uns selbst oft gestellt haben. Einst schickten fast alle adligen Herren einen der jüngeren Söhne zum Turm, um hier zu lernen. Es kamen so viele, daß man nur diejenigen mit dem größten Talent aufnahm. Jetzt erklimmen nur wenige freiwillig die Straße zum Turm, und wir nehmen, wen uns das Schicksal geschickt hat. Wie Ihr seht, sind unter uns nur wenig junge Männer.«

Travis blickte sich in dem Gemach um. Dort saß eine kleine Gruppe von Jungen zusammen. Vielleicht gerade ein halbes Dutzend, aber ansonsten waren fast alle Anwesenden älter als Travis.

»Jetzt hat das Volk einen neuen Grund, uns nicht zu mögen«, sagte Oragien, »obwohl seine Furcht völlig unbegründet ist.«

»Die Feuerkrankheit«, sagte Travis spontan.

Oragien nickte ernst. »Sie kamen im Frühling, zusammen mit einer schrecklichen Hitze, die das Land hat verdorren lassen. Die Verbrannten. Keiner kennt ihre Herkunft oder ihre Absichten. Aber wir wissen, daß ihre Berührung eine Seuche überträgt, die den Erkrankten von innen verbrennen und sterben läßt.«

»Oder ihn wie sie werden läßt«, sagte ein Runensprecher auf der anderen Seite des Gemachs – einer der jüngeren Männer.

Oragien drehte sich zu ihm um. »Das wissen wir nicht, Temris. Nicht mit Sicherheit. Das sind nur Geschichten, und zwar Geschichten, die die Bauern erzählen.«

Nein, wollte Travis sagen, *nein, er hat recht. Ich habe die Bilder gesehen. Es ist keine Krankheit. Es ist eine Verwandlung.*

Aber er schwieg. Es war alles unmöglich. Und doch ergab es in gewisser Weise einen Sinn. Warum sonst hätte Bruder Cy auftauchen sollen? Der Mann, der in seinem Saloon verbrannt war, die verkrümmten Gestalten auf den Bildern, die Hadrian Farr ihm gezeigt hatte, selbst die Hitze. Das alles stand mit etwas in Zusammenhang, was auf Eldh geschah.

»Wir haben den Verbrannten einen Namen verliehen«, sagte Oragien. »Wir nannten sie *Krondrim.* Wesen aus Feuer. Aber es war ein Fehler, daß wir es getan haben. Weil wir ihnen einen Namen gaben, fingen einige an zu glauben, daß wir sie erschaffen hätten.«

Es war lächerlich, aber nicht unvorstellbar. Seit jeher hatten Menschen die Angewohnheit, den Boten für die Botschaft verantwortlich zu machen. Und es erklärte den Empfang, den Travis in seiner grauen Kutte in der Schenke erlebt hatte; die Dörfler hatten ihn für einen Seuchenbringer gehalten. Aber das erklärte noch immer nicht, warum er hier war, auf Eldh, im Grauen Turm. Er holte tief Luft. Es schien eine schrecklich egoistische Frage zu sein, aber er mußte sie stellen.

»Also, was hat das alles mit mir zu tun?«

Travis behielt Oragien im Auge, aber es entging ihm nicht, daß die anderen auf ihren Plätzen herumrutschten und sich neues Geflüster in das endlose Summen, das die Luft erfüllte, mischte.

Oragien faßte den Stab fester. »Man hat die Runensprecher ungerechterweise für etwas Böses verantwortlich gemacht. Es gibt nur eine Möglichkeit, wie wir unserem Namen und unserem Orden wieder Respekt verschaffen können. Wir müssen eine Möglichkeit finden, die *Krondrim* zu vertreiben. Und wir haben Euch gerufen, damit Ihr uns dabei helft.«

Travis saß wie erstarrt da, während er darum kämpfte, das alles zu verstehen. Im Gegensatz zu dem Runenmeister war er keinesfalls davon überzeugt, daß die Vertreibung der Verbrannten die Runensprecher in den Augen des gewöhnlichen Volkes entlasten würde. Eine Machtdemonstration würde den Verdacht, daß die Runensprecher die *Krondrim* überhaupt erst erschaffen hatten, vermutlich nur noch plausibler erscheinen lassen. Und nach dem Murmeln um ihn herum zu urteilen, war er nicht der einzige, der diese Sorge hatte. Aber die Logik des Großmeisters wies einen noch viel größeren Fehler auf. Travis' Stimme war wie das Krächzen eines Sterbenden.

»Aber wie sollte ich Euch gegen die *Krondrim* helfen können?«

»Wer sonst könnte uns helfen, wenn nicht Ihr, Bruder Wilder?« fragte Oragien. »Seid Ihr nicht der Erbe des Runenmeisters Jakabar?«

Das Flüstern im Turm schwoll zu einem Rauschen an, das Travis' Kopf ausfüllte. »Jack? Sprecht Ihr von Jack Graystone?«

»Ja, Bruder Wilder. Jakabar vom Grauen Stein war ein Runenmeister.« Oragien hob den Stab und zeigte direkt auf Travis' Brust. »Und Ihr seid es auch.«

3

Was wolltet Ihr mir sagen, Grace?« Beltans sonst so fröhliche Stimme wies einen ernsten Unterton auf.

Grace blickte über die Schulter. Sie und Durge hatten Beltan beiseite genommen und die anderen in dem Kreis aus Baumstümpfen um die Feuerstelle zurückgelassen. Daynen, der Junge, der so lange in das Antlitz der Sonne gestarrt hatte, bis er erblindet war, stellte Fragen, die Grace nicht hören konnte und die Lirith offensichtlich zu beantworten versuchte.

Tira, das kleine stumme Mädchen, hockte auf dem Boden und spielte mit ihrer angesengten Puppe. Aryn sah ihr dabei zu. Sir Meridar stand ein Stück von ihnen entfernt, die Hand auf dem Schwertgriff, das reizlose Gesicht wie versteinert – allein seine Augen bildeten eine Ausnahme, denn ihr Blick ruhte sanft auf der jungen Baronesse. Grace seufzte und wandte sich wieder den beiden Männern zu.

»Beltan, ich wünsche mir nichts mehr, als daß Ihr uns begleitet, um Travis zu retten. Ich glaube – nein, ich weiß, daß wir Eure, deine Hilfe brauchen können. Und ich habe ... dich vermißt.« Sie sah ihn fragend an. Er grinste kurz und nickte. Sie fuhr fort. »Wir haben dich vermißt. Aber ...« – sie zeigte auf die Baumfestungen – »... bist du dir sicher, daß du hier wegkannst?«

Der blonde Schnurrbart des Ritters geriet in Bewegung, als er den Mund verzog. »Was meinst du?«

Durge räusperte sich. »Ich glaube, Sir Beltan, Lady Grace hat die Sorge, daß Eure Befehle es Euch nicht gestatten, Euch von Eurer Truppe zu entfernen.«

Beltan starrte sie an, dann grinste er. »Nun, da besteht kein

Grund zur Sorge. Ich kann meine eigenen Befehle geben. Das war ein Teil meines Handels mit Sir Vedarr, als ich mich dem Orden von Malachor anschloß.«

»Klingt praktisch«, sagte Grace.

»Das ist es auch.« Beltans Grinsen schwand. »Grace, ich habe meine Pflicht nicht vergessen. Man hat mir die Aufgabe übertragen, die Ursache dieser Brände herauszufinden. Darum bin ich mit meinen Rittern hier. Und jetzt wissen wir, daß die Verbrannten dafür verantwortlich sind. Also ist es nur richtig, wenn ich mich euch anschließe.«

»Wieso denn das?« fragte Durge stirnrunzelnd.

Grace sah Beltan fragend an – genau wie Durge entging auch ihr die Logik seiner Schlußfolgerung.

Der blonde Mann kratzte sich am Kinn. »Heißt das, daß du nicht an eine Verbindung zwischen Travis' Kommen und dem ihren glaubst? Ich spreche von den *Krondrim.*«

Grace fehlten die Worte. Wieso nur war sie nicht zuvor auf diesen Gedanken gekommen? Es war alles in ihren Träumen über Travis dagewesen: der Feuerdrache, der rote Stern, die Flammen. Und einmal sogar die schwarzen Augen, mit denen er sie angeblickt hatte. Aber die Träume hatten nach ihrer Vision von Travis im Grauen Turm aufgehört, und in ihrer Eile, ihn zu finden, hatte sie sie vergessen. Jetzt kamen alle Bilder wieder zurück, und sie stellte fest, daß sie am ganzen Leib zitterte.

Zwei Paar starke, schwielige Hände ergriffen sie und hielten sie.

Grace brachte ein schwaches Lachen zustande. »Nun, ein Mädchen weiß, daß es in Schwierigkeiten steckt, wenn es zwei Ritter in strahlender Rüstung braucht, nur um aufrecht gehalten zu werden.«

Durge runzelte die Stirn. »Mylady?«

Sie schüttelte den Kopf, dann winkte sie ab, um zu zeigen,

daß sie auf eigenen Füßen stehen konnte. Und tatsächlich fiel sie nicht kopfüber hin, als die Ritter ihre Schultern losließen.

Beltan war noch immer besorgt. »Alles in Ordnung, Grace?«

Schon seltsam, wenn jemand einer Ärztin diese Frage stellte. Aber sie atmete tief durch und nickte. »Du hast mich bloß überrascht, Beltan, das ist alles. Ich hatte nicht über die Verbindung zwischen Travis und den Verbrannten nachgedacht. Und Durge sicher auch nicht.«

Der Embarraner schüttelte den Kopf.

Beltan zuckte mit den breiten Schultern. »Es tut mir leid. Ich dachte, wenn ich es erkenne, müßte es ziemlich offensichtlich sein. Für gewöhnlich erwarte ich, daß du und Durge alles vor allen anderen herausgefunden habt.«

Graces Lippen verzogen sich zu einem scharfen Lächeln. »An deiner Stelle würde ich nicht zu viel erwarten.«

Sie kehrten zu den anderen zurück und informierten sie darüber, daß Beltan sie auf ihrer Reise zum Grauen Turm begleiten würde. Bei dieser Neuigkeit hellte sich Aryns Gesicht auf.

»Oh, Beltan!« rief sie aus, und in diesem Augenblick schien sie mehr wie ein Mädchen an der Schwelle zur Erwachsenen zu sein als eine junge Frau, die mit einer neu gefundenen Macht experimentierte. Sie stürmte auf den großen Ritter zu und warf sich in seine Arme.

Beltans Lächeln verzerrte sich zu einer Grimasse, er stieß einen Schmerzenslaut aus. Die Freude auf Aryns Gesicht verwandelte sich in Sorge, als sie zurücktrat. Der Ritter hielt sich die Seite; er war totenblaß.

Lirith trat vor und legte eine braune Hand auf den Ärmel von Beltans grünem Wams. »Geht es Euch gut, Herr Ritter?«

Grace antwortete, bevor er es konnte. »Es ist die Wunde. Die du am Wintersonnenwendabend davongetragen hast. Sie macht dir zu schaffen, nicht wahr?«

Er richtete sich auf, und der schmerzerfüllte Ausdruck in seinen Zügen verschwand, aber Grace entging nicht die Angespanntheit seines Mundes, und sie wußte, daß die Anstrengung ihm viel abverlangt hatte.

»Ein wenig«, sagte er. »Und auch nur gelegentlich. Aber sie ist fast geschlossen. Also worum sich Sorgen machen?«

Da gibt es vieles, wollte Grace erwidern. Die Wunde in seiner Seite, die die Krallen der *Feydrim* geschlagen hatten, war tödlich gewesen. Und ohne das Eingreifen der Feen hätte sie ihn auch das Leben gekostet. Sie preßte die Lippen aufeinander und sagte nichts.

Beltan lachte fröhlich. »Außerdem, was ist schon ein Ritter ohne ein paar Narben aus der Schlacht, hm?«

Grace hatte den Eindruck, daß diese Worte für Daynen und Tira bestimmt waren, deren Ohren beziehungsweise Augen förmlich an dem großen Ritter klebten. Der Junge grinste, und sogar Tira lächelte, obwohl es nur flüchtig war und sie sich wieder über die Puppe beugte.

»Ich muß mit Sir Tarus sprechen«, sagte Beltan zu Grace und Durge. »Holt eure Sachen, dann kommt zu mir.«

Fünfzehn Minuten später fanden sie Beltan auf der anderen Seite des Lagers unter der größten der Baumfestungen, wo er mit dem rothaarigen Sir Tarus sprach. Die beiden Ritter standen dicht beieinander und hatten die Köpfe zusammengesteckt. Sie schauten auf, als die anderen herankamen.

Tarus grinste Lirith an. »Habe ich etwas gesagt, das schuld an Eurer schnellen Abreise ist, Mylady?«

»Nein, ehrenwerter Herr.« Sie legte die Hand ans Kinn und stützte es. »Aber verratet mir, muß die Notwendigkeit, eine Rüstung zu tragen, jedes Bad unmöglich machen?«

Der attraktive junge Ritter wich dem Angriff nicht aus. »Nein, Mylady. Aber es gefällt uns so. Es ist alles sehr männlich.«

Lirith rümpfte die kleine Nase. »Tatsächlich.«

Tarus lachte, und Lirith ließ eines ihrer geheimnisvollen Lächeln aufblitzen.

»Sir Tarus«, sagte Beltan, und der rothaarige Ritter nahm sofort Haltung an.

»Ja, Mylord?«

Beltan hielt ihm eine mit Wachs versiegelte Pergamentrolle entgegen. »Hier ist das Schreiben für Sir Vedarr. Es erklärt, daß ich die Herzogin Grace von Beckett nach Ar-Tolor und darüber hinaus begleite, und den Grund dafür. Kümmert Euch darum, daß er es erhält.«

»Auf jeden Fall, Mylord.« Tarus' Worte waren schneidig, aber in seinem Blick stand fast so etwas wie Bedauern. Sein Blick ruhte auf Beltan, während er das Schreiben entgegennahm.

Beltan drehte sich mit gedämpftem Klirren um – er trug jetzt ein Kettenhemd unter dem waldfarbenen Umhang. »Sir Meridar, wolltet Ihr Euch nicht dem Orden von Malachor anschließen, nachdem Ihr Lady Grace nach Perridon begleitet hattet?«

Meridar zuckte zusammen, als wäre er überrascht worden, dann nickte er. »Das hatte ich vor.«

Beltan nickte. »Es ist schwer zu sagen, wieviel Zeit vergehen wird, bevor wir den Befehl des Königs erfüllen und Lady Grace nach Schloß Spardis bringen können. Wenn Ihr es wünscht, könnt Ihr Euch jetzt dem Orden anschließen und hier bei Sir Tarus bleiben. Ich schreibe Boreas eine Nachricht und entlasse Euch aus seiner Pflicht.«

Grace wollte dem zustimmen – der Vorschlag erschien logisch –, aber Meridar kam ihr zuvor. Sein Tonfall war wie Stein.

»Ich werde meine Pflicht nicht vernachlässigen, Herr Ritter.«

Beltan trat einen Schritt zurück, und Grace starrte Meridar an. Seine Miene war völlig ausdruckslos, aber sie glaubte ein kurzes Zucken der Wange gesehen zu haben. Aber bevor sie sich sicher war, hatte sich Meridar umgedreht und ging zu seinem Schlachtroß.

Beltan sah Grace fragend an. »Alles in Ordnung mit ihm?«

Zu Graces Überraschung kam ihr Aryn mit einer Antwort zuvor. »Ich spreche mit ihm«, sagte sie leise.

Die Baronesse folgte dem Ritter. Grace sah ihr nach. Vielleicht hatte sie ihre Freundin die letzten Tage unterschätzt. Vielleicht lag es aber auch nur daran, daß Aryn wie jede Neunzehnjährige war: ein Kind, das zu einer Erwachsenen werden wollte und nur versuchte, sich in dem Prozeß nicht zu verlieren.

Durge legte den Kopf in den Nacken und musterte die Bruchstücke des Himmels, die zwischen dem Blätterdach durchschimmerten. »Der Tag geht langsam zur Neige.«

»Dann sollten wir besser aufbrechen«, sagte Beltan. Er wandte sich wieder dem rothaarigen Ritter zu. »Viel Glück, Tarus. Ich weiß, daß Ihr diesen Rittern ein guter Anführer sein werdet. Bestimmt sogar besser als ich.«

Die Wangen des jungen Ritters röteten sich. Er salutierte mit der Faust. »Vathris möge Eure Reise beschleunigen.«

Beltan nickte.

»Und, Beltan ...« Tarus holte tief Luft. »Ich ... das heißt, wir alle, wir werden Euch vermissen, Mylord.«

Grace musterte Sir Tarus, dann nickte sie und stellte ihre Diagnose. Es war offensichtlich, daß der junge Ritter Beltan mehr als nur vergötterte. Und sie hatte den Eindruck, daß Beltan nichts dagegen gehabt hatte.

Aber das Lächeln, das er Tarus schenkte, war zwar innig, aber auch flüchtig, und als er sich abwandte, war sein Blick entrückt, als ruhte er bereits auf dem Grauen Turm am Ende ihrer Reise. Ihm fiel nicht auf, daß Tarus enttäuscht die Schultern hängen ließ.

Als sie sich den Pferden näherten, hörte Grace leise Stimmen. Aryn redete mit leuchtenden Augen auf Meridar ein, und er stand steif da, ihr sowohl zu- wie auch abgewandt. Grace konnte ihre Worte jedoch nicht verstehen, und die beiden traten auseinander, als sich der Rest der Reisegruppe näherte.

Meridar stieg auf sein Schlachtroß. »Ich übernehme die Nachhut«, verkündete er und drehte sein Pferd – aber nicht, bevor er Aryn einen letzten Blick zugeworfen hatte.

Sie alle stiegen auf ihre Pferde und folgten Beltans knochigem Schlachtroß den Pfad entlang. Sofort schlossen sich hinter ihnen die Bäume, und das Ritterlager verschwand aus der Sicht.

Sie ritten den ganzen Nachmittag lang durch den Wald. Wie zuvor saß Tira vor Grace auf Shandis, und Daynen teilte sich mit Lirith ein Pferd. Die Frauen blieben zusammen, während Durge und Beltan ein Stück vorausritten. Meridar blieb für gewöhnlich hinter ihnen, immer außerhalb ihrer Sicht, obwohl Grace gelegentlich das Stampfen der Hufe seines Schlachtrosses hörte.

Die gedämpfte Stille des Waldes hätte Grace sich entspannen lassen müssen – für gewöhnlich genoß sie die Ruhe. Aber aus irgendeinem Grund, den sie nicht erklären konnte, zerrte die Stille an ihren Nerven, und sie hielt Shandis' Zügel mit verkrampften Fingern. Nach einer Stunde überlegte sie, an Aryns Seite zu reiten. Sie wollte die Baronesse fragen, was Meridar gesagt hatte. Aber die Vorstellung, die Stille zu brechen, flößte ihr einfach zuviel Unbehagen ein. Selbst Daynen, der für gewöhnlich wie ein Eichhörnchen schnatterte, sprach nur wenig, und wenn er es tat, hallte seine helle Stimme so mißtönend durch die Luft, daß Lirith ihn zum Schweigen mahnte.

Das Licht unter den Bäumen verblaßte gerade, und aus Grün wurde Grau, als der Wald abrupt endete. Grace seufzte erleichtert auf, als sie sich am Rand einer schmalen, schräg abfallenden Ebene wiederfanden, die parallel zum Wald verlief. Keine vierhundert Meter entfernt spiegelte ein breiter, silbrig schimmernder Wasserlauf das abnehmende Tageslicht wider. Grace schaute sich um und entdeckte sie beinahe direkt voraus: eine Reihe aus fünf symmetrischen Bögen, die den schnell dahinströmenden Fluß überspannten.

»Die Luft hat sich verändert«, sagte Daynen. »Ich rieche Wasser.«

»Du hast eine gute Nase«, sagte Lirith. »Das ist der Dimduorn. Wir haben den Wald verlassen, und jetzt liegt der Fluß Dunkelwein direkt vor uns.«

Durge musterte den Himmel. »Sollen wir den Fluß morgen überqueren?«

Beltan schüttelte den Kopf. »Nein, wir sollten die Brücke jetzt überqueren. Auf der anderen Seite ist das Gelände höher. Dort kann man ein besseres Lager aufschlagen.« Seine weißen Zähne blitzten im Zwielicht auf. »Es sei denn, einige von euch möchten gern auf Sumpfboden schlafen.«

Der Sumpf verlor bei der allgemeinen Abstimmung, und die Reisenden ritten auf die Brücke zu.

Grace konnte keinen Grund dafür benennen, aber sie war erleichtert, als Shandis' Hufe auf den von der Zeit mitgenommenen Steinen widerhallten. Während der gesamten Reise nach Osten war ihr der Dimduorn wie eine Barriere zwischen ihnen und Travis erschienen. Es würde gut sein, den Fluß endlich hinter sich lassen zu können. In einer dicht beieinander reitenden Gruppe begaben sich die Reisenden auf die alte tarrasische Brücke.

Sie hatten die Hälfte überquert, als Daynen den Kopf zurücklegte und schnupperte. »Jetzt rieche ich Rauch.«

Aryn runzelte die Stirn. »Ich auch.«

Grace atmete tief ein, dann bemerkte sie es auch, schwacher, wenn auch beißender Rauchgeruch. Beltan hob eine Hand, und Hufe scharrten über den Stein, als die Gruppe auf der Brücke zum Stehen kam. Grace versteifte sich. *Warum halten wir an?* wollte sie fragen, aber die Worte verwandelten sich auf ihrer Zunge zu Asche.

Auf der anderen Seite des Flusses bewegten sich Gestalten durch die hügelige Landschaft auf die Brücke zu. Sie waren Schatten in der Dämmerung, spindeldürr, aber so dunkel wie die hereinbrechende Nacht. Eine heiße Brise kam aus dem Nichts und blies über die Brücke wie Luft aus einem Ofen. Grace hörte einen unterdrückten Aufschrei neben sich, gefolgt von einem leisen Fluch von einem der Ritter.

Eine kleine Hand griff nach oben und berührte Graces Wange. Sie sah nach unten und blickte in Tiras furchterfüllte Augen.

»Die Verbrannten kommen«, flüsterte Grace.

Tira nickte. Ihr Gesicht, dessen rechte Seite von den Verbrennungen entstellt war, blieb unbewegt. Dann senkte sie wieder den Kopf und hielt ihre Puppe fester.

4

Silbernes Zwielicht senkte sich auf das Land zu beiden Seiten des Dimduorn: eine zusehends dünner werdende Schicht, die den Tag von der Nacht trennte.

»Wie viele seht Ihr?« fragte Durge. Das grimmige Gesicht des Embarraners schimmerte im Halbdunkel wie das eines Geistes.

Beltan ließ sein Schlachtroß ein paar Schritte vorwärts gehen, schaute zum Brückenende hinüber und schüttelte dann den Kopf. »Schwer zu sagen. Es könnten drei, vielleicht auch vier sein.«

Grace versuchte die *Krondrim* zu zählen, aber es erwies sich als unmöglich, sie im Blick zu halten. Ständig verschmolzen sie mit der Abenddämmerung, verschwanden, nur um an einer anderen – und näheren – Stelle wieder aufzutauchen. Dann entdeckte sie ein rotes Flackern in Bodennähe, das an rote Blüten erinnerte, die sich in der Abenddämmerung öffneten. Das Steppengras entzündete sich unter ihren Füßen, brannte einen kurzen Augenblick lang hell auf, um dann zu Asche zu werden. Das verräterische Licht half ihr dabei, die Zahl der finsteren Wesen zu schätzen.

»Fünf«, sagte sie. Der heiße Wind verwandelte ihre Stimme in ein Krächzen. »Es sind fünf von ihnen.«

Die Verbrannten waren keine Achtelmeile mehr vom Fluß entfernt, sie schwankten in einem Halbkreis vorwärts, so daß kein direkter Weg an ihnen vorbeiführte. Vermutlich hatten sie zwei Minuten, vielleicht auch drei, bis die *Krondrim* die Brücke erreicht hatten.

Hufe polterten über den Stein, als Meridar sein Schlachtroß vorwärts trieb. »Sir Beltan, habt Ihr und Eure Männer nicht die

Bewegungen dieser Kreaturen verfolgt? Wußtet Ihr nicht, daß sie an diesem Ort sein werden?«

Beltan warf sich den Umhang über die Schultern, sein Kettenhemd glitzerte im Abendlicht. »Es gab Berichte, daß sie den Fluß entlangreisen. Aber ich hatte keine Ahnung, daß sie schon so weit südlich sind, oder gar in dieser Nähe zu Ar-Tolor.«

»Was müssen wir tun?« fragte Lirith. Ihre ruhige Stimme war wie Balsam für Graces angespannte Nerven.

»Den Geschichten zufolge, die ich gehört habe, bewegen sie sich nicht sehr schnell. Und sie können nur das verbrennen, was in ihrer unmittelbaren Nähe ist. Wenn wir den Weg zurückreiten, den wir gekommen sind, sollten wir sie mühelos abschütteln können.«

Kalte Panik stieg in Graces Brust auf. »Aber das bedeutet, die Brücke nicht zu überqueren. Gibt es denn einen anderen Weg über den Fluß?«

Beltan erwiderte ihren Blick, dann schüttelte er den Kopf. »Es tut mir leid, Grace.«

Sie nickte. Es gab keine andere Möglichkeit; hätte es sie gegeben, hätte Beltan sie zur Sprache gebracht. Grace wußte nicht, wie sie jetzt noch vor dem Vollmond den Dunkelwein überqueren und zu Travis stoßen sollten. Aber sie würden Travis auch nicht damit helfen, wenn sie sich hier zu Asche verbrennen lassen würden. Sie mußten umkehren.

Durge drückte Schwarzlocke die Fersen in die Flanken und brachte das Schlachtroß an Shandis' Seite. Der Ritter streckte die Hand aus, zögerte und legte Grace dann die gepanzerten Finger auf den Arm. »Kommt, Mylady.«

Sie legte ihre Hand auf die seine und drückte sie kurz. Die Reisenden drehten die Pferde um und ritten zurück. Tira lehnte sich mit ihrem kleinen Körper zurück, und Grace wehrte sich nicht gegen die Nähe. Sie drückte das Mädchen an sich.

Sie erreichten gerade das westliche Ende der Steinbrücke, als Lirith mit leiser Stimme das Wort ergriff. »Lord Beltan. Patrouillieren Eure Männer jemals so nahe am Fluß?«

Er runzelte die Stirn. »Manchmal. Warum?«

»Ich sehe Fackeln zwischen den Bäumen.«

Lirith hatte noch nicht zu Ende gesprochen, als auch Grace sie sah; vierhundert Meter entfernt flackerten vor der dunklen Baumreihe rote Funken auf und verschwanden wieder. Dann lösten sich die Lichter von den Bäumen und kamen auf das offene Land zwischen Fluß und Wald.

»Das sind keine Fackeln«, sagte sie.

Beltan fluchte leise.

»Das müssen zehn von ihnen sein«, sagte Meridar. »Zwanzig.«

Durge stieß den angehaltenen Atem aus. »Mehr.«

Spindeldürre, onyxfarbene Gestalten schwankten aus allen Richtungen herbei und näherten sich dem Westufer. Sie ließen brennende Spuren hinter sich zurück.

Aryn keuchte erstickt auf. »Ich verstehe das nicht. Was wollen sie von uns?«

»Vielleicht nichts«, erwiderte Beltan. »Wir kennen ihre Absichten nicht. Ich schätze, wir hatten einfach Pech, ihnen in den Weg zu geraten.«

»Wir müssen über die Brücke«, sagte Durge. »Am Ostufer sind weniger von ihnen.«

Beltan nickte. »Und wenn wir an ihnen vorbeikommen, können wir die aus dem Westen meiden.«

Und wie sollen wir bitte an den fünf vorbeikommen? wollte Grace fragen. Aber die glühende Luft hatte ihre Kehle austrocknen lassen.

Sie wendeten die Pferde und galoppierten zur tolorianischen Seite der Brücke zurück. Die Pferde schnaubten und rollten mit den Augen; sie witterten das Feuer.

»Ich habe Angst«, sagte Daynen mit bebender Stimme.

Lirith nahm den Jungen in die Arme und hielt ihn eng an sich gedrückt.

Die fünf *Krondrim* am Ostufer waren in der Zwischenzeit nicht stehengeblieben. Nur noch dreißig Meter von der Brücke entfernt kamen sie immer näher, und jeder ihrer Schritte steckte das Gras in Flammen.

Beltan schwang das Bein über den Rücken seines Schlachtrosses und kam mit einem mißtönenden Klirren des Kettenhemdes auf dem Boden auf. »Alle sofort absteigen. Es wird schwer werden, die Pferde zu kontrollieren, wenn diese Ungeheuer näher kommen.«

Durge zog das Breitschwert aus der Scheide auf seinem Rücken. Farbloses, vom Fluß reflektiertes Licht spiegelte sich auf der flachen Klinge, deren Schneiden rote Flecken aufwiesen. »Mylady, Ihr und die anderen müßt hinter uns bleiben«, sagte er zu Grace. »Paßt auf, daß die Kinder bei euch bleiben.«

Grace nickte wortlos.

Sie führten die Pferde rechts neben der Brücke zu einer dicht gedrängten Gruppe zusammen. Grace, Aryn und Lirith standen an der Stelle, wo der Stein endete und das Land begann, Daynen und Tira in ihrer Mitte, während die drei Ritter vor ihnen mit erhobenen Schwertern ausschwärmten. Grace sah zu, wie das wandelnde Feuer näher kam, und wünschte sich, Melia wäre da. Am Wintersonnenwendabend hatte die Frau mit den bernsteinfarbenen Augen im Großen Saal von Calavere Dutzende fauchender *Feydrim* in Schach gehalten. Hätte sie doch nur über eine solche Macht verfügt.

Aber du verfügst doch über Macht, Grace, oder etwa nicht? Vielleicht ist sie nicht so groß wie die Melias. Aber in Falanor konntest du einen Wind heraufbeschwören, der immerhin den Nebel fortblasen konnte.

Doch sie wußte nicht, was sie damit hätte anfangen können. Es würde mehr als nur eine Brise brauchen, um die *Krondrim* zurückzuhalten. Die Verbrannten waren noch zehn Schritte entfernt. Fünf. Und noch immer konnte Grace sie nicht richtig wahrnehmen; da waren bloß die scharfen Umrisse ihrer Körper, die so dunkel waren, daß sie sie als Löcher im Zwielicht wahrnahm.

»Macht euch bereit«, sagte Beltan zu den anderen Rittern. »Und was ihr auch tut, laßt euch nicht von ihnen berühren.«

Durge und Meridar faßten ihre Schwerter fester. Die *Krondrim* überbrückten den Rest der Distanz und streckten rußige Hände aus. Hitze ging von ihnen in strömenden Wellen aus.

Durge hatte das längste Schwert, und er schlug als erster zu. Der mächtige Hieb zielte auf die Körpermitte der ersten Kreatur. Ein mißtönendes Klirren war zu hören, so wie Metall auf Stein. Sowohl Durge als auch der *Krondrim* stolperten zurück. Der Embarraner fing sich wieder, hob das Schwert. Die Klingenspitze glühte in einem dumpfen Rot, als wäre sie gerade aus den Kohlen eines Schmiedeofens gezogen worden, dann verblaßte sie wieder, als sie abkühlte. Der Verbrannte taumelte, setzte sich aber wieder in Bewegung.

Die anderen beiden *Krondrim* kamen heran, und Meridar und Beltan konnten sie genau wie zuvor Durge mit den Schwertern zurückstoßen. Aber ihre Klingen schienen die Ungeheuer nicht verletzen zu können. Ihre Haut war wie in Lava gehärteter Stein. Die Verbrannten kamen wieder heran, jetzt unterstützt vom Rest ihrer Art.

Allein und zu zweit schwankten die *Krondrim* auf den Fuß der Brücke zu, nur um von den wütenden Hieben der Ritter zurückgedrängt zu werden. Die Gesichter der Männer waren schweißüberströmt, und sie mußten ständig die Griffe ihrer heißen Schwerter neu fassen. Wie lange konnten sie dieser

Feuerprobe standhalten? Und wie lange würden die *Krondrim* immer nur einer nach dem anderen angreifen?

Ein heißer, staubiger Luftschwall traf Graces Gesicht, Tränen rannen aus ihren brennenden Augen. Sie blinzelte die Tränen zurück ...

... und sah Tira von ihr weglaufen.

»Tira!« zischte sie und griff nach dem Mädchen, aber es war schon zu spät. Sie war zu langsam. Tira bewegte sich auf den Ort des Kampfes zu, und Grace stieß einen erstickten Schrei aus. Dann drehte sich das Mädchen um, wich den stampfenden Beinen der furchterfüllten Pferde aus und ging am Flußufer in die Hocke, direkt rechts neben der Brücke. Kleine Wellen benetzten seine nackten Zehen. Die Kleine zog ihre angesengte Puppe aus dem Kittel, tauchte sie ins Wasser und sah in Graces Richtung.

Grace starrte wie gelähmt zurück. Was tat das Mädchen da nur? Dann tauchte Tira die Puppe erneut unter, und Grace verstand.

»Das Wasser!« rief sie den Rittern zu. »Wir müssen sie ins Wasser treiben. Das ist die einzige Möglichkeit, ihnen zu schaden.«

Keiner der Männer sah in ihre Richtung, aber Durges Grunzen verriet ihr, daß er verstanden hatte. Er wich zurück, direkt auf das Uferstück links von der Brücke zu, genau gegenüber von Tira und den Pferden. Beltan und Meridar taten es ihm gleich, und die *Krondrim* verfolgten sie. Tira rannte zurück in Graces Arme. Grace riß das Mädchen eng an sich. Wieso das Mädchen gewußt hatte, was zu tun war, war ein Geheimnis, das warten mußte.

»Bleib hier«, sagte sie zu Tira. »Daynen, du auch.« Sie schob sowohl das Mädchen wie auch den Jungen zurück auf die Brücke. Daynens Gesicht war eine Maske der Angst, als er Tira mit tastenden Händen fand und sie an sich zog. Grace drehte sich um und eilte zu den Frauen zurück, die am Fuß der Brücke stehengeblieben waren.

»Kommt!« zischte Meridar. »Versucht doch, diese Klinge zu schmelzen, bevor sie euch in zwei Hälften schneidet!«

Er drohte den Verbrannten mit dem Schwert. Sein Gesicht war mit Brandblasen übersät. Die Rüstungen der Ritter funkelten im Licht der kleinen Grasbrände, und Grace wußte, daß es unter all dem Eisen unerträglich heiß sein mußte.

»Treibt sie weiter auf das Wasser zu!« rief Beltan.

Durge grunzte seine Zustimmung. Die Ritter zogen sich weiter nach links zurück, und die *Krondrim* stolperten ihnen hinterher. Fünf Schritte vom Fluß entfernt, dann drei, dann nur noch einen. Die Absätze von Beltans Stiefeln berührten die Wellen, die ans Ufer spülten.

Die Verbrannten blieben stehen.

Die Ritter gingen noch einen Schritt zurück, bis sie bis zu den Knien im Wasser standen. Die *Krondrim* bewegten sich am Ufer auf und ab und streckten die onyxfarbenen Hände nach den Männern aus. Aber sie traten nicht ins Wasser.

Grace erkannte ihn – den Fehler in ihrem Plan. Wasser hatte die Macht, sie zu verletzen. Und das bedeutete, daß die Verbrannten den Rittern niemals in den Fluß folgen würden. Heiße Tränen ließen ihre Sicht verschwimmen.

»Grace.«

Liriths Stimme war leise, aber irgendwie durchdrang sie den Qualm und die Verzweiflung, die ihr das Denken so erschwerten.

»Grace, sieh her.«

Neben ihr ertönte ein gedämpftes Aufstöhnen. Aryn. Grace wischte sich mit den Fingern die Augen klar. Die *Krondrim* hatten sich vom Ufer abgewandt. Jetzt gingen sie in eine neue Richtung – eine, die dank Graces Plan nicht länger von den Rittern und ihren Schwertern blockiert war.

»Grace!« Aryns Stimme war ein heiseres Flüstern. »Was sollen wir tun?«

Grace zögerte, dann ergriff sie die Hände der beiden anderen Frauen. Lirith nickte ernst, und Aryn erwiderte ihren Griff. Gemeinsam sahen die drei Frauen zu, wie die Verbrannten auf sie zutaumelten.

5

Die Ritter stampften mit großem Getöse aus dem Fluß ans Ufer. Aber das Wasser verlangsamte ihre Schritte. Die *Krondrim* waren jetzt ein gutes Stück von ihnen entfernt – und brauchten nur noch wenige Schritte bis zum Fuß der Brücke.

Grace warf einen Blick über die Schulter zu den Kindern, die sechs Meter weiter hinter ihr auf der Brücke standen. »Daynen, du rührst dich nicht von der Stelle. Und halte Tira fest. Hast du mich verstanden?«

Er nickte mit weit aufgerissenen blinden Augen und verstärkte den Griff um Tiras Schultern. Grace wandte den Kopf, und ein sengender Hitzeschwall traf sie mitten ins Gesicht. Sie zwang ihre Beine, sich in unbewegliche Säulen zu verwandeln. Wenn sie die Verbrannten aufhalten konnte, und sei es auch nur für ein paar Sekunden, hatten die Ritter möglicherweise genug Zeit, die Kinder zu retten.

Und wie willst du das schaffen, Grace?

Aber sie kannte bereits die Antwort auf diese Frage. Trotz seiner ganzen Zerbrechlichkeit wurde Fleisch nicht so schnell aufgezehrt. Selbst das glühend heiße Feuer des Krankenhauskrematoriums brauchte seine Zeit, um einen Körper in Asche zu verwandeln.

Ein Ruf übertönte das Prasseln des brennenden Grases. »Adagar! Angriff!«

Eines der Pferde stieg auf die Hinterbeine: Meridars Schlachtroß. Der Hengst stieß ein lautes Wiehern aus, sein Maul war mit Schaum bedeckt, und das Weiße seiner Augen war zu sehen. Aber er war so gut trainiert, daß er dem Befehl seines Herrn gehorchte. Er löste sich aus der Gruppe der Pferde und stürmte direkt in die Reihe der näher kommenden *Krondrim.* Hufe traten zu und schlugen Funken aus harter Haut. Mehrere Verbrannte gingen taumelnd zu Boden – und kamen wieder hoch. Schwarzglänzende Obsidianhände streckten sich aus und strichen über schimmernde Flanken.

Der Hengst stieß ein Wiehern aus, ein winselnder, unglaublich schriller Laut, der Graces Nerven zusetzte. Das Pferd krachte mit zuckenden Beinen zu Boden, als Flammen es schneller einhüllten, als sie je für möglich gehalten hätte. Die Ritter stießen laute Flüche aus, aber sie wurden von einem neuen Wiehern übertönt. Dann brach der Laut ab, als sich die Pferdebeine streckten und erstarrten. Die *Krondrim* umgingen den qualmenden Kadaver und setzten ihren Vorstoß auf die Brücke fort.

Nun waren die Wesen nahe genug, daß Grace ihre Züge erkennen konnte. Auf gewisse Weise erschienen sie noch immer menschlich. Hier und da ließen Ausbuchtungen an Nasen, Kinne und Brüste denken. Die Haut war glatt und strukturlos und erinnerte an vulkanisches Glas, wies dabei aber ein Netzwerk aus Spalten auf, durch die sich eine rotglühende, blutähnliche Lumineszenz wälzte.

Durge und Beltan eilten hinter den Kreaturen her. Meridar folgte ihnen. Aber Grace wußte, daß die Männer nicht rechtzeitig dasein würden. Sie blickte in Augen, die schwarze Steine zu sein schienen: Sie waren hart, spiegelten und waren vollkommen leblos.

Aryn flüsterte ein Gebet an die Göttin Yesaia. Lirith summte ebenfalls etwas; Grace schnappte einmal das Wort *Sia* auf. Sie öffnete den Mund, aber welche Worte konnte sie schon sagen? Zu welchen Göttern beten? Hätte sie an einen Gott geglaubt, hätte sie ihn beschworen, den Fluß zu teilen, das Wasser in den Himmel steigen und dann auf diejenigen niedergehen zu lassen, die umherwandelten und töteten. Aber sie hatte keinen Glauben.

Dann mache es selbst. Spiele Gott. Tun Ärzte das denn nicht jeden Tag?

Es blieb keine Zeit mehr zum Nachdenken. Obsidianhände streckten sich nach ihr aus. Aryn schrie auf. Ein seltsames, knisterndes Geräusch ertönte, und Grace war sich undeutlich bewußt, daß das ihr Haar war, das sich durch die Hitze wellte und zusammenschrumpfte. Sie schloß die Augen und griff mit der Gabe zu.

Diesmal hatte sie keine Angst vor dem finsteren Schatten, der am Rand ihrer Sicht lauerte und verhinderte, daß sie die Gabe im vollen Umfang nutzen konnte. Sie mußte dem Lebensfaden – ihrem Faden – nicht folgen, der dort hineinführte. Ohne zu zögern griff sie nach den silbrigen Strängen, die Lirith und Aryn gehörten. Und wie ging es weiter?

Du hast es bei dem Nebel geschafft, Grace. Wasser ist der gleiche Stoff, nur etwas dichter. Du brauchst ein besseres Netz, das ist alles.

Es blieb keine Zeit, die Fäden der Weltenkraft zu verweben. Statt dessen stellte sie sich das Netz in seiner Gesamtheit vor, und dann war es plötzlich da und schimmerte in ihren Händen. Sie warf es in den dahinfließenden Strom aus Silber, von dem sie wußte, daß er der Fluß war, und keuchte auf, als seine Macht durch sie hindurchfloß. Im Fluß gab es Leben, das der Nebel niemals hätte enthalten können. Um ein Haar hätte sie sich in den Myriaden schwimmender, treibender und umherflitzender Energiefunken verloren, die sich im Wasser befanden. Mühsam zwang sie sich von dem Abgrund zurück, packte das Netz und zog.

Es war schwer, so schrecklich schwer. Sie schaffte es nicht; die Macht des Flusses war viel zu groß, zog sie in die Tiefe.

Dann griffen neben ihr zwei Paar kühle, schimmernde Hände zu.

Wir sind hier, Grace.

Sie zogen gemeinsam, aber das Netz, das sie gewoben hatte, rührte sich noch immer nicht von der Stelle. Dann begriff Grace. Sie kämpften gegen den riesigen, endlosen Fluß der Weltenkraft in dem Strom an, und gegen eine so gewaltige Macht konnten sie niemals gewinnen. Aber was war, wenn sie sich dieser Macht bediente, statt dagegen anzukämpfen?

Mit einem einzelnen Gedanken verwandelte Grace das Netz in einen leuchtenden Krug, in den sie die Fäden des Flusses hineinströmen ließ.

Jetzt!

Drei Paar körperlose Hände berührten den Krug und stießen ihn mit einer einfachen Bewegung um. Silber schoß aus ihm heraus und strömte in eine neue Richtung.

Ein lautes Rauschen ertönte, gefolgt von einem Krachen und einem durch Mark und Bein gehenden Zischen. Grace riß gerade noch rechtzeitig die Augen auf, um sehen zu können, wie die *Krondrim* zurücktaumelten, als eine Welle über das Ufer auf das Festland schwappte. Sie wich mit Lirith und Aryn auf die Brücke zurück, um ihr zu entgehen.

Die Welle war nicht besonders groß. Sie reichte nicht höher als zu den Knien der Verbrannten. Trotzdem rissen die Kreaturen ihre Arme hoch, als das Wasser sie umspülte; die schwarzen Gruben ihrer Münder klafften auf, aber sie waren unfähig, einen Schrei auszustoßen.

Das kalte Wasser schrie für sie – es sprudelte und schäumte und zischte um ihre Beine und ließ Dampfwolken aufwallen. Die *Krondrim* stürzten ins Wasser und erstarrten sofort, so wie geschmolzener Stahl erstarrt, wenn er in den Kühleimer gestoßen wird. Noch mehr Dampf wogte in die Luft. Dann floß das Wasser wieder ab, zurück in den Fluß, und ließ die steifen, verkrümmten Körper der Verbrannten zurück, die kurz vor der Brücke abkühlten.

Grace stolperte näher heran, und sie hielt dabei noch immer Liriths und Aryns Hände. Beltan erreichte sie als erster, gefolgt von Durge. Nur Meridar blieb zurück, starrte auf den gelöschten Kadaver, der einst sein Schlachtroß gewesen war, und sein Blick war so ausdruckslos und unleserlich wie der der Verbrannten.

Beltan ergriff Graces Schultern mit seinen starken Händen. In seinen grünen Augen standen viele Fragen zu lesen, aber er stellte nur eine. »Grace, ist alles in Ordnung?«

Sie nickte andeutungsweise – die einzige Antwort, die sie zustande brachte.

Durge trat vor. »Lady Aryn? Lady Lirith? Geht es Euch auch gut?«

Die beiden Frauen umarmten sich. Dann wandte sich Lirith Durge zu.

Ein Zischen ließ sie verstummen, noch bevor sie etwas gesagt hatte. Der Qualm hatte ihn verborgen, aber jetzt trat er aus einer der Dampfwolken, und jeder seiner Schritte auf dem nassen Boden ließ ein weiteres Zischen ertönen. Grace starrte ihn reglos an, zu keiner Bewegung fähig. Sie hatte sich verzählt. Aber er mußte am steinigen Uferrand entlangegangen sein, wo ihn kein Feuer verraten konnte.

Bevor auch nur einer von ihnen reagieren konnte, schwankte der Verbrannte vorwärts. Grace und Beltan standen ihm am nächsten. Sie erstarrte und fragte sich, wie schnell die Flammen sie verschlingen würden. Der *Krondrim* blickte sie mit seinen ausdruckslosen Augen an ...

... und marschierte ruckartig an ihr vorbei auf die Brücke.

Ein dünner, erbarmungswürdiger Schrei durchschnitt die Luft. Auf der Brückenmitte, keine sechs Meter entfernt, riß

Tira an Daynens Wams und starrte den sich nähernden Verbrannten an. Ihre linke Gesichtshälfte war vor Entsetzen verzerrt, während das Narbengewebe auf der rechten so unbeweglich wie immer war.

»Daynen!« rief Lirith. »Rühr dich nicht!«

»Was ist los?« rief der Junge, während Tränen aus seinen blinden Augen strömten. Er packte die zitternde Tira fester.

Durge sprang auf die Brücke, stieß einen Fluch aus und sprang zurück. Der Steinboden war dort, wo die Füße des Verbrannten in ihm versunken waren, voller Löcher. Von ihnen ging ein dumpfes rotes Glühen aus, und in wenigen Augenblicken schwelte der Teil der Brücke, der sich zwischen dem Ufer und dem *Krondrim* befand, in der hereinbrechenden Dunkelheit. Vor dem Verbrannten drängten sich die Kinder auf dem noch kalten Stein aneinander.

»Es ist heiß«, stieß Durge hervor und stampfte noch immer mit den Füßen auf.

Der *Krondrim* näherte sich den Kindern. Tira schrie wieder auf. Grace klammerte sich an Beltan fest, im festen Glauben, daß dies das Ende war, aber der Verbrannte blieb stehen. Er schien die Kinder zu mustern – nein, nur Tira. Dann beugte sich der *Krondrim* mit einer langsamen, steifen Bewegung vor. Was tat er da nur? Ein Schauder erfaßte Grace, als sie begriff.

Er verbeugt sich vor ihr – erweist ihr seinen Gehorsam.

Tiras Schrei endete, und die Furcht verschwand aus ihrem Gesicht. Sie sah den Verbrannten unbewegt an, dann streckte sie eine kleine Hand nach ihm aus.

»Er wird sie verbrennen!« schrie Aryn. »Warum tut denn keiner was?«

Springt, wollte Grace rufen, aber eine verschwommene Bewegung raste an ihr vorbei auf die Brücke. Ein weiterer

Schrei zerriß die Luft – der tiefe, schreckliche Schrei eines Mannes, der Schmerzen litt. Meridar.

Der Ritter versteifte sich, als Qualm von seinen Stiefeln aufstieg; Schweiß floß in Strömen sein Gesicht herunter. Mit zusammengebissenen Zähnen rannte er über den nachgiebigen, geschmolzenen Boden. Sein Kettenhemd glühte im blutroten Licht. Der *Krondrim* drehte sich um, aber er reagierte zu langsam. Meridar schlang die ausgebreiteten Arme um den Verbrannten.

Das Brutzeln verbrennenden Fleisches war deutlich zu hören. Wieder ertönte ein Schrei, und erst eine Sekunde später erkannte Grace, daß es sich um ein Wort handelte.

»Aryn!«

Dann trug die Wucht seines Angriffs Meridar vorwärts, und er nahm den Verbrannten mit. Eingehüllt in einen Feuerball kippten sie über den Brückenrand und stürzten in den schnell dahinströmenden Fluß. Ein Zischen hallte durch die Luft, das aber schnell erstarb und nach dem Stille eintrat. Ein paar Herzschläge später trieben zwei dunkle, miteinander verschmolzene Körper an die Wasseroberfläche. Dann versanken sie wieder und waren verschwunden.

Aryn machte einen taumelnden Schritt vorwärts. »Sir Meridar ...«

Lirith griff nach der Baronesse und hielt sie von der Brücke zurück.

»Möge Vathris ihn zu sich aufnehmen«, sagte Beltan heiser.

Grace machte sich aus den Armen des blonden Ritters frei und sah zu den feurigen Spuren hinüber, die sich das andere Flußufer entlangschlängelten. Sie hatten fast die Westseite der Brücke erreicht. Grace fuhr sich über die trockenen, aufgesprungenen Lippen, dann sprach sie so leise, daß Daynen und Tira sie nicht hören konnten.

»Die anderen kommen.«

Beltan folgte ihrem Blick. »Wir müssen die Kinder von der Brücke runterholen.«

Durge näherte sich dem Bauwerk und wurde von der sengenden Hitze zurückgetrieben. Die zwischen dem Ostufer und den Kindern befindliche Brückenhälfte glühte noch immer. »Wir müssen warten, bis sich der Stein abgekühlt hat.«

Beltan schüttelte den Kopf. »Wir können nicht warten. Die anderen *Krondrim* werden die Westseite in zwei Minuten erreicht haben. Wenn es Meridar darüber geschafft hat, schaffen wir es auch.«

Durge packte Beltans Arm mit seiner kräftigen Hand und hielt den großen Ritter zurück. »Ich habe noch nie jemanden sagen gehört, daß Sir Beltan von Calavan ein Mann ist, der sein Leben sinnlos wegwirft. Sir Meridar hat es über die Steine geschafft, ja, aber als er die Kinder erreichte, war er schon so gut wie tot. Möchtet Ihr Euch zusammen mit den Kindern zu ihm gesellen?«

Die beiden Männer maßen sich mit Blicken, dann stieß Beltan ein Grunzen aus. Durge ließ ihn los.

»Was also tun wir?« fragte Beltan.

Das rote Licht flackerte über Aryns bleiche Züge. »Der Fluß. Sie können ins Wasser springen.«

»Nein«, sagte Durge. »Der Dimduorn ist hier zu tief, außerdem sind die Strömungen zu stark. Sie würden ertrinken.«

Beltan fing an, sich aus seinem Kettenhemd zu schälen. »Ihr habt recht, Durge. Aber es ist trotzdem ihre einzige Chance. Sobald sie gesprungen sind, müßt Ihr und ich ...«

»Daynen! Nein!«

Grace hatte Lirith noch nie zuvor schreien gehört, nicht einmal, als Garf von dem Bären angegriffen wurde. Sie schaute auf, und ihr Herz verwandelte sich in Asche. Daynen hatte sich Tira auf die Schultern gehoben. Jetzt ging der blinde Junge los und setzte seine nackten Füße auf den heißen, glühenden Stein.

Übelkeit würgte Grace. Sie konnten nichts tun außer zusehen. Daynens Gesicht verzerrte sich schmerzerfüllt, als er die Brücke überquerte. Er stolperte weiter, während seine Füße zu leblosen Anhängseln wurden, aber er blieb nicht stehen. Tira saß ganz still auf seinen Schultern, die kleinen Hände gegen seine Wangen gedrückt.

Es erschien Grace wie eine Ewigkeit, die sie zum Zusehen verdammt war, aber es dauerte nur Sekunden, bis Beltan mit seinen langen Armen zugreifen und Daynen und Tira von der Brücke reißen konnte. Tira schlang ihre Arme um den Hals des Ritters und sah zu, wie Lirith neben dem Jungen auf die Knie fiel. Grace kniete sich neben sie, aber sie kannte die Diagnose bereits.

Sie machten es ihm auf dem Gras bequem. Sein Gesicht war ganz blaß, voller Schweiß und Ruß, aber seine Miene war friedlich. Das war der einzige Segen derartiger Verbrennungen – in seinen verkohlten Beinen gab es keine Nerven mehr, die Schmerzen weiterleiteten.

Daynen schaute auf und sah sich mit seinen blinden Augen um. »Lady Lirith?«

»Ich bin hier.« Tränen schimmerten in ihren Augen, aber ihre Stimme war leise und beruhigend.

»Geht es Tira gut?«

»Mit ihr ist alles in Ordnung. Keine Angst.«

»Ich habe ... keine Angst.«

Seine Stimme wurde schwächer, das Zittern seines Körpers ließ nach. Der Schock setzte ein. Es würde nicht mehr lange dauern.

»Es war genauso ... genauso, wie ich es sah, Lady Lirith. Nur daß ich jetzt weiß, wer es war ... den ich trug.«

Die Hexe strich ihm schweißfeuchtes Haar aus der Stirn. »Was meinst du, Daynen?«

»Es war Tira. Sie habe ich gesehen. Ich trug sie ... über die hellen Felder ... der Sonne.« Daynens Lippen verzogen sich zu einem Lächeln. »Es war ... es war so ...«

Grace sah zu, wie das Leben aus ihm herausströmte, und sein dünner Körper regte sich nicht mehr. Eine kleine Gestalt löste sich aus Beltans Armen und kam heran. Tira. Sie ging in die Hocke und berührte Daynens Gesicht, strich mit den Fingern über seine Lippen, die Nase, die weit aufgerissenen Augen. Dann wandte sie sich ab und kletterte in Graces Arme. Grace sah zu den sich nähernden Kreaturen hinüber.

»Wir müssen los«, sagte Durge. Der Ritter hatte die noch immer aufgeregten Pferde geholt.

Beltan kniete nieder und erhob sich mit Daynen in den Armen; es war, als hielte er ein kleines Lumpenbündel. Lirith blieb knien – mit Aryns Hand auf der Schulter –, als Beltan zum Flußufer ging, sich wieder bückte und die kleine Leiche in das dunkle, schnell dahinströmende Wasser gleiten ließ. Er kehrte zu Lirith zurück und half ihr auf die Füße.

»Könnt Ihr reiten?« fragte er.

»Ja.«

Sie stiegen auf die Pferde. Die Tiere schnaubten und stampften nervös mit den Beinen, sie hatten es eilig, von dem Gestank nach Rauch und Feuer wegzukommen.

Aryn warf vom Rücken ihrer Stute einen Blick auf die Brücke. »Im Wald, bevor wir das Lager verließen, hat mir Meridar erzählt, daß er sich wegen seiner Taten in Falanor schämte«, sagte sie leise. »Er sagte, er hätte ehrlos gehandelt, daß er aus Rache die Unschuldigen und Schwachen getötet hätte. Er wollte es wiedergutmachen und sich in ...« Sie schluckte. »Sich in meinen Augen als Ehrenmann erweisen.«

Grace starrte sie an, dann sagte sie die einzigen Worte, die sie fand. »Und hat er es getan?«

Aryn schüttelte den Kopf, und die Feuchtigkeit auf ihren Wangen schimmerte im Licht der kleinen Flammen auf dem Boden. »Was gab es da zu beweisen?«

Die Baronesse wendete ihr Pferd und galoppierte los. Die anderen folgten ihr. Grace blickte auf das kleine Mädchen hinunter, das vor ihr auf dem Sattel saß. Vor ihrem geistigen Auge verneigte sich der *Krondrim* wieder vor Tira. Was hatte das zu bedeuten?

Vielleicht war es ein Gruß. Der eine Verbrannte grüßt die andere ...

Grace fröstelte, als sie Shandis nach Osten und in die Nacht hinein trieb und die Feuer hinter sich ließ.

6

Vielleicht hatte Oragien recht. Vielleicht war er ja wirklich ein Runenmeister. Trotzdem beschlich Travis das Gefühl, bei weitem nicht der größte Zauberer zu sein, den es auf Eldh je gegeben hatte.

Bruder Larad starrte finster Travis' Wachstafel an. »Ihr habt *Stein* und *Himmel* verwechselt. Schon wieder. Ihr habt *Eisen* auf der falschen Seite durchgestrichen. Schon wieder. Und Euer *Wasser* sieht aus wie etwas, das ein Kind mit einem Stock in den Dreck kratzen würde.« Er warf die Tafel auf den Tisch. »Dafür würde sich ein Lehrling schämen.«

Bruder Eriaun durchschritt mit rauschender Kutte die kleine Zelle und nahm die Tafel. »Also, Bruder Larad, das ist doch gar nicht so ... nun, es ist nicht ...« Er seufzte. »Also ich finde, er bessert sich.«

Travis sackte auf seinem Stuhl zusammen. Er hatte Oragien gewarnt, daß er nicht viele Runen kannte. Trotzdem hatte ihn der Großmeister Larad und Eriaun übergeben, damit sich die beiden ein Urteil über seine Fähigkeiten bilden konnten.

Larad verschränkte mit finsterer Miene die Arme. »Wie soll er uns dabei helfen, den Runenstein zu entziffern, wenn er nicht mal die einfachsten Runen lesen und schreiben kann?«

»Larad, er ist ein Runenmeister.«

»Das ist uns gesagt worden. Aber woher sollen wir wissen, ob es auch stimmt?«

»Er kann Runen sprechen, sie binden und brechen. Seit dem Verschwinden der Runenmeister hat es in Falengarth niemanden mehr gegeben, der über alle drei dieser Fähigkeiten gebot.« Eriaun breitete die dicken Hände aus. »Was auf Eldh müßt Ihr denn noch wissen, Larad?«

Dem Grunzen nach zu urteilen, das als Antwort ertönte, brauchte er noch etwas anderes, aber was das war, wollte er nicht sagen. Er sah Travis scharf an. »Der Abendchor beginnt in einer Stunde. Ich schlage vor, daß Ihr Euch bis dahin ausruht. Wir machen danach mit unserer Arbeit weiter.« Er drehte sich um und verließ den fensterlosen Raum.

Eriaun schenkte Travis einen verständnisvollen Blick. »Ihr müßt Bruder Larad vergeben. Er ist ... das heißt ...« Doch falls es einen Grund gab, Larad zu vergeben, brachte Eriaun ihn anscheinend nicht über die Lippen. Er lächelte hilflos, dann ging er zur Tür und ließ Travis allein.

Travis lehnte sich in den Stuhl zurück und massierte die schmerzenden Schläfen mit den Fingern. Seit nunmehr drei Tagen bedrängte Larad ihn, verlangte Antworten und durchforstete sein Gehirn nach Wissen.

»Sobald wir uns davon überzeugt haben, daß Ihr bereit seid, werdet Ihr uns helfen, den Runenstein zu entziffern«, hatte Oragien am Morgen von Travis' zweitem Tag im Turm verkündet. »Zweifellos werdet Ihr in ihm etwas entdecken, das uns entgangen ist, irgendeine Macht, die uns hilft, gegen die *Krondrim* vorzugehen.«

Travis hätte beinahe gelacht – er bezweifelte, daß er jemals dafür bereit sein würde –, aber der Ernst in Oragiens blauen Augen hatte ihn dazu veranlaßt, sein Gelächter herunterzuschlucken.

Er schloß die schmerzenden Augen und dachte an die Geschichten zurück, die Falken ihm über die Runensteine erzählt hatte. Einst hatten die Runenmeister neun dieser Steine geschaffen, die den Schlüssel zu ihrem gesamten gesammelten Wissen enthielten. Die meisten waren vor sieben Jahrhunderten beim Fall von Malachor verlorengegangen. Und Travis wußte, daß ein weiterer unter dem Weißen Turm der Runenbinder begraben – und vermutlich zerschmettert – lag.

Aber zumindest einen der Runensteine gab es noch immer, und zwar hier im Grauen Turm.

»Im Laufe der Jahrhunderte ist viel Wissen verlorengegangen«, hatte Oragien zu ihm gesagt. »Trotz unserer unablässigen Studien können wir nur einen Bruchteil von dem verstehen, was auf dem Runenstein eingemeißelt ist. Ihr, Bruder Wilder, werdet uns helfen, mehr zu erfahren.«

Travis seufzte und öffnete die Augen. Er wünschte, Falken und Melia wären hier. Bestimmt hätten sie viel besser als er verstanden, was hier eigentlich genau vor sich ging.

Aber sie sind nicht da, Travis. Du schon.

Er betrachtete seine rechte Hand. Er hatte sich an das ständige Kribbeln unter der Handfläche gewöhnt, aber es war noch immer da – das Symbol, das ihm Jack in jener schrecklichen Nacht unter dem Magician's Attic irgendwie in sein Fleisch eingebrannt hatte.

Jakabar vom Grauen Stein war ein Runenmeister. Und Ihr seid es auch.

Oragiens Worte gingen ihm noch immer durch den Kopf. Selbst jetzt erfüllten sie ihn mit maßlosem Staunen. Aber hatte er sie nicht schon zuvor irgendwo gehört?

Du bist derjenige, der mich an diesen Ort gelockt hat. Du bist Jakabars Erbe!

Ja, das war das fehlende Stück des Puzzles. Der Mann, der in Castle City in seinem Saloon verbrannt war, hatte etwas mit Eldh zu tun gehabt – vielleicht war er sogar von Eldh gekommen. Das gleiche traf auch auf Jack Graystone zu. Jack, der ihm kurz vor seiner ersten Reise nach Eldh den Großen Stein *Sinfathisar* anvertraut hatte. Den Stein des Zwielichts.

Der Graue Stein, dachte Travis.

Falken hatte berichtet, wie die *Imsari*, die drei Großen Steine, vor siebenhundert Jahren nach dem Untergang von Malachor über die Welt verstreut und von den letzten drei Runenmeistern versteckt worden waren. Und Deirdre und Hadrian Farr hatten gesagt, daß Jack mindestens mehrere Jahrhunderte alt gewesen war. Es gab nur eine Antwort, die zu all diesen Beweisen paßte. Jack war einer der drei Runenmeister, die mit den *Imsari* geflohen waren. Irgendwie war er auf die Erde gelangt. Und irgendwie hatte Jack in der Nacht beim Angriff der Fahlen im Keller des Antiquitätenladens seine Macht als Runenmeister auf Travis übertragen.

Aber was bedeutete das nun wirklich? Eriaun hatte recht – er hatte Runen gesprochen, sie gebunden und gebrochen. Aber er wußte nicht genau, wie er diese Dinge überhaupt zustande gebracht hatte. Es war ihm immer einfach so gelungen, für gewöhnlich in einem Augenblick der Panik.

Also hatte Oragien recht. Er war ein Runenmeister – oder zumindest der Erbe eines Runenmeisters. Das konnte er akzeptieren; nicht, daß ihm sein Wissen eine andere Wahl gelassen hätte. Aber der Großmeister irrte sich, wenn er glaubte, Travis könnte den Runensprechern helfen. Er konnte diese Macht lediglich in sein Inneres einsperren, um nicht noch mehr Menschen damit zu verletzen, als er es schon in der Vergangenheit getan hatte.

Vielleicht hat dir ja Jack diese Macht übertragen, Travis. Aber das muß nicht bedeuten, daß du sie auch benutzen mußt. Du mußt Oragien sagen, daß du ihm nicht helfen kannst. Heute abend noch.

Entschlossen stand er auf. Aber bevor er seinen Vorsatz in die Tat umsetzen konnte, klopfte es an der Tür. Sie öffnete sich, und ein stämmiger junger Mann in einer braunen Kutte trat ein.

Trotz seiner Sorgen mußte Travis lächeln. »Hallo, Himmel.«

Das grobschlächtige Gesicht des jungen Mannes verzog sich zu einem Grinsen. Er nickte und hielt die Hand hoch. Die Bedeutung war klar. *Ich grüße Euch auch, Bruder Wilder.*

»Was ist?« wollte Travis wissen.

Himmel breitete die Arme zu einem Kreis aus, dann machte er die Finger und Daumen steif und ließ sie auf- und zuschnappen.

Travis lächelte. »Die Runensprecher kommen unten zusammen. Es ist Zeit für den Chor.«

Das Grinsen des jungen Mannes wurde noch breiter, und er nickte. Travis war klar, daß sich während des Chors keine Gelegenheit bieten würde, privat mit Oragien zu sprechen. Und danach würden ihn Larad und Eriaun wieder in ihren Klauen haben. Also würde er bis morgen damit warten müssen. Er seufzte, schenkte Himmel ein flüchtiges Lächeln und deutete auf die Tür.

»Geht voran, mein Freund.«

Die nächsten Tage verstrichen schneller, als Travis gedacht hätte. Die meiste Zeit verbrachte er in dem fensterlosen Raum hoch oben im Turm. Dort wurde er Bruder Larads Folterungen ausgesetzt – gnadenlose und sich wiederholende Aktivitäten, die lediglich durch Eriauns verständnisvollere Unterbrechungen abgemildert wurden.

»Das ist doch Wahnsinn!« rief Larad während einer dieser Sitzungen aus, nachdem Travis *Sirith*, die Rune der Stille, falsch ausgesprochen hatte, und zwar als *Silith*, die Rune des Gestanks. »Da könnten wir eher einem Stück Ton beibringen, Runen zu sprechen.«

»Beruhigt Euch, Bruder Larad.« Bruder Eriauns Tonfall war beschwichtigend, klang allerdings etwas nasal, da er sich wegen des fauligen Gestanks, der den Raum erfüllte, die Nase zuhielt. »Holt tief Luft ... oh, nun ja, das ist vielleicht keine so gute Idee. Erinnert Euch lieber an Olrig, und wie er dem Drachen Asgarath die rechte Hand opferte, damit er sich mit dem Geheimnis der Runen davonstehlen konnte. Das Erlangen von Wissen erfordert immer große Opfer.«

»Und ich würde mir lieber beide Hände abbeißen lassen, als einen solchen Trottel unterrichten zu müssen.« Larad stampfte aus dem Zimmer.

Eriaun schenkte Travis ein schwaches Lächeln. »Ich bin sicher, er meint es nicht so, wie es sich anhört.«

Doch im Gegensatz zu ihm war Travis fest davon überzeugt, daß er es *genauso* gemeint hatte. Trotzdem nickte er und beugte sich wieder über seine Tafel.

Obwohl die Arbeit mit den beiden Brüdern ermüdend war, fiel es ihm schwer, sich nicht für die Runensprecher zu interessieren. Das Leben im Grauen Turm war so, als würde man Zeuge, wie eine von Falkens Geschichten zum Leben erwachte. Travis bezweifelte, daß es auf Eldh noch einen anderen Ort gab, an dem man den Namen Olrig noch in Ehrfurcht aussprach – oder Namen wie Ysani und Durnach und all die anderen Alten Götter, was das anging.

Es dauerte nicht lange, und er ertappte sich dabei, daß er sich auf die allabendliche Chorversammlung freute. Für gewöhnlich diskutierten die Runensprecher die Alltagsgeschäfte des Turms, aber sie beendeten die Zusammenkunft stets damit, daß sie einen leisen Gesang anstimmten, der aus Runen bestand. Obwohl er nur ein paar der Runen verstehen konnte, ließ er sich von dem dichten Klangteppich bezaubern, den die Runensprecher in der wispernden Luft des Chorgemachs Stimme um Stimme und Schicht um Schicht webten.

Obwohl er den größten Teil des Tages entweder mit Eriaun und Larad oder im Chorgemach verbrachte, blieb ihm trotzdem etwas Zeit für sich selbst, und die nutzte er dazu, den Turm zu erforschen. Eines Nachmittags erklomm er die Treppe bis nach oben und zählte dabei zweihunderteinundfünfzig Stufen. Er kam zu einer dreieckigen Plattform, die keine fünf Schritte durchmaß und von drei Minaretten eingegrenzt wurde, die den Turm krönten.

Jahre des Autofahrens über schmale Paßstraßen in den Rocky Mountains hatten Travis an Höhen und das Gefühl des Ausgeliefertseins gewöhnt, trotzdem erfaßte ihn die Losgelöstheit des Schwindels, als er in die steil abfallende Tiefe blickte. Bis zum Boden des Felsvorsprungs, aus dem der Turm herausgemeißelt worden war, ging es sechzig Meter pfeilgerade Wände hinunter, und von dem zerklüfteten Rand zu der braungelben Steppe, die in südlicher Richtung bis zum Horizont reichte, waren es noch einmal weitere dreihundert Meter.

Travis begab sich auf die andere Seite der Plattform. Der Ausblick behagte ihm schon eher; jenseits des Abgrunds erhob sich eine steile Bergkette mit messerscharfen Gipfeln nach der anderen, die sich weit in den Norden erstreckten, bis der Dunst sie unkenntlich machte. Das waren die Fal Erenn – die Morgenrotberge. Ein schmaler Kamm verband den Felsvorsprung mit dem direkt gegenüberliegenden Berg; man hatte einen schmalen, kurvenreichen Fußweg in ihn hineingeschlagen.

Travis verfolgte den Weg zurück bis zu dem Felsvorsprung. Direkt vor dem Turmeingang befand sich der einzige waagerechte Platz auf dem Felsen, ein unregelmäßig geformter Halbkreis von etwa dreißig Meter Durchmesser. Genau in der Mitte dieses Plateaus befand sich ein Umriß, der so dunkel war, daß Travis ihn zuerst für eine Grube hielt. Dann kniff er die Augen zusammen und erkannte die Wahrheit.

Es war ein Monolith. Aus dieser Entfernung war seine genaue Größe unmöglich zu bestimmen, aber Travis war klar, daß, sollte er sich darunter stellen, ihn der Stein weit überragen würde. Was war sein Zweck? Er erschien so verloren, so ganz allein auf dem Plateau.

Mehrere Minuten der Beobachtung ergaben keine Antwort – dafür drohte der heiße Wind seine Augen auszutrocknen. Travis ließ sich von ihm zurück zur Treppe drängen.

Er hatte fast das Stockwerk seines Gemachs erreicht – das sich etwa in der Mitte des Turms befand –, als er in Bruder Eriaun hineinlief. Buchstäblich. Hätte er nicht schnell reagiert und nach Eriauns Kutte gegriffen, hätte der Bruder möglicherweise die letzte interessante Entdeckung seines Lebens gemacht: wie lange man brauchte, um zum Boden des Turms zu fallen.

»Nun, das war ein aufregendes Erlebnis«, sagte der Runensprecher, als er seine zerknitterte Kutte glattzog. »Und ich entnehme ihm, daß Euch noch keiner die Treppenregeln erklärt hat.«

Travis richtete seine Nickelbrille. »Die Treppenregeln?«

»Auf der Innenseite nach oben, auf der Außenseite nach unten.«

»Oh. Ich werde beim nächsten Mal daran denken.«

»Davon bin ich überzeugt.« Eriauns kurzsichtiger Blick hellte sich auf. »Aber es war Olrigs Hand, die uns zusammengeführt hat. Denn ich wollte gerade zu Euch.«

Sie gingen nach unten – auf der Außenseite der Wendeltreppe.

»Was wolltet Ihr denn von mir, Bruder Eriaun?«

»Eigentlich nur eine Kleinigkeit. Ihr müßt wissen, jeder von uns hat seine Steckenpferde. Dinge, die einen interessieren. Ich zum Beispiel studiere seit vielen Jahren die *Imsari.*«

»Die Großen Steine?« fragte Travis überrascht.

»Genau. Ich bin schon seit vielen Jahren auf der Suche nach Informationen, die einem verraten, welche Runen man in welcher Reihenfolge sprechen muß, um einen der Steine gefahrlos zu benutzen. Nicht, daß es einen konkreten Anlaß dafür gäbe, da bin ich mir sicher. Aber Ihr wißt natürlich, daß man meistens aus Neugier forscht und nicht aus Notwendigkeit. Und ich wollte mit Euch sprechen, weil ... nun, man behauptet ... es heißt, Ihr hättet Kontakt zu einem gehabt ...«

»Ich habe ihn gehalten, wenn es das ist, was Ihr meint«, sagte Travis leise. »Der Stein des Zwielichts.«

Eriaun blieb mit entrücktem Blick stehen und sprach das Wort wie einen Seufzer. »*Sinfathisar.*«

»Aber ich habe niemals irgendwelche Runen gesprochen, bevor ich ihn hielt. Es tut mir leid.«

Der Runensprecher blinzelte. »Nein? Aber Ihr seid ein Runenmeister. Was könnte man da auch anderes erwarten. Olrig möge mir helfen, aber das hätte ich mir denken können. Ihr braucht keine Runen!« Eriaun berührte seinen Arm. »Aber wenn Ihr einmal zurückdenkt und Euch erinnern solltet, daß Ihr vor der Berührung des Großen Steins doch Runen gesprochen habt, werdet Ihr mir doch sagen, welche es waren, oder?«

Travis suchte nach Worten. »Sicher. Natürlich.«

Der Runensprecher strahlte, setzte sich wieder in Bewegung und ließ Travis an der Tür seines Gemachs zurück.

»Vielen Dank, Bruder Wilder.« Eriauns dünne Stimme hallte die Treppe hinauf. »Ich sehe Euch beim Chor.«

Travis dachte über die Begegnung mit dem seltsamen kleinen Runensprecher nach, zuckte mit den Schultern und öffnete die Tür zu seiner Zelle.

Erst als er sie hinter sich schloß, stutzte er. Eriaun hatte gesagt, er wäre auf dem Weg zu ihm gewesen. Aber als sie zusammengestoßen waren, hatte Travis das Stockwerk, in dem sein Gemach lag, noch lange nicht erreicht.

Woher hatte Eriaun gewußt, daß er weiter oben im Turm zu finden war?

7

Am nächsten Tag erwachte Travis in der Hoffnung, den Turm verlassen zu können, Luft einatmen zu können, die nicht von Stein umgeben wurde. Aber seine Arbeit mit den Runensprechern dauerte von kurz nach Sonnenaufgang bis zum Abendchor und ließ keine Zeit für weitere Erforschungen übrig. Am darauffolgenden Tag hielt einer der wilden Stürme – wie der in jener Nacht, in der Oragien ihn gefunden hatte – die Welt gefangen. Es war ein seltsamer Sturm; brodelnd, wütend und von Blitzen erschüttert, die ein kränklich gelbes Licht verbreiteten.

Der Morgen nach dem Sturm war heiß und klar, und beim Frühstück teilte Himmel Travis mittels einer Reihe ungewöhnlich aussagekräftiger Handbewegungen mit, daß die Brüder Eriaun und Larad bis zum Mittag beschäftigt sein würden. Das war seine Chance. Als er sich dem hohen, dreieckigen Tor des Turms näherte, rechnete er jeden Augenblick damit, daß jemand angelaufen kam, um ihn aufzuhalten. Doch das geschah nicht.

Warum sollten sie auch? Du bist hier kein Gefangener. Selbst wenn es den Anschein hat, als wäre Larad dein persönlicher Inquisitor.

Das Holztor war riesig und mit eingeschnitzten Runen übersät, aber es schwang mühelos beiseite, als er es aufstieß. Er schlüpfte hindurch und betrat die dahinterliegende Welt.

Der Pfad, der vom Grauen Turm fortführte, war schmal und von den Schritten zahlloser Füße tief in den Felsen eingegraben. Travis folgte ihm über das Plateau, dann betrat er den Dammweg und genoß den zu Kopf steigenden Lockruf, der von beiden Seiten des Abgrunds ausging. Nachdem er den

Dammweg zur Hälfte überquert hatte, drehte er um, da er nicht dafür verantwortlich sein wollte, daß ein möglicherweise zufällig aus dem Fenster sehender Bruder einen hysterischen Anfall erlitt, wenn er sah, wie die letzte Hoffnung auf Rettung der Runensprecher einfach fortging.

Als er wieder auf dem Plateau war, ließ er sich von dem großen Gebilde anziehen, das den Halbkreis dominierte. Der Monolith war in der Tat sehr groß, wenn auch nicht so groß, wie er vermutet hatte. Er ragte etwa das Anderthalbfache seiner Körpergröße in die Höhe und war dick genug, daß man die Arme zweier mittelgroßer Männer benötigt hätte, um ihn zu umfassen. Der Stein war fast schwarz und aus einer Art Vulkangestein gemeißelt, das nur wenig Ähnlichkeit mit dem grauen Felsgestein der Fal Erenn hatte.

Travis verließ den abgetretenen Pfad. Als er sich dem Stein näherte, zog sich die Welt zurück, und sein Herzschlag schien aufzuhören. Dann sah er die einzelne Rune, die in die Oberfläche des Steins eingegraben worden war. Es war *Sirith.* Die Rune der Stille.

Neugierig geworden, unternahm er ein Experiment. Er öffnete den Mund und sprach leise und ohne jeden Nachdruck – nur für den Fall, daß er sich irrte – eine Rune. *Sharn.*

Es war, als hätte man in einen Ballen Baumwolle hineingesprochen. Er fühlte, wie die Rune des Wassers seinen Mund verließ und von den Falten des Zaubers verschluckt wurde, die den Monolithen umgaben.

Travis versuchte ein weiteres Experiment. Er sagte: »Hallo.«

Diesmal hallte das Wort durch die Luft, aber es klang gedämpft. Also brachte der Stein nur Runen zum Schweigen. Er wandte sich von dem Artefakt ab, und die Welt mit ihren Geräuschen schlug wieder über ihm zusammen.

Travis betrachtete den Stein. Warum stand vor dem Grauen Turm ein Objekt, in das die Rune der Stille gebunden war?

Schließlich war das hier doch die Festung der Runen*sprecher.* Wie sollten sie in der Stille ihre Magie wirken?

Er zuckte mit den Schultern. Der Stein würde ihm diese Frage mit Sicherheit nicht beantworten. Über ihm am Himmel näherte sich die Sonne ihrem Zenit; Bruder Larad würde auf ihn warten. Mit einem Seufzen ging er langsam zum Turm zurück.

Erst eine Woche nach dem Vorsatz, mit Oragien zu sprechen, erwischte Travis den Großmeister endlich allein.

»Ich habe heute nachmittag mit Bruder Eriaun gesprochen«, sagte Oragien, bevor Travis den Mund aufmachen konnte. »Er hält die Zeit für gekommen, daß Ihr damit beginnt, den Runenstein abzusuchen.«

Diese Worte trafen Travis völlig unvorbereitet. Er war eher zufällig im Refektorium auf den Großmeister gestoßen. Das war ein großer Raum mit Tischen und Bänken, die zur gleichen Zeit für dreihundert Runensprecher Platz boten. Aber nun kamen kaum ein Drittel davon zusammen. Travis war hungrig, und er war ins Refektorium gegangen, weil er hoffte, dort Himmel zu finden, wie er sich zusammen mit den anderen paar Dienern des Turms ums Abendessen kümmerte, und daß sich der junge Mann überreden ließ, sich vor der Zeit von einem Stück Käse oder einem Apfel zu trennen. Statt dessen fand er Oragien, der allein dasaß und ein einfaches Mahl aus Brot und Feigen zu sich nahm.

Endlich fand Travis seine Sprache wieder. »Den Runenstein wonach abzusuchen?«

»Natürlich nach dem Schlüssel.« Oragiens Augen waren so scharf und blau wie der Winterhimmel. »Der Schlüssel zum Sieg über die *Krondrim.*«

Travis starrte den Großmeister an. Der Mann im Saloon, der vor seinen Augen verbrannt war, hatte von einem Schlüssel gesprochen. Aber wie sah er aus?

Nimm dich in acht – es wird dich verzehren.

Konnte es sein, daß er sich verhört hatte? Daß der Mann in Schwarz ›*Er* wird dich verzehren‹ gesagt hatte? Daß es der Schlüssel war, vor dem er sich hüten sollte? Oder war gar die Rede von den *Krondrim* gewesen?

Travis holte tief Luft, dann stellte er die Frage, die ihn beschäftigte, seit er im Grauen Turm aufgewacht war. »Großmeister, Bruder Larad sagte, daß jemand den Runensprechern dabei half, mich nach Eldh zu rufen.«

»Bruder Larad sagt vieles«, antwortete Oragien, bevor Travis fortfahren konnte. Er sagte es nicht grob oder ärgerlich, sondern ganz sachlich.

»Aber Ihr hattet Hilfe, oder?«

Oragien nickte. »Und verändert das irgend etwas?«

»Nein, natürlich nicht.« Travis befeuchtete die Lippen. »Es ist nur ... ich wollte bloß wissen, von wem.«

Zu Travis' Überraschung lachte Oragien und schlug mit der knotigen Hand auf den Tisch. »Eine sehr gute Frage, Bruder Wilder. Und wenn Ihr Glück habt, werden sie sie Euch eines Tages auch beantworten. Nicht einmal ich bin mir sicher, daß ich die Antwort auf diese Frage tatsächlich weiß.«

Travis runzelte die Stirn. Das war nicht die Erwiderung, die er erwartet hatte. Er versuchte es noch einmal auf eine andere Weise. »Wenn die Runensprecher mich herbeibeschworen, warum erschien ich dann in dem Dorf unterhalb des Turms?«

Oragien seufzte, und die Heiterkeit schwand aus seinem faltigen Gesicht. »Ich weiß es nicht, Bruder Wilder. Es gibt vieles, das wir nicht mehr wissen. Der Runengesang, mit dem wir Euch herbeischworen, ist seit vielen Jahrhunderten nicht mehr benutzt worden. Er war sogar seit langem verloren und ist uns erst kürzlich wieder enthüllt worden.«

»Aber wenn Ihr nicht wußtet, wo ich auftauche, wieso wußtet Ihr dann, daß ich in der Schenke bin?«

Ein Hauch der Heiterkeit kehrte zurück. Oragiens Augen funkelten amüsiert. »Mein Sohn, ich bin der Großmeister. Wir haben vieles vergessen, aber ich habe noch immer meine Tricks.«

Travis kam zu dem Schluß, daß er keine weiteren Informationen mehr erhalten würde. Er sammelte sich, dann sprach er die Worte aus, die er die letzten sieben Tage geübt hatte. »Großmeister, ich sage dies voller Respekt, aber ich glaube nicht, daß ich die Macht habe, Euch gegen die *Krondrim* zu helfen.«

Oragien winkte ab. »Bescheidenheit steht Euch gut, Bruder Wilder. Es ist sogar gut und viel zu selten, daß einem jemand begegnet, dessen Stolz nicht zusammen mit seinen Fähigkeiten gewachsen ist. Aber vergeßt nicht, daß Ihr ein Runenmeister seid. Nicht nur der Großmeister eines Ordens, wie ich es bin. Ihr habt die Macht, den Schlüssel zu entdecken.« Oragiens Stimme wurde leise. »Das heißt, wenn Ihr Euch dazu entschließt, uns zu helfen.«

Travis wollte darauf etwas erwidern, aber er fand keine Worte, als ihm klar wurde, was gerade geschehen war. Oragien, der Großmeister des Grauen Turms der Runensprecher, hatte ihn gerade um Hilfe gebeten.

Oragien ergriff seinen Stab und stand auf. »Kommt, Bruder Wilder, es ist Zeit für den Chorgesang.«

An diesem Abend bat man Travis im Chorgemach, die Geschichte seiner ersten Reise nach Eldh zu erzählen. Als er das Podium in der Mitte des Gemachs betrat, zitterten ihm die Knie; er war es nicht gewohnt, im Mittelpunkt des Interesses zu stehen. In der Luft um ihn herum wisperten die Stimmen der Vergangenheit; hier, im genauen Zentrum des Gemachs, hielten sie sich am längsten. Wie alt waren wohl einige der Laute, die er so gerade noch eben hören konnte? Tage? Wochen? Jahrhunderte?

Irgendwie war der Gedanke an all die anderen, die dort gestanden hatten, wo er nun stand, tröstend. Travis begann, und die Beschreibung seiner Erlebnisse strömte nur so aus seinem Mund. Seine Worte hallten durch das Gemach, jedes von ihnen verklang, ohne jemals ganz zu verstummen, und webten einen Klangteppich, bis es beinahe den Anschein hatte, als könnte er alle sehen, von denen er erzählte: Melia und Falken, Grace und Beltan, Aryn und Durge.

Als er zu dem Teil der Geschichte kam, bei dem es um den Weißen Turm der Runenbinder ging, beugten sich alle Brüder, Gesellen und Lehrlinge vor, begierig, etwas über ihre alten Mitbrüder zu erfahren. Dann sprach er von der Torheit der Runenbinder, von dem Blut, das beim zweiten Zerbrechen des Grundsteins geflossen war. Entsetzte Ausrufe vermengten sich mit dem Wispern, das die Luft erfüllte.

»Bruder Wilder, Ihr könnt nicht erwarten, daß wir glauben, was Ihr uns da erzählt«, rief eine rüde Stimme.

Travis schaute auf und sah Bruder Larad auf das Podium zuschreiten. Köpfe nickten, während er an ihnen vorbeiging. Der dunkelhaarige Runensprecher war nicht der einzige, der Travis' Geschichte anzweifelte.

»Wie sollte es möglich gewesen sein, daß die Runenbinder bei der Grundsteinlegung ihres Turms das Blut eines Nekromanten vergossen? Im Krieg der Steine wurden sämtliche Dunklen vernichtet. Und selbst wenn einer überlebt hätte, wie hätten die Runenbinder – Sterbliche wie wir – ein solches Wesen fangen sollen?«

Travis wollte etwas erwidern, auch wenn er nicht genau wußte, was er sagen sollte, aber eine andere Stimme kam ihm zuvor.

»Ich glaube es.«

Alle Blicke wandten sich Oragien zu, der mit dem Stab in der Hand neben seinem Sitz stand.

»Seit jeher war der Orden der Runenbinder der stolzeste von allen«, fuhr der Großmeister fort. »Sie leiteten ihre Herkunft direkt von den Runenmeistern ab, die das Runentor in der Schattenkluft banden. Mikelos, der letzte Großmeister der Runenbinder, hat einmal gesagt, daß sein Orden die Sonne am Himmel binden könnte, wenn er nur wollte, damit immer Tag sei. Ein Jahr später fiel der Weiße Turm, und es gab keine Runenbinder mehr.« Er richtete den Blick auf Travis. »Jetzt wissen wir endlich, aus welchem Grund.«

Ein allgemeines Nicken setzte ein, und so manch einer wischte sich bei dem Gedanken an die Tragödie, die vor über dreihundert Jahren den Runenbindern zugestoßen war, Tränen aus den Augen. Larad runzelte die Stirn, setzte sich aber und enthielt sich jeden weiteren Kommentars. Aber Travis spürte während des Rests seiner Geschichte, daß er ihn nicht aus den Augen ließ.

Am nächsten Abend, die Sonne war gerade untergegangen, schaute Travis zufällig auf und sah Oragien in der Tür stehen.

»Großmeister!« Travis erhob sich von seinem Bett – er hatte dort mit übereinandergeschlagenen Beinen gesessen und an einer Runentafel gearbeitet – und glättete seine graue Kutte.

»Es ist Zeit«, sagte der weißhaarige Mann.

»Für den Chor. Ja, natürlich. Laßt mich nur ...«

»Nein, Bruder Wilder. Heute abend findet kein Chor statt.«

Travis erstarrte. Eine ruhige Kraft lag in Oragiens Stimme.

Der Großmeister zeigte mit seinem Runenstab durch die Tür. »Hier entlang.«

Travis brachte ein Nicken zustande, dann folgte er dem alten Runensprecher. Während sie die Treppe hinuntergingen, schlossen sich ihnen zwei Gestalten an, die eine klein und untersetzt, die andere größer, schärfer und dunkler; beide waren sie in Nebelgrau gekleidet. Larad und Eriaun. Sie sprachen Travis nicht an, und er traute sich nicht, das Schweigen zu brechen.

Als sie das Erdgeschoß erreichten, glaubte Travis, die Prozession würde hier anhalten. Aber Oragien führte sie durch einen Durchgang, der Travis zuvor noch nie aufgefallen war. Tatsächlich wies der Torbogen solch seltsame Winkel auf und war so in die Wand hineingebaut worden, daß die Öffnung unmöglich zu sehen war, bevor man schon mitten in ihr stand.

Hinter dem Durchgang befand sich eine weitere Treppe: Sie war kleiner, schmaler und von einem farblosen Licht erhellt, das keiner sichtbaren Quelle entsprang. Schon bald wußte Travis nicht mehr, wie viele Drehungen sie zurückgelegt hatten. Die Luft war drückend, als laste ein gewaltiges Gewicht auf ihr, und ihm wurde klar, daß sie in den Felsvorsprung hinunterstiegen, aus dem der hohe Turm herausgemeißelt worden war.

Gerade als er davon überzeugt war, daß die unsichtbare Macht seinen Körper zu Brei zerquetschen würde, endete die Wendeltreppe, und er folgte Oragien in einen höhlenartigen Raum. Die Erbauer des Turms hatten die Wände dieses Gemachs zerklüftet gelassen, aber sie wurden von bleichen Kristallen hervorgehoben, die man überall in sie eingesetzt hatte und die das quellenlose Licht auffingen, es brachen und die kühlen Splitter in alle Richtungen verteilten.

»Was ist das für ein Ort?« murmelte er. Im Gegensatz zu dem Chorgemach dämpfte die Luft dieses Ortes seine Worte, ohne sie aber zu verschlucken wie der Monolith außerhalb des Turms.

Oragien zeigte mit seinem Stab in die Mitte des Raums. Travis trat zögernd einen Schritt vor.

Der Stein hatte die halbe Größe eines Mannes, verfügte über drei Seiten und bestand aus Onyx. Zuerst glaubte Travis, er würde auf einem Ständer ruhen, der dieselbe Farbe wie die Wände hatte. Als er näher kam, erkannte er die Wahrheit: Der Stein schwebte ein Meter zwanzig über dem Boden des Gemachs – ohne die Hilfe eines Gestells oder von Drähten.

Graue Gestalten bewegten sich am Rande von Travis' Blickfeld – in dem Gemach hielten sich noch andere Männer auf, alles in allem etwa zwanzig Brüder. Aber er beachtete sie nicht, denn der Stein hielt seinen Blick gefangen.

Nein, kein Stein. Runenstein. Das kann nichts anderes sein.

Jeder Quadratzentimeter des schwarzen Steins war mit kleinen, regelmäßigen Zeichen bedeckt. Runen. Einige davon konnte Travis entziffern. Die meisten waren ihm unbekannt.

Er blieb vor dem Runenstein stehen und atmete einen scharfen, metallischen Geruch ein, der an die Ausdünstungen eines Blitzschlages erinnerte. Seine rechte Handfläche juckte, und er griff nach der polierten Oberfläche.

»Haltet ein!« befahl eine Stimme in scharfem Tonfall, deren Echo allerdings von der Stille des Raums verschluckt wurde.

»Nein, Bruder Larad, laßt es ihn versuchen«, sagte eine andere, sanftere Stimme. Eriaun.

Oragiens tiefer Bariton durchschnitt die übernatürliche Stille. »Sicherlich wird der Runenstein seinesgleichen erkennen.«

Travis hielt den Atem an, dann berührte er sanft eine Rune.

Fhar.

Die Stimme, die in seinem Kopf erklang, hatte Ähnlichkeit mit Jacks Stimme. Aber irgendwie wußte Travis, daß da nicht der wahre Jack gesprochen hatte. Es war ein Teil von Jack, das war alles. Ein Teil des Runenmeisters, der er einst gewesen war und den er an Travis weitergereicht hatte.

Travis schloß die Augen, und er sah, wie die Rune vor dem

schwarzen Hintergrund aufglühte. *Fhar. Fluß.* Ja, natürlich, es war so offensichtlich.

Hinter ihm keuchte jemand auf. Travis öffnete die Augen, dann sah er, daß die Rune nicht nur in seinen Gedanken glühte. Die Einkerbungen, die die Rune *Fhar* bildeten, schienen mit geschmolzenem Silber gefüllt zu sein, blieben dabei aber kühl. Travis berührte eine andere Rune.

Meleg, wisperte die Stimme in seinem Kopf. *Holz.*

Wie zuvor ihre Vorgängerin leuchtete auch diese Rune nach der Berührung auf, und ein Energiestrom durchfuhr Travis, köstlich, aber flüchtig. Mit sanften Bewegungen strich Travis über drei weitere Runen. Jede von ihnen erwachte schlagartig zu silbrigem Leben, während er den Worten lauschte.

Tisra. Kael. Pehr.

»Das reicht, Bruder Wilder«, sagte jemand, aber es klang dumpf und wie aus weiter Ferne. Das Licht der Runen erfüllte ihn und sang in seinen Adern. Er spreizte die Finger und legte beide Hände auf den Runenstein.

Indar. Sefel. Ris.

Greller Lichtschein strömte aus dem Stein, als die Runen in Travis' Bewußtsein erklangen, eine lauter als die andere.

Uthen. Halas. Lor.

Er trat zurück, aber die Runen ertönten noch immer in seinem Kopf. Sie klangen aber nicht länger wie Jacks Stimme, sondern wie ein ganzer Chor, der zu einer betäubenden Kakophonie anschwoll. Der Stein fing mitten in der Luft an zu rotieren, wurde immer schneller und schoß wild umherfliegende silberne Lichtsplitter in das Gemach. Travis hielt sich die Ohren zu, aber die Stimmen wurden nur noch lauter und drohten seinen Schädel platzen zu lassen.

LaynethKrindorAreshJevuWista ...

»Dal!«

Diese Rune ertönte nicht in seinem Kopf, sondern wurde von einer lauten Stimme gebrüllt, die durch das Gemach donnerte. Die schnatternde Symphonie in Travis' Bewußtsein verstummte abrupt, als wäre eine Tür zugefallen. Das Licht verblaßte zu völliger Dunkelheit, und der Runenstein hielt mit einem Ruck an und blieb bewegungslos schweben. Travis stolperte zurück; sein Körper war so spröde wie angebrochenes Glas. Er drehte sich um und fand sich mit einem wütenden Blick aus hell funkelnden Augen konfrontiert.

»Warum habt Ihr nicht aufgehört, als ich es Euch befahl, Bruder Wilder?« wollte Oragien in einem Tonfall wissen, der nun zwar leise, aber keineswegs weniger hart war.

Travis rang nach Worten. »Es tut mir leid. Es war ... es war so ...« Aber er hätte niemals erklären können, wie es sich anfühlte, von dem erhebenden Licht erfüllt zu werden. Es war, als wäre jede Möglichkeit der Welt wahr geworden.

»Mißachtet nie wieder einen meiner Befehle, Bruder Wilder.«

Travis brachte als Antwort nur ein ruckartiges Nicken zustande.

»Seht Ihr es nun ein, Großmeister?« fragte Larad. Sein narbiges Gesicht war emotionslos, aber in seinen schwarzen Augen funkelte ein selbstzufriedener Schimmer. »Das ist die Gefahr, vor der ich warnte. Das kommt davon, wenn man mit Dingen herumspielt, die wir nicht verstehen.«

Oragien packte den Stab so fest, daß die Knöchel weiß hervortraten, wirbelte herum und ging auf Larad zu. »Und was genau wissen wir, Bruder Larad? Wissen wir irgend etwas?«

Der Großmeister wartete nicht auf eine Antwort. Er drehte sich auf dem Absatz um und schritt aus dem Raum.

Bruder Eriaun blickte ihm besorgt hinterher, dann seufzte er und faltete die Hände. »Olrig wird uns führen.«

»Wird er das?« fragte Bruder Larad. Dann verließ auch er den Raum.

Travis verspürte eine tiefsitzende Übelkeit. Er packte sein rechtes Handgelenk und starrte die Hand an. Unter der Haut schimmerte kaum merklich die Rune der Runen.

Warum, Jack? Warum hast du mir das angetan?

Aber diesmal blieb die Stimme in seinem Kopf stumm.

8

Am nächsten Abend fand wieder kein Chor statt. Bruder Eriaun teilte Travis mit, der Grund dafür bestünde darin, daß viele Fragen zu bedenken und zu erforschen seien, bevor man sie auf die richtige Weise diskutieren könne. Aber Travis kannte den wahren Grund, warum Oragien die Zusammenkunft gestrichen hatte. Nach dem Zwischenfall mit dem Runenstein gab es im Turm mit Sicherheit viele Brüder, die Larads Meinung teilten – daß sie, indem sie Travis den Stein hatten berühren lassen, mit etwas Gefährlichem und Unbekanntem herumgespielt hatten. Würde der Chor zusammentreten, würden diese Stimmen vermutlich am lautesten sein und die Oberhand gewinnen. Indem Oragien den Chor ausfallen ließ, ging er dieser Meinungsverschiedenheit aus dem Weg, vielleicht sogar offener Rebellion.

Gegen Sonnenuntergang brachte Himmel ein Tablett mit einem leichten Abendessen in Travis' Zelle.

»Danke«, sagte Travis. Da war Brot, weicher Käse und eine Schüssel mit einer Gemüse-und-Kräuter-Suppe.

Himmel lächelte und deutete eine Verneigung an. *Keine Ursache.*

Er drehte sich um, aber bevor er den Raum verlassen konnte, sprach Travis ihn an.

»Wenn man etwas tun kann, Himmel, bedeutet das, daß man es auch tun sollte?«

Dann stutzte er und fragte sich unwillkürlich, was ihn dazu veranlaßt hatte, dies zu sagen, und dann auch noch ausgerechnet zu Himmel. Vielleicht lag es einfach nur daran, daß der Stumme einen inneren Frieden ausstrahlte, um den Travis ihn beneidete.

»Ich meine, selbst wenn man über eine ... Macht verfügt, mit der man etwas Bestimmtes tun kann, ist es dann richtig, sie nicht einzusetzen?«

Himmel regte sich nicht, und Travis befürchtete, ihn beleidigt zu haben. Vielleicht hatte der junge Mann seine Worte auch nicht verstanden. Dann trat Himmel einen Schritt vor. Er berührte mit der einen Hand seinen Hals und mit der anderen seine Lippen, und seine Augen wurden ganz groß, als hätte ihn eine plötzliche Entdeckung überrascht. Er öffnete den Mund und streckte die Hände aus, als wären sie Vögel, die von ihm fortflatterten. Dann senkte er die Arme und sah Travis ernst an. Die Botschaft war klar: *Hätte ich eine Stimme, würde ich singen.*

Travis' Wangen röteten sich vor Scham. Aber so einfach ist das nicht, wollte er erwidern. Gesang kann andere Menschen nicht verletzen. Aber als er aufsah, war Himmel verschwunden.

Als er mit dem Essen fertig war, drang Zwielicht durch das Fenster, vermengt mit einem silbrigen Schein, der dem ähnelte, der aus dem Runenstein gequollen war. Der Mond am Himmel war fast voll.

Travis überkam Ruhelosigkeit. Es fand kein Chor statt, aber das bedeutete nicht, daß er in seiner Zelle bleiben mußte. Er ging durch die Tür auf die große Wendeltreppe. Aber bevor er sich für eine Richtung entschieden hatte, trugen ihn seine Füße schon nach oben. Zuerst passierte er Türen, hinter denen die Runensprecher lebten. Einige standen offen, und hier und da sah er Lichter oder hörte Unterhaltungsfetzen. Aus einer Tür drangen laute Worte.

»... das ist unmöglich. Wir haben im Laufe der Jahrhunderte zuviel vergessen. Viel zuviel. Wir sollten nicht ...«

Travis eilte die Stufen hinauf und ließ die wütende Stimme hinter sich zurück.

Im Turm wurde es wieder still. Er war an den Zellen vorbei, die noch von den Runensprechern benutzt wurden. Vor den Türen, an denen er jetzt vorbeikam, lag dicker Staub. Wie lange waren diese Türen wohl schon nicht mehr geöffnet worden? Jahre? Jahrzehnte? Vielleicht sogar länger.

Vor einer dieser Türen blieb Travis stehen. Sie unterschied sich durch nichts von den anderen; sie war aus dem gleichen grauen Holz gefertigt und weder mit einer Rune noch einem Symbol gekennzeichnet. Er ergriff die Türklinke aus Bronze und drückte sie herunter. Die Tür war nicht verschlossen. Neugier erfüllte ihn – und Schuld. Er warf einen Blick zurück die Treppe hinunter, aber es war niemand zu sehen.

Die Neugier gewann.

Er stieß die Tür auf und trat ein. Sofort drang Staub in seine Nase und Lungen und raubte ihm den Atem. Er blinzelte, rieb den Schmutz aus seinen Augen und konnte noch immer nichts sehen. Selbst wenn der Raum über ein Fenster verfügte – und er konnte nicht sagen, ob das zutraf –, draußen war es Nacht geworden. Er überlegte, wieder zu gehen. Aber er zögerte und sprach dann ein leises Wort.

»Lir.«

Ein weiches Licht flackerte in der Luft genau über seinem Kopf auf und trieb die Schatten zurück in die Ecken des keilförmigen Raums. Ein Teil von ihm zuckte bei dieser Zurschaustellung von Macht zusammen. Aber von allen Runen, die er jemals gesprochen hatte, war die Rune des Lichts die sanfteste und diejenige, bei der er sich am sichersten fühlte. Außerdem war niemand da – niemand, der einen Schaden davontragen konnte.

Jetzt, da er sehen konnte, schaute er sich in der Zelle um. Aber bis auf eine mottenzerfressene Bettstatt und einen Stuhl mit nur drei Beinen war sie leer. Mit einem Seufzer ging er wieder hinaus.

Er wußte, er hätte in seine Zelle zurückkehren sollen. Aber wie gewöhnlich setzte sich die Langeweile über den gesunden Menschenverstand hinweg. Er ging ein paar Stufen weiter und öffnete eine andere Tür. Aber der Raum auf der anderen Seite war völlig leer, so wie die nächsten drei auch.

Er schloß die letzte Tür und lehnte sich gegen sie. Er verspürte eine seltsame Enttäuschung. Aber was hatte er hinter den Türen zu finden gehofft? Mit einem Schulterzucken ging er wieder nach unten, auf seine Zelle zu.

Nach drei Schritten blieb er stehen. Hätte nicht das blasse Licht über seinem Kopf geschwebt – das er zu löschen vergessen hatte –, hätte er es niemals gesehen. Da war nur ein schmaler Schatten, wie ein Spalt in der Wand.

Aber in den Wänden an diesem Ort gibt es keine Spalten, Travis.

Er fuhr mit der Hand über glatten Stein. Seine Finger berührten den Schatten – und dann nichts mehr. Da war eine Öffnung in der Wand, wie der Durchgang, der zu dem Runenstein unter dem Turm führte. Er wollte sie nur erforschen, die optische Täuschung sehen, mit der die Erbauer des Turms es geschafft hatten, sie zu verstecken, aber bevor ihm bewußt wurde, was er da eigentlich tat, hatte er schon den Raum auf der anderen Seite betreten.

Hier brauchte er kein Licht. Mit einem Gedanken löschte er es. Ein nebelhafter Schimmer erfüllte einen Raum, der etwa die Größe von drei zusammengelegten Zellen aufwies. Wie in den anderen auch spannten sich Spinnennetze über die Wände und den staubigen Boden. Aber im Gegensatz zu den anderen Räumen war dieser nicht leer.

Travis kniete nieder und untersuchte eines der zerbrochenen Steinfragmente, die verstreut auf dem Boden lagen. Eine Kante war ganz glatt, die andere dagegen scharf. Zuerst glaubte er, die Steine wären von oben herabgefallen, aber ein schneller Blick in die Höhe verriet, daß die Decke so makellos wie der Rest des Turms war. Wo also kamen die Trümmer her?

Er hob ein anderes Stück auf und stutzte. Es handelte sich um eine Hand, die am Handgelenk abgebrochen war; sie war größer als seine, aber perfekt proportioniert. Er drehte die Steinhand herum, und ein Schauder durchfuhr ihn. In die Handfläche war ein Symbol eingraviert. Nein, kein Symbol. Eine Rune, die aus drei sich kreuzenden Linien bestand.

Travis kannte die Rune gut. Sie war das genaue Spiegelbild der Rune, die gelegentlich in seiner Handfläche durchschimmerte. Die Rune der Runen. Das Zeichen eines Runenmeisters.

Die schnelle Durchsuchung des Raums bestätigte seinen Verdacht. Die Steine waren die Überreste einer Statue. Es handelte sich um einen Mann, der mit einem fließenden Gewand bekleidet war. Oder hatte sich zumindest darum gehandelt. Soweit Travis herausfinden konnte, waren seine Züge scharf gezeichnet gewesen, aber ein Mundwinkel, den er fand, schien sich in einem wissenden Lächeln nach oben zu krümmen, was die Strenge des Antlitzes milderte. Darüber hinaus konnte Travis nur wenig sagen, mal davon abgesehen, daß sich die ganze Statue hier zu befinden schien. Er hatte zwei Augen, zwei Ohren und zwei Füße gefunden. Aber jetzt, wo er darüber nachdachte, nur eine Hand. Vielleicht fehlten ja doch ein paar Teile.

Unsinn, Travis. Natürlich ist alles da. Und du weißt ganz genau, wer das ist.

Die Stimme in seinem Kopf – Jacks Stimme – ließ Travis zusammenzucken.

Wer hat seine Hand im Rachen des Drachen gelassen, damit er sich mit dem Geheimnis der Runen davonstehlen konnte?

Es erstaunte Travis immer wieder, daß Jack ihn noch immer zurechtweisen konnte, obwohl es ihn schon lange nicht mehr gab. Aber er hatte recht – Travis wußte, wen die Statue darstellte. Auf gewisse Weise war er der erste Runenmeister gewesen. Olrig, einer der Alten Götter, den man den Dieb oder den Zauberdieb nannte, der den Drachen das Geheimnis der Runenmagie gestohlen und es den Menschen gegeben hatte.

Aber nur den Männern. Zumindest hatte Travis noch keine Runensprecherinnen gesehen. Es gab nur Hexen. Warum war das so? Vielleicht lag es einfach nur daran, daß Frauen mehr Verstand als Männer hatten.

Er seufzte und betrachtete die Hand. »Vielleicht wäre es besser gewesen, das alles wäre ein Geheimnis geblieben.«

»Sagt mir, Bruder Wilder, sprecht Ihr oft zu zerbrochenen Statuen?«

Travis fuhr herum, die Steinhand noch immer in der Hand. Entsetzen blockierte seine Kehle wie ein Eisenball. »Bruder Larad, ich habe Euch gar nicht gesehen. Es tut mir leid. Ich weiß, daß ich vermutlich nicht hier sein sollte, aber ...«

Larad betrat den Raum; das Dämmerlicht erhellte die Narben, die sein Gesicht wie ein feines Netz bedeckten. »Und, könnt Ihr sie wieder zusammensetzen?«

Travis sah ihn nichtbegreifend an. Was meinte Larad damit?

Der dunkelhaarige Runensprecher zeigte auf die Steinhand, dann auf die anderen Stücke. »Die Splitter unseres Lords Olrig. Könnt Ihr sie wieder zu einem Ganzen zusammensetzen?«

In Larads Stimme schwang eine Bitterkeit mit, die Travis' Eindruck nach kaum für ihn reserviert war. Trotzdem sagte ihm sein Instinkt, daß dieser Mann gefährlich war. Er wählte seine Worte mit Sorgfalt.

»Ich könnte es wohl versuchen. Mit den richtigen Werkzeugen.«

Larad lachte, ein kurzer, spöttischer Laut. »Nun, das ist immerhin mehr, als die anderen sagen würden, das muß ich Euch lassen, Bruder Wilder. In all den Jahren haben sie nicht einmal gesagt, daß sie es versuchen wollen.« Larad ging zwischen den Trümmern der Statue umher, und als er aufschaute, war sein Blick durchbohrend. »Sagt mir, Bruder Wilder, wißt Ihr, daß es möglich ist, eine Gier nach Wissen zu verspüren?«

»Was meint Ihr?« Travis sprach, bevor er nachgedacht hatte, aber die Worte des Runensprechers waren sowohl rätselhaft wie auch interessant.

»Es ist wahr.« Larad bückte sich, strich über einen Steinarm, richtete sich auf und staubte seine Hände ab. »In der Vergangenheit waren viele der Großmeister sehr selbstsüchtig, was ihr Wissen anging. Sie hüteten ihre kostbaren Geheimnisse, und sie starben, ohne ihr gesamtes Wissen an ihre Studenten weitergegeben zu haben, nahmen es lieber verbissen mit sich in den Tod.«

Er deutete auf die Fragmente. »Diese Statue weist einen Zauber auf, einen, den es sich lohnen würde wiederzubeschaffen. Vor fünf Jahrhunderten hätte sie ein Runensprechergeselle ganz allein wieder zusammenfügen können. Jetzt könnten es alle Brüder des Turms nicht gemeinsam schaffen. Nicht, daß es einer von ihnen versucht hätte.« Er erwiderte Travis' Blick. »Versteht Ihr, was ich damit sagen will, Bruder Wilder?«

Es war seltsam, aber Travis glaubte tatsächlich zu verstehen. »Die Runensprecher haben aufgegeben, sie versuchen es nicht mal mehr. Sie glauben, daß alles unmöglich ist.«

»Ja! Sie sind wie Männer, die verdursten und versuchen, ihre letzten Wassertropfen daran zu hindern, durch die geschlossenen Finger ihrer zusammengelegten Hände zu sickern, während genau unter ihnen eine große Wasserquelle liegt, die bloß ausgegraben werden müßte.«

»Darum haben sie mich gerufen, nicht wahr?« Travis schüttelte den Kopf. »Weil sie glauben, ich könnte das tun, wovor sie zuviel Angst haben, es selbst zu versuchen.«

Larads Schweigen war Antwort genug. Travis betrachtete Olrigs Hand. Was Larad da gesagt hatte, war wichtig, bloß daß er nicht genau wußte, warum. Mit dem Daumen fing er an, die in die Handfläche eingravierte Rune der Runen entlangzustreichen, dann bremste er sich und sah auf.

»Warum seid Ihr zum Grauen Turm gegangen, Bruder Larad?«

Der Ausdruck des Runensprechers wurde angespannt. Zuerst hielt Travis es für Wut, dann wurde ihm klar, daß es etwas anderes war, etwas, das viel tiefer saß.

»Ich war elf Winter alt, als ein Runensprecher in mein Dorf kam.« Larad verzog den Mund zu einem humorlosen Lächeln. »Damals konnte unsereins noch durch das Land ziehen, ohne gesteinigt zu werden. Aber man wurde auch nicht unbedingt mit Freude begrüßt. Trotzdem gingen ein paar Jungen zu dem Runensprecher, um getestet zu werden. Meine Mutter schickte mich, da sie noch immer vielen der alten Bräuche anhing, auch wenn sie es meinem Vater nicht sagte.«

»Und der Runensprecher entdeckte Euer Talent«, sagte Travis leise.

Larad nickte. »Ich war in meinem Dorf der einzige, der vielversprechend war. Meine Mutter war erfreut, als ich ihr das Zeichen zeigte, das mir der Runensprecher mit Tinte auf die Hand gemalt hatte. Aber als mein Vater es sah, raste er vor Zorn. Er ergriff ein Messer und schwor, er würde mir die Zunge rausschneiden, um mich daran zu hindern, Runen zu sprechen. Aber ich wollte meine Zunge behalten. Ich wehrte mich, also bekam ich statt dessen die hier.« Er strich mit einem Finger eine der weißen Linien entlang, die sein Gesicht zeichneten. »In dieser Nacht verband meine Mutter meine Wunden, ich stahl mich aus dem Haus. Ich konnte kaum etwas sehen, da mir Blut in die Augen lief, aber ich fand das Lagerfeuer des Runensprechers außerhalb unseres Dorfes. Er sprach die Rune der Heilung und nahm mich mit zum Turm. Und seitdem bin ich hier.«

Während Larads Erzählung hatten Travis' Finger die Steinhand immer fester ergriffen. Jetzt zwang er sie wieder auseinander und bückte sich, um die Hand zurück neben die anderen Fragmente zu legen.

»Was, wenn Ihr es geheimgehalten hättet?« fragte Travis, als er sich wieder aufrichtete. »Was, wenn Ihr keinem Menschen von Eurer Macht erzählt und sie niemals benutzt hättet?«

Larad runzelte die Stirn. »Hätte mich das dann nicht genauso getötet wie das Messer meines Vaters?«

Der Runensprecher wartete nicht auf die Antwort. Er ging zur Tür, die auf dieser Seite mühelos zu sehen war.

»Wartet«, sagte Travis, überrascht von seiner eigenen Handlung. »Woher wußtet Ihr, daß ich hier bin?«

Larad schwieg, sein Gesicht war ausdruckslos. »Das habe ich nicht, Bruder Wilder.«

Dann ging er, und Travis war allein mit den zerbrochenen Überresten eines so gut wie vergessenen Gottes.

Mehrere Minuten lang blieb er selbst so reglos wie eine Statue dort an Ort und Stelle stehen, dann kamen die einzelnen Teile in seinen Gedanken zusammen, und er wußte, was er zu tun hatte, auch wenn ihm dieses Wissen Angst einflößte. Oragien hatte ihn herbeschworen, damit er den Runensprechern helfen sollte. Und es gab nur eine einzige Möglichkeit, wie Travis das tun konnte. Bevor er länger darüber nachdenken konnte, eilte er aus dem verborgenen Raum und lief die Treppe hinunter.

Ein Teil von ihm hoffte dabei, daß er einem Runensprecher begegnen würde, jemand, der ihn am Arm ergreifen, ihn nach seinem Ziel fragen und ihm stehenzubleiben befehlen würde, aber die Treppe war menschenleer. Die Brüder waren alle in ihren Zellen. Er erreichte den Fuß der Treppe und begab sich zu dem anderen verborgenen Durchgang. Diesmal brauchte er nur einen kurzen Augenblick, um ihn zu finden. Dann schritt er die zweite Treppe hinunter.

Die Stufen endeten. Travis betrat das aus dem Fels geschlagene Gemach tief unter dem Grauen Turm. Das quellenlose Licht fiel von oben herab und beleuchtete den Stein, der in seiner Mitte schwebte.

Travis ging mit zielgerichteten Schritten auf den Runenstein zu. Sein Mund war plötzlich wie ausgetrocknet, und unter der Kutte zitterte er, aber er blieb nicht stehen. Ein Dröhnen lag in der Luft, wie das Schlagen eines Herzens. Travis blieb vor dem Stein stehen und ließ die Blicke über die zahllosen in die Oberfläche eingravierten Runen schweifen. Welches Wissen, welche Macht und welche Geheimnisse würden sie ihm offenbaren, wenn er sie nur berührte und in seinem Bewußtsein sprechen ließ?

Nein, Travis. Du bist es nicht, der das Wissen braucht. Es sind die Runensprecher. Sie müssen lernen, es allein zu versuchen. Das ist die einzige Möglichkeit.

Er hob beide Hände und zögerte, dann streckte er sie aus und berührte den Runenstein. Es war so viel einfacher, als er jemals gedacht hätte. Er öffnete seinen Körper und ließ wie ein Kanal die Macht durch sich hindurchfließen, nachdem er ein einziges Wort geflüstert hatte.

»Reth.«

Die übernatürliche Stille, die in der Luft hing, verschluckte seine Stimme. Das kaum wahrnehmbare Summen verstummte und ließ nur Schweigen zurück. Travis holte tief Luft und fühlte ... nichts. Also hatte er doch nicht die Macht gehabt, um zu helfen. Er entfernte sich von dem Stein.

Das Geräusch war wie ein Donnerschlag, der durch seinen Schädel hallte. Travis riß die Hände an die Ohren, aber sie hätten genausogut aus Papier sein können. Der Runenstein leuchtete blausilbern auf, dann zogen sich tiefe, lichtlose Risse dunklen Schlangen gleich über seine Oberfläche.

»Bruder Wilder! Nein!«

Ein Dröhnen begrub die Stimme unter sich. Travis stolperte zurück, und der Runenstein flammte auf und wurde dunkel. Wie Geröll regneten seine Splitter zu Boden. Das Donnern wurde leise und verklang. Travis war sich undeutlicher grauer Gestalten bewußt, die auf ihn zuliefen. Vor ihm erschien eine mit einem weißen Bart, deren blaue Augen blitzten.

»Was habt Ihr getan? Bei Olrig, was habt Ihr *getan?«*

Ich habe euch gerade gerettet, wollte Travis sagen. Aber er konnte nicht sprechen, da ihn grobe Hände packten und von den Trümmern des zerbrochenen Runensteins wegzerrten.

9

Grace stand auf der flachen Anhöhe, in deren Schutz sie am vergangenen Abend das Lager aufgeschlagen hatten, und sah zu, wie die Morgenröte die weiten Ebenen des nördlichen Tolorias in Brand setzte. Aus dem Osten kam eine Brise auf, die mit heißen Fingern durch ihr aschblondes Haar fuhr. Sie brauchte nicht über die Schulter zu blicken, um zu sehen, daß der fast volle Mond gerade im Westen unterging. Ein Tag. Sie hatten noch einen Tag.

Auf dem trockenen Gras hinter ihr ertönten Schritte, und sie drehte sich um.

»Grace, was tust du hier draußen? Ich habe Durge gestern abend endlich überzeugen können, sich hinzulegen und auszuruhen. Wenn er jetzt aufwacht und dich nicht sofort sieht, wird der Mann nie wieder schlafen.«

Sie lächelte den hochgewachsenen blonden Ritter an, dann wandte sie sich wieder dem Norden zu. »Ich weiß, Beltan. Ich sollte zurückgehen. Aber ich habe mich gefragt, ob ich ihn von hier aus sehen kann. Den Grauen Turm.«

Grace hörte, wie er hinter sie trat.

»Und, kannst du?«

Sie seufzte. »Nein, noch nicht.«

Seine starken Hände legten sich auf ihre Schultern. »Wir werden ihn retten, Grace.«

»Woher weißt du das?«

»Weil wir es müssen.«

Sie sah nicht zu ihm hoch, nickte aber und starrte zu den zerklüfteten grauen Umrissen hinüber, die wie Sturmwolken am nördlichen Horizont schwebten.

Als sie wieder unten in der Senke waren, waren Lirith und

Aryn bereits aufgestanden. Tira auch. Die Frauen unterhielten sich leise, während Lirith die Vorbereitungen für ein einfaches Frühstück traf und Aryn Tira dabei half, die Stockpuppe des Mädchens anzuziehen. In der Nähe schnarchte noch immer eine Gestalt unter einer Decke. Grace hielt einen Finger an die Lippen, und die anderen lächelten ihr zu. Dann schlich sie auf Zehenspitzen und kniete neben der Gestalt nieder.

»Herr Ritter«, sagte sie sanft, »es ist Zeit zum Aufstehen.«

Um ein Haar wäre sie flach auf dem Rücken gelandet, denn Durge setzte sich mit weit aufgerissenen Augen blitzartig aufrecht hin. Er hatte in seiner Rüstung geschlafen und tastete nun nach dem Breitschwert, das neben ihm lag.

»Mylady, was ist los? Banditen? Wilde Eber? Drachen?«

»Frühstück«, sagte sie mit einem Grinsen.

Durge blinzelte, dann pustete er durch seinen Schnurrbart. »Oh.«

»Kommt, Herr Ritter. Hier entlang.«

Sie nahm ihn bei der Hand, stand auf und zog ihn auf die Füße – mit beträchtlicher Mühe. Der Embarraner war kompakt gebaut.

»Und Ihr könnt das Breitschwert dalassen. Ich finde, es ist zu groß, um Butter auf ein Stück Brot zu schmieren. Überlaßt das lieber Lirith.«

»Und ich bin wirklich ein alter Ritter, wenn ich eine adlige Lady brauche, die mir mein Morgenbrot buttert.«

Jetzt mußte Grace blinzeln. Durges brummige Antwort hatte sich verdächtig nach Humor angehört. Aber der Ausdruck auf seinem markanten Gesicht war eher verletzt als amüsiert. Es war zuviel. Grace schlug sich die Hand vor den Mund, aber sie konnte das Gelächter nicht zurückhalten. Die anderen fielen mit ein, und selbst Tiras Lippen verzogen sich zu einem flüchtigen Lächeln. Durge stöhnte bloß gequält auf.

Sie setzten sich im Kreis hin, um zu frühstücken, und sie

hatten es sogar gewagt, ein Feuer zu entzünden, um eine Kanne *Maddok* zu kochen. Grace schlürfte die heiße, belebende Flüssigkeit und kam zu dem Schluß, daß sie sich dem Tag – und dem Ende ihrer Reise – vielleicht doch stellen konnte.

Sie hatten in Ar-Tolor keinen Halt eingelegt. Am Morgen nach der Überquerung des Dimduorn hatten sie sieben hohe Türme gesehen. Sie alle wurden von hellen Flaggen gekrönt, Gelb auf Grün. Durge und Beltan waren auf das Schloß zugeritten, aber Grace hatte sie anhalten lassen.

Als man sie bat, den anderen zu sagen, warum sie nicht nach Ar-Tolor wollte, fiel es ihr schwer, die Gründe in Worte zu fassen. Da war die mangelnde Zeit. Die Tage vergingen schnell, und sie hatten fast Vollmond. Aber das war nur ein Teil des Problems.

»Ich möchte eigentlich vermeiden, daß Königin Ivalaine unser Reiseziel kennt«, sagte sie abschließend. »Oder den Reisegrund.«

Sie mußte nicht zu Lirith hinübersehen, um zu wissen, daß die Hexe sie genau musterte. Schließlich war es Lirith gewesen, die das bestätigt hatte, was Grace die ganze Zeit über vermutet hatte – daß die Hexen die Befürchtung hegten, daß Travis derjenige war, den sie als Runenbrecher bezeichneten.

Sie fuhr sich über die trockenen Lippen. »Ich bin sicher, wenn einer in Ar-Tolor bleiben will, wird ihn die Königin gern willkommen heißen.«

»Davon bin ich überzeugt«, sagte Lirith entschieden und stieg auf ihre Stute.

Grace seufzte erleichtert. Sie war froh, daß die Hexe bei ihnen blieb. Sie versuchte nicht darüber nachzudenken, ob sie nicht lieber auch besorgt sein sollte.

Eine Meile vor dem Schloß trafen sie einen von Ivalaines Rittern, und Grace bat ihn, in ihrem Namen der Königin eine Botschaft zu überbringen und die Erlaubnis zu erbitten, durch ihre Domäne zu reisen. Danach erwartete Grace jeden Augenblick, von einer Abteilung Ritter aufgehalten zu werden, die sie zurück nach Ar-Tolor schleiften. Aber ihnen begegneten nur Bauern, und als das Schloß hinter ihnen in der Ferne verschwand, war die Straße menschenleer.

Sie kamen gut voran, wenn auch nicht so gut, wie Grace gehofft hatte. Pferde waren keine Autos, und sie konnten nicht den ganzen Tag ohne Pause oder Futter angetrieben werden. Außerdem suchten Durge und Beltan ihren Weg mit großer Sorgfalt aus und vergewisserten sich, daß sie sich niemals an Orten wiederfanden, an denen man sie ohne Fluchtroute umzingeln konnte wie an der tarrasischen Brücke, und diese Umwege kosteten Zeit.

Es fiel ihnen schwer, über die Geschehnisse an der Brücke zu sprechen. Aber vielleicht bestand auch einfach keine Notwendigkeit dazu. Sie alle waren Zeuge von Meridars schrecklichem Tod in der glühenden Umarmung des *Krondrim* gewesen. Und sie alle hatten hilflos zugesehen, wie sich Daynen für Tira opferte und selbst dann noch lächelte, als er durchs Feuer ging, um sie zu retten.

Unterwegs drückte Grace das kleine, magere Mädchen oft an sich. *Eine hast du gerettet, Grace. Du weißt, daß das besser als keine ist. In der Notaufnahme hättest du es ein Patt genannt und weitergemacht.*

Aber das hier war nicht die Notaufnahme. Nachts lag sie auf dem Rücken und starrte den roten Stern an, der tief am Himmel pulsierte, und versuchte um Daynen zu weinen. Aber ihre Augen waren eine Wüste, und sie hatte bereits vergessen, wie er ausgesehen hatte.

Obwohl sie auf der Hut blieben, begegneten ihnen unterwegs keine *Krondrim* mehr. Sie ritten quer durch Toloria, und Beltans Berichten zufolge hielten sich die Verbrannten am Fluß und in den Bergen auf.

»Oder in Grenznähe«, sagte Beltan eines Nachts, als sie neben einem Fluß kampierten.

Grace grunzte. »Was willst du damit sagen?«

»Da bin ich mir nicht sicher. Zumindest nicht genau. Es hat den Anschein, als würden sie nach etwas Ausschau halten, oder nach jemandem. Nur daß es sich nicht an einem Ort befindet. Es ist unterwegs.«

»Natürlich«, sagte Aryn und schaute von dem Riß in ihrem Gewand auf, den sie gerade mit Nadel und Zwirn flickte. »Eine einfache Taktik. Wenn man etwas finden will, das überall sein könnte und aller Voraussicht nach auf der Reise ist, dann muß man die Grenzen zwischen zwei Domänen überwachen lassen.«

Grace starrte die Baronesse mit offenem Mund an. »Woher weißt du das denn, Aryn?«

Die junge Frau zuckte mit den Schultern. »Ich bin das Mündel eines Königs, Grace. Gelegentlich höre ich aufmerksam zu.«

»Das erklärt ihre Bewegungen«, sagte Lirith und betrachtete das Lagerfeuer. »Es verrät uns aber noch immer nicht, was sie zu finden hoffen.«

Ihre Worte stießen auf Schweigen. Keiner von ihnen hatte eine Theorie, um das zu erklären.

Unterwegs ließ Grace Aryn nicht aus den Augen. Für die junge Frau waren die Monate seit der Wintersonnenwende eine düstere Zeit gewesen. Zuerst hatte sie Leothan in Selbstverteidigung mit der Weltenkraft getötet. Dann war Garf, der sie offensichtlich geliebt hatte, vor ihren Augen gestorben. Und schließlich hatte Meridar, der sie ebenfalls geliebt hatte, ihren Namen in dem Augenblick gerufen, in dem er dem Tod in die Arme gelaufen war. Grace hatte in der Notaufnahme Patienten in katatonischer Starre gesehen, die weniger durchgemacht hatten.

Aber sosehr Grace auch nach irgendwelchen Anzeichen für Kummer suchte, schien es der Baronesse besserzugehen als seit Monaten. Manchmal war Aryn traurig und nachdenklich, dann wieder ausgeglichen und glücklich. Von ihr ging Ruhe aus, sogar ein gewisses Selbstbewußtsein, aber in keiner Weise Stolz oder Überheblichkeit. Das affektiert auftretende Mädchen voller Heimlichkeiten, das diese Reise begonnen hatte, hatte den Dimduorn nicht mit ihnen zusammen überquert. Eine starke und edle junge Frau hatte das andere Ufer betreten.

Eines Abends wagte es Grace, sich Aryn zu nähern und sie zu fragen, wie sie über Meridar dachte.

Aryn senkte den Kopf, dann schaute sie auf, und in ihren saphirblauen Augen brach sich das letzte Licht des Tages. »Grace, er ist für mich gestorben. Ich habe ihn nicht darum gebeten, und ich habe es auch nicht gewollt. Aber er hat es getan, und ich kann es nicht ändern. Also muß ich stark sein. Für ihn. Denn wenn ich das nicht bin, was würde dann alles für eine Bedeutung haben?«

Grace wollte etwas erwidern, aber es gab keine Worte, die das, was die Baronesse gesagt hatte, besser hätten ausdrücken können. Aryn wurde erwachsen – und zwar richtig erwachsen. Aber vor ihr lag immer noch ein langer Weg und viele Lasten, die sie auf ihm würde tragen müssen, davon war Grace überzeugt. Mit einem Seufzer, der sowohl Freude wie auch Trauer hätte ausdrücken können, umarmte sie ihre Freundin. Ja, ihre Freundin, die beste, die sie auf zwei Welten hatte. Aryn erwiderte die Umarmung, und die Geste war nicht weniger stürmisch durch die Tatsache, daß sie nur mit einem Arm erfolgte.

»Ich liebe dich, Grace. Ich liebe dich von ganzem Herzen.«

Ich liebe dich auch, Aryn, wollte Grace mehr als alles andere sagen. Aber sie war schwach, und ihre Stimme ließ sie im Stich, also hielt sie die junge Frau nur noch fester.

Erst am nächsten Tag – dem vierten seit der Überquerung des Dimduorn – kam Lirith auf das zu sprechen, was Grace an der Brücke getan hatte.

Die Tolorianerin hielt sich mit keiner Vorrede auf. »Niemals zuvor ist die Weltenkraft so gewoben worden, Schwester.«

Überrascht ließ Grace das Messer fallen, mit dem sie Brot für ihr Essen geschnitten hatte. Lirith saß auf dem Boden und ließ sie nicht aus den Augen. Grace sah sich überrascht nach Aryn um, aber die pflückte in der Nähe mit Tira Blumen.

»Was meint Ihr damit?« Grace sprach betont leise. Durge und Beltan waren losgezogen, um Feuerholz zu sammeln, aber die Ritter waren nicht so weit weg, daß der Wind die Worte nicht zu ihnen herübertragen konnte.

Liriths Antlitz war so glatt wie Ebenholz, dennoch war die bestehende Anspannung keineswegs zu übersehen. »Die Besten von uns – und das sind nicht viele – können einige Fäden der Weltenkraft ergreifen und sie zu einem neuen Strang weben. Das ist ein großes Talent, aber die Magie, die wir damit erzeugen, ist nicht spektakulär. Wir können das Auge einen Schatten sehen lassen, den es nicht gibt, oder den Verstand eine Stimme hören lassen, die dem Ohr verschlossen bleibt. Das sind nützliche Dinge, zweifellos, auf ihre Weise auch mächtig, aber es sind Trugbilder.«

Aryn hatte aufgehört, so zu tun, als würde sie Blumen pflücken, und starrte Lirith an. Grace konnte sich nicht bewegen, als wäre sie in Stein verwandelt. Tira tanzte stumm in dem hohen Gras.

»Ich verstehe nicht«, brachte Grace schließlich hervor.

Ein flüchtiges Lächeln umspielte Liriths dunkelrote Lippen. »Ich auch nicht. Grace, was Ihr am Fluß getan habt, war kein Trugbild. Es war real. Ihr habt nicht die Weltenkraft gewoben.

Es sah so aus, als hättet Ihr kaum ihre Fäden berührt. Statt dessen war es so, als hättet Ihr Euch in ein Gefäß verwandelt und einfach die Macht des Flusses durch Euch hindurchfließen lassen, um die *Krondrim* zurückzudrängen.«

Grace umklammerte den Messergriff. Vielleicht kam es Lirith seltsam vor, daß sie Magie auf diese Weise benutzt hatte, aber ihr war keine andere Wahl geblieben. Sie konnte die Weltenkraft nicht weben, da der Faden, der sie mit ihr verband, zu dem Schatten führte. Um die Weltenkraft zu erreichen, hätte sie zuerst den Schatten durchqueren müssen.

Sie sah wieder den pulsierenden Klumpen aus Finsternis vor ihrem geistigen Auge, und er nahm Gestalt an: vom Feuer geschwärzte Wände, zersplitterte Kuppeldächer und Fenster, die leeren Augen gleich auf nackte Berggipfel starrten. Nein – das war der Ort, an den sie der Lebensfaden führen würde, und sie konnte dort nicht hineingehen. Sie war ihm einmal mit ihrem nackten Leben und unbeschadetem Verstand entkommen; sie konnte nicht hoffen, es noch einmal zu schaffen.

»Ihr habt mir geholfen.« Grace war sich nicht darüber im klaren, daß sie laut gesprochen hatte, bis sie Liriths schockierten Gesichtsausdruck sah. Sie klammerte sich an den Worten fest. »Ihr habt mir geholfen, Lirith. So wie Aryn. Was ich da getan habe ... ohne Euch hätte ich es niemals geschafft.«

Lirith kniff die Augen zusammen; ihre Überraschung wurde von etwas Undeutbarem ersetzt. »Ja, die Macht kam nicht nur aus dem Fluß. Da war noch eine andere Quelle.«

Ihr Blick glitt zu Aryn hinüber, die in der Nähe stand und mit der linken Hand die vergessenen Blumen zerdrückt hatte. Die Baronesse schluckte sichtlich, dann nickte sie Grace zu.

»Du blutest, Grace. Du hast dich geschnitten.«

Grace hob die Hand. Das Messer hatte ihren Finger geritzt, Blut rieselte in einem dünnen roten Strom herab.

»Ich hole ein Tuch«, sagte Lirith, und danach war der Zwischenfall am Fluß nicht mehr zur Sprache gekommen.

Und nun, drei Tage später – der sechste seit der Überquerung des Dunkelwein –, beendeten sie ihr karges Frühstück im Schutz der Anhöhe. Während die Sonne in den Himmel stieg, bereiteten sie sich auf die Reise vor.

Nachdem Grace ihren Proviant in Shandis' Satteltaschen verstaut hatte, nahm sie ein paar Feldflaschen und begab sich zu dem Fluß, der unterhalb der Anhöhe verlief. Sie ging um eine kleine Ansammlung von Weiden herum und kam ans Ufer eines klaren Teiches.

Als Grace begriff, daß sie nicht allein war, war der andere bereits in Bewegung. Er sprang auf, schnappte sich das Schwert, das griffbereit auf einem Stein lag, und fuhr mit erhobener Klinge herum.

»Grace!«

Beltan senkte das Schwert, als Erkennen in seinen Augen aufblitzte. Wasser strömte aus seinem weißblonden Haar auf die nackte Haut seiner Brust.

Grace hob eine Hand an die Kehle. Wäre sie ein Räuber gewesen, so wäre sie jetzt tot, da gab es keinen Zweifel. Das war eine wertvolle Erinnerung für sie. Beltan war stets freundlich und gutmütig, und darum hatte sie vergessen, was er war: ein Anhänger von Vathris und ein Mann des Krieges. Die Narben, die sich über seine blasse, schmale Brust zogen, zeugten von einer Gewalt, die sie nie erlebt hatte. Besonders ein dicker Strang Narbengewebe, der sich die Seite herunterschlängelte, fiel ins Auge – die Wunde, die er in der Nacht der Wintersonnenwende davongetragen hatte. Sie war geheilt, aber allem äußeren Anschein nach erst vor kurzem.

Grace wurde sich bewußt, daß sie ihn anstarrte. Sie zwang sich dazu, wieder Atem zu holen. »Es tut mir leid, Beltan. Ich wollte dich nicht überraschen.«

»Schon in Ordnung. Ich habe dich nur nicht in den Schatten gesehen.« Er strich sich das nasse Haar aus der Stirn und bückte sich dann, um das Schwert zurück in die Scheide zu stecken.

Grace runzelte die Stirn. Der Schrecken war vergessen, aber da war noch etwas anderes, das sie aus dem Gleichgewicht gebracht hatte – es hatte mit dem zu tun, was gerade passiert war.

Beltan sah sie besorgt an. »Ist etwas nicht in Ordnung?«

Sie starrte ihn an, und dann wußte sie es. Ihr Name. Die Art und Weise, wie er ihren Namen ausgesprochen hatte.

Grace!

Als sie in ihrer Vision Travis vor dem Grauen Turm an einen Stein gefesselt gesehen hatte, hatte er sich umgedreht, die Augen aufgerissen und ihren Namen so überrascht ausgesprochen wie gerade eben Beltan. Sie war der Meinung gewesen, er hätte sie nicht sehen können, hätte ihren Namen aus Verzweiflung ausgerufen. Aber was, wenn dem nicht so war? Was, wenn er sie gesehen hatte?

Ich habe dich nur nicht in den Schatten gesehen ...

Eine tiefe Überzeugung erfüllte sie. Ja, es konnte nicht anders sein – Travis hatte ihren Namen ausgesprochen, weil er sie tatsächlich gesehen hatte. Allerdings konnte er sie unmöglich als Vision gesehen haben. Es gab weder einen Körper noch sonst etwas, das für das Auge sichtbar gewesen wäre. Was nur eine Möglichkeit offenließ.

»Du warst da, Grace«, murmelte sie. »Ich meine, du *wirst* da sein. Nur so kann er dich gesehen haben.«

Beltan legte den Kopf schief. »Grace, alles in Ordnung?«

Sie grinste den Ritter an. »Wir werden es schaffen, Beltan. Ich weiß es jetzt. Ich war da, vor dem Stein. Ich meine, ich *werde* da sein. Denn das habe ich in meiner Vision gesehen. Ich werde da sein, um Travis zu helfen.«

Der blonde Mann grinste zurück. »Ich habe nicht die geringste Vorstellung, wovon du da sprichst, Grace. Aber wenn du sagst, daß wir da sein werden, dann werden wir auch da sein.«

Zum ersten Mal seit dem Zwischenfall an der Brücke verspürte Grace Hoffnung – echte Hoffnung – in ihr aufsteigen. Mit einem Lachen warf sie die Arme um seine nassen, nackten Schultern und verblüffte ihn noch einmal.

10

Diesmal traf sich der Chor der Runensprecher im Morgengrauen. Rotes Licht sickerte durch die Fensterschlitze in den Raum mit der Kuppeldecke. Travis wußte, daß es sich dabei nur um die Morgensonne handelte. Aber das Licht sah wie Blut aus, und obwohl die Brüder in ihren grauen Kutten nur leise murmelten, wußte er, daß er in Gefahr schwebte – einer vielleicht größeren Gefahr, als er jemals auf Eldh gegenübergestanden hatte.

Auch wenn er sich vor dem fürchtete, was er bringen würde, war er doch froh, daß der Morgen endlich gekommen war. Die Nacht war eine dunkle und stille Ewigkeit gewesen, die er allein in seiner Zelle hatte verbringen müssen. Er hatte nicht an der Tür rütteln müssen, um zu wissen, daß sie mit *Banu*, der Rune der Verriegelung, verschlossen war. Statt dessen hatte er die Stunden damit verbracht, auf dem Bett zu sitzen und nach Jacks Stimme zu lauschen, sie anzubetteln, ihm doch zu verraten, was er tun sollte. Aber die einzige Stimme, die er in Gedanken gehört hatte, war die Oragiens.

Bei Olrig, was habt Ihr getan?

Trotz Oragiens Worten hatte die Zerstörung des Runensteins nichts mit Olrig zu tun gehabt. Travis hatte es für die Runensprecher getan, und er hatte es für sich getan. Das war während der einsamen Stunden der Dunkelheit sein einziger Trost – daß er, hätte er die Gelegenheit gehabt, seine Tat rückgängig zu machen, sie nicht ergreifen würde. Aber etwas sagte ihm, daß es ihm sehr schwerfallen würde, den Runensprechern die Idee zu verkaufen, daß die Zerstörung ihrer einzigen Verbindung zum Wissen der Alten durchaus positiv zu sehen war.

Sie kamen im grauen Licht vor Einbruch der Morgendämmerung und holten ihn.

Es wurde nicht angeklopft, aber er hörte und fühlte das Wispern der Magie, als *Urath*, die Rune der Öffnung, auf der anderen Seite der Tür gesprochen wurde. Als sie nach innen schwang, hoffte er, dort Himmel zu sehen. Statt dessen traten zwei Runensprecher mit grimmigen Gesichtern in die Zelle. Travis hatte beide beim Chor gesehen, aber er kannte ihre Namen nicht.

Der ältere der beiden Brüder wandte sich an den jüngeren. »Besprecht ihn mit der Rune der Stille.«

Das ist nicht nötig, wollte Travis sagen. *Ich werde nicht versuchen, eine Rune zu sprechen, um aus der Sache herauszukommen.*

Aber er hatte noch nicht den Mund geöffnet, als die beiden Runensprecher gemeinsam ein einziges Wort sangen.

»Sirith.«

Stille hüllte Travis ein und erstickte seine Stimme. In ihm erwachte ein Funke der Wut zum Leben, zusammen mit dem Drang, die Rune *Reth* zu sprechen, um ihre Rune zu brechen und sie auf sie zurückfallen zu lassen. Es wäre ganz einfach gewesen, trotz der Tatsache, daß sie zu zweit und er allein war. Die Magie ihrer Rune war schwach, wurde nur mühsam von ihrer kombinierten Willenskraft zusammengehalten – er konnte es fühlen.

Aber er biß die Zähne zusammen und ließ sich von der Stille einhüllen. Er konnte perfekt sämtliche Geräusche hören, aber solange die Macht der Rune andauerte, konnte er selbst keinen wie auch immer gearteten Laut verursachen.

»Kommt mit«, sagte der jüngere Bruder.

Niemand begegnete ihnen bei dem Abstieg durch den Turm. Als sie das Chorgemach betraten, erfuhr Travis den Grund dafür. Ein leises Murmeln wogte durch die Luft des

Gemachs; Wellen auf einem tiefen, mürrischen Ozean. Alle Runensprecher waren anwesend und füllten das untere Drittel der Steinbänke.

Oragien stand auf dem Podium in der Mitte des Gemachs. Travis wußte, daß der Großmeister achtzig Winter alt war, und zum ersten Mal, seitdem er ihn kennengelernt hatte, konnte man ihm jedes Jahr ansehen. Seine Haut war fast so grau wie seine Kutte und spannte sich über die vorspringenden Gesichtsknochen, und er beugte sich über den Runenstab, als wäre dies das einzige Ding, das ihn noch aufrecht halten könnte.

Und vielleicht tat es das auch. Er hatte Travis geholt, damit dieser ihnen beim Studium des Runensteins half, damit er seine Geheimnisse entschlüsselte. Statt dessen hatte Travis den Stein zerstört. Und vielleicht – nach der Art und Weise zu urteilen, wie der Großmeister mit leerem Blick zu Boden starrte – Oragien auch.

Schuld drohte Travis zu übermannen. Er zwang sie beiseite. *Vergiß nicht, Travis, du hast nicht darum gebeten. Du hast kein kleines Lied über Regenbogen gesungen, und du hast dir nicht gewünscht, aus Colorado gezaubert und hier abgesetzt zu werden. Wenn sie glaubten, sie müßten bloß mit den Händen wedeln und dich herbeirufen, damit du ihnen jeden Wunsch erfüllst, dann haben sie sich eben geirrt.*

Nun stieg Empörung in ihm auf, wie damals bei seinem Gespräch mit dem Duratek-Agenten in Castle City und danach mit Deirdre Falling Hawk und Hadrian Farr. Anscheinend wollte ihn jeder für irgend etwas benutzen: Duratek, die Sucher, die Runensprecher. Selbst Jack Graystone hatte ihn benutzt, ohne ihn vorher zu fragen. Es war nicht fair. Andererseits wußte er, daß das nichts mit Fairneß zu tun hatte. Er stieß einen Seufzer aus, aber das verursachte keinen Laut.

»Hier entlang«, sagte der jüngere der beiden Runensprecher

und riß an seinem Arm. Sie führten ihn zu der Bank, die dem Podium am nächsten stand. Sie war unbesetzt. »Setzt Euch.«

Travis zögerte. Aber selbst wenn er von diesem Ort flüchten wollte, wohin hätte er gehen sollen? Er würde außerhalb der Mauern des Turms nicht mehr Wohlwollen finden als im Augenblick in ihm.

Er setzte sich auf die leere Bank, und die beiden Runensprecher zogen sich zurück. Er konnte wütende Blicke im Nacken spüren, aber er drehte sich nicht um. Statt dessen ließ er den Kopf hängen und hielt sich das rechte Handgelenk. Es war lange her, daß er sich so allein gefühlt hatte – nicht seit seinen ersten Tagen auf Eldh, als er mit Falken Schwarzhand durch den Winterwald gereist war. Dann mußte er an Grace Beckett denken und wünschte sich, sie wäre hier. Er hätte jetzt etwas von ihrer kühlen Logik brauchen können, eine Hilfe, um in alldem einen Sinn zu finden. Aber Grace war, meilenweit von diesem Ort entfernt, hinter den Mauern ihres Schlosses in Sicherheit.

»Der Chor hat begonnen!«

Oragiens Stimme hallte durch den Raum. Die Worte waren nicht laut – das brauchten sie an diesem Ort auch nicht zu sein –, aber sie waren hart und stählern. Der Großmeister stand nun gerade aufgerichtet da, seine blauen Augen funkelten so hell wie ein Blitzschlag. Also hatte Oragien doch noch Kraft.

Das Murmeln der Runensprecher verstummte, und es lag nur noch das Raunen uralter Stimmen in der Luft. Oragien sah Travis nicht an, als er sprach, sondern schaute über ihn hinweg.

»Ich habe diesen Chor zusammengerufen, wie es unsere Gesetze verlangen, auch wenn es nicht viel zu besprechen gibt. Wir kennen das Verbrechen und den Täter gut.« Einen Augenblick lang streifte der Blick des Großmeisters in Travis'

Richtung. »Was unser Orden nun tun wird, wo unser Wissensfundus nicht mehr existiert, ist eine Angelegenheit, die nicht eine Chorbesprechung benötigen wird, sondern Hunderte. Also ist die Frage, die sich uns heute stellt, ganz einfach.« Oragien zeigte mit dem Stab direkt auf Travis' Herz. »Wir müssen nur über das Schicksal dieses Häretikers entscheiden.«

Travis biß die Zähne zusammen. Wenigstens würde er nicht das ganze Theater eines Gerichtsverfahrens über sich ergehen lassen müssen.

Oragien senkte den Stab. »Ist unter uns ein Mann, der etwas zur Verteidigung dieses Runenbrechers sagen will?«

Travis mußte lachen; wer würde schon so verrückt sein, *ihn* zu verteidigen. Glücklicherweise verschluckte die Rune der Stille den Laut. Dann sah er eine Bewegung.

Er war nicht der einzige, der mit offenem Mund zusah, wie eine kleine, dicke Gestalt die Treppe heruntergewatschelt kam, um vor dem Podium stehenzubleiben. Oragiens Brauen zogen sich unwillig zusammen.

»Bruder Eriaun, Ihr wollt für diesen Mann sprechen?«

»Ja, Großmeister.« Die kurzsichtigen Augen des Runensprechers blinzelten, als ein Zischen ertönte. »Ich meine, *nein.*«

Oragiens Stirnrunzeln vertiefte sich. »Was denn nun, Bruder Eriaun?«

Eriaun rang die Hände. »Ich will sagen, ich möchte nur zu allen sprechen, Großmeister. Darf ich?«

Oragien zögerte. »Also gut, Bruder Eriaun. Aber faßt Euch kurz.«

Der Runensprecher räusperte sich, dann stieg seine bebende Stimme in die Kuppel. »Ich frage mich nur, ob wir wissen, was wir da tun, das ist alles. Es hat den Anschein, als gäbe es heutzutage soviel, das wir nicht verstehen. Wir verstehen den Runenstein nicht.« Er biß sich auf die Lippe. »Das heißt, wir haben ihn nicht verstanden. Ich verstehe nicht, wie wir Bruder

Wilder auf unsere Welt holen konnten, selbst mit der Hilfe, die wir hatten. Und vor allem verstehe ich seine Macht nicht. Einerseits ist er ein Runenmeister und zerbricht Runensteine, andererseits ist er kaum dazu fähig, die erste Runenliste eines Lehrlings zu lesen.« Er riß die Augen auf. »Oh, das sollte keine Beleidigung sein, Bruder Wilder.«

Travis konnte nicht anders, er mußte grinsen. *Natürlich nicht.*

Eriaun wollte weitersprechen, runzelte die Stirn und breitete die Arme aus. »Das ist soweit alles, was ich zu sagen habe. Aber wir waren etwas vorschnell mit Dingen, denen wir nicht ganz gewachsen waren, und ich finde, wir sollten uns hüten, jetzt wieder so zu handeln.«

Eriaun watschelte zu seinem Platz zurück. Es war ein tapferer Versuch gewesen. Aber schon bevor sich der nächste zu Wort meldete, wußte Travis bereits, daß er die Dinge nur schlimmer gemacht hatte.

»Bruder Eriaun hat recht«, durchschnitt eine harte Stimme die flüsternde Luft. »Es gibt viel, das wir *nicht* verstehen. Und es ist Zeit, daß sich das ändert.«

Bruder Larad schritt die Stufen zur Mitte des Gemachs hinunter. Er ignorierte sowohl Oragien wie auch Travis und wandte sich an die anderen Runensprecher.

»Es ist Zeit, daß wir verstehen, warum man ihn zu uns brachte. Es ist Zeit, daß wir verstehen, wie jemand auf den Gedanken kommen konnte, er wäre da, um uns zu helfen. Und es ist Zeit, daß wir verstehen, wer tatsächlich die nötigen Fähigkeiten hat, unseren Orden anzuführen, jetzt, wo der Runenstein zerbrochen wurde.« Larad zuckte mit den Schultern, dann warf er Oragien einen Blick zu. »Aber vielleicht ist die Zeit für diese Dinge doch noch nicht gekommen. Noch nicht.«

Oragiens Augen blitzten auf, aber er umklammerte seinen

Stab und sagte kein Wort. Larad machte weiter; er ging wie eine graue Katze vor dem Podium auf und ab, und die Morgendämmerung tauchte sein vernarbtes Gesicht in ein rotes Licht.

»Obwohl Bruder Eriaun die Wahrheit gesagt hat, gibt es sehr wohl einige Dinge, die wir verstehen. Seit fünf Jahrhunderten hat es in Falengarth keine Runenbrecher mehr gegeben. Der Schwarze Turm wurde vor langer Zeit verboten. Seitdem hat es weder Träger der schwarzen Kutte noch ihre Kunst gegeben.« Larad zeigte auf Travis. »Aber als wieder einer von ihnen diese Welt betrat, was taten wir? Wir luden ihn in unseren Turm ein. Wir nannten ihn Runenmeister. Und vielleicht ist er das auch irgendwie. Trotzdem ändert es nicht das, was er ist: ein Runenbrecher.«

Wieder ertönte ein Zischen im Gemach, diesmal nur lauter. Travis umklammerte den scharfen Rand der Bank.

Larads Stimme stieg lautstark in die hohe Kuppel. »Habt ihr alle es denn vergessen? Waren es nicht die Runenbrecher, die die Furcht und den Haß aller Menschen auf alle Runenorden herabbeschworen? Man hat die schwarzen Kutten aus gutem Grund verboten – ein Grund, den wir alle jetzt erlebt haben. Darum sage ich, Schluß mit dem Gerede, der Chor soll singen. Es gibt nur eine Strafe für einen Häretiker und Runenbrecher.«

Larad ging zurück zu seinem Platz, ohne Oragien auch nur einen Blick zu gönnen. Der Großmeister schien nicht länger wütend zu sein, jetzt sah er nur noch abgehärmt und bleich aus. Er nickte.

»Bruder Larad hat den Chorgesang verlangt. So soll es sein.«

Travis verstand nicht, was hier geschah. Jeder Bruder schloß die Augen und saß reglos auf seinem Sitz. Ruhe kehrte ein. Dann begann es. Ein einzelner Ton stieg in die Luft. Andere stimmten in ihn ein, und dann noch mehr, bis er die

Wände vibrieren ließ. Die Runensprecher sangen, jeder Mann gab einen tiefen Brummton von sich, der sich mit den anderen verband.

Zuerst gab es in dem Ton eine Dissonanz, aber die wurde Augenblicke später von einer hellen Harmonie übertönt, die den polierten Stein flimmern ließ. Und noch immer wuchs der Ton an Kraft und Lautstärke. Travis preßte die Hände auf die Ohren. Die Rune der Stille schwächte den Ton keineswegs ab, und der Gesang füllte sein Gehirn. Nur noch eine Sekunde, und Travis wußte, er würde ihm den Schädel zerschmettern, so wie er den Runenstein zerschmettert hatte.

»Aufhören!«

Der abgerissene Schrei durchschnitt die Luft und entstellte die perfekte, flimmernde Harmonie. Der Gesang endete, aber sein verdorbener Klang wurde noch immer von den Wänden reflektiert und schwoll kaskadenförmig zu einem betäubenden Grollen an, bis zerborstene Laute wie die Splitter eines zerbrochenen Glases durch das Gemach schwirrten. Alle hielten sich die Ohren zu, um zu verhindern, daß ihr Verstand in Scheiben geschnitten wurde.

Das Getöse verblaßte zu einem Zischen. Mit reiner Willenskraft nahm Travis die Hände von den Ohren. Erst als er sah, daß aller Blicke auf ihn gerichtet waren, begriff er, daß er den Schrei ausgestoßen hatte, daß er die Rune der Stille, die ihm auferlegt worden war, gebrochen hatte.

»Ich tat es, um euch zu helfen«, sagte er. Seine Stimme war ein heiseres Flüstern, das alle hören konnten und das mit den Fragmenten des Gesangs verschmolz. »Bruder Oragien, das müßt Ihr verstehen. Ich tat es, damit Ihr selbst lernen könnt. Ohne mich, ohne sonst jemanden.«

Seine Worte verklangen. Dann sprach Oragien mit leiser Stimme.

»Der Gesang war in völliger Harmonie, Bruder Wilder. Alle

Stimmen waren im Einklang. Der Chor hat eine Entscheidung getroffen.«

Travis erwiderte Oragiens Blick. In den Augen des Großmeisters schimmerte nun etwas anderes: Bedauern. Travis wollte etwas erwidern, aber eine Geste brachte ihn sicherer zum Schweigen, als es eine Rune je geschafft hätte.

»Morgen bei Sonnenuntergang, wenn der Vollmond am Himmel steht, wird Bruder Wilder an den Nullstein draußen vor dem Turm gebunden werden, wo keine Rune gesprochen werden kann.«

Oragien zögerte, aber Travis kannte die Worte bereits, die nun folgen würden.

»Und dort wird er sterben.«

11

Sie ritten den ganzen Tag mit gleichmäßigem Tempo – Grace und Tira, Aryn und Lirith, Durge und Beltan – und trieben die Pferde so hart an, wie sie es wagten, während die Meilen vorbeirasten und die unregelmäßigen Hänge der Fal Erenn stetig höher in den Himmel stiegen.

Als sie sich den Bergen näherten, wurde die Luft trockener, und die grünen Ebenen wichen zerklüftetem Grasland, das von tiefen Schluchten und Hügeln aus verwittertem Felsgestein unterbrochen wurde. Hätte Grace einen Augenblick dafür erübrigt und darüber nachgedacht, hätte die Landschaft sie an ihre Kindheit in Colorado erinnert, an die Berge in der Nähe von Castle City und das Beckett-Strange-Heim für Kinder. Doch sie beschäftigte nur ein Gedanke.

Du *warst da, Grace, du* wirst *da sein. So war deine Vision ...*

Hätte sie es zugelassen, hätte sich Grace vielleicht auch Gedanken über dieses brennende Verlangen gemacht, Travis Wilder zu retten. Er war ihr Freund – das war Grund genug. Und was noch mehr zählte, er hatte ihr beim Wintersonnenwendfest geholfen, diese Welt zu retten. Hatte er es also nicht zumindest verdient, nicht bei lebendigem Leib verbrannt zu werden?

Ja, aber das waren nicht die wahren Gründe, aus denen sie die Schenkel gegen Shandis' Flanken drückte und die Stute zu größerer Geschwindigkeit antrieb. Es war das gleiche Verlangen, das sie in der Notaufnahme des Denver Memorial Hospitals ohne Pause gedankenlos von Patienten zu Patienten eilen ließ: der rastlose Drang, andere zu heilen, ihre zerschmetterten Körper zu nehmen und sie wieder gesund zu machen.

Garfs Leben war ihr durch die Finger geschlüpft. An Meridar und Daynen hatte sie nicht herankommen können. Travis zu verlieren war inakzeptabel.

»Mylady!«

Etwas verspätet riß Grace an den Zügeln und brachte Shandis auf Geröll rutschend zum Halt. Die anderen hatten ihre Pferde mehrere Meter hinter Grace angehalten – beinahe wäre sie allein weitergeritten. Sie wendete ihre Stute, um zu ihnen zurückzureiten, und das war der Augenblick, in dem sie es sah.

Vor ihr ragte ein zerklüfteter Felsvorsprung aus dem sich über ihnen auftürmenden Berg, der nur durch einen messerschmalen Kamm mit ihm verbunden war. Auf ihm erhob sich eine einzelne hohe und unvorstellbar schlanke Felsnadel aus nebelgrauem Stein.

Grace senkte den Blick und entdeckte den Anfang eines schmalen Weges, der in die steile Felswand geschlagen war und der von zwei verwitterten Steinen markiert wurde. In ihrer Eile war sie daran vorbeigeritten. In diesem Moment tauchte die im Westen untergehende Sonne den Turm in ihr scharlachrotes Licht, als würde sie ihn entzünden. Grace verspürte ein Schwindelgefühl, und sie vergrub die Hände in Shandis' Mähne. Sie befand sich unter ihm, flog nicht aus großer Höhe von oben auf ihn zu, aber der Turm sah genauso aus wie in ihrer Vision.

Nein, Grace, es ist nicht wie in deiner Vision, da heute noch kein Vollmond ist. Noch nicht. Du hast noch einen Tag übrig. Du hast es geschafft – du hast es tatsächlich geschafft.

Eine kleine Hand strich ihr über die Wange, und sie senkte den Kopf und erwiderte Tiras Blick. Das Mädchen lächelte, die linke Gesichtshälfte lachte, während die rechte eine narbige Maske blieb, so hart und emotionslos wie rosafarbenes Plastik. Grace drückte das Kind an sich, als könnte sie mit dieser

Geste Liebe weitergeben statt einfachen Druck und Körperwärme. Dann hob sie den Kopf.

»Nun, da wären wir.«

Beltan betrachtete die drei Minarette, die den Turm krönten. »Ich kann nicht behaupten, daß das der einladendste Ort ist, den ich je gesehen habe.«

Durge schwang sich von Schwarzlockes Rücken. »Auf dem Pfad ist für Pferde kein Platz. Und der Weg sieht trügerisch aus. Es würde mich nicht überraschen, sollte sich einer von uns auf einem losen Stein einen Knöchel verstauchen und abstürzen, bevor wir oben sind.«

»Nun, Durge«, sagte Aryn, als sie sich von Beltan von ihrer Stute herunterhelfen ließ. »Ihr habt gerade dafür gesorgt, daß wir es alle unbeschadet bis zum Gipfel schaffen.«

»Euer Hoheit?« fragte Durge stirnrunzelnd.

Aryn schenkte dem Ritter ein strahlendes Lächeln. »Also wirklich, Durge, Euch ist doch sicherlich bekannt, daß wenn man ein Übel, das einen befallen könnte, laut ausspricht, es dann niemals eintrifft.«

Beltan kratzte sich den Bart. »Wißt ihr, ich glaube, sie hat recht. An dem Tag, an dem man aufwacht und denkt ›Heute kriege ich bestimmt noch vor dem Mittag ein Schwert in den Magen gestoßen‹, passiert nie etwas. Aber wenn man gemütlich durch das Land spaziert und ein fröhliches Liedchen pfeift und an nichts Böses denkt, dann springt jemand aus dem Gebüsch und stößt einem ein Messer rein.«

Lirith lachte, und der helle Laut hallte von den leblosen Felsen zurück. »Ihr wollt also sagen, daß wenn Durge auf der ganzen Reise seine Besorgnis wegen einer bestimmten Gefahr kundgetan hat, er eigentlich dafür sorgte, daß diese Dinge niemals eintreffen?«

»Genau«, sagte Aryn.

Lirith ergriff den Saum ihres Reitgewandes und machte vor

dem Embarraner einen tiefen Knicks. »Nun, vielen Dank für diesen Schutz, Herr Ritter.«

Durges Augen traten hervor, und er öffnete den Mund zu einer Erwiderung, aber da er offensichtlich nicht wußte, was er sagen sollte, schloß er ihn wieder, gab ein wortloses Grunzen von sich und drehte sich um, um in Schwarzlockes Satteltaschen herumzukramen.

Ein Gefühl der Wärme stieg in Graces Brust auf, und trotz ihrer Müdigkeit und des Gefühls der Dringlichkeit mußte sie lächeln. Sie würde niemals wissen, wie sie es geschafft hatte, Freunde zu verdienen, erst recht nicht solch unglaubliche und wunderbare Freunde wie diese. Aber in den letzten Monaten hatte sie gelernt, die Tatsache zu akzeptieren, daß gute Dinge manchmal völlig grundlos geschahen – so bizarr das auch sein mochte.

Die Schatten der Berge wurden länger. Grace stieß einen Seufzer aus.

»Wir sollten besser aufbrechen. Mir ist aufgefallen, daß es zumindest die Menschen dieser Welt vorziehen, mit unerwarteten Besuchern vor Sonnenuntergang konfrontiert zu werden.«

Durge und Beltan nickten.

Aryn sah Lirith fragend an. »Werden wir ... an diesem Ort willkommen sein, Schwester?«

Lirith glättete das braune Gewand. »Die Hexen haben den Runensprechern noch nie irgendwelche Vorbehalte entgegengebracht. Und ich glaube auch nicht, daß wir ihnen Sorgen bereiten.«

Beltan warf der Hexe einen verblüfften Blick zu, aber Grace verstand nur zu gut.

Sie hält Travis noch immer für den Runenbrecher, so daß er vielleicht doch besser nicht gerettet werden sollte. Bist du sicher, daß Lirith mitkommen soll?

Dieser Verdacht verursachte Grace Unbehagen, und sie zwang ihn beiseite. Sie mußte an ihre Freunde glauben. Denn, bei den Göttern dieses Ortes, an sich selbst konnte sie nicht glauben.

»Ich glaube, da ist ein Stall«, sagte Beltan und zeigte auf ein niedriges Steinhaus, das Grace noch gar nicht aufgefallen war. Es verschmolz mit dem Felsvorsprung, an den es sich schmiegte.

Der blonde Ritter ging hinüber und sah es sich an, dann bedeutete er den anderen, zu ihm zu kommen. Sie nahmen die Pferde mit.

»Es ist tatsächlich ein Stall«, sagte Beltan. »Obwohl er meiner Meinung nach schon seit Jahren nicht mehr benutzt wurde.«

Aryn streichelte den Hals ihrer Stute. »Aber wird es den Pferden hier auch gutgehen? Jemand könnte versuchen, sie zu stehlen.«

Ein hartes Licht stahl sich in Durges Augen. »Dann wird derjenige Schwarzlockes Hufe sauber auf dem Hinterkopf zu spüren kriegen.«

Das schwarze Schlachtroß des Embarraners stieß mit solch perfektem Timing ein Schnauben aus, daß Grace es nur für das halten konnte, als das es erschien: die Bekräftigung der Worte des Ritters.

Die Männer banden die Pferde in dem Stall fest, dann begaben sich die sechs Reisenden zu den Steinen, die den Beginn des Pfades markierten. Aus dem Augenwinkel sah Grace ein silberblaues Aufblitzen. Sie schaute in die Höhe und entdeckte ein Licht auf der Turmspitze. Dann war das Licht wieder verschwunden.

»Sie wissen, daß wir kommen«, sagte Durge.

Grace nickte steif, dann begab sie sich mit Tira an der Hand an den Aufstieg.

Der Weg war so steil, wie Durge befürchtet hatte, aber nicht so trügerisch. Er war tief in den Felsen eingeschnitten, und das Kommen und Gehen zahlloser Füße hatte sämtliches Geröll beseitigt. Als schwierig erwiesen sich nur die Abschnitte, an denen die Felswand steil in die Tiefe führte. Dort waren drei Stufen in den Stein geschlagen worden. Sie waren abgenutzt und rutschig, es gab weder Geländer noch Halteringe, und Grace hatte das beunruhigende Gefühl, daß der Erdboden sie anzog. Allein Tira schien sich nicht an den Stufen zu stören, und sie lief mit einer Geschwindigkeit voraus, die Graces Herz an neue und anatomisch völlig unmögliche Orte rückte.

Als sie das kleine Plateau vor dem Turm erreichten, war die Sonne hinter den hohen Gipfeln verschwunden, und aus den tiefen Tälern kroch das Zwielicht empor, um die Berge einzuhüllen. Sie näherten sich dem Tor und kamen dabei an einem großen Objekt vorbei. Ein Schauder durchlief Grace, als sie den Monolith aus ihrer Vision erkannte. Hier hatten sie Travis also festgebunden. Hier *würden* sie ihn festbinden.

Aber du wirst da sein, Grace. Ich weiß zwar noch nicht, wie du es machen wirst, doch du wirst eine Möglichkeit finden, ihn zu retten.

Der Monolith blieb hinter ihnen zurück, und das dreieckige Tor des Turms ragte vor ihnen in die Höhe. Sie hatten es noch nicht ganz erreicht, als es aufschwang. In der Öffnung stand ein alter, bärtiger Mann in einer grauen Kutte. Er wurde in ein Licht so bleich wie das des Mondes getaucht, aber es kam aus dem Turm und nicht von außerhalb. Seine Augen blickten wie die eines Adlers, in den Händen hielt er einen verzierten Stab. Hinter dem Alten standen andere Kuttenträger, einschließlich eines Mannes, dessen Gesicht von dünnen weißen Narben gezeichnet war.

»Ein Ritter von Calavan, ein Ritter von Embarr, drei Töchter Sias und ein Kind mit Verbrennungen.« Der Alte schüttelte den Kopf. »Das ist eine seltsame Gruppe, die da an meine Tür gekommen ist.«

Grace entfuhr ein einzelnes, überraschtes Wort. »Runen?«

Ein flüchtiges Lächeln umspielte die verwelkten Lippen des alten Mannes – vielleicht war es auch nur ein Schatten gewesen. »Nein, Euer Durchlaucht. Uns hat keine Magie verraten, wer Ihr seid. Wir alle kennen die Geschichte Travis Wilders und seiner Gefährten. Es ist nicht schwer, Euch zu erkennen. Bis auf das Kind. Und Euch, Mylady.« Er nickte Lirith zu. »Ihr seid eine Gräfin aus dem südlichen Toloria, richtig?«

Lirith nickte.

Grace durchfuhr ein Schauder. »Travis, er ist hier, nicht wahr?«

Der Alte nickte wieder, aber jede Spur des Lächelns war verschwunden.

Beltan trat mit grimmigem Gesichtsausdruck an Graces Seite. »Wir müssen mit Travis sprechen. Sofort.«

»Ihr werdet ihn sehen«, sagte der Alte. »Aber nicht sofort.«

Er gab dem narbengesichtigen Mann ein verstohlenes Zeichen. Grace verstand die Bedeutung zu spät. Beltan griff nach dem Schwert, aber er war viel zu langsam.

»Sinfath!«

Ein Dutzend Stimmen sprachen das Wort in widerhallender Harmonie; Schatten schossen heran und hüllten Grace in einen erstickenden Schleier aus Zwielicht. Sie hörte die gedämpften Schreie der anderen und wußte, daß auch sie verloren waren. Dann verfinsterte sich das Zwielicht und legte sich wie Nebel auf ihr Bewußtsein, und alles wurde grau.

12

Durch den Fensterschlitz seiner Zelle beobachtete Travis, wie die ersten kupferfarbenen Flecken den azurblauen Himmel vergoldeten. Es war fast soweit.

Er schaute auf seine Hände und sah, daß sie zitterten. Vielleicht war es Furcht. Vielleicht war es auch einfach nur Hunger. Sie hatten ihm den ganzen Tag lang nichts zu essen gegeben – nur einen Krug metallisch schmeckenden Wassers, den ein Geselle mit grimmigem Gesicht kurz nach Morgengrauen gebracht hatte. Danach war keiner mehr gekommen, und er hatte auf dem Bett gesessen und zugesehen, wie der dünne Streifen Sonnenlicht die Wand entlangkroch.

Er hatte natürlich die Tür untersucht. Nicht weil er glaubte, sie sei unverschlossen, sondern weil er das Gefühl hatte, daß es von ihm erwartet werden würde. Aber die Tür rührte sich keinen Millimeter, obwohl er keine Rune der Verriegelung an ihr entdecken konnte; diesmal mußten sie stärkere und weltlichere Riegel genommen haben, um ihn einzusperren. Er starrte die Tür eine Zeitlang an und befahl ihr in Gedanken, sich zu öffnen, halb erwartend, daß Himmel grinsend auf der anderen Seite stehen und ihn befreien würde. Nach einer Weile hörte er damit auf.

Du bist allein, Travis. Sie halten Himmel von dir fern. Und diesmal wird Beltan nicht kommen und dich retten, nicht wie damals am Runentor. Das war's.

Er seufzte, als er an den gutmütigen Ritter dachte. Er wünschte sich, er hätte Gelegenheit, ihn wiederzusehen. Es wäre nett gewesen, zu erfahren, wie es ihm ging. Aber das würde nicht passieren, oder?

Obwohl Travis es eigentlich nicht wollte, konnte er nicht

aufhören, darüber nachzudenken, wie lange das Sterben dauern würde. In der Domäne Eredane hatte er einmal einen Runensprecher gesehen, der vom Rabenkult an einem Pfahl festgebunden worden war. Sie hatten ihn dort wie eine Vogelscheuche hängen lassen. Das Schild an dem Pfahl hatte ihn als Häretiker gebrandmarkt.

Häretiker. So hatte ihn auch Oragien genannt. Aber was das anging, nannte man sie nicht immer so – die Leute, die eine Wahrheit aussprachen, die keiner hören wollte? Wurden die, die anders waren, nicht immer auf diese Art gekreuzigt ... an Pfählen, an Felsen, an Kreuzen?

Draußen flammten die kupferfarbenen Flecken auf und verbreiteten sich über den ganzen Himmel. Jenseits der Tür erschollen die ersten Schritte.

»Keine gute Tat bleibt ungesühnt«, murmelte Travis.

Aber vielleicht war das ja gar keine so schlechte Art, die Dinge zu einem Ende zu bringen. Vielleicht würden es die Runensprecher niemals begreifen, aber er *hatte* ihnen geholfen. Jetzt würden sie lernen – weil sie es mußten. Er schätzte, daß eine Menge Leute gestorben waren, die weniger erreicht hatten. Er faltete die Hände auf seinem Schoß und wartete auf sie.

Beim Feuer in Durnachs Schmiedeofen! Läßt du dir das einfach von ihnen gefallen, Travis?

Er zuckte zusammen, als die Stimme in seinem Kopf erklang. »Jack.«

Travis war sich nicht sicher, ob er froh war, daß die Stimme endlich zu ihm sprach, oder nicht. Ja, sie hatte ihm in Momenten der Gefahr geholfen. Aber manchmal schien sie eher ein Fluch als ein Segen zu sein – ein Andenken an das, was man ihm angetan hatte, wie sehr er verändert worden war.

Travis, das ist lächerlich. Diese Narren sind nur ein schwacher Abklatsch der Runensprecher der Vergangenheit. Und du bist ein Runenmeister. Sie sollten deinen Befehlen gehorchen, nicht deine Handlungen in Frage stellen.

»Ich habe ihren Runenstein zerbrochen, Jack.« Er sprach es laut aus, weil es auf diese Art irgendwie weniger verrückt erschien.

Und was war das für eine Show, Travis! Bei Olrig, du bist mutiger, als ich je gedacht hätte. Ich glaube nicht, daß das viele von uns zustande gebracht hätten. Andererseits bist du der letzte, den es noch gibt. Du bist alles, was wir jemals waren.

Einen kurzen Augenblick lang hatte es den Anschein, als gäbe es außer Jack noch andere Stimmen in seinem Kopf – ein großer Chor, der in völliger Harmonie sprach. Dann war es nur wieder sein alter Freund.

Das muß doch nicht sein, Travis. Sobald sie die Tür öffnen, kannst du sie alle mit einer Rune zu Boden werfen und diesen Ort verlassen. Du hast die Macht.

Travis ballte die rechte Hand zur Faust. »Nein, Jack. Ich werde sie nicht verletzen. Ich werde niemanden verletzen. Das habe ich geschworen, und ich werde diesen Schwur halten. Ich habe nicht um diese Macht gebeten.«

Was für ein erbärmlicher Schwachsinn! Niemand bittet um Macht – außer Idioten und Verrückte. Aber du hast sie, Travis, und es ist deine Pflicht, sie zu benutzen.

Travis schüttelte den Kopf. »Nicht, wenn das bedeutet, Menschen zu verletzen. Wenn ich von dem Nullstein wegkommen kann, nachdem sie mich hingebracht haben, dann werde ich das tun. Aber man kann dort keine Rune sprechen – ich weiß es, ich habe es versucht. Also kann mir nichts helfen.«

Das darauf folgende Schweigen war so lang, daß Travis glaubte, daß ihn nun in seiner letzten Stunde selbst die Stimme verlassen hatte. Dann ertönte sie wieder, ein Flüstern tief in seinem Bewußtsein.

Du irrst dich, Travis. Der Nullstein ist alt, aber es gibt Mächte, die noch viel älter sind. Olrigs Hand wird dir helfen.

Das war ein böser Scherz. Travis hieb sich die Faust auf die Hüfte. »Aber Olrig ist nicht mehr hier. Schon vergessen? Die Alten Götter sind gegangen.«

Sind sie das?

Travis öffnete den Mund und machte ihn wieder zu. Jede Erwiderung war sinnlos. Die Stimme war weg, als wäre in seinem Bewußtsein eine Tür ins Schloß gefallen. Im selben Augenblick öffnete sich eine andere Tür – die zu seiner Zelle. Drei Gesellen traten ein. Travis stand auf.

»Das ist nicht nötig«, sagte er, als einer ein Lederband hochhielt. Aber der Mann ignorierte ihn und knebelte ihn damit. Anscheinend wollten sie kein Risiko eingehen, daß er erneut die Rune der Stille brach. Die anderen ergriffen ihn bei den Armen und schoben ihn unsanft durch die Tür.

Ein halbes dutzendmal hätte er ihnen beinahe die Mühe, ihn zum Nullstein zu schaffen, abgenommen, indem er sich auf der Treppe den Hals brach, da sie ihn die Stufen hinunterstießen. Aber sie hielten ihn unsanft fest, und er schaffte es nach unten. Sie führten ihn durch das Tor.

Das Licht des sterbenden Tages strömte wie Blut über das Plateau vor dem Turm. Alle Runensprecher waren da und hatten sich in einem nach Westen ausgerichteten Halbkreis versammelt. Sie blockierten die Sicht auf den Nullstein, aber Travis wußte, daß er da war, denn er lag schwer wie ein Makel auf seinen Gedanken. Rauhe Hände stießen ihn ihm entgegen.

Schweiß strömte seinen Körper herab; er konnte nicht gehen, ohne daß ihm die Knie zitterten. Es fiel schwer, nicht an eine Flucht zu denken. Wenn er den Knebel loswerden würde, nur ganz kurz, dann konnte er seine Wärter mit *Gelth* erstarren lassen oder sie mit *Krond* verbrennen. Dann konnte er von hier flüchten. Er wußte zwar nicht wohin, aber das würde sich finden. Vielleicht zurück nach Calavere, um Grace und Beltan zu besuchen, und ...

Die Runensprecher traten zurück und machten den Weg frei, und Travis hörte auf zu denken. Er starrte auf den schwarzen Umriß des Nullsteins – dann fiel sein Blick auf den vor ihm aufgeschichteten Holzstapel. Furcht verwandelte sich in Panik. Er kämpfte gegen den Griff an, aber weitere Hände packten zu und zerrten ihn zum Stein. Travis wollte schreien, aber der Knebel verhinderte jeden Laut. Er hatte sich geirrt. Auf schreckliche, dumme Weise. Sie würden ihn nicht einfach an den Stein fesseln und dann gehen.

Sie würden ihn bei lebendigem Leib verbrennen.

13

So sollte sich das Ganze nicht abspielen.

»Es muß einen Weg hier heraus geben. Es muß ihn geben.«

Wieder strich Grace über die rauhe Oberfläche der hölzernen Zellentür, grub die Nägel in jeden Spalt und tastete nach einem Zeichen der Schwäche.

»Grace.« Aryn sprach leise, aber drängend. »Grace, es hat keinen Zweck. Du mußt damit aufhören.«

Sie zögerte, dann hob sie die Hände und starrte sie an. Die aufgescheuerten Fingerspitzen waren blutig. Sie nickte ruckartig und trat von der Tür weg. Aryn stieß einen Seufzer aus, dann warf sie Lirith einen besorgten Blick zu. Die Lippen der Hexe waren zu einem dünnen Strich zusammengepreßt, aber sie sagte nichts; ihre Hände ruhten auf Tiras dünnen Schultern.

Grace schritt die Wände der keilförmigen Zelle ab, in der sie sich gestern nach Abklingen des Runenbanns irgendwann nach Sonnenuntergang wiedergefunden hatten. Aus irgendeinem unerfindlichen Grund war Tira bereits wach gewesen, denn als Grace die Augen aufgeschlagen hatte, hatte sie in das unbewegte Gesicht des über sie gebeugten Kindes geblickt. Jetzt war es fast schon wieder Sonnenuntergang. Wenn der Mond über den Bergen im Westen aufging, würde er voll sein.

Sie überlegte, wieder zu rufen, aber ihre Kehle war so wund wie ihre Finger. Nicht, daß es irgend etwas gebracht hätte. Sie würden nicht zurückkommen. Zumindest nicht vor Einbruch der Nacht. Da hatte sich Oragien ganz klar ausgedrückt.

Der alte Mann, der sie am Tor empfangen hatte, war kurz

nach Sonnenaufgang zu ihrer Zelle gekommen und hatte durch einen Türspalt zu ihnen gesprochen und sich als der Großmeister des Grauen Turms identifiziert.

»Warum haltet Ihr uns hier fest?« hatte Aryn zu wissen verlangt, bevor Grace oder Lirith etwas sagen konnten. In den blauen Augen der Baronesse blitzte der Zorn. Falls Grace vergessen hatte, daß Aryn eine Adlige von höchstem Rang war, war sie spätestens jetzt wieder daran erinnert worden.

»Es ist besser für Euch, daß Ihr dort drinnen bleibt«, sagte Oragien. Seine Stimme klang müde, aber resolut.

»Und für welches Verbrechen sperrt man uns ein?«

»Es gibt kein Verbrechen, gute Schwester. Morgen abend nach Sonnenuntergang werden wir Euch freilassen, und Ihr könnt den Turm verlassen.«

Grace biß die Zähne zusammen. Nach Sonnenuntergang ... nachdem sie Travis ermordet hatten. War es nicht das, was der Alte meinte?

Aryns Tonfall war so kalt wie Stahl. »Ich bin Baronesse von Calavan, meine Begleiterinnen sind eine Herzogin und eine Gräfin von Toloria. Wir alle sind Gefährtinnen von Königin Ivalaine. Glaubt Ihr allen Ernstes, daß Ihr Euch für diese Tat nicht verantworten müßt?«

Oragien fuhr sich mit einer faltigen Hand über die Augen. »Am Ende muß sich ein jeder von uns für seine Taten verantworten, gute Schwester.«

Als sie das hörte, erbleichte Aryn, und sie schien darauf keine Antwort zu wissen. Lirith nahm sie bei den Schultern und zog sie von der Tür fort. Oragien drehte sich um.

Wartet! wollte Grace rufen. *Ihr habt noch immer nicht verraten, warum Ihr das Travis antun wollt!*

Aber die Tür hatte sich bereits wieder geschlossen, und seitdem war niemand mehr zu der Zelle gekommen.

Grace stellte ihre Wanderung ein und setzte sich auf eine

der beiden Pritschen, die den engen Raum in Beschlag nahmen. Sie schloß die Augen und legte die Hand auf die Stirn. Sie alle waren mit Kopfschmerzen aufgewacht, die noch nicht verflogen waren. Vermutlich eine Nachwirkung der Runenmagie.

»Hier. Trinkt das.«

Lirith hielt ihr einen Holzbecher hin. Wenigstens hatte man ihnen einen Krug Wasser, etwas Brot und eine Handvoll Rosinen dagelassen. Grace nahm den Becher und trank, und das Dröhnen in ihrem Schädel ließ etwas nach.

»Vielleicht sollten wir es noch einmal versuchen«, sagte sie, als sie den Becher zurückgab. »Mit der Gabe.«

Lirith legte eine schlanke Hand auf Graces Arm. »Die Wände sind aus Stein, Schwester. Die Tür ist aus Holz und Eisen. Kein Nebel, kein Wasser. Ihr habt es heute morgen versucht, als Ihr ausgeruht wart, und konntet sie nicht bewegen. Wie wollt Ihr es jetzt schaffen, wo Ihr müde seid?«

Grace versteifte sich. *Und vielleicht willst du auch bloß nicht, daß ich diese Tür öffne, Schwester. Schließlich hältst du ihn für den Runenbrecher. Vielleicht willst du ja nicht, daß ich ihn rette.*

Aber diese Gedanken waren Wahnsinn und kamen durch Erschöpfung und Angst zustande. Lirith war ihre Freundin.

Grace atmete tief durch. »Ihr habt recht. Und selbst wenn wir nicht zu müde wären, die Weltenkraft ist hier sehr schwach. Ich glaube, es gibt im ganzen Turm nicht genug davon, um einen Fingerhut zu füllen.«

Aryn strich mit der Hand über eine der unmöglich glatten Wände. »Nein, das stimmt nicht. Ich weiß, es erscheint seltsam, aber in diesem Stein *ist* Leben. Es ähnelt der Weltenkraft, aber es ist auch anders. Es ist kälter. Distanzierter. Ich kann es nicht ...« Sie schüttelte den Kopf. »Ich scheine es nicht erfassen zu können.«

Grace warf Aryn einen dankbaren Blick zu. Zumindest hatte sie es versucht.

»Mylady ...«, erklang eine tiefe, ferne Stimme.

Sofort stand Grace auf, ging zur anderen Zellenwand und kniete vor einer Öffnung am Fuß der Wand nieder – sie war so klein, daß nicht einmal Tira ihre kleine Hand hätte hineinstecken können. Die Öffnung ließ zu, daß Wasser aus dieser und der benachbarten Zelle in einen gemeinsamen Abfluß fließen konnte. Aber viel wichtiger war, daß sie Grace hineinsehen lassen konnte. Sie erblickte einen Steinboden und zwei Paar Stiefel.

»Durge. Beltan.«

»Wir sind noch immer hier, Mylady«, sagte der Embarraner ernst.

»Mit den Dingern werden wir bestimmt nirgendwohin gehen«, meldete sich Beltan zu Wort.

Ketten rasselten. Sie klangen schwer.

»Also konntet Ihr Euch nicht befreien?« fragte Grace, ohne überhaupt den Versuch zu machen, hoffnungsvoll zu klingen.

»Tut mir leid, Grace«, sagte Beltan. Die kleine Öffnung ließ seine Stimme hohl klingen. »Ich glaube, diese Ketten könnte nicht einmal ein Troll zerreißen.«

»Mylady«, sagte Durge. »Ich rief, weil ich mich fragte, wie spät es wohl ist. Hier gibt es kein Fenster.«

Grace sah zu dem glühenden Schlitz in der Wand hinter ihr. »Die Sonne geht gleich unter.«

Auf der anderen Seite trat Schweigen ein, dann klirrten die Ketten erneut, und ein Aufschrei der Anstrengung, der Wut und des Schmerzes hallte von den Wänden wider.

»Das können sie ihm nicht antun! Bei Vathris' blutiger Klinge, das können sie nicht tun! O ihr Götter ...«

Grace schloß die Augen, als Beltans Worte mit einem erstickten Laut der Qual endeten.

»Vergebt uns, Mylady«, sagte Durge. Sein Tonfall war gedämpfter, dafür aber nicht weniger herzzerreißend. »Wir haben Euch im Stich gelassen. Und wir haben Freisasse Travis im Stich gelassen.«

Nein, wollte Grace sagen. *Nein, ich bin diejenige, die versagt hat – die nicht dort war, wo sie hätte sein sollen.* Aber sie brachte die Worte nicht über die Lippen.

Sie konnte noch immer nicht verstehen, wie das hatte passieren können. Ihre Vision erfüllte sich, doch sie würde nicht vor dem Monolithen stehen, wie sie geglaubt hatte. Aber das ergab keinen Sinn. In der Vision hatte Travis sie dort stehen sehen, davon war sie fest überzeugt. Aber wie sollte er sie jetzt sehen, wo sie doch in dieser Zelle eingesperrt war?

Grace wollte etwas sagen, irgend etwas, egal was, das die Ritter trösten würde ...

... und hielt inne, als es an der Zellentür klopfte.

Sie riß den Kopf herum. Aryn und Lirith starrten die Tür an. Tira spielte ungerührt mit ihrer angesengten Puppe. Das Klopfen ertönte erneut, diesmal lauter. Dann öffnete sich die Zellentür – nicht nur einen Spalt, sondern ganz.

Grace war so erstaunt, daß sie sich nicht rühren, nicht in die Freiheit stürmen konnte, was sie hätte tun sollen, wo sie nun die Gelegenheit dazu hatte. Statt dessen sah sie zu, wie ein Mann – er trug anstelle der grauen eine braune Kutte – die Zelle betrat. Er war jung, kaum älter als zwanzig, mit einem häßlichen, aber gutherzigen Gesicht.

»Wer seid Ihr?« fragte Grace.

Der junge Mann zog etwas aus der Kutte und hielt es ihr hin. Grace ging auf ihn zu. Es war eine Hand aus grauem Stein. Sie warf Aryn und Lirith einen überraschten Blick zu, den diese erwiderten, dann wandte sie sich wieder dem Besucher zu.

»Was ist das?« flüsterte sie, davon überzeugt, daß etwas Wichtiges geschehen würde.

Der junge Mann öffnete den Mund. Sie sah den Fleischstumpf, wo einst seine Zunge gewesen war. Er bewegte den Unterkiefer, was sein Gesicht noch verzerrter erscheinen ließ. Dann kamen Laute aus seinem Mund.

»Oh ... rig.«

Grace starrte ihn an. Ihr Instinkt sagte ihr, daß dies das erste Mal seit Jahren war, daß dieser Mann etwas gesagt hatte, vielleicht sogar seit seiner Kindheit, in der man ihn seiner Zunge beraubt hatte. Zitternd hielt er ihr die Steinhand näher hin und sprach erneut.

»Oh-*rig.*«

Die Hand war am Gelenk abgebrochen, als wäre sie Teil einer größeren Statue. Ohrig. War das ein Wort für Hand?

Nein, Grace. Das ist es nicht. Denk daran, er hat keine Zunge. Das bedeutet, daß er bestimmte Laute nicht formen kann.

Sie nahm die Hand entgegen und sah ihm in die Augen. »Olrig. Das ist die Hand von Olrig, einem der Alten Götter.«

Er nickte und grinste, seine Augen strahlten.

Aryn trat vor. »Grace, was geht hier vor?«

Sie schüttelte den Kopf. »Ich weiß es ...«

Der junge Mann gab ihr einen weiteren Gegenstand. Graces Finger schlossen sich um weichen Stoff. Sie schüttelte das Kleidungsstück aus und keuchte auf: Es war eine nebelgraue Kutte.

Ihr Besucher gestikulierte, seine Bewegungen waren so beredt wie leise gesprochene Worte. *Zieht sie an, Mylady.*

Sie wandte sich Aryn und Lirith zu und zuckte hilflos mit den Schultern.

Liriths Augen strahlten so hell wie zwei glühende Kohlen.

»Grace, Ihr müßt gehen. Ich habe eben aus dem Fenster geblickt. Die Runensprecher versammeln sich bereits.«

Grace packte die Kutte fester. »Aber ...«

»Wir haben nur eine Kutte.« Aryn berührte sie an der Schulter. »Wir versuchen Beltan und Durge zu befreien. Geh jetzt, Grace. Du bist Travis' einzige Chance.«

Grace sah die beiden Frauen an. Dann drängte sich Tira zwischen sie. Sie tätschelte Graces Hand, schaute auf und schenkte dem Mann ein wunderschönes halbes Lächeln. Er grinste zurück. Grace hob die Kutte.

»Nun, jetzt oder nie«, sagte sie.

14

Travis kämpfte gegen die Hände an, die ihn hielten, aber es war sinnlos. Seine Stiefel schleiften über harten Schiefer, als sie ihn zu dem Holzstoß zerrten, der unterhalb des Monolithen wartete.

Das nächste Mal, wenn du zum Tode verurteilt wirst, vergiß nicht, sie zu fragen, welche Methode sie benutzen. So kannst du diese ätzenden Hinrichtungstags-Überraschungen vermeiden.

In der Menge der grauen Kutten erkannte Travis ein Paar kurzsichtige braune Augen. Eriaun. Der untersetzte Bruder rang die dicken Hände, als Travis an ihm vorbeistolperte. Dann verschwand er aus der Sicht, als die anderen Brüder den Halbkreis hinter Travis wieder schlossen.

Die Vollstrecker stießen ihn dem Nullstein entgegen, und alle Laute und Geräusche blieben zurück und wurden gedämpft und verschwommen, so als hörte man sie in einem Traum. Seine rechte Hand juckte, und er wußte, daß wenn er jetzt versuchte, eine Rune zu sprechen, es ihm die Zunge spalten würde.

Er rutschte auf dem Holz aus, als ihn die Runensprecher an den Schultern packten und hart gegen den Stein drückten. Ihm wurde die Luft aus den Lungen gepreßt. Bevor er sich bewegen konnte, hatten sie ihn mit einem dicken geflochtenen Strick an den Stein gefesselt. Einer von ihnen riß ihm den Knebel aus dem Mund. Es bestand keine Gefahr mehr, daß er eine Rune sprach.

Die Runensprecher zogen sich zurück, und ihre grauen Kutten verschmolzen mit denen der anderen zu einer Masse. Ein seltsamer Frieden bemächtigte sich Travis'. Wenigstens mußte er keine Entscheidung mehr treffen, was er nun tun sollte.

Es dauert nicht mehr lange, Max. Dann brenne ich genauso wie du.

»Die Sonne geht unter. Laßt es uns zu Ende bringen.«

Die Stimme war kräftig und reichte sogar in die Trägheit hinein, die den Nullstein umgab, trotzdem klang sie unendlich müde. Travis hob den Kopf und sah zwei Runensprecher, die vorgetreten waren. Der eine war Oragien, dessen weißes Haar und Bart in der trägen Brise wehten. Der andere war Bruder Larad. Die zerschnittenen Züge waren zu einem Ausdruck erstarrt, dessen Leblosigkeit an eine Statue erinnerte.

Travis sah an Larad vorbei, auf der Suche nach einem freundlichen, schlichten Gesicht – aber von Himmel fehlte jede Spur. Doch er entdeckte eine Person, die ein Stück abseits von den anderen stand, als zögerte sie, bei den anderen zu stehen, während diese ihr Werk vollendeten. Travis konnte nicht erkennen, wer es war – die graue Kapuze der Kutte war tief ins Gesicht gezogen –, aber vielleicht teilten ja nicht alle Runensprecher Bruder Larads Meinung.

Oragien stützte sich auf seinen Stab. »Begreift Ihr, für welches Verbrechen Ihr bestraft werdet, Bruder Wilder?«

Bevor Travis antworten konnte, kam ihm eine scharfe Stimme zuvor.

»Er hat den Runenstein entehrt«, sagte Larad verächtlich. »Der Runenstein, das Herz unseres Turms und die Quelle all dessen, was wir sind. Seine Strafe ist entschieden.«

Oragien hielt den Blick auf Travis gerichtet. »Habt Ihr noch etwas zu sagen?«

Wieder kam ihm Larad zuvor. »Er hat schon genug Lügen verbreitet.«

Diesmal brachten dem Runensprecher seine Worte einen scharfen Blick des Großmeisters ein. Der narbengesichtige

Mann verstummte, aber sein Blick wich nicht von Travis. Irgendwie schaffte es Travis einzuatmen. Er zwang seine Stimme, die Stille, die über dem Stein hing, zu überwinden.

»Ich habe Euch nur die Wahrheit gesagt, Oragien.«

Die Hände des Großmeisters verfärbten sich weiß, als sie sich um den Stab verkrampften. Oragien kniff die Augen zusammen, sagte aber nichts. Larad machte eine scharfe Bewegung. Zwei Runensprecher traten vor; jeder hielt eine brennende Fackel. Sie stießen sie in den aufgeschichteten Holzstapel unter Travis' Füßen.

Instinktiv zwang er seinen Körper, gegen die Seile anzukämpfen, die ihn banden, aber sie waren zu stark, um zerrissen zu werden. In Gedanken schrie er die Rune *Sharn.* Wasser. Aber als seine Lippen das Wort formen wollten, drückte ihn die Aura des Nullsteins wie ein eisernes Gewicht nieder. Rauch wehte in sein Gesicht, brannte in seiner Nase und seinem Hals. Er wandte den Kopf ab ...

... und sah Grace Beckett neben dem Nullstein stehen.

Staunen verdrängte die Furcht. Wie konnte Grace hier sein?

Sie sah genauso aus, wie er sie in Erinnerung hatte; sie trug ein violettes Gewand, und ihre grüngoldenen Augen strahlten so hell wie der Sommer. Nur ihr Haar war jetzt länger und umrahmte die feinen, majestätischen Gesichtszüge. Aber sie erschien so blaß, als wäre sie krank, und ihre Miene war vor Entsetzen verzerrt. Warum sprach sie nicht mit ihm?

»Grace!« sagte er, kaum dazu fähig, das Wort hervorzubringen.

Sie blieb stumm. Sein erster Gedanke war, daß er bereits starb, daß dies eine letzte vom Feuer und Rauch hervorgerufene Halluzination war. Aber die Flammen arbeiteten sich durch das Holz nach oben vor, und als er blinzelte, stand sie noch immer da, nur wenige Meter von ihm entfernt.

Aber in Wirklichkeit stand sie gar nicht da. Er sah, daß ihre Gestalt über dem Boden schwebte, und während alle Dinge im Schein der untergehenden Sonne lange Schatten warfen, tat sie dies nicht. Erst jetzt wurde ihm klar, daß er durch ihren durchscheinenden Körper hindurch die schwachen Umrisse von Felsen sah.

Die Hitze wurde stärker und nahm an seinen Beinen unbehagliche Ausmaße an. Mehr Rauch trieb an seinem Gesicht vorbei und raubte ihm den Atem. Noch wenige Sekunden, und er würde sterben. War Grace auch tot? War sie aus dem Totenreich gekommen, um ihn willkommen zu heißen?

Sie ist nicht tot, Travis. Das ist eine Projektion.

In dieser Sekunde begriff er alles. Es war genauso wie in dem Steinkreis außerhalb von Calavere, als Grace den Dolch des Verschwörers mit einem Zauber belegt und ihren Körper verlassen hatte, um die beiden Mörder dort zu belauschen. Wieso er ihre Visionsgestalt sehen konnte, wußte er nicht. Aber in dem schäbigen Königreich Kelcior hatte es einmal den Anschein gehabt, als hätte ihm seine Revolverheldenbrille dabei geholfen, Auren um Melia, Falken und Beltan zu sehen. War ein Geist nicht so etwas wie eine Aura?

Jetzt war nicht die Zeit, um darüber nachzudenken. Wichtig war nur, daß Grace ihn gesehen hatte. Und wenn es auch nur annährend so wie beim letzten Mal war, dann hatte sie das alles bereits vor Tagen gesehen. Vielleicht sogar schon vor Wochen. Das hier war dann ihre Zukunft. Was bedeutete ...

Du könntest hier sein, Grace. Wenn du das hier gesehen hast, wenn es dir etwas bedeutet, könntest du hier sein.

Das ging weit über Verzweiflung hinaus. Das war der Wunschtraum eines Sterbenden. Aber falls es auch nur die geringste Wahrscheinlichkeit dafür gab, egal wie klein sie auch sein mochte, mußte er danach greifen. Hatte ihm das Bruder Cy nicht beigebracht?

Aber was willst du tun, Travis? Selbst wenn sie dich gesehen hat, selbst wenn sie hier sein sollte, wie willst du ihr helfen, dich zu retten?

Sein Verstand war leer. Die Hitze überschritt die Schmerzgrenze und ging darüber hinaus. Rauch ließ seine Augen tränen und die geisterhafte Grace verschwimmen. Plötzlich stieg eine Erinnerung aus der Tiefe seines Bewußtseins auf.

Olrigs Hand wird dir helfen ...

Das hatte Jack also damit gemeint. Er mußte es Grace sagen – sowohl der damaligen wie auch der jetzt Anwesenden. Ein Tosen erfüllte seinen Kopf. Es war keine Zeit mehr da.

Die Flammen sprangen in die Höhe, und er warf den Kopf zurück und schrie.

15

Grace stolperte dem jungen Mann in der braunen Kutte hinterher, folgte ihm die gewundene Treppe hinunter und hätte sich dabei beinahe vor Konzentration in die Zunge gebissen. Sie war hochgewachsen, aber die graue Kutte war trotzdem zu groß, und sie geriet zwischen ihre Füße und drohte ständig, sie stolpern und die Treppe hinunterstürzen zu lassen.

Es gab so viele Fragen, die sie ihrem Führer gern gestellt hätte. Wie war sein Name? Warum war er zu ihrer Zelle gekommen? Und was wollte er? Aber er hatte es kaum geschafft, ein Wort zustande zu bringen. Auch war keine Zeit, um stehenzubleiben und zu plaudern. Der Stumme half ihr bei dem Versuch, Travis zu retten – und das war alles, was sie wissen mußte.

Die Treppe endete, und sie standen vor einem dreieckigen Durchgang in der Höhe dreier Männer. Heißes scharlachrotes Licht flutete hindurch und brachte die Luft zum Glühen wie ein entzündeter Plasmastrom. Grace trat vor, dann entdeckte sie, daß sie allein war. Sie wandte sich um. Ihr Führer stand auf der anderen Seite der Linie zwischen Licht und Schatten.

»Kommt Ihr nicht mit?«

Er zeigte auf die Decke, dann legte er die Handgelenke zusammen und riß sie auseinander. *Ich muß den anderen helfen, die Ritter zu befreien, Mylady.*

Grace erstarrte. Allein. Wie sollte sie es allein schaffen? Die Männer dort draußen wollten Travis ermorden.

Reiß dich zusammen, Frau Doktor. Stell dir einfach vor, die grauen Kutten wären weiße Kittel, und du hast eine Versamm-

lung von Ärzten vor dir, die eine falsche Diagnose gestellt haben. Du mußt ihnen nur sagen, daß sie die falsche Behandlung verordnen wollen. Es ist also nicht so, als wäre das etwas, das du noch nicht Hunderte Male getan hättest.

Grace holte tief Luft wie eine Frau, die man gerade von ihrem Beatmungsgerät getrennt hatte: für den Augenblick lebte sie. Sie nickte ihrem Helfer zu, und er lächelte. Er strich mit den Händen vom Kragen bis zum Scheitel. *Zieht die Kapuze über, Mylady.*

Grace gehorchte, und als sie aufsah, war er bereits verschwunden. Sie drehte sich um und trat ins Licht.

Sie mußte ein paarmal blinzeln, bis sich ihre Augen an den grellen Schein des Sonnenuntergangs angepaßt hatten. Die scharfen Gipfel der Fal Erenn stachen wie schwarze Messer in den Himmel; rotes Licht regnete vom Himmel. Als sie wieder klar sehen konnte, hatten die letzten Runensprecher gerade den neun Meter entfernten Halbkreis erreicht. Grace hob den Kuttensaum und eilte zu ihnen. Sie kam in genau dem Augenblick an, in dem der letzte Mann die letzte Lücke schloß. In der Formation schien für sie kein Platz mehr frei zu sein, also trat sie einen Schritt zur Seite und einen zurück. Ihr Herz schlug gegen ihre Rippen, und sie wußte, daß sich jeden Augenblick ein Runensprecher umdrehen, auf sie zeigen und das Wort *Hochstaplerin* rufen würde.

Aber alle blickten nach vorn, als sich eine müde Stimme zu Wort meldete.

»Die Sonne geht unter. Laßt es uns zu Ende bringen.«

Grace schob die Kapuze einen Zentimeter zurück – gerade weit genug, um klar sehen zu können. Neben dem Stein standen zwei Runensprecher. Einer war Oragien. Der andere war der Mann, den sie gestern abend beim Tor gesehen hatte, dessen Gesicht von zahllosen weißen Narben in ein zerbrochenes Mosaik verwandelt worden war.

Oragiens Stimme hallte leise über das Plateau. »Begreift Ihr, für welches Verbrechen Ihr bestraft werdet, Bruder Wilder?«

Es war der Narbige, der antwortete, und seine Worte waren wie die Schläge einer Peitsche. »Er hat den Runenstein entehrt. Der Runenstein, das Herz unseres Turms und die Quelle all dessen, was wir sind. Seine Strafe ist entschieden.«

Grace befeuchtete sich die Lippen. Sie mußte etwas tun. Aber was? Im Ärmel der Kutte hielt sie Olrigs Steinhand gepackt. Sie mußte wichtig sein – warum sonst hätte der junge Mann sie ihr geben sollen? Aber sie hatte nicht die geringste Vorstellung, was sie damit anstellen sollte, und ihr lief die Zeit davon. Auf der anderen Seite des Monolithen standen zwei Männer mit brennenden Fackeln bereit.

Du mußt etwas sagen, Grace. Egal was. Es spielt keine Rolle – nur daß sie aufhören.

Grace öffnete den Mund, aber Oragien kam ihr zuvor.

»Habt Ihr noch etwas zu sagen?«

Wieder antwortete der Narbige für Travis. »Er hat schon genug Lügen verbreitet.«

Diesmal brachte Oragiens Blick ihn zum Schweigen.

»Ich habe Euch nur die Wahrheit gesagt, Oragien.«

Travis sah den Großmeister an. Er war totenbleich, das sandfarbene Haar war schweißfeucht, aber die grauen Augen hinter der Nickelbrille blickten ruhig und beherrscht. Der heiße Wind riß Grace ein Flüstern von den Lippen.

»O Travis ...«

Oragien senkte den Kopf, und der Narbige machte ein heftiges Zeichen. Die Männer mit den Fackeln traten vor. Währenddessen trat der Narbige zurück. Seine Kutte verschmolz mit denen der anderen Runensprecher, und Grace verlor ihn aus den Augen. Sie konzentrierte sich wieder auf Travis. Fackeln kamen mit trockenem Holz in Berührung. Sekunden später stieg dichter Rauch in die Höhe.

Jetzt, Grace. Schrei doch einfach nur. Schrei sie an, daß sie aufhören sollen.

Aber das hier war nicht der Traumaraum in der Notaufnahme. Es war auch nicht Schloß Calavere. Sie war weder Ärztin noch Herzogin. Keiner würde ihre Befehle befolgen.

Travis hatte den Kopf von dem Rauch abgewendet, und jetzt schien er wie erstarrt zu sein. Was tat er? Dann sah sie, wie seine Lippen ein Wort formten, und sie wußte, was es war.

Grace!

Sie war schockiert. Also *hatte* er sie gesehen – nicht sie selbst, sondern ihre Visionsgestalt.

Was bedeutet, daß du eigentlich gar nicht hier sein solltest, Grace.

Dieser Gedanke erfüllte sie mit neuer Hoffnung. Also hatte sie doch nicht versagt. Noch konnte sie ihr Schicksal formen. Aber es blieben nur noch Sekunden. Travis versteifte sich vor Schmerzen. Er warf den Kopf zurück, und genau wie in der Vision brüllte er etwas aus vollem Halse.

»Olrigs Hand wird mich retten!«

Grace setzte sich in Bewegung, um sich auf den Scheiterhaufen zu werfen und falls notwendig die Flammen mit ihrem Körper zu löschen. Harte Finger gruben sich in ihre Arme und hielten sie fest.

»Die Hand!« zischte ihr eine messerscharfe Stimme ins Ohr.

Sie drehte sich um und starrte in zwei dunkle Augen, die tief in einem zerstörten Gesicht saßen.

»Worauf wartet Ihr denn noch?« fauchte der Narbige. »Die Hand Olrigs – werft sie ihm zu! Die darin gebundene Rune der Runen wird die Macht des Nullsteins aufheben.«

Einen erstarrten Augenblick lang starrte Grace ihn in stummer Verwirrung an. Dann blies plötzliches Begreifen die dumpfe Verwirrung, die ihren Verstand vernebelte, wie ein

Windstoß fort. *Olrigs Hand wird mich retten.* Das war nicht die Bitte an einen Gott um Hilfe. Es waren Instruktionen. Sie zog die Steinhand aus dem Ärmel und warf sie in die Flammen zu Travis' Füßen.

Grace war nie der sportliche Typ gewesen, aber diesmal traf sie perfekt. Die Runensprecher sahen überrascht, wie dort, wo die Hand auf dem Holz landete, Funken aufstoben. Travis sah hinunter, ein wildes Grinsen gesellte sich zu dem Schmerz in seinem Gesicht, dann sprach er ein Wort – und zwar in genau dem Augenblick, in dem die Sonne hinter den westlichen Bergen versank.

»*Reth!*«

Das Feuer erlosch, ein Donnergrollen rollte über das Plateau. Dann glitt die Scheibe des aufgehenden Vollmondes über den Rand eines Steilhangs, und in ihrem kalten Licht bot sich Grace ein Anblick, der sie wie die Runensprecher aufstöhnen ließ.

Travis trat von dem Stapel aus zur Hälfte verbrannten Holzscheiten fort; er zog die Seile, die ihn gefesselt hatten, hinter sich her. Sein Gesicht war rußverschmiert. Hinter ihm sackte der Monolith zur Seite. Ein tiefer Spalt verlief durch seine Mitte. Der Stein war gebrochen.

»Ja!« flüsterte eine Stimme hinter Grace. »Bei Olrig, ja!«

Grace warf dem Narbigen einen überraschten Blick zu. Die zerschnittenen Fragmente seines Gesichts hatten sich zu einem Ausdruck reinen Triumphs verzogen. Grace versuchte gar nicht erst zu verstehen, was hier geschehen war. Statt dessen lief sie Travis entgegen. Er starrte sie nichtbegreifend an. Sie lachte und schlug die Kapuze zurück. Jetzt riß er die Augen hinter der Brille weit auf, und er stolperte auf sie zu.

»Grace?«

»Ich bin hier, Travis. Ich bin wirklich hier.«

Tränen zeichneten Spuren auf seine vom Feuer geschwärzten Wangen. »Grace«, sagte er und riß sie in die Arme. »Du bist gekommen.«

Sie versteifte sich, wußte, daß sie ihn zurückstoßen, seine Beine untersuchen sollte, um festzustellen, wie schwerwiegend die Verbrennungen waren, damit sie die richtige Behandlung verordnen konnte. Aber statt dessen ließ sie zu, daß sie die Umarmung erwiderte und sich an ihn schmiegte. Auch das war eine Art Heilung.

Ein Murmeln erhob sich aus der Versammlung der Runensprecher, und Travis und Grace schauten auf.

Oragien starrte den zerbrochenen Stein an. »Das ist unmöglich ...«

»Nein, Großmeister, das ist es nicht.«

Der Runensprecher mit dem Narbengesicht trat heran; das Licht des Mondes ließ dünne Narben glänzen.

»Bruder Larad«, sagte Travis.

Larad schenkte ihm ein wildes Grinsen und wandte sich dann Oragien zu. »Viel zu oft haben wir etwas als unmöglich bezeichnet, obwohl wir in Wirklichkeit einfach nur Angst hatten, es zu versuchen.«

Ein anderer Runensprecher trat hinzu: ein kleiner dicker Mann mit kleinen, kurzsichtigen Augen. Er rang unablässig die Hände. »Aber was bedeutet das hinsichtlich Bruder Wilders Bestrafung?«

Larad kicherte. »Keine Angst, Bruder Eriaun.« Dann hob er die Stimme, damit alle ihn hören konnten. »Der Nullstein ist gespalten. Die alten Gesetze sind in diesem Punkt eindeutig: Das Urteil ist nichtig, und Bruder Wilder ist frei. Geht zurück in den Turm und denkt über die Geschehnisse nach, bis wir wieder zum Chor zusammenkommen!«

Die Runensprecher fingen an, leise zu diskutieren, dann drehten sich einige von ihnen um und gingen langsam zum

Turm zurück. Andere schlossen sich ihnen an, denen wiederum der Rest folgte, bis das Plateau fast leer war.

»Du hast meine Botschaft verstanden, Grace.« Travis hob den Gegenstand in die Höhe, den er gehalten hatte: die Steinhand. »Du hast erkannt, daß das mir dabei helfen würde, den Nullstein zu spalten.«

»Eigentlich habe ich das nicht.« Sie warf Bruder Larad einen Blick zu.

Travis runzelte die Stirn. »Ich verstehe nicht.«

Oragien stützte sich auf seinen Stab. »Ich auch nicht.«

»Ich wußte, daß Olrigs Statue so alt wie der Nullstein war«, sagte Larad, »daß beides von den Runenmeistern von Malachor erschaffen worden war. Und ich vermutete, daß die in der Handfläche gebundene Rune der Runen die Macht der im Nullstein gebundenen Rune der Stille aufheben würde. Denn die All-Rune steht über allen anderen Runen.«

»Aber warum?« fragte Travis. Er löste sich sanft von Grace. »Ich war der Meinung, Ihr wolltet mich tot sehen. Warum habt Ihr mir geholfen?«

»Aus dem gleichen Grund, aus dem ich mich mit allen Kräften bemühte, Euch davon zu überzeugen, den Runenstein zu zerstören – um meine Brüder wachzurütteln, um ihnen zu zeigen, daß nichts unmöglich ist, wenn wir es nicht versucht haben, damit sie die Schatten der Vergangenheit loslassen, damit wir wieder allein für uns selbst lernen. So werden die Runensprecher den ihnen zustehenden Platz in Falengarth wiedererringen – nicht durch die Hand eines Runenmeisters, sondern durch unser aller Hände.«

Oragiens Miene war so grimmig wie ein von den Elementen verwitterter Stein. »Ihr hättet mit mir sprechen können, Bruder Larad.«

»Ja?« Larads Stimme wies wieder ihre alte Schärfe auf. »Und was hättet Ihr gesagt, Großmeister?«

Oragien umklammerte den Stab. »Ihr habt die alten Gesetze bemüht, Bruder Larad. Sie sind auch eindeutig, was diese Angelegenheit betrifft. Ich weiß nicht, ob das, was Ihr getan habt, gut oder schlecht war. Ich schätze, vermutlich trifft beides zu. Aber wie dem auch sei, Ihr werdet für diese Taten bestraft werden.«

Die Schärfe verschwand aus Larads Gesicht. »Ich weiß«, sagte er.

Grace wollte Larad ein paar Fragen stellen – warum er ihr die Steinhand gegeben und sie nicht selbst benutzt hatte –, aber bevor sie dazu kam, erschienen ein paar Gestalten im Tor und liefen über das Plateau.

»Travis!« rief eine Stimme fröhlich.

Travis schaute auf, dann lachte er. »Beltan!«

Der blonde Ritter war als erster heran, dicht gefolgt von Durge, Aryn und Lirith, die Tira bei der Hand hielt. Hinter ihnen kam ein Mann in einer braunen Kutte.

»Ich wußte, daß du zu uns zurückkommst«, sagte Beltan. Er schloß Travis in die Arme. »Ich wußte es.«

Die beiden Männer umarmten sich, während die anderen Travis auf die Schulter klopften. Schließlich trat Travis zurück und warf dem stummen jungen Mann ein Lächeln zu.

»Himmel – ich hätte wissen sollen, daß du daran beteiligt warst. Danke.«

Der Stumme verneigte sich tief. *Keine Ursache, Bruder Travis.*

Durge musterte den qualmenden Holzstoß und den gespaltenen Monolithen. »Was ist hier geschehen?«

»Das ist eine Frage, die auch ich gern beantwortet hätte«, sagte eine helle Stimme.

Alle drehten sich um und sahen, wie zwei Gestalten aus einem Schatten heraus in das vom Mondlicht durchtränkte

Halbdunkel traten. Graces Herz schlug schneller, aber vor Staunen und nicht aus Angst.

Oragien verbeugte sich steif in Richtung der majestätischen Frau mit den bernsteinfarbenen Augen und dem blauen Gewand und dem Mann mit dem mit Silberfäden durchzogenen Haar und dem schwarzen Handschuh. »Lady Melia, Lord Falken. Es ist schön, daß Ihr zurückgekehrt seid.«

Grace suchte nach Worten, die ihre Gefühle ausgedrückt hätten, aber sie fand sie nicht. Dem Aussehen – und Schweigen – der anderen nach zu urteilen, steckten sie in einer ähnlichen Zwickmühle.

Melia glitt förmlich heran, und ihr blaues Überkleid raschelte. »Nun, wie ich sehe, sorgst du wie immer für Probleme, Travis.«

Grace konnte sehen, daß Travis zusammenzuckte. Falkens leises, melodisches Lachen hallte durch die Abendluft.

»Bei den Göttern«, sagte der Barde, »es tut gut, euch alle wiederzusehen.«

Melia lächelte, und ihre bernsteinfarbenen Augen funkelten. »O Travis.«

Sie drückte ihre Wange an seine Brust. Er blinzelte, dann seufzte er und umarmte sie. Schließlich löste sie sich von ihm und kam auf Grace zu.

»Liebes, Ihr seid schöner als je zuvor.«

Grace wußte nicht, was sie darauf erwidern sollte, also umarmte sie statt dessen Melia fest.

»Schon gut. Ihr müßt mich nicht entzweibrechen.«

»Tut mir leid«, murmelte Grace und ließ die kleine Frau los. Irgendwie schien sie nur zwei Methoden zu haben, Zuneigung auszudrücken: entweder gar nicht oder mit maximaler Kraft.

»Aber natürlich, Liebes.« Melia glättete das Überkleid, dann hielt sie inne und ging auf Lirith und Tira zu. Sie kniete vor dem Mädchen nieder. »Und wer ist das?«

»Ihr Name ist Tira«, sagte Grace, aber bevor sie weitersprechen konnte, warf das Mädchen die kleinen Arme um Melias Hals und drückte seine Lippen gegen die kupferfarbene Wange der Lady.

»Ja, meine Kleine, ich mag dich auch«, murmelte Melia.

Anscheinend durch diese Worte zufriedengestellt, ließ Tira sie los und drückte sich wieder an Liriths Röcke.

Grace staunte über den ungewöhnlichen Gefühlsausbruch des Kindes, aber darüber konnte sie sich später noch Gedanken machen. »Melia. Falken«, sagte sie. »Was tut ihr hier?«

Melia zeigte auf sie alle. »Nun, wir haben natürlich auf euch gewartet.«

»Das stimmt«, sagte Falken. »Und es wird auch Zeit, daß ihr da seid. Wir müssen aufbrechen und *Krondisar* finden.«

ZWEITER TEIL

Schritte

16

Zwei Tage nach Vollmond versammelten sich die Gefährten bei Sonnenaufgang unterhalb des Grauen Turms der Runensprecher, um ihre Reise nach Osten fortzusetzen. Travis war erstaunt, wie schnell sie wieder in ihre alten Reisegewohnheiten verfielen.

»Ich bereite die Pferde vor«, sagte Beltan.

»Natürlich, mein Bester«, sagte Melia, deren kupferfarbene Haut im warmen Morgenlicht förmlich glühte.

Falken wandte sich ihr zu. »Bist du dir sicher, daß du diesen Ort findest?«

»Vertraust du mir nicht?«

»Nicht so richtig. Warum?«

Die Lady verschränkte die Arme vor dem Brustteil ihres blauen Überkleides. »Ich bin sicher, daß ich es schaffe.«

Travis richtete die Brille. »Und, wo genau wollt ihr hin?«

Sowohl der Barde wie auch die Lady musterten Travis mit gerunzelter Stirn. »Bitte unterbrich uns nicht, während wir diskutieren, Travis.«

Er seufzte, als die beiden die Köpfe zusammensteckten und leise miteinander sprachen. »Alles wie gehabt.«

Aber sein Seufzer verwandelte sich in Gelächter, als er Graces Blick auffing. Sie lachte ebenfalls, und ihre gemeinsame Erheiterung führte dazu, daß Falken und Melia ihre Diskussion unterbrachen und aufschauten.

»Was ist so komisch?« wollte Falken ungehalten wissen.

»Oh, das würdest du nicht verstehen«, sagte Travis, dann hakte er sich bei Grace ein, und sie gingen Beltan zum Stall nach.

»Da wird jemand aber etwas vorlaut, nicht wahr«, sagte Melia hinter ihnen.

Falken schnaubte nur. Travis lehnte gegen Grace, und sie umklammerte seinen Ellbogen, während sie sich vor Lachen ausschüttete.

»Ich habe dich vermißt, Grace.«

»Ich weiß.«

Von dem Lachen mal abgesehen gab es noch andere Unterschiede zu der Reise vom Winterwald nach Calavere, die Travis einst zusammen mit Falken, Melia und Beltan unternommen hatte. Zum einen war da Durge, der Beltan mit den Pferden half; die Rüstung des Embarraners absorbierte das Sonnenlicht, die des Calavaners reflektierte es. Außerdem stand Aryn in Melias und Falkens Nähe, und obwohl die Baronesse blasser und stiller als in Travis' Erinnerung war, strahlten ihre saphirblauen Augen.

Dann hatten Grace und Aryn zwei Personen mitgebracht, die er nicht kannte. Lirith erinnerte ihn in mancherlei Hinsicht an Melia. Beide hatten schwarzes Haar und gefielen sich darin, geheimnisvoll zu lächeln. Aber Liriths Haar ringelte sich in dichten Locken auf ihre Schultern, während Melias ganz glatt war und wie eine mitternächtliche Welle herabströmte. Melias Haut hatte die Farbe von Kupfer, während Liriths ihn an dunkles, poliertes Holz erinnerte. Und wo Melias Geheimnisse so unerreichbar wie die Sterne am Nachthimmel waren, lagen die Liriths in Schatten verborgen und waren einladend, so wie eine kühle, tiefe Höhle, die in einer hitzestarrenden Wüste zum Eintreten lockte.

Dann war da noch jemand, der Travis unbekannt war. Er sah sich nach ihr um und fand sie ein Stück von den anderen entfernt auf einem Stein sitzend, wo sie einen kleinen Gegenstand auf den Armen wiegte. Grace hatte am Vortag die herzzerreißende Geschichte ihrer Reise zum Grauen Turm erzählt, einschließlich der Geschehnisse in Falanor. Danach hatte Travis mehrmals versucht, sich Tira vorzustellen, aber das Mädchen hatte sich bei jeder Gelegenheit von ihm abgewendet, Grace oder Lirith die Arme um den Hals geschlungen und das zur Hälfte vernarbte Gesicht hinter einer Woge feuerroten Haars verborgen.

Sie schaute zufällig auf, und Travis sah ihre Augen – das eine perfekt geformt, das andere ganz schief in der geschmolzenen und entstellten rechten Gesichtshälfte. Er erstarrte. Eine Sekunde lang hatte es wie damals in der Ruine von Kelcior den Anschein, daß jeden seiner Gefährten eine Lichtaura umgab.

Die Aura um Grace hatte die gleiche grüngoldene Farbe wie ihre Augen, war aber schwächer, als er gedacht hätte. Im Gegensatz dazu war Aryns Aura saphirblau und strahlte so hell, daß er kaum in ihre Richtung schauen konnte, während Liriths so warm wie im Sonnenlicht schimmernder Honig war. Durge war aus dem Stall gekommen und führte drei Pferde an den Zügeln, und obwohl Travis gewettet hätte, daß die Aura des Ritters so grau und schwermütig wie Nebel sein würde, erinnerte sie statt dessen an blauen Stahl. Dann glitt sein Blick wieder zu Tira hinüber. Einen kurzen Augenblick lang sah er sie um ihren dürren Körper flackern: eine Korona aus versengendem Feuer.

»Travis?«

Er richtete die Brille, und die Auren waren verschwunden. Er wandte sich Grace zu und brachte ein Grinsen zustande, das beinahe echt war. »Laß uns den anderen mit den Pferden helfen.«

Grace nickte.

Travis erkannte die drei Pferde, die Durge aus dem Stall geführt hatte. Das eine war Melias nebelfarbene Stute, das andere Falkens stolzer schwarzer Hengst. Travis mußte lachen, als er das dritte sah: Es war derselbe braune Wallach, auf dem er von Kelcior nach Calavere geritten war.

»Dich habe ich ja lange nicht gesehen, alter Freund«, sagte er, als das Pferd seine Hand beschnupperte. Da es keine Karotten fand, schnaubte es verstimmt, und Travis lachte. »Ich schätze, jetzt muß ich dir wohl einen Namen geben.« Er streichelte über den weißen Fleck auf der Stirn des Pferdes. »Wie wäre es mit Fleck?«

Der Wallach rollte mit den Augen, aber da er keinen besseren Vorschlag hatte, traf Travis eine Entscheidung. »Also gut, du heißt jetzt Fleck.«

Durge und Beltan hatten bereits Travis' Sachen auf dem Sattel festgeschnallt – eine Bettrolle, Proviant und eine Satteltasche mit der grauen Kutte. Er hatte sie gegen das grüne Wams und die braune Hose eingetauscht, die er nun trug – Kleidungsstücke, die Falken ihm gegeben hatte und die jenen, die der Barde ihm damals beschafft hatte, so ähnlich sahen, daß Travis sich fragte, ob er sie von demselben Hof gestohlen hatte. Abgetragen genug waren sie ja, aber sie waren sauber und für den Ritt hervorragend geeignet.

Er überprüfte die Satteltasche und vergewisserte sich, daß sein Nebelmantel und das malachorianische Stilett ebenfalls eingepackt waren. Dann strichen seine Finger über einen weiteren Gegenstand, der am Sattel festgeschnallt war. Er war lang, dünn und in ein Filztuch eingewickelt. Wieder klangen in Travis' Erinnerung die Worte auf, die Orgien ihm am Abend zuvor gesagt hatte.

Dieser Runenstab ist vor langer Zeit von den Runenmeistern erschaffen worden. Als ihr Erbe ist es nur recht und billig, daß er Euch gehören soll.

Das war nicht das Ende, das Travis von seinem Aufenthalt im Grauen Turm der Runensprecher erwartet hatte. Die Brüder hatten sich bei Sonnenaufgang zum Chor versammelt und das

Kuppelgemach nicht vor Sonnenuntergang verlassen. Travis wußte nicht, was sie besprochen hatten. Aber Falken und Melia hatten an dem Chor teilgenommen, und gelegentlich hatte Travis – der vor dem Gemach gewartet hatte – gehört, wie das unablässige Flüstern zu einer hitzigeren Debatte anstieg.

Als sich dann der Abend näherte, verließen Melia und Falken das Gemach, damit sich die Runensprecher beraten konnten. Travis schluckte schwer, als er sie sah. Die Wangen der Lady waren gerötet, und Falkens schwarz behandschuhte Hand war zur Faust geballt.

»Ich habe dir doch gesagt, wir hätten nicht gehen sollen, solange er sich noch von dem Fieber erholte«, sagte Falken.

Melias Augen blitzten. »Woher sollte ich denn wissen, wieviel Ärger er in so kurzer Zeit anrichten kann?«

»Man sollte annehmen, daß wir das mittlerweile gelernt haben, nicht wahr?«

Und plötzlich verstand Travis. »Ihr wart das! Ihr seid die beiden, die dabei halfen, mich zum Grauen Turm zu holen.«

Melia seufzte. »Und welche andere völlig offensichtliche Sache wolltest du mir noch sagen, mein Bester?«

»Aber ich verstehe nicht. Wie habt ihr mich auf diese Welt geholt?«

Melia zuckte mit den Schultern. »Ich habe Beziehungen.«

»Und viel Glück«, sagte Falken.

Sie warf dem Barden einen vernichtenden Blick zu.

Travis bemühte sich, diese Information zu verdauen. Er wußte, daß an Melia etwas ... Besonderes war. Aber er hätte nicht geglaubt, daß sie zu einer solchen Leistung fähig wäre, ihn von einer Welt auf die andere zu holen. Dann fiel ihm Bruder Cy ein, und er fragte sich, ob Melia nicht vielleicht doch viel Glück dabei gehabt hatte – ob ihr Ruf nicht von anderen gehört worden war.

»Ich habe Euch gesehen, Melia«, sagte er leise. »Als ich krank war. Ich sah, wie Ihr Euch über mich beugtet, und Ihr habt dabei geleuchtet. Aber ich dachte, es sei das Fieber, das mir das zeigte, was ich am meisten sehen wollte.«

Melias Blick wurde weicher. »Es tut mir leid, daß wir dich allein lassen mußten, Travis. Aber wir erhielten eine wichtige Nachricht, und wir mußten einem alten Freund von mir einen Besuch abstatten.«

Bevor er fragen konnte, was es mit diesem alten Freund auf sich hatte, wurden der Barde und die Lady zurück in das Chorgemach gerufen.

Kurze Zeit später passierte ihn ein Strom von Runensprechern. Ein paar warfen ihm Blicke zu, aber er konnte nicht ergründen, was sie zu bedeuten hatten. Schließlich traten zwei letzte Gestalten aus der dreieckigen Öffnung: Melia und Falken.

»Er will mit dir sprechen, mein Bester«, sagte Melia und berührte ihn am Arm.

Travis runzelte die Stirn. »Wer?« Aber er hatte noch nicht zu Ende gesprochen, als er die Antwort auch schon kannte.

»Geh schon«, sagte Falken. »Er wartet auf dich.«

Travis zögerte, dann betrat er das Chorgemach. Der Streit war verklungen; nur das Gemurmel uralter Stimmen wisperte durch die Luft. Unter dem Podium in der Mitte des Raumes stand eine einsame, gebeugte Gestalt.

Oragien ergriff das Wort, als er näher kam. »Ich hoffe, Ihr könnt uns verzeihen, Bruder Wilder.«

Um ein Haar hätte sich Travis verschluckt. Warum sollten die Runensprecher *ihm* vergeben? Er hatte ihren Runenstein zerbrochen, ihre letzte Verbindung mit der Vergangenheit zerstört. Hatte er sie wirklich gerettet? Oder hatte er nur ihr unausweichliches Aussterben beschleunigt? Er blieb vor Oragien stehen. Zu seiner Überraschung lächelte der alte Mann.

»Wißt Ihr, Ihr könnt Euch glücklich schätzen, Freunde wie Falken Schwarzhand und Lady Melia zu haben. Unter den Brüdern vertraten einige die Meinung, daß Ihr bleiben und uns dabei helfen solltet, den Runenstein wieder zusammenzusetzen. Aber die beiden hatten überzeugende Argumente vorzutragen, daß Ihr woanders gebraucht werdet.«

»Das heißt, ich bin frei, ich kann gehen?«

»Ja, Bruder Wilder, Ihr dürft gehen. Der Nullstein ist gespalten, alle Urteile gegen Euch sind nichtig.« Der Großmeister strich mit den knotigen Fingern über den uralten Runenstab. »Aber wer von uns ist schon wirklich frei?«

Travis wußte nicht, was er darauf antworten sollte, darum schwieg er.

Dann drückte ihm Oragien trotz seiner Proteste den Runenstab in die Hand, und Travis spürte die Macht, die ihn durchströmte.

»Benutzt ihn im Guten und nur dann, wenn es nötig ist, Runenmeister«, sagte Oragien. »Und wenn Ihr könnt, kehrt zu uns zurück.«

Danach drehte sich der Alte um und verließ das Gemach.

Travis blieb noch eine Weile in dem Chorgemach stehen und lauschte dem Echo der Worte der Vergangenheit. Aber falls sie eine Botschaft für ihn hatten, konnte er sie nicht verstehen. Er verließ das Gemach und verbrachte die nächste Stunde damit, den Turm nach jener anderen Person zu durchsuchen, von der er sich verabschieden wollte. Aber Himmel war nicht aufzuspüren.

»Vielleicht wurde er woanders gebraucht«, sagte Melia später am Abend, als Travis sie fragte, ob sie den jungen Mann gesehen hätte. Sie schaute nicht von der Arbeit auf und flickte weiter Beltans Umhang.

Travis hielt das für eine seltsame Antwort, aber vielleicht hatte sie ja recht. Melia hatte meistens recht. Schließlich gab er seine Suche auf, hoffte aber, Himmel eines Tages wieder zu begegnen, um ihm dann für seine Freundlichkeit zu danken.

Seltsamerweise war Himmel nicht die einzige Person, die im Turm verschwunden war. Zur Verblüffung aller war auch Bruder Eriaun gegangen. Der kleine dicke Runensprecher war das letzte Mal gesehen worden, kurz nachdem Travis den Nullstein gespalten hatte. Travis hoffte, daß der kurzsichtige Mann nicht im Halbdunkel in den Abgrund gestürzt war. Aber von ihm war keine Spur entdeckt worden – obwohl die Runensprecher ihre Suche noch nicht abgebrochen hatten. Travis wünschte sich von ganzem Herzen, daß mit Eriaun alles in Ordnung war.

»Das wird heute ein heißer Tag.«

Travis blinzelte, als Durges Worte ihn in die Gegenwart zurückholten. Er ließ den in Filz eingewickelten Stab los.

»Du solltest dich besser an die Hitze gewöhnen«, sagte Falken. »Unterwegs wird es nur noch heißer.«

Eigentlich hätte Travis den Barden gern nach dem Ziel ihrer Reise und Suche gefragt, aber er wußte es besser. Falken würde es ihm sagen, wenn er dazu bereit war. Bis jetzt hatte er sie nur soviel wissen lassen, daß es mit einem der *Imsari* zu tun hatte, den drei Großen Steinen – und zwar demjenigen, den man *Krondisar* nannte.

Travis schaute zur Sonne hoch. Er wußte nun genug über Runen, um das Wort übersetzen zu können. *Der Stein des Feuers.*

»Travis, hilfst du mir?«

Melia stand neben ihrer weißen Stute. Travis eilte zu ihr und verschränkte die Finger, damit sie ihn mit ihrem kleinen Stiefel als Trittleiter benutzen konnte. Als sie im Sattel saß, rückte sie ihr Überkleid zurecht, bis der Stoff in eleganten Wellen herunterfloß. Travis griff nach einer ihrer Satteltaschen, um die Schnalle zu schließen ...

… und sie zischte ihn an.

Er riß die Hand zurück, war aber nicht schnell genug, um zu verhindern, daß nadelscharfe Krallen seine Haut aufschlitzten und rote Linien zurückließen. Er hob die brennende Hand an den Mund, dann sah er das schwarze Haarknäuel, das mit großen goldgelben Augen aus der Satteltasche schaute.

»Du!«

Das Kätzchen schnurrte und leckte mit seiner rosafarbenen Zunge sorgfältig die winzige Pfote sauber.

Aber das kann unmöglich dasselbe Kätzchen sein, das sie auf Calavere hatte, Travis. Diese Katze dürfte mittlerweile ausgewachsen sein.

Trotzdem musterte Travis das Kätzchen mißtrauisch. Etwas sagte ihm, daß er sich auf dieser Reise vorsehen mußte, wenn er sie mit heilen Schienbeinen und Knöcheln beenden wollte.

Die anderen waren aufgestiegen, und Travis wollte ihrem Beispiel folgen. Er hielt inne, als ein Mann in einer grauen Kutte zwischen den beiden Felssäulen hindurchtrat, die den Weg zum Turm markierten. Ihm fiel das Bündel auf seinem Rücken auf. Also war er nicht der einzige, der auf eine lange Reise ging.

»Bruder Larad«, sagte er.

Der Mann mit dem Narbengesicht nickte. »Bruder Wilder.«

»Wo geht Ihr hin?«

Larads Lippen verzogen sich zu einem spöttischen Lächeln. »Wohin ich will, solange es nicht dieser Ort ist.«

»Also haben sie Euch verbannt«, sagte Falken vom Rücken seines Pferdes.

»So sieht es aus, Falken Schwarzhand.«

Travis musterte den Runensprecher. Während einer Unterbrechung des Chores am Vortag hatten Travis und Grace mit Larad in einem Alkoven in der Nähe des Chorgemachs gesprochen.

Ihr hattet also alles geplant, hatte Travis gesagt. *Ihr habt mich dazu gebracht, den Runenstein zu zerbrechen, dann habt Ihr mir gezeigt, daß es nicht unmöglich ist, dem Nullstein zu entkommen.*

Ja, hatte Larad erwidert. *Die Runensprecher mußten lernen, wie man dieses Wort vergißt.*

Welches Wort?

Unmöglich.

Aber da gibt es noch immer einige Dinge, die ich nicht verstehe, Bruder Larad, hatte Grace gesagt. *Warum habt Ihr Olrigs Hand nicht selbst benutzt? Warum habt Ihr sie Himmel gegeben, damit der sie an mich weitergibt?*

Weil ich als einer von Bruder Wilders Anklägern vor dem Nullstein stehen mußte. Hätte ich die Hand gehalten, hätte der Stein ihre Macht zu früh enthüllt, um ihm helfen zu können.

Travis hatte verwundert den Kopf geschüttelt. *Aber wenn Ihr wolltet, daß ich freikomme, warum habt Ihr Euch dann überhaupt solche Mühe gegeben, mich zu bestrafen?*

Ich wollte, daß Ihr den Runenstein zerbrecht, Bruder Wilder. Um ihn wieder zusammensetzen zu können, müssen die Runensprecher ihn erst richtig verstehen lernen. Aber um das zu erreichen, mußtet Ihr vorher bestraft werden. Wir müssen unbedingt an die Zukunft denken, trotzdem dürfen die alten Gesetze dabei nicht in Vergessenheit geraten. Ohne sie fehlt uns das Fundament, auf dem wir aufbauen können.

Die ganze Nacht hatte Travis über die Worte des Runensprechers nachgedacht. Jetzt trat er auf ihn zu. »Ich glaube, ich verstehe, Bruder Larad. Ich meine, warum Ihr so gehandelt habt.«

Larad nickte. »Es war wichtig, daß Ihr mich nicht mögt.«

»Nun, da habt Ihr gute Arbeit geleistet.« Travis' Lächeln erstarb. »Aber warum habt Ihr mir nicht einfach gesagt, was ich tun soll? Wäre das nicht einfacher gewesen?«

»Und wenn ich Euch die Wahrheit gesagt hätte und wie Eure Strafe aussehen würde, hättet Ihr es dann getan?«

Travis dachte darüber nach, dann antwortete er ehrlich. »Das weiß ich nicht.«

»Seht Ihr? Ich wußte es auch nicht.«

Travis zögerte, dann streckte er die Hand aus. »Schon gut, Bruder Larad. Ich nehme Euch das nicht übel.«

»Ich habe Euch nicht um Verzeihung gebeten, Bruder Wilder.«

Larad ignorierte Travis' Hand und setzte sich in Bewegung. Dann blieb er stehen und sah zurück, und seine schwarzen Augen funkelten in dem Mosaik, das sein entstelltes Gesicht darstellte. »Ich wünsche Euch alles Gute für die Reise, Runenmeister.«

»Ich Euch auch«, flüsterte Travis, aber Larad war bereits hinter einem Felsen verschwunden.

Travis stieß einen leisen Seufzer aus, dann wandte er sich den anderen zu. Sie saßen alle auf den Pferden. Es war Zeit zu gehen. Er ging zu Fleck, packte eine Handvoll Mähne und stieg auf den Sattel. Als er den Kopf wandte, blickte er in ein Paar bernsteinfarbener Augen.

»Alles in Ordnung, mein Bester?« fragte Melia.

Travis nahm die Zügel. »Verschwinden wir von hier.«

17

Sie blieben in der Nähe der Fal Erenn, und mit jeder verstreichenden Meile wurde Grace fröhlicher. Beim Grauen Turm war es zwar um Travis' Rettung gegangen, aber Grace hatte das Gefühl, als wäre sie diejenige, die plötzlich frei wäre. Der Weg zum Turm war voller Schatten und von Feuer und Tod gezeichnet gewesen. Aber das alles lag nun hinter ihr. Falkens Warnung zum Trotz wurde die Luft auf dem Weg nach Osten kühler und feuchter – wenn Grace die Karten richtig im Kopf hatte, näherten sie sich dem Meer.

An jenem ersten Tag der Reise sprach sie nur wenig und begnügte sich damit, Shandis ein Stück hinter ihren Gefährten zu halten und sie zu beobachten. Ihr Blick glitt von einem zu anderen. Travis lachte über einen von Beltans unanständigen Witzen. Melia beugte den Kopf zu Falken herüber, während sie sich leise miteinander unterhielten. Aryn betrachtete die Welt mit ihren strahlend blauen Augen, und ihr Gesicht war blaß, aber wunderschön, und Lirith ritt ganz in ihrer Nähe mit einer Miene, die so ruhig und abgründig wie ein stiller Teich war. Dann war da Durge – der gute, freundliche und treue Durge –, der sein Schlachtroß antrieb und angestrengt nach Banditen, Ungeheuern oder eher unwahrscheinlichen Naturkatastrophen Ausschau hielt.

Eine kleine Hand griff in die Höhe und streichelte über Graces Wange. Sie schaute nach unten. Tira nickte, als hätte sie Grace nur an ihre Anwesenheit erinnern wollen, dann richtete sie den gelassenen Blick wieder nach vorn. Eine Hand schloß sich um Graces Herz und drückte zu, aber es war ein guter Schmerz.

Du bist nicht allein, Grace. Selbst wenn es manchmal den Anschein hat. Das darfst du nie vergessen.

Etwa in der Mitte des Vormittags lenkten Melia und Falken ihre Pferde zu Travis' und stellten ihm eine scheinbar endlose Reihe von Fragen. Travis hatte seine Geschichte am Abend seiner Befreiung im Grauen Turm erzählt. Sie alle hatten aufmerksam und atemlos zugehört und waren erschaudert, als sie erfuhren, daß das flammende Böse nicht nur auf einer, sondern auf zwei Welten umherging. Grace bekam nicht viel von der Unterhaltung auf den Pferderücken mit, aber die Lady und der Barde schienen Travis nach Einzelheiten auszufragen, vor allen Dingen über den Mann in der schwarzen Kutte, der Travis' Saloon betreten hatte. Grace bekam eine Gänsehaut, als sie sich an Travis' Beschreibung erinnerte.

Sei auf der Hut – es wird dich verzehren.

Hatte der Mann in Schwarz von der Flammenpest gesprochen? Das war die einzige Antwort, die Sinn machte. Beinahe wünschte sie sich, sie könnte zurück nach Denver, um eines der Seuchenopfer im Krankenhaus zu untersuchen – um Bluttests und Biopsien, Röntgenbilder und CTs zu machen, um mit modernen Mitteln zu forschen und zu sehen, ob es ihr gelang, dieser Krankheit auf den Grund zu gehen.

Dann dachte sie an den Mann in dem Bauernhaus, dessen Leben sie mit dem Feuerhaken beendet hatte, und ihr wurde klar, daß keine wie auch immer gearteten Tests oder Diagnosegeräte, egal wie fortschrittlich, diese Krankheit würden erklären können. Und selbst wenn sich in diesem Augenblick eine Tür nach Denver geöffnet hätte, hätte sie nicht mit Bestimmtheit sagen können, daß sie über ihre Schwelle getreten wäre. Wie würde es wohl sein, nach all den hellen, violetten und goldenen Gewändern wieder einen einfachen weißen Laborkittel tragen zu müssen?

Ihr Blick fiel auf Lirith. Die Tolorianerin saß kerzengerade auf ihrer Stute, sicher nicht so steif wie Melia und auch nicht so majestätisch, aber immerhin herrisch. Nein, herrisch war das falsche Wort. Unwiderstehlich – das war es. Im Gegensatz zu Melia gab Lirith einem keine Befehle. Sie sorgte dafür, daß man ihre Wünsche erfüllen *wollte*.

Es war interessant gewesen, die beiden kleinen Frauen in den letzten Tagen zu beobachten. Im Grauen Turm hatten sich Melia und Lirith wie zwei Partygäste angestarrt, die das gleiche teure Kleid tragen. Jetzt warf Lirith der Lady immer wieder verstohlene Blicke zu, und obwohl Melia keine Miene verzog, vermittelte etwas an der Art, wie sie ihre Schultern hielt, den Eindruck, daß die Blicke der Tolorianerin nicht unbemerkt blieben.

Schließlich gewann Neugier die Oberhand, und Grace lenkte Shandis neben die Stute der Hexe. »Was ist denn los, Lirith«, flüsterte sie geradeheraus.

»Was meint Ihr, Schwester?« Lirith hatte den Satz noch nicht zu Ende gebracht, als sie auch schon wieder zu der Lady auf dem weißen Pferd hinübersah.

»Das«, sagte Grace. »Ihr könnt den Blick nicht von ihr wenden.«

»Das ist nichts«, erwiderte Lirith viel zu schnell.

Grace lächelte spöttisch. »Natürlich. Ich starre andere Leute auch immer völlig grundlos an.«

Lirith hob die dünnen Brauen. »Wie ich sehe, habt Ihr tatsächlich viel von Lady Kyrene gelernt.«

»O nein, so nicht«, sagte Grace mit einem ausgelassenen Grinsen. »Ihr werdet Euch nicht damit herauswinden, daß Ihr die Sache auf meiner Schwelle ablegt. Ihr wißt etwas über Melia – etwas, das Ihr nicht verratet.«

Wieder glitt Liriths Blick an Grace vorbei, dann sprach sie leise. »Falls ich etwas weiß, dann nur das, was sie bereit ist, uns zu enthüllen.«

Bevor Grace nachhaken konnte, berührte Lirith sanft den Hals ihrer Stute, und das Pferd ging in einen leichten Galopp über und ließ sie hinter sich zurück.

Als die langen Schatten der Berge nach Osten griffen, schlugen sie ihr Lager auf. Beltan hatte einen kleinen Hirschbock erlegt, und obwohl Grace beim Anblick des jungen Tieres das Herz schwer geworden war, war ihr Magen mehr als nur erfreut darüber, diesem Tod einen Sinn zu verleihen.

Am Abend ergab sich am Lagerfeuer eine fast schon festliche Stimmung. Beltan erzählte farbige Anekdoten über betrunkene Krieger, Falken sang Lieder, und Lirith erstaunte alle, indem sie mit einer Münze Zauberkunststücke vorführte. Die Tricks basierten auf Fingerfertigkeit statt auf Weltenkraft, aber Grace war trotzdem verblüfft, als Lirith die Münze in der Hand verschwinden ließ und sie dann dem staunenden Durge aus dem Ohr holte. Tira klatschte in die Hände, und Grace umarmte sie.

Das ist gefährlich, Grace. Das weißt du ganz genau. Du läßt zu, daß du dich an Tiras Anwesenheit gewöhnst. Du läßt sie viel zu nahe an dich heran.

Aber plötzlich fiel es ihr schwer, sich an die genauen Gründe zu erinnern, aus denen heraus sie andere auf Abstand hielt. Sie zog Tira enger an sich, und das Mädchen wehrte sich nicht.

Melia nahm die Kräuter, die Aryn und Lirith gesammelt hatten, und bereitete aus dem frischen Wild einen würzigen Eintopf, und als die Schalen ausgeteilt wurden, senkte Lirith den Blick und sprach mit andächtiger Stimme.

»Freude aus Schmerz, Leben aus Tod. Aus Enden erwachsen neue Anfänge. Möge Yrsaia die Beute dieser Jagd segnen.«

Als Lirith aufblickte, fiel ihr Blick auf Melia.

»Was für ein hübsches Gebet, Liebes«, sagte die majestätische Lady mit einem Lächeln und aß ihren Eintopf.

Nach dem Essen erzählte Beltan noch einen Witz; er handelte von einem glücklosen Ritter, der nicht rechtzeitig die Rüstung herunterbekam, als die hübsche Maid, die er gerettet hatte, ihre Dankbarkeit zum Ausdruck bringen wollte. Dann ergriff Falken das Wort, und obwohl seine Stimme nicht laut war, brachte sie dennoch sämtliche Fröhlichkeit zum Verstummen.

»Irgendwie werden sie vom Stein des Feuers erschaffen.«

»Die Verbrannten«, sagte Grace, ohne nachzudenken.

Das Licht der Flammen spiegelte sich auf Travis' Brillengläsern wider. »Natürlich, das ergibt einen Sinn. *Krondrim. Krondisar.* Ich hätte früher darauf kommen müssen.«

»Was habt Ihr erfahren, Falken?« fragte Durge. »Einigen von uns ist die Sache nicht so klar wie anderen.«

»Melias Freund hat es uns erzählt«, sagte der Barde.

Die Lady glättete die Falten ihres Überkleides. »*Krondisar*, einer der Großen Steine, ist gefunden worden. Und er befindet sich im Besitz einer Person, die bereit ist, ihn für etwas Böses zu benutzen. Die es sogar jetzt, in diesem Augenblick, tut.«

»Aber wer ist diese Person?« wollte Grace wissen.

Falken erwiderte ihren Blick. »Das müssen wir herausfinden.«

»Also gut«, sagte Beltan und sprach die Frage aus, die jedem auf der Zunge lag. »Wohin geht die Reise?«

»Zu dem Ort, von dem *Krondisar* gestohlen wurde.«

Alle starrten Melia an – alle bis auf Tira, die die kleinen Hände dem Feuer entgegenstreckte und über das ganze Gesicht strahlte.

Sie erwachten am nächsten Tag vor Einbruch der Morgendämmerung und setzten ihre Reise fort. Jetzt, da sie etwas über ihr Ziel wußten, war die gestrige Ausflugsstimmung einer ernsteren Gemütslage gewichen. Aber die rauhe Landschaft, die sie durchquerten, war wunderschön, und obwohl

Graces Gedanken von einem Schatten berührt worden waren, waren sie alles andere als düster.

Erst als Beltan erwähnte, daß sie ganz in der Nähe von Perridons Südgrenze waren, erinnerte sich Grace an die Mission, mit der König Boreas sie beauftragt hatte. Sie hatte sich so darauf konzentriert, den Grauen Turm zu erreichen und Travis zu retten, daß sie ihre Befehle völlig vergessen hatte. Aber auf dieser Welt ignorierte man die Befehle eines Königs nicht. Nicht, wenn man am Leben hing.

Grace ritt an Falkens Seite. »Wir reiten nach Perridon, nicht wahr, Falken?«

Der Barde runzelte die Stirn. »Stimmt etwas nicht, Grace?«

Spätestens dann nicht, wenn Boreas herausfindet, daß ich desertiert bin.

»Ich habe mich nur gefragt, wann wir nach Schloß Spardis kommen, König Boreas übertrug mir eine Aufgabe, die ich dort zu erfüllen habe, und ich würde sie gern zu Ende bringen.«

Falken sah nach Norden. »Seit König Persards Tod habe ich beunruhigende Dinge aus Spardis gehört. Königin Inara ist erst sechzehn, und ihr Sohn Perseth – Persards Erbe – nuckelt noch an ihrer Brust. Das ist keine gute Position. Zumindest nicht in einer Domäne, wo jeder Fünfjährige einen Dolch und einen Plan hat.« Er sah sie forschend an. »Ich nehme an, Ihr habt Euch bereit erklärt, für Boreas die Situation zu erforschen?«

Grace nickte und legte unbewußt die Hand an den Nacken.

»Keine Angst.« Der Barde grinste. »Ihr werdet Euren Kopf schon auf den Schultern behalten, Euer Durchlaucht. Nach diesem einen Zwischenaufenthalt reiten wir auf direktem Weg nach Spardis. Wir sind dort mit Melias altem Freund verabredet. Ich glaube, jeder von uns wird neugierig sein, was der andere erfahren hat.«

An diesem Abend kampierten sie innerhalb einer steinernen Ruine, die wie eine schief sitzende Krone auf einem Hügel saß. Als sie die Reste des Eintopfs aßen, erklärte Falken, daß es sich hierbei um die Überreste eines Wachturms handelte, den Erforscher aus Toringarth vor über tausend Jahren erbaut hatten.

Durge strich sich über den Schnurrbart. »Ich wußte gar nicht, daß Männer aus Toringarth je so weit nach Süden gesegelt sind.«

»Sogar noch weiter«, erwiderte der Barde. »Sie waren die größten Seefahrer, die je die vier Meere befuhren. Viele ihrer Türme wurden in Seenähe erbaut, an sämtlichen Küsten Falengarths.«

Grace dachte an ihren Politikunterricht zurück. Sie erinnerte sich, Toringarth auf Aryns Karte gesehen zu haben – ein zerklüfteter Landfinger nördlich von Falengarth –, aber das war es auch schon, was sie darüber wußte, mal abgesehen von Falkens Erzählung, wie vor langer Zeit König Ulther von Toringarth mit Unterstützung von Elsara, der Kaiserin von Tarras, dabei geholfen hatte, den Fahlen König zu besiegen.

»Warum war beim Rat der Könige eigentlich niemand aus Toringarth anwesend?« fragte sie.

»Schon seit vielen Jahrhunderten hat man nichts mehr vom Königreich Toringarth gehört, und im Gegensatz zu den Schiffen der Toringarther, in die man in der Vergangenheit Runen der Stärke und Schnelligkeit gebunden hat, kann kein in Falengarth gebautes Schiff gegen das Eis des Wintermeeres bestehen.«

Grace kaute auf ihrer Lippe herum. Die Antwort des Barden war völlig unbefriedigend. Kein Königreich konnte so ohne weiteres verschwinden. Was war mit Toringarth geschehen, nachdem Ulther den Fahlen König besiegt und bei der Gründung von Malachor geholfen hatte?

Vielleicht reist du ja eines Tages selbst dorthin und findest es heraus, Grace.

Die Nacht brach herein, und einer der Reisenden nach dem anderen suchte sich in dem verfallenen Turm ein Plätzchen und legte sich hin, aber Grace konnte nicht einschlafen. Statt dessen sah sie Meteoriten zu, die über die sternerfüllte Scheibe rasten, auf die die zerstörten Turmwände einen Ausblick boten.

Sie mußte dann doch eingenickt sein, denn irgendwann blinzelte sie und sah, daß sich ein blutroter Funke zu den anderen Himmelslichtern gesellt hatte: der rote Stern. Etwas drückte unbequem auf ihre Blase. Sie setzte sich auf. Schwarzes Fell verschmolz mit der Nacht, aber in dem diffusen Licht leuchteten goldgelbe Augen.

»Was glaubst du, was du da tust?« flüsterte Grace.

Das Kätzchen schnurrte bloß und knetete weiter ihren Leib mit seinen kleinen Pfoten.

Grace hob die Katze hoch, überlegte, was sie mit ihr machen sollte, und setzte sie dann in Tiras Armbeuge ab. Das Kätzchen drehte sich dreimal um die eigene Achse, dann legte es sich nieder und schmiegte den Kopf auf den Arm des Mädchens. Tira seufzte im Schlaf.

Grace legte sich wieder hin und schloß die Augen, nur um sie einen Augenblick später wieder aufzumachen. Das Trampeln des Kätzchens hatte sein Werk getan, und sie würde nicht schlafen können, wenn sie nicht einen bequemerweise ganz in der Nähe befindlichen Busch besuchte.

Sie erhob sich so leise, wie sie konnte, suchte sich einen Weg an den anderen Schläfern vorbei und stieg durch eine Lücke in der Mauer. Sie umrundete den Turm, bis sie endlich ihren Busch fand. Sobald sie fertig war, ging sie in derselben Richtung weiter, da sie den Turm ohnehin bereits zur Hälfte umrundet hatte.

»Ich hätte Euch niemals verlassen dürfen.«

Die leise Stimme ließ Grace erstarren.

»Mir ist nichts passiert«, flüsterte eine andere, kühlere Stimme. »Außerdem hatten wir darüber gesprochen und waren beide zu dem Schluß gekommen, daß es besser so ist.«

Grace schob sich an einem Haufen moosbewachsener Steine vorbei. Ein halbes Dutzend Schritte entfernt saßen zwei Gestalten im Sternenlicht. Die eine war klein und schlank, ihr schwarzes Haar verschmolz mit der Nacht. Die andere war hochgewachsen und geschmeidig; ein Kettenhemd und blondes Haar leuchteten im Glanz des gerade aufgegangenen Mondes.

»Aber ich bin jetzt hier«, sagte Beltan. »Und ich bin noch immer Euer Ritter-Hüter.«

Melia tätschelte ihm die Hand. »Ich möchte dich wirklich nicht abweisen, mein Bester. Ich weiß nicht, wie ich ohne dich diese letzten Jahre zurechtgekommen wäre. Als ich dich kennenlernte, war Falken in eine düstere, verzweifelte Stimmung verfallen, in der ich nicht zu ihm durchdringen konnte. Ohne dich hätte ich es nie geschafft. Du wirst immer mein Beschützer sein.« Sie zog die Hand zurück. »Aber mit der Zeit wird dir vielleicht klar, daß du auch etwas anderes sein möchtest.«

»Ich bin Euch verpflichtet, Melindora Nachtsilber.«

»Du bist deinem Herzen verpflichtet, Beltan von Calavan. Und das darfst du nie vergessen.«

Beltan grinste, aber es war ein trauriger Ausdruck. »In diesem Fall glaube ich nicht, daß es um mein Herz geht.«

»Und woher willst du das wissen? Hast du gefragt?«

Beltan schwieg, aber Grace wußte, daß sie schon mehr gehört hatte, als sie hätte hören sollen. Sie trat einen Schritt zurück.

Beltan griff nach dem Schwert. »Ich habe etwas gehört.«

Melia berührte sanft seine Hand. »Es ist nichts, Beltan. Nur ein aufgescheuchtes Tier.«

»Seid Ihr sicher?«

Bernsteinfarbene Augen blickten in Graces Richtung. »Ja, da bin ich mir ziemlich sicher.«

Grace raffte ihre Röcke, drehte sich um und ging den Weg zurück, den sie gekommen war. Wieder im Turm, suchte sie sich ihren Platz und legte sich hin. Sie wollte die Augen schließen, hielt dann aber inne. Zwei helle Funken beobachteten sie; das Kätzchen lag noch immer auf Tiras Arm und blickte in ihre Richtung.

»Sie hat mich gesehen, nicht wahr?« flüsterte Grace. »So wie du mich jetzt.«

Das Kätzchen leckte sich die Pfote. Mit einem Frösteln zog Grace die Decke höher und rollte sich zusammen. Und die ganze Nacht lang träumte sie von Bernsteinmonden, die sie aus einem Onyxhimmel beobachteten.

18

Am dritten Tag nach ihrem Aufbruch vom Grauen Turm beschrieb die unregelmäßige Linie der Morgenrotberge einen scharfen Knick nach Norden, und die Reiter folgten ihr.

Travis seufzte von seinem Aussichtspunkt auf Flecks schaukelndem Rücken. Das Land, durch das sie jetzt kamen, war wunderschön und völlig menschenleer. Bis zu diesem Zeitpunkt hatte Travis gelegentlich eine primitive Hütte oder die Überreste alter Mauern gesehen. Aber hier gab es nicht die geringsten Anzeichen von Zivilisation, ob man sie nun aufgegeben hatte oder nicht.

»Es ist mehr als tausend Jahre her, daß Menschen an diesem Ort lebten«, sagte Falken über das Hufgetrappel hinweg, als Travis sein Pferd zu ihm lenkte und ihn nach der Geschichte dieses Landes fragte. »Wir sind am Marschland Tolorias vorbei und befinden uns ganz in der Nähe des Meeres der Morgenröte und den südlichen Buchten dessen, was heutzutage als Sturmküste bezeichnet wird. Aber die Menschen, die einst hier lebten, nannten diesen Ort Dun-Dordurun, was in ihrer Sprache soviel wie Das-Land-dazwischen heißt. Für sie war es ein magischer Ort.«

Travis sah zu den nebelverhangenen Bergen hinüber und dann wieder auf die wilde Landschaft. Ein einzelner Falke kreiste gegen den endlosen blauen Himmel, als eine Brise aufkam und den schwachen, aber unverkennbaren Geruch von Salz und Ozean mit sich trug.

»Wer waren sie, Falken? Die Menschen, die hier lebten, meine ich.«

Der Barde betrachtete die in der Ferne liegende, niedrige Linie eines Felskammes, der zu gerade und lang war, um hundertprozentig natürlichen Ursprungs sein zu können. Lirith und Beltan hatten ihre Pferde näher herangeführt, um dem Barden zuzuhören.

Der Wind blies Falkens graudurchsetztes Haar aus seiner Stirn. »Die, die sich noch an sie erinnern, nennen sie die Maugrim, was *Die Wilden* bedeutet. Aber in ihrer Sprache waren sie die Gul-Hin-Gul, was meines Wissens nach soviel wie *Die Wahren Menschen* heißt. Ich fürchte, man weiß nur wenig von den Maugrim.«

Beltan lachte. »Ich würde mein Schwert darauf verwetten, daß alles, was von ihnen bekannt ist, in deinem Kopf steckt, Falken.«

»Die Wette würdest du vermutlich gewinnen«, sagte Melia und kam näher heran. Aryn ritt direkt hinter ihnen, genau wie Grace und Tira. Allein Durge, der das Land erkundete, befand sich nicht in Hörweite des Barden.

»Was ist mit ihnen passiert?« fragte Travis. »Den Maugrim.«

Falken grinste in ihre erwartungsvollen Gesichter. »Es tut mir ja leid, euch alle enttäuschen zu müssen, aber ich weiß es nicht. Als die Tarraser in den Norden Falengarths vordrangen, waren die Maugrim bereits eine verblassende Erinnerung. Einige glauben, sie verschwanden zusammen mit dem Kleinen Volk ins Zwielichtreich. Aber ich fürchte, sie sind wohl eher einfach ausgestorben, wie so viele Völker im Laufe der Geschichte.«

Travis runzelte die Stirn. »Das war's?«

»Nicht jede Geschichte bietet eine gute Erzählung.« Der Barde sah wieder zu dem geraden Felskamm hinüber. »Natürlich gab es in der Vergangenheit immer wieder Geschichten über Schatten in Wäldern oder auf hohen Bergen im Zwielicht. Die Tarraser nannten sie Kobolde. Aber ich habe auch Leute kennengelernt, die der Meinung waren, daß diese Schatten und Geister Spuren der Maugrim sind, die noch immer in den tiefen Wäldern und auf einsamen Bergen lauern. Diese Berge sind angeblich im Inneren hohl und nur durch geheime Eingänge zu betreten, die allein die Wilden kannten und öffnen konnten.«

Der Falke am Himmel stieß einen einsamen Schrei aus, und die baumlosen Hügel blieben hinter ihnen zurück.

Kurz nach Mittag sah Travis den Riesen. Sein Magen knurrte, und er kam langsam zu dem Schluß, daß eine Beschwerde die finsteren Blicke Melias und Falkens wert sein würde, die ihm eine entsprechende Bemerkung zweifellos einbrachte, als die Reiter einen Hang erklommen und sich unter ihnen ein flaches Tal erstreckte. Das grüne Land senkte sich bis zu dem dünnen Strich eines Baches sanft ab und stieg auf der gegenüberliegenden Seite wieder in die Höhe. Und auf diesem Abhang lag der Riese. Travis blieb der Mund offenstehen, und er hörte, wie die anderen ihrem Staunen lautstark Ausdruck verliehen.

Der Riese erstreckte sich über die ganze Länge des gegenüberliegenden Hügelkamms; weiße Steine, die sich hell von dem jadegrünen Untergrund absetzten, bildeten die Umrisse. Die Linien waren primitiv, dabei aber wild und ausdrucksstark, und das Ganze erinnerte Travis an paläolithische Höhlenmalereien.

Die Gestalt des Riesen war menschenähnlich, aber die krummen Beine und krallenbewehrten Füße erinnerten an einen Vogel. Abgesehen von einem scharfen Strich als Mund und einem einzelnen, riesengroßen Auge wies das Gesicht keine Züge auf. Ein Stück tiefer auf dem Abhang ragte ein stacheliger Phallus über ein paar großzügig geformten Kreisen auf. Trotz des riesigen Organs hatte das Gemälde etwas an sich, das Travis davon abhielt, es für so etwas wie ein uraltes Fruchtbarkeitssymbol zu halten. Vielleicht lag es an den beiden Dreiecken, die wie Zähne aus dem lächelnden Riesenmund herausragten. Oder an den Umrissen, die aus einer zur Faust geballten Hand herausschauten. Umrisse, die fast wie kleine, zerbrochene Menschen aussahen.

Ein Fauchen ließ Travis den Kopf nach links wenden. Melia saß steif auf ihrem Pferd. Sie hielt die schwarze Katze, deren Nackenhaar sich sträubte, an die Brust gedrückt. Travis vermochte nicht zu sagen, wer von ihnen den Laut ausgestoßen hatte.

»Melia, was ist?« fragte er.

»Ich hätte nicht gedacht, jemals wieder dein Abbild zu sehen«, sagte die Lady, offensichtlich nicht an Travis gerichtet. »Wir haben sämtliche dieser Darstellungen vernichtet. Das habe ich zumindest geglaubt.«

Falken ritt an Melias Seite und legte ihr die Hand auf den Arm. »Beruhige dich, Melia. Es ist bloß ein Bild. Linien in der Erde, das ist alles.«

In ihren Augen blitzte es auf. »Haben Linien etwa keine Macht, Falken? Ist das nicht immer deine Rede, wenn du von deinen kostbaren Runen sprichst?«

Der Barde preßte die Lippen zusammen und schwieg.

»Falken, wer ist das?« fragte Travis, obwohl er es eigentlich gar nicht wissen wollte. Er konnte sehen, wie der Barde tief Luft holte.

Falken sprach mit harter Stimme. »Das ist Mohg, der Herr der hereinbrechenden Nacht. Einer der Alten Götter.«

»So wie Olrig?«

Der Barde warf ihm einen so scharfen Blick zu, daß sich Travis auf die Zunge biß.

»Nein. Nicht wie Olrig. Selbst am Anfang war Mohg anders als die anderen Eldhari, und am Ende war er ihr Feind.«

»Nicht nur ihrer«, meinte Melia, und ihre Augen zogen sich zu Schlitzen zusammen. »Unser aller Feind.«

Grace ließ ihre Stute ein paar Schritte vorwärts gehen. »Ihr habt schon öfters über die Alten Götter gesprochen, Falken. Die Runensprecher auch. Aber sonst hat sie niemand, den ich kennengelernt habe, auch nur mit einem Wort erwähnt. Haben die Menschen sie jemals angebetet?«

»Die Eldhari hatten nur wenig mit den Menschen zu tun. Das war anders als bei den Nindari, den Neuen Göttern, die aus Al-amún und Tarras nach Falengarth kamen und deren Schicksal von ihren Anhängern mit Interesse verfolgt wurde. Die Alten Götter waren Kreaturen des Steins und des Waldes und des Himmels. Ihr Verständnis für die Belange der Menschen war begrenzt. Obwohl sich ein paar der Alten Götter unter sie mischten, die daraufhin mit ihnen Freundschaft schlossen und große Gaben geschenkt bekamen. Gaben wie die Runen. Und die Maugrim kannten die Alten Götter und ihre Kinder, die Eldhrim – das Kleine Volk –, eine lange Zeit.«

Travis' Blick wurde während der Erzählung des Barden wieder von der Gestalt angezogen, deren Umrisse von weißen Steinen gebildet wurden. Etwas an ihr erschien beinahe vertraut. Etwas an dem einzigen Auge, das aus der Mitte ihres Gesichts starrte. Dann fiel ihm etwas auf, was ihm bis jetzt entgangen war: auf der linken Schulter des Alten Gottes duckte sich ein Geschöpf, ein Geschöpf mit gefalteten Schwingen und gebogenem Schnabel. Fast wie ein ...

Wie ein Rabe, Travis.

Aber das konnte nicht sein. Die Raben waren alle weg – sie waren verbrannt worden. Hatte Schwester Mirrim mit ihren blinden, blutigen Augen nicht genau das gesehen?

»Wer hat diese Darstellung geschaffen, Falken?« fragte Durge in seinem grollenden Tonfall. »Waren es die Maugrim?«

Der Barde schüttelte den Kopf. »Nein, die Maugrim kannten keine Bilder. Genausowenig wie Musik oder Körperschmuck, mal abgesehen von Farben, die man aus Pflanzen gewinnen kann. Ich schätze, das hier stammt von den ersten Menschen, die später aus dem Süden nach Falengarth kamen und hier den Alten Göttern begegneten.«

Beltan schnaubte und zeigte auf die sich wehrenden Strichmännchen in der Hand des Riesen. »Nennt es eine Eingebung, aber etwas sagt mir, daß es eine Begegnung war, auf die sie hätten verzichten können.«

Lirith studierte die Darstellung konzentriert. »Sie ist faszinierend.«

»Nein, sie ist schrecklich«, sagte Melia mit leiser Inbrunst. Sie sah Falken an. »Und du gibst vor, dich zu wundern, warum die Menschen die Alten Götter vergaßen.«

Der Barde grunzte nur als Antwort.

»Aber was *ist* nun mit ihnen geschehen?« fragte Aryn. »Wo sind sie hingegangen?«

Falken seufzte. »Ihre Zeit verging. Als die Neuen Götter zusammen mit den Menschen aus dem Süden kamen und Falengarth durchquerten, wußten die Alten Götter und das Kleine Volk, daß ihr Zeitalter vorbei war, und so verblichen sie und gingen ins Zwielichtreich ein.«

»Es war wohl kaum so einfach«, warf Melia ein.

Der Barde studierte das Bild auf dem Hügel. »Nein. Nein, ich schätze, das war es wirklich nicht.«

Grace strich sich eine Strähne ihres aschblonden Haares aus den Augen. »Etwas verstehe ich nicht. Im vergangenen Winter strich das Kleine Volk aus dem Dämmerwald durch die Korridore Calaveres. Ihr wart der erste, der behauptete, es sei zurückgekommen. Wenn also das Kleine Volk aus dem Zwielichtreich zurückkommen kann, trifft das dann nicht auch auf die Alten Götter zu?«

Bevor Falken antworten konnte, machte Melia eine scharfe Geste mit der Hand. »Laßt uns diesen Ort verlassen. Hier gibt es nichts für uns.« Sie trieb ihre weiße Stute den Abhang hinunter.

Travis sah Falken stirnrunzelnd an. »Was sollte das denn bedeuten?«

Aber der Barde wich seinem Blick aus. »Kommt«, sagte er, und die Reiter folgten Melia.

19

Am nächsten Tag ritten sie zwischen zwei steinernen, auf künstlichen Zwillingshügeln erbauten Wachtürmen hindurch und betraten die Domäne Perridon. Offensichtlich hatte der Nebel, für den dieser Ort berühmt war, direkt hinter der Grenze gelauert, denn sobald die Reisenden die Türme passiert hatten, stiegen dichte Nebelschwaden aus tiefen Bodensenken, wirbelten zwischen den Pferdebeinen hindurch und reichten fast bis an die Knie der Reiter.

Durge schaute zu den stummen Wachtürmen hoch. Die schmalen Fenster waren dunkel. »Sollten diese Forts nicht bemannt sein, Falken?«

»Sollte man annehmen, wo das hier doch Perridon ist.« Die wölfische Miene des Barden war grimmig.

Beltan schnaubte. »Ich dachte immer, keine Maus könnte nach Perridon hineinschlüpfen, ohne daß jemand ihren Namen wissen will und eine Steuer von drei Barthaaren verlangt. Die Perridoner unterhalten an so gut wie jeder Straße, jedem Fluß und jedem Fußweg, der in die Domäne führt, eine Garnison. Bei jedem meiner Besuche mußte ich anhalten und ihnen sagen, wer ich bin, warum ich gekommen war und was ich vor zwei Melinstagen zum Frühstück gegessen hatte.«

Travis lenkte Fleck an Lirith und Aryn vorbei an Graces Seite. »Ein einladender Ort, nicht wahr?« sagte er leise.

Grace lächelte. »Eigentlich habe ich nebelige Tage immer gemocht.«

»Das ist doch nicht dein Ernst, oder?«

Sie zuckte mit den Schultern. »Ich mag es, wie der Nebel alles verbirgt. Es ist irgendwie angenehm, durch die Welt gehen und sich der Illusion hingeben zu können, man wäre die einzige Person auf dem ganzen Planeten. Es fühlt sich so ... sicher an.«

Travis erschauderte. Das, was Grace da gesagt hatte, klang überhaupt nicht schön, sondern einfach nur schrecklich einsam – in einer Welt aus Grau zu leben, ohne in der Lage zu sein, andere Menschen zu sehen oder zu berühren. Er wollte etwas erwidern, aber in diesem Augenblick schaute Tira auf und sah ihn mit einem perfekten und einem schiefen Auge an. Sie hielt ihm ihre angesengte Puppe entgegen.

»Sie will, daß du sie hältst«, sagte Grace. »Das ist wirklich eine Ehre – das macht sie nur selten.«

Travis starrte das Mädchen an. Er wollte die Puppe nicht halten, nicht das trockene, teilweise verbrannte Holz fühlen, da war er sich sicher. Aber Tira senkte weder die Puppe noch den entwaffnenden Blick, und er griff danach.

»Verschwindet!«

Die schnarrende Stimme ließ die Reiter anhalten. Eine Gestalt trat aus einer Nebelbank. Das Haar des Mannes klebte an seinem Schädel, auf seinen Wangen sprossen dunkle Bartstoppeln. Sein Umhang wies dieselbe graue Farbe auf wie Travis'.

»Verschwindet!« rief der Mann erneut, und seine Stimme war ein trockenes Krächzen. »Ihr seid Narren, wenn ihr herkommt. Geht dahin zurück, woher ihr kommt.«

Falken lenkte sein Pferd vorwärts. »Wir wollen Euch nichts Böses.« Er beugte sich vor und griff mit der handschuhlosen Hand nach dem Fremden.

»Nein! Berührt ihn nicht!«

Eine Gestalt raste an Travis vorbei. Es war Grace, die ihre Stute auf Falken zutrieb. Der Barde riß die Hand zurück und starrte sie an, genau wie der Mann in dem grauen Umhang.

Erst da sah Travis seine Augen: Sie waren schwarz, hatten weder eine Iris noch das Weiße. Ihm wurde schlagartig übel.

Neben ihm schlug Aryn die Hand vor den Mund, und Lirith stöhnte leise auf.

»Ja«, sagte der Mann und sah mit seinen unmöglichen Augen zu Grace hoch. »Ich sehe, Ihr begreift.«

»Wie weit?« fragte Grace. Ihr Tonfall war so kalt, wie ihn Travis noch nie zuvor bei ihr gehört hatte. »Wie weit hat sie sich in Perridon ausgebreitet? Die Flammenpest.«

Der Mann fuhr sich mit der Hand durch das Gesicht und taumelte einen Schritt zur Seite. Travis fragte sich, ob er jetzt zusammenbrechen würde. Dann sprach er wieder, diesmal aber leiser.

»Ich weiß es nicht. Ein paar Dörfer hier, ein paar da. Es gibt kein Muster. Sie kommen, schlagen zu und sind wieder weg.«

Grace brauchte nicht zu fragen, von wem er da sprach. Sie alle wußten es: die Verbrannten.

Beltan lenkte sein geschecktes Schlachtroß näher heran – aber nicht zu nahe. »Wann waren sie da?«

Der Mann verschränkte die Arme vor der eingesunkenen Brust. »Das weiß ich nicht. Als ich an diesen Ort kam, waren sie bereits Asche.« Er wies halbherzig in Richtung der Wachtürme.

»Wißt Ihr, was sie wollten?« fragte der blonde Ritter.

Der Mann lachte, und es war ein vom Irrsinn gezeichnetes Lachen, das Travis' Blut erstarren ließ. »Vermutlich uns alle verbrennen. Aber da war einer. Ich habe ihn im Herzogtum Varsarth gesehen. Er konnte noch sprechen, so nahe am Ende er auch war. Der Schlüssel, sagte er. Er wollte den Schlüssel für das Feuer. Aber was soll das bedeuten?« Er hob die zitternden, skelettähnlichen Hände. »Vermutlich werde ich es über kurz oder lang erfahren.«

»Es ist noch nicht zu spät«, sagte Grace emotionslos. »Um es zu beenden.«

Er lächelte; seine Lippen zogen sich wie in einem Krampf

zurück und entblößten verfaulte Zähne. »Ich weiß, Mylady. Ich kam her, um aufzupassen und andere zu warnen, solange ich noch kann. Aber diese Zeit ist fast vorbei. Ich werde noch einmal die Stufen des westlichen Wachturms emporsteigen. Und wenn ich wieder herunterkomme, dann nicht über die Treppe, sondern auf dem schnellsten Weg.« Sein schwarzer Blick glitt zu Falken. »Werdet ihr diesen Ort nun meiden, aus Furcht vor der Seuche?«

»Es ist die Furcht vor der Seuche, wegen der wir kommen mußten.«

Der Mann dachte über die Worte des Barden nach, dann nickte er. »Das dachte ich mir. Man sagt, daß Euch Unheil vorangeht, Falken Schwarzhand. Anscheinend entsprechen die Geschichten über den Grimmigen Barden der Wahrheit. Aber vielleicht stimmen ja auch die anderen Geschichten.« Er preßte die blasenübersäten Lippen zusammen. »Bringt diese Geschichte zu einem Ende, Schwarzhand. Ein Ende für uns alle.«

Falken wollte etwas erwidern, aber da war der Mann bereits wieder in den wirbelnden Nebel eingetaucht und verschwunden.

»Soll ich ihn aufspüren?« fragte Beltan und nahm die Zügel seines Schlachtrosses.

Falken hob die behandschuhte Hand. »Du wirst ihn nicht finden. Hast du nicht gesehen, was er trug?«

»Einen Nebelmantel«, sagte Durge. »Also ist er ein Spinnenmann?«

Der Barde nickte. »Einer der persönlichen Spione des Königs von Perridon. Es heißt, ein Spinnenmann könnte mittags durch eine Stadt gehen, ohne auch nur von einem Menschen wahrgenommen zu werden.«

Travis kratzte sich am Kinn – die Bartstoppeln waren zu einem richtigen, dichten Bart herangewachsen – und sah den

Barden an. »Aber wenn das einer der Spione des Königs war, was tat er dann hier?«

»König Persard ist tot«, sagte Grace leise.

Liriths Augen funkelten. »Und ein neuer König hat neue Spione.«

»Aber soweit wir wissen, gibt es in Perridon keinen neuen König«, sagte Aryn.

Beltan spielte an seinem Schwertgriff herum. »Vielleicht wissen wir es ja jetzt.«

»Und was jetzt, Falken?« Melia verschränkte die Arme.

»Wir reiten weiter«, sagte der Barde. »Das verändert nichts. Mal davon abgesehen, daß es unsere Mission höchstens nur noch dringlicher macht. Kommt.« Er stemmte die Fersen in die Flanken seines Pferdes.

Travis zögerte, dann warf er einen Blick zurück zu den beiden Türmen. Der Nebel stieg, und die Türme trieben wie Inseln in einem farblosen Meer. Er kniff die Augen zusammen. War da ein kleiner Schatten, den er ganz oben auf der westlichen Turmspitze sah? Bevor er sicher sein konnte, schwebte eine graue Wand in die Höhe und verdeckte seine Sicht. Er drehte sich um, schloß sich den anderen an und ritt in den immer dichter werdenden Nebel.

20

Am Vormittag des vierten Tages hob Falken, der an der Spitze ritt, die Hand mit dem schwarzen Handschuh und ließ die Gruppe anhalten.

Zumindest nahm Grace an, daß es Vormittag war, aber das war bestenfalls eine unbewiesene Annahme, für die es kaum einen sichtbaren Beweis gab, sondern bestenfalls das Knurren ihres Magens. Die Luft war so trübe, daß sie beinahe an den anderen vorbeigeritten wäre, nachdem sie angehalten hatten. Hätte Shandis nicht geschnaubt, da die Stute die Position ihrer Gefährten am Geruch erkannte, wäre sie vermutlich weitergeritten, bis sie zusammen mit Tira in einen Abgrund oder eine Grube gestürzt wäre. Auf dem Weg durch Perridon hatte es nun wahrlich genug derartiger Gefahren gegeben, während sie durch die felsige Landschaft am Fuße der Fal Erenn nach Norden geritten waren.

Grace hielt Tira mit einer Hand fest, während sie Shandis mit einem Ruck an den Zügeln zurücklenkte. Mit zusammengekniffenen Augen machte sie eine Anzahl dunkler Flecken aus, die sich dunkelgrau von dem Nebel abhoben. Entweder hatte sie ihre Freunde gefunden oder eine Gruppe von Baumstümpfen, die auf erstaunliche Weise Menschen auf Pferden ähnelten. Als sie näher kam, riß der Nebel etwas auf, und sie erkannte außer ihren Gefährten Felsblöcke und dornige Büsche – alles glitzerte vor Feuchtigkeit.

Trotz der Worte des Spinnenmannes vor den Wachtürmen war ihr Ritt durch Perridon ereignislos vonstatten gegangen. Nach der Grenzüberquerung waren sie auf ein paar isolierte Bauernhöfe und Dörfer gestoßen, aber alle hatten völlig normal ausgesehen. Oder zumindest so normal, wie es ein mittelalterliches Dorf mit einer offenen Gosse anstelle von Abwasserkanälen und einer Bevölkerung sein konnte, die unter Lymphdrüsentuberkulose, Rachitis und anderen von Unterernährung hervorgerufenen Krankheiten litt. Auf jeden Fall hatte es keine Anzeichen für eine andere, viel tödlichere Krankheit gegeben – die Flammenpest.

Unterwegs hatten sie ein paar Vorräte besorgen können, um den im Grauen Turm mitgenommenen Proviant aufzufrischen – aber es waren nicht viele gewesen. Das hier war das Hinterland Perridons, weitab von jedem größeren Schloß oder jeder Festung, und die hier lebenden Menschen waren schockierend arm und fürchteten alle Fremden. In einem Dorf hatten sie etwas ungesäuertes Brot, sauren Wein und Trockenfrüchte erstehen können.

»Im nächsten Dorf werden wir mehr Glück haben«, hatte Beltan mit einem leicht verzweifelten Unterton in der Stimme gesagt. »Glaubst du nicht, daß wir dort mehr Glück haben werden, Grace?«

Aber es hatte kein nächstes Dorf gegeben. Sie waren durch eine karge Landschaft geritten, die stets nebelverhüllt war und in der es überall von zerklüfteten Schluchten und breiten Flächen aus losem, regennassem Schiefer wimmelte, die sowohl Pferde wie auch Reiter in Gefahr brachten.

Trotz Nebel und Feuchtigkeit war die Kälte des unwirtlichen Landes zwischen Toloria und Perridon zusammen mit der Sonne an der Grenze verschwunden. Die Luft war heiß und unangenehm feucht, wie in einem Dampfbad, das zu schimmeln angefangen hatte. Die Feuchtigkeit durchdrang alles – Rüstungen, Wämser, Gewänder –, und die Hitze lockte Schweißströme hervor, die jedoch nicht verdunsten konnten, sondern die Kleidung nur noch feuchter machten.

Falken hatte kaum weitere Informationen über ihr Ziel gegeben – nur daß es sich um den Ort handelte, von dem er glaubte, daß der Stein des Feuers dort eine Zeitlang gewesen war. Grace kannte Falkens Geschichten über die *Imsari* – die drei Großen Steine –, aber sie verstand noch immer nicht genau, was sie eigentlich darstellten oder wo sie herkamen. Sie wußte nur, daß der Fahle König bereit gewesen war, jede nur erdenkliche Tat zu begehen, um *Sinfathisar* – den Stein des Zwielichts – für sich zu gewinnen, aber Travis hatte ihn dem Kleinen Volk zur Aufbewahrung überlassen. Und aus diesem Grund war ihr klar, daß *Krondisar* möglicherweise dazu benutzt werden konnte, viele böse Dinge zu erschaffen.

Einschließlich Feuerseuchen. Sieht so aus, als hättest du endlich deinen Krankheitsauslöser gefunden, Grace.

Aber ob sie auch ein Heilmittel oder einen Impfstoff finden würde, war eine ganz andere Frage. Aber waren sie nicht deshalb an diesen Ort gereist?

Falken fluchte und zeigte auf ein paar Nebelschwaden. »Kannst du nichts dagegen tun, Melia?«

Irgendwie konnte Melia anmutig im Sattel auf einem langbeinigen weißen Pferd sitzen und gleichzeitig bedrohlich wirken. »Und was genau schlägst du vor, daß ich tun soll, Falken?«

»Das weiß ich doch nicht.« Der Barde machte ein paar unbestimmte wedelnde Handbewegungen. »Kannst du nicht ... deine Art von ... du weißt schon ... benutzen?«

Melia würdigte ihn mit keiner Antwort, und seine Worte verklangen im Dämmerlicht.

Beltan strich feuchte Haare aus der hohen Stirn. »Und da gibt es Leute, die sagen, *ich* wäre nicht besonders klug. Dabei weiß ich es besser, als solche Fragen zu stellen.«

Liriths Lippen verzogen sich zu einem nachdenklichen Lächeln. »Schweigen ist die oft vergessene Würze im Eintopf der Weisheit.«

Beltan stöhnte und hielt sich den Bauch. »Sprecht nicht von Eintopf. Ich bin am Verhungern.«

»Hattest du nicht gesagt, du würdest fasten, um Vathris' Segen zu empfangen?« fragte Melia.

»Eigentlich habe ich das nur gesagt, damit ich mich nicht so mies fühle, weil ich nichts zu essen habe.«

»Seid Ihr sicher, daß Eure Worte irgendeinen Sinn ergeben?« fragte Aryn verblüfft.

Beltan zuckte bloß mit den Schultern. »Ja, klar.«

Melia warf ihm einen vernichtenden Blick zu. »Beltan, du solltest es besser wissen, als den Namen eines Gottes zum Witzereißen zu benutzen.«

Falken grinste, offensichtlich froh darüber, daß Melias Unmut nun in eine andere Richtung gelenkt war. »Und wir sollten es besser wissen, als große Ritter auf eine lange Reise mitzunehmen, ohne ein mit Proviant beladenes Packpferd dabeizuhaben.«

»Und mit Bier«, sagte Beltan mit einem nachdrücklichen Nicken.

Durge kam mit Schwarzlocke näher heran. »Warum haben wir angehalten, Falken?« fragte der Embarraner.

Der Barde drehte sich im Sattel um und streckte den Arm aus. »Darum.«

Plötzlich schoß förmlich aus dem Nichts eine warme, feuchte Böe heran, riß eine Lücke in den Nebel und trieb die Fetzen über die Steppe. Grace sah in die Richtung, in die Falken deutete. Ein steiler Wall aus schwarzem Stein ragte in den schiefergrauen Himmel.

»Nun«, sagte Melia. »Wir sind da.«

Travis spähte über den Brillenrand, da die Gläser beschlagen waren. »Was ist das für ein Ort, Falken?«

»Ein Ort des Todes.«

Grace erschauderte.

Sie stiegen von den Pferden, banden die Zügel zusammen und näherten sich dem Wall. Nur daß es gar keine von Menschenhand erbaute Mauer war. Als der Nebel weiter aufriß, sah Grace, daß es sich um eine Steilwand handelte, ein Teil der östlichen Fal Erenn. Der Felsen war geglättet und auf Hochglanz poliert worden. Grace strich mit den Fingern darüber. Der Stein fühlte sich leicht ölig an, aber ihre Fingerspitzen blieben sauber. Sie schaute nach oben, aber so weit sie sehen konnte, war der Wall ohne jeden Makel.

»Ich habe etwas gefunden«, verkündete Aryn, die links von den anderen stand.

Grace erreichte die Baronesse als erste. Instinktiv ergriff sie die linke Hand der jungen Frau.

»Es ist ein Eingang«, murmelte Grace, und Aryn nickte.

Der Torbogen überragte Graces Kopf um etwa einen halben Meter und trat ein Stück aus der Oberfläche des Walls hervor. Man hatte komplizierte, geometrische Muster in den Stein gemeißelt. Es fiel schwer, sie mit dem Blick zu erfassen; Grace hatte noch nie zuvor etwas Vergleichbares gesehen. Schatten lauerten im Inneren der Nische und deuteten auf einen Gang hin, aber als sie die Hand ausstreckte, traf sie nur wenige Zentimeter später auf harten, glatten Stein, was ihren Verdacht bestätigte. Es war ein Tor, aber es war verschlossen.

Die anderen trafen ein und drängten sich um Grace und Aryn, um das Tor zu betrachten. Beltan drückte gegen den Felsen innerhalb des Torbogens, aber obwohl seine Muskeln hervortraten, rührte sich das Tor nicht.

Melia sah Falken an. »Falls es dir entgangen sein sollte, es ist verschlossen.«

»Hast du eine freundliche Begrüßung erwartet?«

Melia hielt das schnurrende Fellknäuel in ihren Armen fester. »Nein, das habe ich wohl nicht. Nicht hier.«

»Melia, was ist das für ein Ort?« fragte Grace. Aber falls die

Lady sie gehört hatte, entschied sie sich, die Frage zu ignorieren.

Lirith strich mit ihren schlanken Fingern über die eingravierten Zeichen. Sie runzelte die Stirn. »Das ist offensichtlich tarrasisch, aber ich habe noch nie vergleichbare Muster gesehen. Ich schätze, sie sind sehr alt.«

»Und da habt Ihr recht«, sagte Falken. »Dieses Tor wurde vor über tausend Jahren gebaut. Lange vor der Gründung der Domänen. Sogar noch vor der Gründung Malachors.« Er holte tief Luft. »Und wir müssen durch es hindurch.«

»Also gut.« Beltan stützte die Hände auf die schlanken Hüften. »Wie kriegen wir es auf?«

Falken wollte darauf etwas erwidern, aber Durge, der sich die Innenseite des Torbogens angesehen hatte, nahm den Kopf zurück. »Auf dem Stein sind Zeichnungen. Ich bin mir nicht sicher, aber ich glaube, es könnten Runen sein.«

»Licht«, sagte Falken. »Wir brauchen Licht.«

Beltan wandte sich ab und ging auf eines der Pferde zu – Grace nahm an, er wollte eine Fackel holen –, aber bevor er zwei Schritte zurückgelegt hatte, sprach Travis leise ein Wort.

»Lir.«

Ein blasses Licht erschien aus dem Nichts, verscheuchte die Schatten innerhalb des Alkovens und ließ silbrige Linien aufleuchten. Falken warf Travis einen scharfen Blick zu, aber Travis sah weg. Der Barde wandte sich ab und konzentrierte sich auf die leuchtenden Linien, die sich über die Innenseite des Torbogens zogen.

»Ihr hattet fast recht, Durge. In gewisser Weise erinnern mich diese Zeichen an Runen. Aber es sind keine richtigen Runen – nur eine Reihe von Strichen und Punkten.«

Lirith stützte ihr Kinn auf die Hand. »Ich verstehe das nicht. Falls dieses Tor tarrasischen Ursprungs ist, warum hat man es dann mit runenähnlichen Symbolen versehen? Man hat in Tarras keine Runenmagie verwendet.«

»Dieser Ort wurde von jemandem erbaut, der aus dem Süden kam«, sagte Falken. »Aber danach kam ein anderer, und das ist derjenige, wegen dem wir uns Sorgen machen.«

»Könnt Ihr die Symbole lesen?« fragte Aryn atemlos.

Falken schüttelte den Kopf. »Ich fürchte nicht. Falls es sich um Runen handelt, sind sie zu verwischt und fragmentarisch, um gelesen werden zu können. Aber ich halte sie für eine Art besonderen Code. Schließlich hätte *er* nicht jedem Zugang gestattet.«

Melia musterte ihn stirnrunzelnd. »Was?«

»Ich vermute, es handelt sich um eine Botschaft, die nur für einen Runenmeister bestimmt ist. Nur ein anderer Runenmeister wäre dazu in der Lage, sie zu entziffern.«

»Aber haben wir denn keinen Runenmeister bei uns?« fragte Lirith.

Travis hielt abwehrend die Hände hoch und trat einen Schritt zurück. »Seht nicht mich an. Ich habe keine Ahnung, was das bedeuten soll.«

Aller Blicke wandten sich wieder dem Barden zu.

Falken seufzte. »Ich versuche es.«

Eine kleine Gestalt drängte sich zwischen Graces und Aryns Röcken vorbei. Tira. Sie streckte die Hand aus und strich sanft über die schwarz behandschuhte Hand des Barden. Einen Augenblick lang hellte sich seine düstere Miene auf, und er lächelte zu ihr herunter. Das Mädchen nickte, drehte sich um und rannte zurück zu Grace.

»Olrig steh mir bei«, murmelte der Barde und wandte sich wieder dem uralten Tor zu.

21

Gegen Mittag schlugen sie das Lager auf, nachdem klargeworden war, daß Falken das Tor so schnell nicht aufbekommen würde. Travis hielt einen besonnenen Abstand zu ihm ein, aber den Flüchen nach zu urteilen, die immer wieder ertönten, hatte der Barde nicht viel Glück. Manchmal lehnte er sich tief in den Alkoven hinein, dann schritt er wieder mit gesenktem Kopf und vor der Stirn gehaltenem schwarzen Handschuh davor auf und ab.

»Versucht einfach ihn zu ignorieren«, sagte Melia nach einer besonders lautstarken und farbigen Tirade.

»Hilft ihm das bei der Konzentration?« wollte Aryn wissen.

Melia lächelte. »Nicht, daß ich wüßte, Liebes. Aber für mich vereinfacht es die Dinge.«

Sie nahmen eine karge und lustlose Mahlzeit ein, während der Nebel zurückkam, aber selbst Beltan schien keinen Appetit zu haben. Der eisengraue Himmel war bedrückend, und alle aufmunternden Worte, die sie sich abrangen, schienen wie Bleigewichte zu Boden zu fallen. Beltan und Lirith wollten ein Feuer machen, um ihre Kleidung zu trocknen, aber das wenige Holz, das sie fanden, war feucht, und nach vielen vergeblichen Versuchen warfen sie schließlich Feuerstein und Zunder angewidert zur Seite.

Travis hätte das Feuer entzünden können. Schließlich war ihm *Lir* mühelos über die Lippen gekommen. Sogar zu mühelos, denn er hatte die Rune gesprochen, ohne weiter darüber nachzudenken.

So wirst du andere Menschen verletzen, Travis. Weil du nachlässig wirst und vergißt, wie gefährlich das ist.

Und wie er nur zu gut wußte, war *Krond* weitaus gefährlicher zu sprechen als *Lir*. Er war dankbar, daß niemand ihn gebeten hatte, das Feuer mit Magie zu entzünden.

Nach einer Weile gaben alle auf, ein Gespräch in Gang zu halten. Grace legte sich zusammen mit Tira auf eine Decke, und Lirith und Aryn folgten ihrem Beispiel. Durge und Beltan versuchten, die Feuchtigkeit zu beseitigen, die sich als Kondenswasser auf ihren Rüstungen niederschlug – beide stanken bereits nach Rost. Im Gegensatz zu ihnen schien Melia kein Problem damit zu haben, alles trocken zu halten.

Travis hüllte sich in seinen Nebelmantel – der Umhang, der, von seinen ausgefransten Säumen abgesehen, in jeder Hinsicht dem Umhang des Sterbenden an der Grenze entsprach. Falken hatte ihn als Spinnenmann bezeichnet. Hatte der Barde den Umhang von einem von König Persards Spionen erhalten? Travis nahm sich vor, Falken danach zu fragen. Aber erst später, da gerade wieder wilde Flüche ertönten.

Durge seufzte niedergeschlagen. »Ich schätze, das bedeutet, daß Falken dieses Tor niemals öffnen wird.« Seine Stimme war so dumpf und schwermütig wie der Nebel. »Vermutlich werden wir alle hier sterben, während wir auf ihn warten.«

Grace setzte sich auf. »Er wird das Tor schon aufbekommen, Durge. Wartet nur ab.«

Die Schultern des Embarraners hingen noch tiefer herab als gewöhnlich. »Dann werden wir uns hineinbegeben und auf der anderen Seite an schlechter Luft ersticken. Oder wir werden von giftigen Schlangen gebissen oder verirren uns in der Dunkelheit und finden niemals wieder ans Licht.«

Der Ritter senkte den Kopf, und Grace warf Travis einen überraschten Blick zu. Er nickte. Diese Äußerungen waren unangebracht düster – selbst für Durge. Travis wollte etwas dazu sagen, aber da ertönte eine wütende Stimme.

»Das würde Euch so gefallen, Durge, was?«

Alle starrten Beltan an. Der blonde Ritter war aufgesprungen; sein Gesicht war gerötet, und seine Augen blickten hart. »Ich glaube, Euch gefällt der Gedanke, daß etwas Schreckliches passiert, daß wir alle getötet werden. Ihr sagt das so oft, daß ich langsam glaube, Ihr wollt, daß es wahr wird.«

Der Embarraner hielt den Kopf gesenkt.

Beltans Hand fuhr zum Schwertgriff. »Ich sage Euch was – ich gebe Euch etwas, worüber Ihr Euch Sorgen machen könnt …«

»Beltan!«

Melias Stimme war nicht laut, trotzdem durchschnitt sie den Nebel wie eine Messerklinge. Beltan riß die Hand vom Schwert zurück und setzte sich wieder, ließ aber Durge nicht aus den Augen.

»Ist das alles, woran ihr Ritter denken könnt, wenn ihr einem Problem gegenübersteht?« fauchte Lirith voller Verachtung. Die dunkeläugige Frau hatte sich aufgesetzt. Sie flocht ihr Haar mit schnellen Bewegungen zu einem Zopf, den sie genauso schnell wieder löste. »Ist das Schwert eure Antwort für alles?« Sie fing an, das Haar erneut zu flechten.

Beltan schnaubte, er verzog spöttisch die Lippen. »Und was würdet Ihr tun, Hexe? Einen Zauber wirken, damit wir alle vor Euch kriechen?«

Entsetzen schnürte Travis' Hals zu. Hörte er das tatsächlich? Ihm war, als müßte er schreien, obwohl er nicht die geringste Ahnung hatte, warum das so war, und er warf Grace wieder einen fragenden Blick zu. Aber sie drückte Tira eng an sich und senkte den Kopf über das Mädchen.

Aus Falkens Richtung erscholl ein weiterer Fluch. Diesmal wandte sich der Barde von dem alten Tor ab und marschierte auf sie zu.

»Glück gehabt?« fragte Melia.

»Was glaubst du?« schleuderte er ihr höhnisch entgegen.

Melias Augen weiteten sich, dann zogen sie sich zu schmalen, funkelnden Schlitzen zusammen. »Wenn du vorausgeplant hättest, wäre dieses Problem vielleicht erst gar nicht entstanden.«

»Und wenn dein Freund uns vorgewarnt hätte, würden wir hier nicht festsitzen.«

»Willst du damit sagen, daß uns Tome deiner Meinung nach nicht alles gesagt hat?«

»Verrät denn deine Art immer alles, was sie weiß, Melindora Nachtsilber? Tut sie das?«

Falkens Worte waren so ätzend wie Gift. Melia erbleichte, und Travis konnte wie die anderen nur fassungslos zusehen. Doch bevor der Barde noch etwas sagen konnte, sprang Aryn auf.

»Seid still!« Die Stimme der jungen Frau bebte und drohte sich zu überschlagen. »Seid alle still! Ihr klingt wie Krähen, wißt ihr das? Alle krächzen und krächzen und sagen nichts. Das treibt mich noch in den Wahnsinn!«

Die Baronesse versteifte sich, dann ließ sie sich am ganzen Leib zitternd auf die Knie fallen. Grace streckte die Hand nach ihr aus, dann riß sie sie zurück und sah auf. »Was geht hier vor? Etwas stimmt nicht ... und zwar mit uns. Wir streiten sonst nie auf diese Weise.«

Melia blinzelte, sah Falken an, und der Barde nickte.

»Es ist wie eine Krankheit«, sagte Lirith, und ihre Stimme war ein heiseres Flüstern. »Ich kann sie in der Luft dieses Ortes fühlen. Hier ist alles krank und verdorben.«

Die Hexe erschauderte, und Tira ging zu ihr, setzte sich auf ihren Schoß und schmiegte sich an sie. Von ihnen allen erschien nur das kleine Mädchen unverändert.

Aryn schloß blinzelnd die Augen, dann riß sie sie wieder weit auf, und ihr Schrei war wie ein Pflock, der sich in Travis' Herz bohrte. Grace eilte zu der jungen Frau.

»Was ist?« Sie berührte Aryns Stirn, ihre Wangen, ihre Schultern.

Die Baronesse hob einen zitternden Finger; ihr Gesicht war totenbleich. »Ich habe es gesehen. Dort drüben. Wie ein ... ein Riß in der Weltenkraft, in dem es nur das ... Nichts gibt.« Sie krümmte sich zusammen, schlug die Hand vors Gesicht und fing an zu schluchzen.

Falkens Miene war grimmig. »Beltan, Travis, begleitet mich. Der Rest bleibt hier.«

Travis sprang auf die Füße, und er und der Ritter folgten dem Barden in die Richtung, in die Aryn gezeigt hatte, auf eine Gruppe hoher, abgestorbener Büsche zu, die von Schlingpflanzen durchzogen wurden.

»Ich hätte es wissen müssen«, murmelte Falken. »Ich hätte es wissen müssen, daß es an einem solchen Ort einen gibt.«

Travis wollte den Barden fragen, wovon er eigentlich sprach, aber da erreichten sie die toten Büsche. Falken riß mit der behandschuhten Hand einen Zweig beiseite.

»Helft mir.«

Travis und Beltan rissen an den Schlingpflanzen und den Sträuchern. Dornen bohrten sich in ihre Haut, aber Travis ignorierte sie und zog weiter. Auch er konnte es fühlen – nicht so deutlich wie Aryn, aber es war da: eine dunkle, schwere Masse, die ihn anzog und dabei in einen rauchigen Schleier hüllte. Grunzend vor Anstrengung rissen die drei Männer die verschlungene Pflanzenmasse fort und warfen sie zur Seite. Travis starrte das Ding an, das sie freigelegt hatten.

Es war ein Monolith aus schwarzem Stein; seine vier glatten Flächen verjüngten sich nach oben. Die Oberfläche war spröde und von den Elementen verwittert, aber Travis konnte noch ein paar der Symbole ausmachen, die man in die Oberfläche eingeritzt hatte. Es waren keine Runen.

Wellen kranker, erstickender Macht pulsierten aus dem Stein, ließen die Luft schimmern und verzerrten sie wie Hitze über dem Wüstenboden. Beltan streckte eine Hand nach dem Monolithen aus. Travis folgte seinem Beispiel.

Eine Stimme durchschnitt ihre Betäubung wie ein kaltes Kupfermesser.

»Ihr dürft den Stein nicht berühren!«

Melia. Aber sie erschien so weit entfernt, so klein.

»Geht von ihm weg. Sofort.«

Travis erstarrte, hilflos gefangen zwischen der Kraft, die in den Worten der Lady gelegen hatte, und der unerbittlichen Anziehungskraft des Steins. Dann stieß er ein Keuchen aus und machte einen Satz zurück. Der Schleier vor seinen Augen hob sich, und erst als Luft in seine Lungen strömte, wurde ihm bewußt, daß er aufgehört hatte zu atmen. Beltan stolperte hinter ihm her.

»Sind sie in Ordnung?« Das war Falken, der Melia die Frage stellte.

Melia berührte Beltans Stirn, dann Travis'. Ihre Fingerspitzen waren so sanft und kühl wie Regenwasser. »Sie sind unversehrt. Aber wir müssen sofort von dem Pylon weg. Das Böse in ihm hat uns alle angesteckt.«

Eine halbe Stunde später kauerten sie alle in einem Ring aus umgestürzten Felsen, der so rund war, daß sich Travis fragte, ob er wohl von Menschenhand geschaffen worden war. Er trank von der duftenden Flüssigkeit in der Tontasse, die er hielt, und seufzte. Melia hatte aus *Alasai* einen Tee aufgebrüht, und nach den ersten Schlucken hatte sich ihrer aller Blick geklärt, und ihre Gesichter hatten wieder Farbe bekommen. Das heißt, alle bis auf Tira, die bei dem Tee die Nase gerümpft und die Gefährten ignoriert hatte, um auf einen der Felsen zu klettern und dort mit ihrer Puppe zu spielen.

»Was war das, Falken?« Grace stellte ihre Tasse ab und

betrachtete den Barden mit ihren strahlenden grüngoldenen Augen. »Was war das für ein Stein dort hinten?«

Travis antwortete. Es war nicht das erste Mal, daß er so ein Ding gesehen hatte. »Es ist ein Pylon. Ein Artefakt des Fahlen Königs.«

»Nein, das ist so nicht ganz richtig«, sagte Melia.

Der Barde nickte. »Es waren die Nekromanten, die Zauberer des Fahlen Königs, die die Pylonen erschufen. Das war während des Krieges der Steine. Niemand weiß genau, wozu die Pylonen dienten, aber ich glaube, sie halfen den Nekromanten irgendwie bei der Kommunikation – miteinander und mit anderen Dienern des Fahlen Königs.«

Lirith umfaßte ihren Tee mit beiden Händen. »Falken, wurden im Krieg der Steine nicht alle Nekromanten getötet?«

»So erzählt man es sich.«

»Und doch scheint Ihr so viel über sie zu wissen.«

Der Barde berührte die silberne Brosche, die seinen Umhang zusammenhielt. »Man könnte sagen, daß ich ... einige Erfahrungen mit diesem Thema habe.«

Travis runzelte die Stirn. Wie konnte Falken mit etwas Erfahrung haben, das vor einem Zeitalter vom Antlitz der Welt verschwunden war?

»Da gibt es noch eine Frage, die Ihr beantworten müßt, Falken.« Das war Durge. »Warum steht hier ein Pylon?«

»Weil ein Nekromant diesen Ort erbaut hat, vor dem Beginn des Krieges der Steine.«

Alle starrten den Barden an, aber keiner fand die richtigen Worte, um darauf etwas zu erwidern.

Falken stand auf. »Ich sollte mich wieder um das Tor kümmern. Ich muß noch immer eine Möglichkeit finden, es zu öffnen.«

»Nicht allein«, sagte Melia. »Es befindet sich zu nahe am Pylon.«

Travis erhob sich mühsam. »Ich begleite ihn.«

»Ich auch«, meinte Lirith und stand auf.

»Jeder von euch muß den anderen genau im Auge behalten und nach den Anzeichen des Schattens Ausschau halten, den der Pylon wirft«, ermahnte sie Melia.

Die beiden nickten. Falken setzte sich in Bewegung. Travis folgte ihm, und Lirith ging an seiner Seite.

»Da gibt es noch mehr, was sie uns nicht gesagt haben«, flüsterte die Hexe unterwegs.

Travis konnte ein leises Auflachen nicht unterdrücken. »Ich habe das Gefühl, daß das immer so sein wird.«

Sie erreichten das Tor, das in die Felswand eingelassen war. Travis konnte die Macht des Pylons spüren; sie war wie ein Schatten am Rand seines Blickfelds, aber jetzt, wo er wußte, daß es sie gab, war es einfacher, sein Bewußtsein gegen ihren Ruf zu verschließen.

Falken stieß die Luft aus. »Also gut, fangen wir von vorn an. Vielleicht können ja drei Köpfe herausfinden, was diese Striche und Punkte zu bedeuten haben. Wer will sich die Inschrift als erster ansehen?«

»Warum sehen wir sie uns nicht gleichzeitig an?« fragte Lirith.

Travis schüttelte den Kopf. »Der Eingang ist nicht groß genug für uns alle.«

»Nun, dann holen wir die Inschrift eben zu uns«, meinte Lirith.

Falken bedachte die Hexe mit einem Stirnrunzeln. »Was?«

Anstelle einer Antwort ging Lirith zu einem in der Nähe wachsenden Busch. Sie riß ein paar nackte Zweige ab, sammelte ein paar Stengel mit roten Beeren ein und kehrte zurück. Sie hielt ihnen die Zweige und Beeren entgegen.

»Striche und Punkte«, sagte sie.

Travis und Falken starrten die Hexe an, dann lachten sie.

Sie wechselten sich darin ab, sich in den Eingang zu lehnen, sich ein paar Symbole einzuprägen und zu dem großen, flachen Stein zurückzukehren, wo sie sie mit Hilfe von Liriths Zweigen und Beeren nachstellten. Bald hatten sie die vollständige Inschrift dupliziert.

Sie versammelten sich um den Stein und studierten die Symbole. In gewisser Weise kamen sie Travis bekannt vor, und nicht nur, weil sie eine entfernte Ähnlichkeit mit Runen hatten. So sahen geschriebene Worte immer für ihn aus, ein chaotisches Gewirr aus Strichen und Punkten, bevor er sich konzentrierte und sie auseinandersortierte. Aber egal wie sehr er sie auch anstarrte, diese Zeichen weigerten sich, zu einem bedeutungsvollen Ganzen zu verschmelzen.

Falken stöhnte auf und trat von dem Stein zurück. »Es ist sinnlos. Wir werden diese Botschaft niemals verstehen.« Er sah sich um. »Und es ist nicht der Pylon, der mich das sagen läßt.«

Lirith hielt sich die Stirn. »Wir müssen es weiter versuchen. Vielleicht haben wir bei der Kopie einen Fehler gemacht. Ich sehe mir die Inschrift noch mal an.«

Falken seufzte. »Ich helfe Euch.«

Der Barde und die Hexe wandten sich wieder dem Tor zu. Travis starrte den Stein an. Die Zweige und Beeren schienen zu tanzen, und er gab den Versuch auf, ihnen Einhalt zu gebieten. Falls diesen Symbolen eine Bedeutung innewohnte, entging sie ihm. Er ließ die Punkte und Linien vor seinen Augen verschwimmen.

Zwei Zweige und eine Beere kollidierten und bildeten eine neue Form. Travis holte scharf Luft. Das war *Urath*, die Rune der Öffnung.

Er blinzelte, und die Zweige und Beeren hörten mit ihrer Wanderung auf. Die Rune *Urath* verschwand.

Nein, das stimmte nicht. Sie war noch immer da, oder? Er

nahm den Zweig auf der äußersten rechten Seite und legte ihn auf den Zweig und die Beere auf der äußersten linken Seite. Zusammen bildeten sie die Rune der Öffnung.

Mit zitternden Fingern nahm Travis nun die beiden Zweige, die jetzt ganz rechts lagen, und legte sie auf die beiden Zweige, die sich neben *Urath* befanden. Ein Ruck durchfuhr ihn. *Pel.* Tor.

Er arbeitete jetzt schneller, versetzte Zweige und Beeren von rechts nach links, bis er sieben erkennbare Runen geformt hatte. Bevor ihm überhaupt bewußt wurde, was er da tat, sprach er sie laut aus.

»Urath pel sar bri, fale krond val.«

»Travis, was tust du da?«

Travis riß den Kopf hoch. Falken kam heran und musterte die Zweige stirnrunzelnd. Travis wollte es ihm sagen, aber Lirith, die noch immer neben dem Eingang stand, kam ihm zuvor.

»Seht, das Tor«, flüsterte sie.

Falken und Travis drehten sich um. Tief in dem Tor glühten die Symbole auf und verbreiteten ein bleiches Licht. Ein leises Klicken hallte durch die Luft, wie ein Schloß, in dem ein Schlüssel gedreht wurde, und in der Mitte der Runenfragmente erschien ein dunkler Strich, der von oben bis unten reichte.

»Was passiert da?« fragte Travis.

Aber diese Frage wurde beantwortet, als trockene, uralte Luft zischte und das Tor aufschwang.

22

Bei Olrig, es *waren* Runen.« Falken blickte durch den Torbogen in die Öffnung hinein und fuhr sich mit der Hand durch das schwarze Haar. »Ich habe sie nicht erkannt.«

»Wir alle haben Tage, wo uns nichts gelingt«, sagte Melia, aber ihre Stimme war eine Spur zu selbstgefällig, als daß ihr Mitgefühl echt geklungen hätte.

Der Barde warf ihr einen verdrossenen Blick zu.

Jenseits des Torbogens befand sich ein lichtloser Gang. Staubige, leicht metallisch riechende Luft entwich ihm – Luft, die bestimmt schon seit Jahrhunderten nicht mehr eingeatmet worden war.

»Woher wußtest du, daß du die Symbole zu Runen umändern mußtest?« fragte Grace.

Travis zuckte verlegen mit den Schultern. »Ich wußte es nicht.«

Grace musterte ihn. *Natürlich. Es war seine Legasthenie. Er wollte die Symbole nicht neu gestalten – es geschah einfach, als er müde wurde und seine Konzentration nachließ.*

Beltan schenkte Travis ein trockenes Lächeln. »Vielleicht ist es ja doch nicht so schlecht, ein Spiegelleser zu sein.«

»Allerdings«, sagte Lirith.

Aryn zeigte auf die aus Zweigen und Beeren gefertigten Symbole. »Was bedeuten diese Runen denn nun?«

Falken setzte zu einer Erklärung an, aber Travis murmelte die Übersetzung. »Öffne dieses Tor aus schwarzem Stein und trete vor den König des Tals des Feuers.«

Überraschtes Schweigen setzte ein. Lirith fand als erste die Sprache wieder.

»Da das magische Tor jetzt offen ist, Falken, wer soll sich hineinbegeben?«

»Wir alle.«

»Hältst du das wirklich für klug, mein Bester?« fragte Melia.

Falken zuckte mit den Schultern. »Will einer zurückbleiben?«

Das wollte keiner.

»Wir werden die Pferde zurücklassen müssen«, sagte Beltan. »In diesen Tunnel kriegen wir sie nie rein.«

»Wird ihnen hier nichts geschehen?« fragte Aryn den blonden Ritter.

Durge trat vor. »Ich bin davon überzeugt, daß sie nicht zu Schaden kommen, Mylady.«

Wie aufs Stichwort richteten sich sieben Augenpaare auf den Embarraner. Für Durge waren das schrecklich optimistische Worte.

Der Ritter zupfte an seinem Schnurrbart. »Das heißt ... ich meine ... ich bin sicher, daß Schwarzlocke und Sir Beltans Schlachtroß die anderen Pferde vor Berglöwen, Wölfen und anderen Gefahren beschützen werden, die in unserer Abwesenheit sicher eintreten werden.«

Grace stieß einen deutlich hörbaren Seufzer aus. Sie wandte ihre Aufmerksamkeit wieder dem Eingang zu.

Melia strich mit den Fingerspitzen über die in den Torbogen eingeschlagenen Symbole. »Warum hier, Falken? Ich glaube Tome, keine Frage – meines Wissens hat er sich noch nie geirrt. Aber warum kam der Stein von allen Orten ausgerechnet an diesen hier?«

Falken legte ihr die Hand mit dem schwarzen Handschuh auf die Schulter. »Wir sind hier, um das herauszufinden.«

Sie tätschelte Falkens Hand. Der Barde wandte sich den anderen zu.

»Außer etwas zu essen und Wasser müssen wir nichts mitnehmen. Wenn alles klappt, werden wir nicht lange weg sein.«

Falkens Einschränkung entging Grace nicht. *Wenn* ... Trotzdem nahm sie nur einen kleinen Wasserbeutel und ein paar Früchte mit, die sie und Tira sich teilen konnten. Sie wünschte, sie hätte für das Mädchen ein Paar Schuhe gehabt – beim Ritt hatte das keine Rolle gespielt –, aber dafür war es jetzt zu spät.

Ich trage sie, wenn der Weg zu beschwerlich wird. Sie kann kaum mehr als fünfundzwanzig Kilo wiegen.

Aber als sie den Tunnel betraten, sah Grace, daß der Boden so glatt wie die Felswand war; aus schwarzem Stein herausgeschlagen, sah er aus wie poliertes Glas. Der Gang war leicht aufwärts gerichtet, und schon eine Minute später war das Tor ein helles, winziges Fenster, das in der Dunkelheit hinter ihnen schwebte. Dann bog der Gang nach links ab, und der Eingang war verschwunden. Uralte Schatten hüllten sie ein.

»Travis«, sagte der Barde, und seine leisen Worte hallten in alle Richtungen, »könntest du für Licht sorgen?«

Grace spürte, daß Travis zögerte, dann flüsterte er ein Wort. *Lir.* Wie zuvor erschien ein silbriges Licht. Aber diesmal flakkerte es unter dem Gewicht der Dunkelheit. Travis' Gesicht verzog sich vor Anstrengung, Schweiß trat auf seine Stirn – dann stabilisierte sich das Licht in einer kleinen Sphäre, die ihn umgab.

Lirith berührte ihn. »Was ist, Travis?«

»Ich weiß es nicht. Es fühlt sich fast so an, als wollten die Schatten ... das Licht löschen.«

Falken nickte. »Hier herrscht eine andere Magie, die aus dem Süden, nicht die aus dem Norden. Es ist eine neuere Magie, aber trotzdem ist sie stark.« Er warf Melia einen Blick zu. »Weißt du, eigentlich könntest du ...«

Die Lady hob die Hand. »Nein. Ich werde an diesem Ort keine Macht benutzen, nicht, bevor es unbedingt nötig ist. Alles, was ich tun würde, wäre beschmutzt.«

Melia ging ohne weitere Erklärung weiter. Grace nahm Tiras Hand und setzte sich auch wieder in Bewegung, dann zuckte sie zusammen, als sich etwas durch das Leder ihrer Stiefel in die Haut ihres Knöchels bohrte.

Jetzt sag nicht, daß du bereits eine von Durges unmöglichen Giftschlangen gefunden hast.

Grace sah nach unten. Zwei kleine gelbe Augen schauten zu ihr hoch.

Grace seufzte. »Du bist das. Ich hätte es wissen müssen – Travis hat mich vor dir gewarnt.« Sie bückte sich und hob das schwarze Fellknäuel auf. »Warum bist du nicht bei Lady Melia?«

Das Kätzchen leckte mit der rosafarbenen Zunge eine Pfote; offensichtlich stand es weit über normalen Sterblichen und war ihnen keine Antwort schuldig.

Jemand zupfte an Graces Ärmel. Sie sah an ihrer linken Seite nach unten. Tira streckte den Arm aus und deutete voraus – die anderen entfernten sich von ihnen.

»Schon gut«, sagte Grace zu dem Mädchen und dem Kätzchen. »Wir sollten lieber gehen, wenn wir nicht den Anschluß verlieren wollen.«

Sie bückte sich und legte Tira das Kätzchen auf die ausgestreckten Arme. Das kleine Geschöpf schnurrte und schmiegte sich an die Schulter des Mädchens. Dann eilten Grace und Tira dem Rest der Gruppe hinterher.

Es fiel schwer, unterwegs die vergangene Zeit zu bestimmen. Der Tunnel führte immer tiefer in die Dunkelheit hinein, machte manchmal eine leichte Krümmung nach rechts oder links, führte aber immer nach Westen. An einigen Stellen verlief er beinahe waagerecht, dann wurde er aber wiederum so steil, daß es ihnen schwerfiel, auf dem glasartigen Boden Halt zu finden. Langsam kam Grace zu dem Schluß, daß Tiras nackte Füße gar keine Behinderung, sondern sogar von Vorteil waren, denn das Mädchen hüpfte Schrägen hinauf, bei denen sie sich wie eine Zeichentrickfigur vorkam, die an Tempo gewinnen wollte und die Beine kreisen ließ, ohne sich dabei weiterzubewegen.

Travis' Licht verbannte die Dunkelheit nicht, sondern drängte sie nur ein paar Schritte zurück; es war wie eine Taucherglocke aus zu dünnem Glas, die man nachts in einem Ozean versenkte. Nur Travis, Falken und Melia konnten sich in der hellen Sphäre bewegen. Die anderen gingen hinter ihnen, jeweils zu zweit in dem schmalen Tunnel: Lirith und Aryn, Grace und Tira, Durge und Beltan, die den Abschluß bildeten.

Nach einer Weile bemerkte Grace, daß sie in eine Art von Trance verfiel. Es kam ihr so vor, als würde sie nicht länger gehen, sondern durch schwarzes Wasser treiben, die leuchtende Sphäre vor ihr verfolgen, ohne sie jemals zu erreichen.

Erst als sie gegen Aryn stieß, wurde ihr bewußt, daß die Gruppe angehalten hatte. Ihr Medizinerinneninstinkt meldete sich – etwas stimmte nicht, davon war sie überzeugt. Dann zählte sie schnell und verstand. Einer von ihnen fehlte.

Sie brauchte einen Augenblick, bis ihr klar wurde, daß es Melia war. Sie wollte gerade Aryn fragen, warum sie stehengeblieben waren und wo Lady Melia hingegangen war, als zwei Funken in der Dunkelheit jenseits von Travis' Lichtersphäre auftauchten.

Die Funken schwebten in Bodennähe und bewegten sich beim Näherkommen auf und ab. Einen Augenblick lang fragte sich Grace, ob es sich dabei um das schwarze Kätzchen handelte – die Funken erinnerten von ihrer Farbe an die Augen des kleinen Geschöpfs –, aber ein schneller Blick nach rechts zeigte, daß es noch immer auf Tiras Armen schlief.

Sie schaute auf. Die beiden Funken waren näher gekommen, befanden sich direkt außerhalb der Grenze von Travis' Lichtkreis. Dann erloschen sie, und die Dunkelheit mußte Graces Sicht einen Streich gespielt haben, denn es war Melia, die einen Augenblick später in den hellen Kreis trat.

»Da vorn ist eine Treppe«, sagte die Lady.

»Gut«, sagte Falken. »Das bedeutet, daß wir näher kommen.«

Ein paar Minuten später kamen sie an den Fuß der Treppe. Wie alles andere auch waren die Stufen aus demselben onyxfarbenen Felsen geschlagen, und ihre Kanten waren messerscharf.

»Wir dürfen keinen Fehltritt machen«, sagte Durge, und diesmal rief seine Bemerkung Zustimmung hervor.

Die Treppe war noch schmaler als der Gang; sie waren gezwungen, hintereinander in die Höhe zu steigen. An einigen Stellen senkte sich die Decke so tief herab, daß Beltan und Travis schnell lernten, den Kopf einzuziehen, und wäre sie nur fünf Zentimeter tiefer gewesen, hätte sich Grace den beiden Männern anschließen müssen.

Sie hatte nie unter Klaustrophobie zu leiden gehabt, aber mit jedem weiteren Schritt schienen die Wände ein Stück näher zu rücken. Bei dreihundert Stufen hörte sie auf zu zählen, und die Treppe führte weiter nach oben in die Dunkelheit.

»Was ist, wenn es oben keine Tür gibt«, hörte sie ein leises Flüstern von der Spitze. Aryn. »Was, wenn es keine Tür gibt?«

Die Frage stach wie eine Nadel in Graces Herz. An diese Möglichkeit hatte sie gar nicht gedacht. Doch genau in diesem Augenblick beschrieb die Treppe einen scharfen Knick nach rechts, und Licht ergoß sich auf die Stufen – nicht das magische Licht von Travis' herbeibeschworener Rune, sondern echtes, warmes Tageslicht.

Grace blinzelte und schützte ihre an die Dunkelheit gewöhnten Augen, obwohl sie wußte, daß es sich um bereits gedämpftes Licht handeln mußte. Aber es wurde mit jedem Schritt heller. Dann beschrieb die Treppe einen weiteren Knick, und sie konnte ein Aufstöhnen nicht unterdrücken, als goldenes Sonnenlicht ihr mitten ins Gesicht schien. Nach ein paar atemlosen Schritten stolperte Grace mit Tira durch einen Torbogen. Sie atmete die frische, unverbrauchte Luft mit tiefen Zügen ein.

»Nun«, sagte Falken. »Da wären wir.«

Grace sah sich um, und ihr war klar, daß sich auf ihrem Gesicht das gleiche Staunen abzeichnete wie bei den anderen. Vor ihnen erstreckte sich ein Tal, das von allen Seiten von steilen schwarzen, zerklüfteten Felswänden eingeschlossen wurde, die hoch in den Himmel ragten. Der Nebel des Tieflandes war verschwunden, und die Sonne brannte hell auf ihrer Position direkt über der gegenüberliegenden Felswand.

Der Talboden war völlig kahl; es gab nicht mal Gras oder Sträucher. Überall lag zerbrochener, spitzer Schiefer herum. Wind strich über nackten Fels.

Beltan trat gegen ein Stück herumliegenden Schiefer. »Falken, wonach suchen wir?« Die Stimme des Ritters schien für die Stille dieses Orts viel zu laut zu sein.

»Nach einem Tempel«, sagte der Barde. »Einem dunklen Tempel.«

Grace erschauderte. Im Gegensatz zum Tiefland war die Luft an diesem Ort so kühl und dünn wie eine Messerklinge.

»Hier ist noch etwas anderes«, sagte Melia und musterte die umgebenden Felsen.

Falken runzelte düster die Stirn. »Was denn?«

»Etwas, das beobachtet«, sagte Lirith und öffnete die Augen. Sie sah zu Melia herüber, die knapp nickte.

Falken seufzte. »Nun, wir werden uns hier nicht lange aufhalten. Wir müssen bloß in den Tempel, dann geht es sofort wieder zurück.«

Beltans Hand näherte sich dem Schwertgriff. »Seid ihr sicher, daß das hier der richtige Ort ist? Ich weiß ja nicht, ob es euch aufgefallen ist, aber es sind keine unheimlichen alten Tempel in Sicht. Nur ein Haufen Felsen.«

»Er muß hier sein«, sagte Melia. »Tome hat es uns gesagt.«

Beltan waren die nächsten Worte sichtlich unangenehm. »Ich sage das nur ungern, aber könnte sich Euer Freund geirrt haben, Melia?«

»Nein«, sagte da jemand leise. »Das hier ist der richtige Ort. *Krondisar* war hier.«

Travis war ein Stück weitergegangen, und er zeigte auf etwas im Boden. Es erinnerte an kleine Gruben.

Nein, keine Gruben, Grace. Sie begab sich mit den anderen zu Travis.

Die Zeit hatte ihre Ränder aufgerauht, aber die Natur der Löcher, die in zwei parallelen Reihen in den harten Stein gebohrt worden waren, war unmißverständlich. Travis schob einen Fuß nach vorn und setzte ihn in ein Loch. Der Stiefel paßte mühelos hinein.

»Das sind Fußabdrücke«, sagte Aryn, und ihre Stimme verschmolz mit dem Wind. »Fußabdrücke im Stein.«

Falken wollte etwas sagen, aber bevor er dazu kam, entwand sich Tira Graces Hand, rannte los und stellte einen kleinen Fuß in einen der Abdrücke. Sie schaute auf, und auf ihrem Gesicht, dessen eine Hälfte wie geschmolzen aussah, zeichnete sich ein Lächeln ab.

»Mindroth«, sagte das Mädchen.

Dann lachte Tira – ein helles, klares Lachen. Grace und die anderen konnten sie nur anstarren, während die Sonne hinter den hohen Felsrand tauchte und das Tal in Schatten hüllte.

23

Es war nicht schwer, den Schritten zu folgen.

Travis zog den Nebelmantel enger um seinen Körper, während sie über den harten Schieferboden des Tales gingen. Aber der schneidende Wind packte die Säume, riß sie beiseite und griff mit eiskalten Fingern unter das Wams, um seine Haut zu streicheln. Sein Blick fiel auf die unregelmäßigen Löcher im Stein. Es war nicht das erste Mal, daß er solche Fußabdrücke sah.

Es war an dem Tag gewesen, nachdem der brennende Mann in den Mine Shaft Saloon gestolpert war. Deirdre hatte sie zuerst entdeckt; sie waren in den Asphalt der Elk Street eingebrannt. Aber was hatte das zu bedeuten?

Sein Blick glitt zu dem Mädchen hinüber, Tira. Beltan trug sie in seinen Umhang eingewickelt auf dem Rücken; die Steinscherben, die den Talboden bedeckten, waren viel zu scharf für kleine nackte Füße. Laut Grace konnte das Mädchen nicht sprechen. Travis hatte sie noch nie einen Laut von sich geben hören. Und doch hatte sie vor wenigen Minuten ein Wort gesagt, und zwar mit klarer, unmißverständlicher Stimme. *Mindroth.* Ein Frösteln durchfuhr Travis. Vielleicht wußte er ja doch, was das alles zu bedeuten hatte.

Durge war stehengeblieben und hatte sich auf ein Knie niedergelassen, um eine Stelle zu untersuchen, an der die Fußabdrücke unter Geröll verschwanden, das vor wer weiß wie langer Zeit von den Felsen herabgestürzt war. Jetzt stand der Ritter mit dem grimmigen Gesicht wieder auf und klopfte sich den Staub von den Händen.

»Sie führen in die Richtung«, sagte er und zeigte quer durch das Tal, »an diesem Felsvorsprung vorbei.«

Travis sah in die betreffende Richtung. Er brauchte einen Augenblick, bis er den richtigen Felsen gefunden hatte, der aus der Talwand herausragte. Er wies dieselbe dunkle Farbe auf wie der restliche Stein.

»Gehen wir«, sagte Falken. »Wir haben noch etwa drei Stunden Tageslicht. Ich weiß nicht, wie ihr darüber denkt, aber ich möchte nach Einbruch der Nacht nicht hier sein.«

Noch war es Nachmittag, aber die Sonne war bereits hinter den Talrand gesunken, und der Himmelsausschnitt hatte die Farbe blauer Asche angenommen. Travis hatte diesen Effekt schon zahllose Male in den Bergen von Colorado gesehen, wo tiefe Canyons Stunden vor Einbruch der Nacht bereits in ein vorzeitiges Zwielicht gehüllt wurden. Es hatte den Anschein, als wäre das Tal nicht länger Teil der großen Welt, sondern schwebe statt dessen an einem leeren Ort, der weder Tag noch Nacht war, an dem es weder hell noch dunkel war.

Das Knirschen der Steinsplitter endete abrupt, als alle anhielten. Travis kam rutschend neben Grace zum Stehen und schaute auf.

Also war das Tal doch kein perfekter Kreis. Es war eher wie eine Acht geformt, und der Felsvorsprung teilte es in der Mitte in zwei Hälften. Nun hatten sie ihn umrundet, und Travis erblickte ihr Ziel.

»Was ist das für ein Ort?« flüsterte Aryn mit blassem Gesicht und griff nach Liriths Hand.

»Ein Ort, an dem der Tod herrscht«, sagte Melia. Sie legte die Wange an das Fell des Kätzchens, das in ihrer Armbeuge ruhte.

Obwohl er sich dagegen wehrte, kam Travis nicht umhin, den Tempel anzustarren, der vor ihm aufragte. Er versuchte die onyxfarbenen Säulen, Vorsprünge und Gesimse zu erfassen, aber das führte lediglich dazu, daß seine Sicht verschwamm und sich ein dumpfer Schmerz in seinem Schädel festsetzte. Die Linien dieses Gebäudes waren fremdartig und beunruhigend, seine unmöglichen Winkel gaben Travis das Gefühl, daß er und die Welt und nicht der Tempel auf groteske Weise schief waren. Friese schienen sich über den schattenverhüllten Kolonnaden zu winden, ihre gequälten Figuren sahen nicht wie aus dem Stein herausgemeißelt aus, sondern erweckten den Anschein, in ihm zu versinken, die Münder zu lautlosen Schreien aufgerissen.

Schließlich schaffte es Travis, den Blick von dem Tempel loszureißen. Er schaute Grace an. Die Augen in dem weißen Oval ihres Gesichts sahen wie von einem Geist heimgesucht aus.

»Bei Vathris, dem blutigen Stier«, stieß Beltan heiser hervor. »Wer hat dieses Ding erbaut, Falken?«

Der Barde wandte sich von dem Tempel ab. »Du sprichst von Vathris, und das ist passender, als du glaubst, denn es war einer von Vathris' Verwandten, der diesen Ort erbaut hat.«

»Nein!«

Melia. Das Gesicht der kleinen Frau war gerötet, und sie ließ das Kätzchen zu Boden fallen, als sie die Fäuste ballte.

»Dakarreth gehörte nicht zu den Nindari.« Melias Stimme grenzte an einen Schrei. »Das tat keiner seiner Art!«

»Melia, du irrst dich«, sagte Falken leise. »Was auch immer später aus ihnen wurde, einst gehörten die Nekromanten zu den Neuen Göttern; sie waren genau wie die anderen Nindari. Aber sie gehörten zu den geringeren unter ihnen, sie waren deutlich schwächer als Vathris, Yrsaia oder einer der anderen Götter der Mysterienkulte. Aber als sie Gestalt annahmen, um auf Eldh zu wandeln, gewannen sie ... andere Fähigkeiten.«

Melias Gesicht verlor die Farbe, aber sie sagte nichts.

»Also hat ein Nekromant diesen Ort erbaut?« fragte Travis.

Falken nickte. »Vor über tausend Jahren verführte der Fahle König neun der Nindari, der Neuen Götter. Er brachte sie dazu, Körper aus nichtlebendem Fleisch anzunehmen, und indem sie dies taten, wurden sie zu seinen Sklaven. Sie wurden seine Nekromanten – seine Todeszauberer. Vor dem Krieg der Steine entsandte er sie nach Falengarth, um dort Orte der Macht wie diesen hier zu errichten, als Vorbereitung auf den kommenden Kampf.«

»Darum haben wir unten also den Pylonen entdeckt«, sagte Grace, die die Arme fest vor der Brust verschränkt hielt. »Ihr sagtet, daß der Fahle König und die Nekromanten sie im Krieg dazu benutzten, mit ihren Sklaven zu kommunizieren.«

»Ja. Und hier, in den Katakomben dieses Ortes – und anderen Orten wie diesen hier – erschuf man viele dieser Sklaven. Hier brachte man die Eldhrim, das Kleine Volk, in Eisenketten her. Und hier wurden ihre Körper durch die Magie der Nekromanten in neue und schreckliche Formen gezwungen.«

Wieder stieg in Travis Übelkeit hoch. Er dachte an den *Feydrim*, dem er und Grace auf Calavere begegnet waren, an seine monströsen Reißzähne und Krallen – und an den Ausdruck des Schmerzes und der Erleichterung in seinen gelben Augen, als sie ihn hatten töten können.

»Ihr erzählt da eine düstere Geschichte, Falken«, sagte Durge mit seiner grollenden Stimme, »aber sie hat mir noch immer nicht verraten, warum wir an diesen Ort gekommen sind, um hier einen der *Imsari* zu suchen. Wurden nicht alle Nekromanten im Krieg der Steine vernichtet?«

Falken ballte die Hand in dem schwarzen Handschuh und streckte sie wieder. »So heißt es.«

»Wieso kam der Stein des Feuers dann an diesen Ort?«

Bevor der Barde antworten konnte, zeigte Travis auf die Fußspuren, die in die schwarzen Stufen des Tempels eingebrannt waren. »Man hat ihn hergebracht.«

Falkens Stimme verschmolz mit dem traurigen Lied des Windes. »Nach dem Krieg der Steine hüteten die Runenmeister die drei *Imsari* in Malachor. Aber Malachor ging keine zwei Jahrhunderte später unter, und die Runenmeister wurden vernichtet – alle bis auf drei, von denen jeder mit einem der Großen Steine floh und die im Dunkel der Geschichte in Vergessenheit gerieten. Ihre Namen lauteten Jakabar, Kelephon und ...«

»Und Mindroth«, sagte Travis. Vor seinem inneren Auge erschienen wieder die Worte auf dem Grabstein, den Bruder Cy ihm auf dem Friedhof von Castle City gezeigt hatte. »Er war es, nicht wahr? Er war der Mann, der in meinem Saloon verbrannt ist. Es war Mindroth.«

Falken nickte. »Ich glaube schon.«

Beinahe hätte Travis gelacht. Und doch ergab es in gewisser Weise einen Sinn. Schließlich hatten die Fußabdrücke in dieses Tal hineingeführt, aber keine wieder hinaus. Mindroth mußte es durch ein anderes Tor verlassen haben.

»Ich muß schnell sein«, sagte Melia, und ihre Stimme war so hart wie der Fels unter ihren Füßen. »Wir sind nicht allein an diesem Ort, davon bin ich überzeugt. Auch wenn ich nicht sagen kann, um was für ein Wesen es sich handeln könnte.«

Sie sah Lirith an, aber die Hexe schüttelte den Kopf.

»Meine Sinne sind nicht so scharf wie Eure, Lady Melia. Ich habe keine Ahnung, um was es sich handeln könnte. Aber ich spüre es auch – es ist wie ein Schatten genau am Rande meines Blickfelds.«

»Haltet Wache«, sagte Melia. »Ihr alle. Ich bemühe mich, so schnell wie möglich zu machen.«

Beltan trat vor. »Ich komme mit Euch.«

Ihre Bernsteinaugen blitzten so hell auf, daß der Ritter unwillkürlich einen halben Schritt zurücktrat. »Da gibt es keine Diskussion, Beltan. Jeder, der außer mir diesen Ort betritt, wird sterben. Wenn du meine Worte bezweifelst, frag Falken.«

Der Barde nickte. Seiner verschlossenen Miene nach zu

urteilen, hatte er diese Diskussion bereits mit Melia geführt – und genau wie Beltan verloren.

Der blonde Ritter berührte die Lady an der Schulter; auf seinem Gesicht lag ein verletzter, aber resignierter Ausdruck. »Bei allen Göttern, gebt auf Euch acht, Melia.«

Sie strich über seine Hand, und ihre Stimme klang sanfter. »Ich werde mit allen Göttern an meiner Seite eintreten.«

Ohne noch ein weiteres Wort zu verlieren, drehte sich die Lady um, stieg die Stufen zum Tempel hinauf und verschwand in den Schatten zweier abscheulicher Säulen.

Aryn hatte den linken Arm um den Leib gelegt und hielt sich unbehaglich. »Und jetzt?« fragte sie.

Falken setzte sich auf einen Felsen. »Und jetzt warten wir.«

Alles schwieg. Der Wind frischte auf und blies stärker und kälter; er heulte die Felsen entlang, als würden ihre scharfen Kanten ihn verletzen. Beltan und Durge marschierten auf und ab und spähten unablässig in die Ferne, während Lirith mit gesenktem Kopf dasaß – sie hielt auf andere Art und Weise Wache. Grace drückte unter ihrem Umhang Tira eng an sich, und als Travis bemerkte, daß Aryn nicht zu zittern aufhörte, öffnete er den Nebelmantel und wickelte ihn um sich selbst und die schlanke Gestalt der Baronesse.

Die Minuten verstrichen so langsam, wie Stein erodierte. Aber Melia hatte nicht gelogen. Es war keine Viertelstunde vergangen, als sie oben am Fuß der Tempeltreppe erschien. Sie taumelte und griff Halt suchend nach einer Säule. Beltan wollte die Treppe hinaufstürmen, aber eine scharfe Geste Melias ließ ihn innehalten. Sie kam mit vorsichtigen Schritten hinunter, bis der Ritter sie beim Arm fassen konnte.

»Alles in Ordnung mit Euch?« fragte er und ließ sie nicht aus den Augen.

»Keine Angst. Ich konnte mich vor den dort drinnen herrschenden Mächten schützen.«

Aber Travis entging nicht, daß sie dem Ritter nicht befahl, sie loszulassen. Beltan führte sie zu den anderen und half ihr, sich auf einen flachen Felsen zu setzen. Das Kätzchen sprang auf ihren Schoß und rollte sich dort zusammen.

Falken ging vor ihr auf die Knie. »Melia, was hast du gefunden?«

»Es ist, wie wir vermutet haben«, sagte sie müde. »*Krondisar* ist nicht länger hier. Eigentlich hat Mindroth ein gutes Versteck gefunden. Ich verstehe, warum er herkam, nachdem er mit dem Stein aus Malachor floh. Wenn alle Nekromanten vernichtet waren, was für ein besseres Versteck konnte es da geben als eine ihrer Festungen?«

»Wie lange?« Falken ergriff ihre Hände. »Wie lange ist er fort?«

»Ich bin mir nicht sicher. Aber bestimmt nicht allzu lange. Nach dem zu urteilen, was ich fand, hat Mindroth hier viele Jahrhunderte lang gebrannt, während er *Krondisars* Bann verfallen war.«

»Aber wie war das möglich?« fragte Grace. »Wenn der Stein des Feuers dafür verantwortlich ist, daß Menschen zu *Krondrim* werden, hätte dann Mindroth nicht auch zu einem von ihnen werden müssen?«

Falken schüttelte den Kopf. »Die Runenmeister waren zweihundert Jahre lang die Hüter der *Imsari*, und sie verstanden die Macht der Großen Steine viel besser als jedes andere Lebewesen – abgesehen vielleicht von Alcendifar, dem Dunkelelfen, denn es war der Zwerg, der die *Imsari* als erster fand, nachdem sie vom Himmel gefallen waren, und der sie in die Essenzen von Eis, Feuer und Zwielicht band.«

»Also darum konnte Travis als einziger *Sinfathisar* berühren«, stellte Grace fest.

Falken nickte. »Nur ein Runenmeister kann der Macht eines der Großen Steine längere Zeit widerstehen.«

»Aber nicht für immer«, murmelte Travis. Er ballte die rechte Hand zur Faust. »Am Ende brannte selbst Mindroth.«

Darauf wußte der Barde keine Antwort.

»Falken, ich habe im Tempel noch mehr gefunden.« Melia erwiderte den Druck seiner Hände. »Es gab Anzeichen eines Kampfes. Einer schrecklichen Schlacht. Alle Verteidigungsmechanismen dieses Ortes sind aktiviert worden, um Mindroth den Stein zu entreißen. Und es gibt nur einen, der so etwas hätte zustande bringen können.« Sie holte tief Luft. »Die Person, die diesen Ort schuf.«

Falken zog die Hände zurück und stand auf. Er spuckte das Wort wie Gift aus. »Dakarreth.«

»Moment mal, Falken«, sagte Beltan. »Du hast uns gesagt, daß alle Nekromanten im Krieg der Steine vernichtet wurden.«

Der Barde lächelte bitter. »So heißt es in den Überlieferungen. Ich habe das nie gesagt. Dakarreth ist am Leben. Das heißt, insofern am Leben, wie es für einen seiner Art möglich ist. Und er besitzt den Stein des Feuers.«

Beltan wollte protestieren, aber Melia erhob sich und nahm das Kätzchen auf den Arm. »Wir müssen gehen. Mindroth ist nicht hier.« Sie sah Travis an. »Anscheinend fand er sein Ende auf einer anderen Welt, auf der Suche nach seinen Brüdern. Wir müssen so schnell wie möglich nach Spardis. Ich muß mit Tome sprechen, ihm berichten, was wir auf unserer Reise in Erfahrung gebracht haben, und ihn fragen, was er entdeckt hat.«

Travis stand zusammen mit den anderen auf, und gemeinsam gingen sie an dem Felsvorsprung vorbei und dann über den leblosen Talboden in Richtung Treppeneingang zurück.

Sie waren noch keine zwanzig Schritte von dem Tempel entfernt, als sich von dem Vorsprung zu ihrer Linken etwas aus dem Felsen löste.

Travis blinzelte. Statt in die Tiefe zu stürzen, raste die

Geröllmasse in den Himmel, beschrieb dort eine Kurve und schoß mit furchteinflößender Geschwindigkeit in die Tiefe. Jemand schrie auf – es hätte Aryn sein können –, und Travis verspürte einen plötzlichen Schmerz, als sich Graces Finger in seinen Arm bohrten. Aber es blieb keine Zeit, sich umzudrehen, keine Zeit zur Flucht – selbst wenn es eine Deckung gegeben hätte, in der man hätte Schutz suchen können. Schwingen entfalteten sich, die an graue Segel erinnerten, Klauenfüße streckten sich aus. Dann landete das Wesen vor ihnen auf dem Steinboden. Travis erstarrte, als er in Augen sah, die wie farblose Juwelen aus einem gigantischen, saurierähnlichen Schädel starrten.

»Eine Bewegung«, sagte der Drache zischend und stieß eine Rauchwolke aus, »und ich verbrenne euch alle zu Asche.«

24

Die riesige geflügelte Kreatur verströmte Furcht wie eine vergessene Müllkippe, die Gift absonderte, und verpestete jeden Atemzug, den Grace mühsam einsog. Sie drückte Tira so hart an sich, daß es dem Mädchen weh tun mußte, aber Tira gab keinen Laut von sich. Die anderen standen so reglos wie Statuen da und starrten die gewaltige Drachengestalt an, die ein Dutzend Schritte vor ihnen hockte.

Ein Drache ... und woher weißt du eigentlich, daß es sich genau darum handelt, Grace?

Aber was hätte es sonst sein sollen? Welch anderes Wesen hätte eine solch urzeitliche, kreatürliche Furcht aus den Tiefen ihres Unterbewußtseins heraufbeschwören können? Die Kreatur sah aus wie die Bilderbuchdrachen, die sie als Kind gesehen hatte und die über Aquarellburgen schwebten, wo sie dann von Rittern erschlagen wurden. Und gleichzeitig sah sie ganz anders aus.

Es fiel ihr schwer, den Drachen anzusehen – um ihn herum schien die Luft zu flimmern und wie eine schiefe Linse alles zu verzerren. Im ersten Augenblick hielt Grace die Haut des Drachen für so farblos wie Rauch, aber dann verlagerte er sein Gewicht, und die Farben des Regenbogens schimmerten auf.

Die Größe des Drachen zu bestimmen war genauso schwierig wie seine Farbe zu erkennen. Grace konnte nur Zuflucht zu relativen Begriffen nehmen. Größer als ein Elefant? Ja. So groß wie das Skelett des *Tyrannosaurus Rex* im Foyer des Naturkundemuseums in Denver? Nein, nicht ganz. Vielleicht mal von den Zähnen abgesehen.

Sie war stets der Meinung gewesen, daß Drachen – vorausgesetzt, es hätte sie gegeben – so etwas wie große Echsen gewesen waren. Aber diese Kreatur sah in vielerlei Hinsicht wie ein riesiger geschwärzter Schwan aus. Ihr Hals war lang, gewunden und schlängelte ständig hin und her, und sie stand auf zwei krummen Beinen und breitete die Schwingen aus, um das Gleichgewicht zu halten. Aber auch das war so nicht richtig. Denn der Drache hatte keine Federn, und die membranähnliche Haut der Schwingen bedeckte wie bei einer Fledermaus langgezogene Fingerglieder. Und obwohl sich seine Schnauze nach unten krümmte, bestand sie aus Knochen und war kein Schnabel. Säugetier, Vogel, Reptil – keine der Kategorien, die Grace kannte, paßte hier. Sie erkannte hier Züge von allen dreien.

»Nebel und Zwielicht«, sagte der Drache und ließ die Flut der Furcht in Grace wieder anschwellen, »da habe ich ja eine seltsame Reisegruppe gefunden.«

Als er sprach, blies er Grace heiße Luft ins Gesicht. Sie war davon ausgegangen, daß sein Atem widerwärtig und stinkend sein würde. Statt dessen war er trocken und bis auf einen schwach staubigen Duft geruchlos – ein Duft, der ihr, wie sie einen Augenblick später erkannte, durchaus vertraut war, und zwar aus den Kellern alter Universitätsbibliotheken.

»Was soll ich mit einer solch interessanten Sammlung von Leuten machen?« Der Drache bewegte beim Sprechen nicht den lippenlosen Rachen. Die zischende, auf seltsame Weise sinnliche Stimme kam aus den Tiefen seiner Kehle.

Er ist wie ein Papagei. Eigentlich spricht er gar nicht, nicht so wie wir. Er muß eine außerordentlich komplizierte Luftröhre haben, um die menschliche Sprache imitieren zu können.

Verrücktes Gelächter stieg in ihr auf.

Und wenn du dieses Ding bloß für einen großen, dummen Vogel hältst, dann kannst du dir genausogut ein Schild mit der Aufschrift »Ich bin blöd« um den Hals hängen.

Aus dem Augenwinkel sah sie eine Bewegung. Falken kam

mit langsamen, vorsichtigen Bewegungen heran und überbrückte die Hälfte der Strecke zwischen den Reisenden und dem Drachen. Der Barde verbeugte sich tief, dann richtete er sich wieder auf und sprach mit hallender Stimme.

»Beantwortet mir erst dies, dann sollt Ihr eine Antwort erhalten. Ein Geheimnis im Tausch für ein anderes. Mit welchem Namen dürfen wir Euch ansprechen, Altehrwürdiger?«

Der Drache stieß einen weiteren rauchigen Atemzug aus; in seinen farblosen Augen spiegelte sich der bleiche Himmel. »Du kennst also die Bräuche der Alten. Gut. Glaube aber ja nicht, daß das in mir Güte erzeugt, denn dazu bin ich nicht fähig.« Der Drache streckte den Hals in die Höhe, in einer, wie es den Anschein hatte, Geste des Stolzes. »Du darfst mich Sfithrisir nennen. Ihn, den man sieht und doch nicht sieht. Osthrasa war meine Mutter, aus der Brut von Agamar der Ersten, Königin des Meeres, das es vor dem Licht und der Dunkelheit gab und dessen Wellen an den Beginn und das Ende der Welt schlagen.«

Die Worte ließen Grace schaudern. Irgendwie fühlte sie sich nach ihnen leer. Tira wand sich in ihrem Griff, aber sie ließ die dünnen Schultern des Mädchens nicht los.

»Ich höre Eure Antwort«, sagte Falken, »und jetzt hört die meine. Man kennt mich unter dem Namen ...«

Im ersten Augenblick hielt Grace das tiefe, grollende Geräusch für Donner. Aber ein Blick nach oben bestätigte ihr, daß kein Wölkchen am dunkler werdenden Himmel zu sehen war. Dann begriff sie. Es war kein Donner, es war Heiterkeit. Der Drache lachte.

Dichter Rauch quoll aus seinen Nasenlöchern. »Ich kenne deine Namen gut. Schwarzhand. Der Grimmige Barde. Wolkenbringer. Verräter, Flüchtling und Königsmörder. Sind das nicht deine Namen, Falken von Malachor?«

Der entsetzte Barde wurde totenblaß, und die behandschuhte Hand ballte sich zur Faust.

»Ich kenne euch alle«, fuhr der Drache fort und fixierte jeden mit seinem harten, unergründlichen Blick. »Ihr müßt wissen, es ist mein Handwerk, alles zu wissen, was ich in Erfahrung bringen kann. Und so, Falken Schwarzhand, schuldest du mir ein anderes Geheimnis. Und glaube ja nicht, du könntest mich in meinem eigenen Spiel schlagen.«

Falken starrte wie betäubt nach vorn. Noch nie zuvor hatte Grace erlebt, daß der Barde eine Situation falsch eingeschätzt hatte. Aber etwas verriet ihr, daß es nicht möglich sein würde, diese Kreatur in einem Disput zu schlagen. Sie würden Glück haben, wenn sie mit dem nackten Leben davonkamen. Und im Augenblick hatte sie sogar da ihre Zweifel.

»Es ist ... seltsam, Euch hier anzutreffen, Sfithrisir«, sagte Melia. Die Lady hielt eine Hand an die Stirn; sie war ebenfalls blaß.

»Welch besseren Ort könnte es geben, um Geheimnisse zu erfahren, die mir bis jetzt noch verborgen blieben?« Der Drache schwang seinen keilförmigen Schädel in Melias Richtung. »Aber du drückst dich so merkwürdig aus, Lady des Mondes. Es ist für dich nicht seltsam, mich zu sehen. Vielmehr ist es sehr schmerzhaft, nicht wahr? Spürst du nicht, wie es dein Wesen in tausend Stücke zerreißt? Ich kann es genau sehen, wie eine billige Decke, die sich in ihre Bestandteile auflöst.«

Melia taumelte und wäre gefallen, hätten Lirith und Aryn, die hinter ihr standen, sie nicht gestützt. Das Kätzchen in ihrer Armbeuge fauchte, aber nach einem finsteren Blick des Drachen riß das kleine Geschöpf die Augen weit auf und verkroch sich in einer Falte des Überkleides seiner Herrin.

Der Schädel des Drachen fuhr herum, als wäre sein Hals eine Peitsche. »Und glaubt bloß nicht, daß eure Klingen mir etwas anhaben könnten, Ritter.«

Erst jetzt bemerkte Grace, daß sowohl Durge wie auch Beltan sich in Bewegung gesetzt und nach ihren Schwertern gegriffen hatten. Jetzt standen sie wie erstarrt da, vom Blick des Drachen an Ort und Stelle genagelt. »Wenn ihr den Tod wünscht, werde ich ihn euch nur allzugern bescheren. Tausend Ritter haben mich aufgespürt in dem Glauben, mich töten zu können. Eure Asche soll sich zu der ihren gesellen.« Der Drache holte tief Luft, seine Brust dehnte sich.

Lauft! wollte Grace schreien. *Ihr müßt weglaufen!*

Aber die Worte blieben ihr im Hals stecken. Muskeln traten wie Seilbündel aus Beltans Nacken hervor, Durges Auge zuckte, aber die Ritter verharrten bewegungslos. Der Drache nahm den Schädel zurück und öffnete den Rachen, um die ersten Rauchwölkchen zu entlassen. Dann schoß seine Schnauze auf die Ritter zu.

Ein schriller, wortloser Wutschrei hallte durch die Luft.

Bevor Grace überhaupt registrierte, was geschah, riß sich Tira aus ihrem wie gelähmten Griff los und rannte barfuß über die Steinscherben. Sie stellte sich zwischen den Drachen und die Ritter, sah auf und drohte der Kreatur mit beiden Fäusten, während sie erneut schrie. Grace wartete darauf, daß der Drache den Rachen öffnete und das kleine Mädchen mit einem Bissen verschlang.

Statt dessen wich er zurück, und zum ersten Mal trat ein deutlich erkennbares Gefühl in die Augen der Kreatur. Es war Abscheu.

»Was bist du doch für ein garstiges kleines Ding!« Die Stimme des Drachen steigerte sich zu einem Kreischen. »Er hätte dich zu Asche verbrennen sollen. Ich begreife nicht, warum er es nicht getan hat. Aber ich werde das zu Ende führen, was er begonnen hat.«

Tira bewegte sich nicht. Sie schaute nur unbewegt zu dem Drachen hoch.

»Nein!«

Grace riß den Kopf herum und sah, wie Travis nach vorn trat; der Blick hinter der Brille war seltsam entrückt. Er hob die rechte Hand, spreizte die Finger und hielt sie so.

»Ihr werdet ihr nichts tun.«

Unglaublicherweise trat Sfithrisir einen Schritt zurück. »Du!« Seine Stimme war jetzt ein Flüstern; es klang wie das Sterben eines Feuers. »Du bist hier! Aber wie? Das ... das habe ich nicht gewußt.«

Travis senkte die Hand. »Warum solltest du auch?«

»Warum ich es wissen sollte?« rief der Drache empört. »Kein Hort ist so groß wie der meine. Nicht einmal Eregun, der erste Sohn Agamars, verfügte in den Tagen vor dem Fall über soviel Wissen wie ich – ich, der seit mehr Äonen wartet und lauscht, als du dir vorstellen kannst. In meinem Hort sind mehr Geheimnisse als Sterne am Himmel.«

Der Wind zerzauste Travis' Haar. »Und was habt Ihr davon?« Seine Stimme war so leise, daß man ihn kaum verstehen konnte. »Welchen Nutzen haben Geheimnisse, wenn man sie nicht mit anderen teilt?«

Die Erwiderung des Drachen war scharf und spöttisch. »Weißt du das denn noch nicht? Geheimnisse bedeuten Macht. Und es gibt auf dieser Welt niemanden, der mehr Geheimnisse kennt als ich.«

Travis zuckte mit den Schultern. »Ich komme nicht von dieser Welt.«

Dicke Lider senkten sich über Sfithrisirs Augen, bis sie zu Schlitzen geworden waren. »Ja, das sehe ich. Darum wußte ich auch nichts von dir. Aber jetzt weiß ich Bescheid, und ich weiß, daß das Ende dieser jämmerlichen Schöpfung – dieser *Welt*, wie du sie nennst – nicht mehr weit sein kann. Nicht, seitdem du gekommen bist, Runenbrecher.«

Etwas schnitt wie mit einer Rasierklinge in Graces Herz. Sie blickte zu Aryn und Lirith hinüber. Die blauen Augen der Baronesse waren weit aufgerissen, aber Liriths Blick war so wenig zu deuten wie der des Drachen. Dann blieb keine Zeit mehr zum Nachdenken, da sich Tira umdrehte, vor dem Drachen floh und sich ihr entgegenwarf. Grace kniete nieder, umarmte das Mädchen mit aller Kraft und strich ihr wildes, feuerrotes Haar glatt.

Durge und Beltan wichen zurück, aus dem Bann des Drachen entlassen. Melia begab sich an Beltans Seite, der einen Arm um ihre winzige Gestalt legte.

»Und was jetzt, Sfithrisir?« fragte sie mit dünner, aber klarer Stimme. »Was wollt Ihr mit uns machen?«

Aus dem Drachenrachen quoll Rauch. Dann schien die Kreatur zu grinsen. »Ihr habt mir etwas gegeben, was ich noch nicht hatte, ein Geheimnis, das mir unbekannt war. Das ist mir schon seit vielen Jahrhunderten nicht mehr passiert. Darum bin ich großzügiger Stimmung.«

Melia kniff die Augen zusammen. »Großzügig? Seid Ihr sicher, daß Ihr einer der Gordrim seid, Sfithrisir?«

»Oh, da bin ich mir völlig sicher«, fauchte der Drache. »Und wegen deiner scharfen Zunge sollst du die erste sein, Melindora Nachtsilber. Hier ist dein Geheimnis: Das, was du dir am dringlichsten ersehnst, wirst du niemals haben können. Jeder, den du liebst, ist zu dem Tod verdammt, den alle Sterblichen erleiden, und so wird es für alle Zeiten sein.«

Grace hatte Melia schon wütend, müde und verletzt gesehen – sogar schon ängstlich. Aber das hatte sie noch nie gesehen – diesen Ausdruck voller Entsetzen und Verzweiflung. Die Lady schlug die Hand vor den Mund, um einen Aufschrei zu ersticken, dann wandte sie sich ab und vergrub ihr Gesicht an Beltans breiter Brust.

Der blonde Ritter starrte zu dem Drachen hoch. »Was habt Ihr ihr angetan?«

Der Drache spreizte die Schwingen. »Ich habe ihr nur die Wahrheit gesagt, Ritter, so wie ich sie jetzt dir sagen werde. Die Person, die du liebst, wird sich in dem Augenblick, in dem du ihr deine Gefühle gestehst, von dir abwenden.«

Beltan blieb der Mund offenstehen, aber er sagte kein Wort und hielt nur Melia fest.

»Ihr sprecht Lügen, keine Wahrheiten«, sagte Falken bitter.

»Das ist nicht wahr.«

Falken biß die Zähne zusammen und schwieg.

Der Drache legte den Schädel schief. »Nun, wer ist der nächste? Wie wäre es mit dir, Falken? Du, der niemals vergessen wird, welche Rolle er beim Tod eines Königreichs spielte. Oder wie wäre es mit dem tapferen Embarraner hier?« Der Drache richtete den Schädel auf Durge. »Du gibst dich so stark wie ein Felsen, Ritter, und doch hast du ein weiches Herz, das gefühlvoll für jemand anders schlägt, nicht wahr? Wärst du doch bloß jung und ansehnlich genug, um sie zu verdienen.«

Durge stand reglos da, den Blick starr in die Ferne gerichtet.

»Und hier sind zwei Töchter Sias«, schnurrte Sfithrisir und wandte sich Aryn und Lirith zu, »beide dazu verdammt, ihre Schwestern und ihre Herrin zu verraten.«

Die Frauen faßten sich bei den Händen, sagten aber kein Wort, und der Drache schob sich mit seinen Krallenfüßen auf Grace zu. Sie wollte die Flucht ergreifen, aber ihre Beine waren wie Eissäulen.

»Und welche Geheimnisse soll ich dir mit auf den Weg geben?« fragte der Drache. »Soll ich dir von dem Mädchen erzählen? Fragst du dich nicht, warum sie den Namen eines Runenmeisters sagte?«

Grace stieß die Worte hervor, als würde sie Glas zerkauen. »Laßt ... sie ... in Frieden.«

Wieder lachte der Drache grollend. »Nein, es ist das Mädchen, das dich vor deinem Ende verlassen wird – das verspreche ich dir, Euer Majestät. Du solltest sie mir überlassen. Es würde alles so viel einfacher für euch machen.«

Grace hielt Tira fest. Das Mädchen war nun ganz still und sah den Drachen gelassen an.

»Also gut«, sagte Sfithrisir und wich zurück. »Ich werde ein letztes Geheimnis verkünden. Für dich, Klingenheilerin.« Sein Schädel schlängelte sich von Grace zu Travis. »Und für dich, Runenbrecher. Ihr beide sucht die Flammenfestung, wo *Krondisar* in Ketten liegt. Wisset, daß ihr sie findet. Und wisset auch, daß ihr dort sterben werdet.«

Beltan ließ Melia los und legte mit ernstem Gesicht die Hand auf den Schwertgriff. »Nein – das werden sie nicht. Nicht, solange ich meinen Teil dazu beitragen kann.«

Die Augen des Drachen funkelten. »Oh, das wirst du, Ritter. Das wirst du.«

Beltans Kiefer bewegte sich, aber er sagte kein Wort. Der Wind strich klagend über den Felsen, und der Himmel wurde schiefergrau. Der Drache breitete die Schwingen aus – es sah aus wie eine sich ausbreitende Nebelbank.

»Geh jetzt, Runenbrecher. Bald wird diese widerwärtige Welt ihr Ende finden – diese abstoßende, kleine Felsenkugel, an die man uns angekettet hat – und wir werden in das wunderschöne Zwielicht des Davor zurückkehren. Und du bist es, der dieses Ende herbeiführen wird.«

Travis senkte den Kopf, dann hob er ihn wieder, und Grace keuchte auf. Der Ausdruck auf seinem Gesicht war einer der Trauer, aber zugleich auch einer der Stärke. Er umklammerte das kleine Knochenstück, das er um den Hals trug: die Rune der Hoffnung.

»Ich glaube, Ihr irrt Euch, Sfithrisir«, sagte Travis leise. »Geheimnisse sind keine Macht. Meiner Meinung nach sind sie wie Feuer. Und wenn man sie lange genug behält, werden sie einen verbrennen.«

Als der Drache darauf etwas erwiderte, bebte seine Stimme, diesmal aber vor Haß. »Geht, bevor ich meine Meinung ändere und euch alle vernichte.« Die Kreatur schlug mit den Schwingen, erhob sich in die Luft und flog in den dunkler werdenden Himmel. Ein letzter Ruf ertönte von dort. »Geh, Runenbrecher! Geh und zerstöre die Welt, indem du sie rettest!«

Eine Zeitlang standen sie noch da, während der Wind über nackte Felsen strich. Schließlich sah Grace die anderen an, die alle erschüttert aussahen. Sie fing Travis' Blick auf, und er nickte. Dann setzten sie sich in Bewegung und überließen das Tal der hereinbrechenden Nacht.

DRITTER TEIL

Steine und Schatten

25

Die neun Reisenden ritten schweigend in den heißen Nebel der Morgendämmerung hinein und ließen das Tor, das Tal und den dunklen Tempel hinter sich zurück.

Grace verstand das Schweigen ihrer Gefährten. Jeder von ihnen hatte nun etwas, über das er oder sie nachdenken mußte – das Geheimnis, das Sfithrisir ihnen enthüllt hatte. Als die schroffen Abhänge der Fal Erenn hinter ihnen im Nebel verschwanden, warf sie verstohlen einen Blick nach links. Travis saß auf seinem zotteligen Wallach. Die grauen Augen hinter der Brille spiegelten den verhangenen Horizont wider.

Ihr beide sucht die Flammenfestung ... wisset, daß ihr dort sterben werdet ...

Grace fröstelte trotz der steigenden Temperaturen. Vor ihr auf Shandis saß das viel zu dünne Mädchen in dem zerlumpten Kleidchen.

Es ist das Mädchen, das dich vor deinem Ende verlassen wird – das verspreche ich dir ...

Tira sah auf, als würde sie ihren Blick spüren, und das rote Haar fiel aus dem zur Hälfte vernarbten Gesicht. Sie grinste, dann beugte sie sich wieder über ihre angesengte Puppe und spielte weiter.

Soll ich dir von dem Mädchen erzählen? Fragst du dich nicht, warum sie den Namen eines Runenmeisters sagte ...

Das Wort spukte Grace noch immer im Kopf herum, mit perfekter, klarer Stimme gesprochen. *Mindroth.* Aber wieso kannte Tira diesen Namen – ein Name, der von ihnen allen überhaupt nur Travis, Melia und Falken bekannt war? Und wieso hatte Tira vor diesem Augenblick nie auch nur einen zusammenhängenden Laut von sich gegeben? Genausowenig wie in der vergangenen Nacht, in der Grace wiederholt versucht hatte, sie zum Sprechen zu bringen. Grace hob die Hand, zögerte und ließ dann zu, daß sie Tira über ihr helles, verfilztes Haar strich. Sie wollte sich selbst davon überzeugen, daß alles, was der Drache gesagt hatte, eine Lüge gewesen war, obwohl ihr diese schreckliche Sicherheit, die sie manchmal verspürte, verriet, daß alles wahr gewesen war.

Am späten Morgen wagte sie es schließlich, das Schweigen zu brechen; sie steuerte Shandis auf Falkens schwarzen Hengst zu, um ihn über den Drachen zu befragen.

»Ich weiß nur wenig über die Gordrim, das ich Euch sagen kann«, erwiderte er, und seine behandschuhte Hand griff die Zügel fester. »Wie Sfithrisir schon sagte, sammeln die Drachen mit Begeisterung Geheimnisse, aber sie teilen ihr Wissen nur selten.«

Grace runzelte die Stirn. »Sie. Wollt Ihr damit sagen, daß es noch mehr von ihnen gibt?«

»Früher ja. Agamar war der erste Drache, ein Weibchen, und sie lebte in Sinfathimal, dem Meer aus Zwielicht, das existierte, bevor der Weltenschmied die Erste Rune sprach und das Grau in Licht und Dunkel teilte und die Welt Eldh erschuf, damit sie sich zwischen ihnen drehen konnte. Als Agamar sah, was der Weltenschmied getan hatte, als sie diese« – mit einer weit ausholenden Geste umschloß der Barde die sie umgebende Welt – »Schöpfung sah, geriet sie in Zorn. In ihrer Wut gebar sie eine große Brut, die sie nach Eldh entsandte, wo sie gegen die Kinder des Weltenschmieds, die Alten Götter und das Kleine Volk, Krieg führen sollte. Der Großteil von Agamars Brut bestand aus niederen Kreaturen, hauptsächlich Schattenschlangen. Aber ein Dutzend ihrer Nachkommen war fast so stark wie sie selbst. Osthrasa, die Sfithrisir als seine Mutter bezeichnete, war vermutlich die gefürchtetste und schrecklichste von ihnen allen.«

Grace dachte über die gezischten Worte des Drachen nach. »Glaubt Ihr, er hat die Wahrheit gesagt?«

Falken zuckte mit den Schultern. »Es heißt, Drachen lügen nicht, da die Wahrheit ihren Zielen viel besser dient. Sicherlich gibt es keine weiseren Wesen als die Gordrim.«

»Und keine bösartigeren«, sagte Melia. Die Lady hatte sich zu ihnen gesellt. »Drachen sagen die Wahrheit. Aber sie sagen nie die ganze Wahrheit, und das, was sie sagen, sagen sie auf eine Weise, die vergiften und an der Seele nagen soll. Drachen wollen nicht mehr als die ganze Schöpfung zerstören und in die gestaltlosen Nebel vor Anbeginn der Zeit zurückkehren. Vergeßt das nie, wenn ihr über Sfithrisirs Worte nachgrübelt.«

Falken seufzte. »Für dich gilt das aber auch, Melia.«

Die Lady preßte die Lippen zusammen, dann wandte sie den Blick ab und sagte kein Wort mehr.

Kurz vor der Abenddämmerung des ersten Tages nach Verlassen des Tals stießen sie auf das erste Zeichen der Flammenpest. Während einer Erkundung erspähte Beltan im Schatten eines Berges ein Dorf. Aber als sie den Weg erreichten, der ins Dorf führte, entdeckten sie etwas, das sie anhalten ließ.

Es war eine Vogelscheuche aus Stöcken und Lumpen, die an einem in den Boden gerammten Pfahl hing. Die primitive Nachbildung war in Brand gesteckt und wieder gelöscht worden, bevor die Flammen sie ganz verschlingen konnten. Selbst ohne Worte war die Botschaft der Vogelscheuche eindeutig: *Hier herrscht die Flammenpest.*

Sie hielten die Umhänge vor die Gesichter, um sie vor dem Wind zu schützen, der Asche mit sich trug, dann machten sie einen großen Bogen um das stumme Dorf.

Der nächste Tag versprach noch heißer zu werden als der vorherige. Die Sonne durchdrang den Nebel, brannte ihn aber nicht weg, sondern verwandelte ihn in einen rötlichen Pesthauch, der die Luft pulsieren ließ.

Die Hitze erfüllte Grace mit Schwäche, und sie war ununterbrochen durstig, ganz egal, wie oft sie anhielten, um Wasser aus einem brackigen Bach oder Teich zu holen. Vor allem die Fliegen waren unerträglich; sie senkten sich in schwarzen Wolken aus dem diesigen Himmel und ließen sich auf jedem entblößten Quadratzentimeter Haut nieder. Grace war Dutzende Male gezwungen, sich vorzubeugen und Fliegen aus Shandis' tränenden Augen zu wischen. Wenige Minuten später waren sie wieder da, zahlreicher als zuvor.

An diesem Tag stießen sie auf zwei zur Hälfte verbrannte Vogelscheuchen, die vor der Seuche warnten; die eine stand an einer Wegkreuzung, die andere vor der ausgebrannten Ruine eines einsam stehenden Bauernhofs. Manchmal, wenn sich der Nebel etwas lichtete, sahen sie in der Ferne Rauchsäulen aufsteigen, die mit dem bleiernen Himmel verschmolzen. In der Abenddämmerung entdeckten sie im Norden das Funkeln von Feuern, und sie ritten bis tief in die Nacht, um die Lichter hinter sich zu lassen.

Am nächsten Morgen kamen sie zu einem Dorf, bei dem es keine Warnung gab, da es keine Überlebenden gegeben hatte, um sie aufzustellen.

Die anderen wollten einen großen Bogen um das Dorf machen, aber Grace bestand trotz Falkens Protest darauf, sich die Häuser näher anzusehen. Sie mußte die Opfer untersuchen, da sie in Erfahrung bringen wollte, wie sich die Pandemie entwickelte. Sie mußte wissen, womit sie es hier zu tun hatten.

»Ich begleite Euch, Mylady«, sagte Durge, und Grace drückte dankbar seine Hand.

Aber als sie das Dorf betreten hatte, fragte sie sich dann doch, ob Falken nicht recht gehabt hatte, ob sie es nicht lieber hätte meiden sollen.

Der Tod war schnell gekommen, soviel war offensichtlich. Grace und Durge passierten die primitiven Hütten mit Tüchern vor Mund und Nase, die sie vorher mit Wein getränkt hatten. Überall lagen Leichen. Es hatte den Anschein, als wären viele von ihnen mitten in einer Tätigkeit gestorben – beim Wasserholen aus einem Brunnen, beim Tragen eines Kameraden, beim Ausheben eines Grabes für einen Säugling, der in ein schmutziges Tuch eingewickelt war.

»Mylady«, sagte Durge mit erstickter Stimme, »wir sollten uns nicht an diesem Ort aufhalten.«

Grace schluckte ihre Übelkeit herunter. »Ich brauche nur ein paar Minuten, Durge. Ihr könnt am Dorfrand auf mich warten.«

Aber der Ritter baute sich nur hinter ihr auf, als sie sich bückte, um die Toten zu untersuchen.

Es war die Flammenpest, da bestand nicht der geringste Zweifel. Alle Symptome waren da: die Blasen auf der Haut, die geschwärzten Augen, die verhärtete Haut. Aber bei keinem der Opfer war die Metamorphose so weit fortgeschritten, wie sie es bereits von früher kannte. Sie alle waren gestorben, bevor sie überhaupt das Zwischenstadium der Verwandlung erreicht hatten.

»Wir kommen wohl immer näher heran«, murmelte sie.

Durge trat neben sie. »Mylady?«

»Es bringt sie immer schneller um«, sagte sie, erhob sich und wischte sich die Hände an ihrem Gewand ab. »Viel schneller. Aber das ist nur logisch. Virulenz und Mortalität sind im Zentrum einer pandemischen Region stets höher als an ihren Rändern.«

»Könnt Ihr mir das erklären, Mylady?«

Grace nickte gedankenverloren. »Es bedeutet, daß wir dem Ursprungsort der Krankheit näher kommen.«

Sie kehrten zu den anderen zurück, die vor dem Dorf warteten, und Grace beschrieb, was Durge und sie gefunden hatten. Als sie aufsaßen, warf Lirith Grace einen Blick zu.

»Erinnert Ihr Euch, was Daynen in Falanor gesagt hat?« Die Hexe wischte sich Asche aus dem schwarzen Haar. »Daß Eddoc bei der Rückreise aus Perridon Tira fand?«

»Was meint Ihr?« wollte Beltan wissen. »Glaubt Ihr, wir könnten hier ihr Zuhause finden?«

Grace starrte die Hexe und den Ritter an. Was sagten sie da? Beklommenheit breitete sich in ihrem Inneren aus, und sie nahm das Mädchen, das vor ihr auf dem Sattel saß, fester in die Arme.

Aryn warf einen deprimierten Blick über die Schulter auf die stummen Bauernhütten. »Und wenn nun *dieses* Dorf ihr Zuhause war?«

Lirith und Beltan schwiegen.

»Ich glaube, daß Tira bei Lady Grace bleiben möchte«, sagte Melia leise, aber bestimmt.

Da warf das Mädchen den Kopf in den Nacken, breitete die Arme weit aus und lachte laut. Grace warf Melia einen überraschten Blick zu, aber die Lady hatte ihre weiße Stute bereits angetrieben. Die anderen folgten ihr. Danach sprach keiner mehr davon, Tiras Zuhause zu finden.

Am späten Nachmittag hob Melia die kleine Hand und ließ die Gruppe anhalten.

»Laßt uns hier unser Lager aufschlagen«, sagte sie.

Lirith betrachtete den Horizont. »Wir haben noch eine Stunde Tageslicht, Lady Melia.«

»Das stimmt«, sagte Falken. »Aber ich glaube, wir könnten alle die Ruhe brauchen, die dieser Ort gibt.«

Neugierig schaute Grace an Melia und Falken vorbei und sah einen Kreis schmaler, hoher Bäume. Bis auf eine Art Torbogen aus miteinander verwachsenen Zweigen, der Zugang zu dem dahinterliegenden schattigen Ort bot, war das Laubwerk dicht und lückenlos. Grace schnupperte, und obwohl noch immer beißender Rauchgestank in der Luft lag, wurde er von einem neuen Geruch überlagert, der so frisch und belebend wie Zaubernuß war.

»Was ist das für ein Ort?« fragte sie.

Travis lenkte sein Pferd an ihre Seite. »Ein *Talathrin.*«

»Ein *Talathrin*?« fragte Aryn. »Aber was ist das?«

»Ein Wegkreis, Liebes«, sagte Melia. »Einst schufen die Tarraser viele davon, um jenen, die durch unwirtliches Land reisen, einen Zufluchtsort zu bieten.«

»Schlagen wir unser Lager auf«, sagte Falken.

Die Reisenden stiegen von den Pferden. Als Melia vom Rücken ihrer Stute glitt, eilte Beltan heran, kniete nieder und bot eine seiner breiten Schultern als Stufe an. Melia runzelte die Stirn, aber es war zu spät, um etwas anderes zu tun, als den Fuß auf seine Schulter zu setzen und von dort anmutig zu Boden zu springen.

Sie drehte sich um und starrte den großen Mann böse an. »Beltan, du bist mein Ritter-Hüter und nicht mein Fußabtreter. Ich glaubte, ich hätte dir befohlen, das nicht mehr zu tun.«

Beltan nickte. »Das habt Ihr, Melia.«

»Und hast du mir nicht gesagt, daß es dir leid tut?«

Wieder nickte der Ritter. »Das habe ich.«

»Und welcher Teil des Rätsels entgeht mir hier?«

Ein Grinsen erhellte Beltans breites Gesicht. »Daß es mir leid tut, heißt noch lange nicht, daß ich es nicht wieder tue.«

Das war einer jener so seltenen Augenblicke, in denen es Melia die Sprache verschlug. Grace lachte, und die anderen fielen ein.

»Ich weiß wirklich nicht, was daran so komisch ist«, sagte Melia und verschränkte die Arme vor der Brust.

Eine kleine Gestalt schob sich an Grace vorbei und lief zu Melia hin. Tira. Das Mädchen streckte die Arme aus und berührte Melias Arm. Die majestätische Lady starrte es mit einem Ausdruck an, den man nur als schockiert bezeichnen konnte, dann glättete sich ihre Stirn, und ein Lächeln trat auf ihre Lippen, das liebreizend und fast schüchtern war und das selbst eine schnell gehobene Hand nicht ganz verbergen konnte.

Tira rannte lächelnd zu Grace zurück. Seufzend drückte Grace die Kleine an sich. Das Gelächter hatte die gleiche heilende Wirkung wie der Duft des *Talathrin.* Gemeinsam gingen sie auf den Eingang des Wegkreises zu.

Donnernde Hufe ließen sie stehenbleiben. Grace wandte sich zusammen mit den anderen um und sah Durge, der auf Schwarzlocke auf sie zugaloppiert kam. Erdbrocken spritzten in alle Richtungen, als das Schlachtroß rutschend zum Stehen kam. Grace schaute in Durges zerfurchtes Gesicht und wußte sofort, daß etwas nicht stimmte.

»Was ist?« fragte sie.

»Im Norden steigt Rauch auf«, sagte der Ritter. »Zwei Meilen entfernt, vielleicht auch weniger. Er kommt genau auf uns zu.«

Mehr mußte nicht gesagt werden. Sie warfen sich müde Blicke zu, dann begaben sie sich zu den Pferden. Minuten später hatten sie aufgesessen. Grace sah zum Horizont und entdeckte sie: Eine dicke schwarze Rauchsäule stieg in den Himmel.

»Sie kommen«, murmelte Travis.

Falken wechselte einen Blick mit Melia, dann seufzte er. »Laßt uns reiten.«

Die Gefährten folgten ihren Schatten nach Osten und ließen den *Talathrin* und den kühlen Duft des frischen Wassers hinter sich zurück.

26

Wieder ritten sie bis tief in die Nacht, fort von dem Rauch der Feuer. Im Osten stieg ein pulsierender, scharlachroter Funken über den Horizont, als wollte er ihnen den Weg zeigen.

Aber wir sind keine reisenden Magier, Travis. Und unter dem Stern wartet auch kein Neugeborenes auf dich. Nicht, wenn Sfithrisir recht behält.

Er versuchte, die gezischten Worte des Drachen aus seinem Kopf zu verdrängen, aber es war sinnlos. Vielleicht wäre es besser gewesen, der Drache wäre nicht in großmütiger Stimmung gewesen, sondern hätte sie alle einfach verbrannt. Aber Jacks Stimme war in seinem Bewußtsein ertönt und hatte ihm befohlen, einen Schritt vorzutreten, dem Drachen die Hand zu zeigen und ihm zu enthüllen, wer er war.

Runenbrecher.

Und was genau war darunter zu verstehen? Travis war sich nicht sicher, aber der Drache hatte behauptet, er wäre dazu verdammt, für das Ende der Welt zu sorgen. Das war natürlich völlig absurd. Wie konnte ein Mensch eine ganze Welt zerstören? Nur ein Ungeheuer war dazu fähig. Aber Falken hatte behauptet, daß Drachen nicht logen. Und vielleicht war Travis ja doch kein Mensch.

Neben ihm ertönten leise Stimmen im Zwielicht.

»Was glaubst du, wo er versteckt ist, Falken?«

»Ich weiß es nicht, Melia. Vielleicht in der Ödnis. Aber das ist kaum mehr als eine Eingebung. Hoffen wir, daß Tome uns mehr sagen kann, wenn wir auf Schloß Spardis sind.«

»Ja.« Eine lange Pause trat ein. »Ich hoffe, Tome wird uns viel sagen können.«

Die Stimmen trieben fort, und Travis versuchte nicht, ihnen zu folgen. Er wischte die verschwitzten Hände an den Hosenbeinen ab und folgte den anderen in die stickige Nacht hinein.

Der nächste Tag begann mit Nebel und drückender Hitze. Travis packte seine Satteltaschen und trug sie zu Fleck, der zusammen mit den anderen Pferden angebunden war. Er wollte Lirith und Aryn einen guten Morgen wünschen, aber als er näher kam, wandten sich die beiden ab und eilten fort.

Sie holen bloß ihre Sachen, das ist alles.

Aber er wußte, daß das nicht die ganze Wahrheit war. Seit ihrem Aufbruch aus dem Tal des Tempels hatte er mit der jungen Baronesse und der tolorianischen Hexe kaum ein Wort gewechselt. Alles verlief subtil; es gab keine äußeren Anzeichen, daß sie ihm absichtlich aus dem Weg gingen. Aber sie schienen stets etwas Wichtiges zu tun zu haben, wenn er in ihre Nähe kam. Und mehr als nur einmal hatte er ein Kribbeln im Nacken gespürt, und er hatte sich umgedreht und ein hellblaues oder ein rauchbraunes Augenpaar bemerkt, das gerade wegsah.

»Laß mich dir helfen«, sagte eine fröhliche Stimme, als Travis die Satteltaschen über Flecks Hals hieven wollte.

Travis schaute auf. »Schon gut, ich schaffe das.«

»Ich weiß.«

Beltan nahm Travis die Satteltaschen ab und warf sie mühelos auf das Pferd. Der Ritter schnallte sie mit zügigen Bewegungen fest.

Travis sah dem blonden Mann zu. »Danke, Beltan.« *Danke, daß du mich nicht auch meidest, jetzt, wo du weißt, wer und was ich bin.* Aber die Worte blieben ihm im Hals stecken.

Beltan grinste. »Ich bin noch immer dein Ritter-Hüter, Travis. Ich möchte nicht, daß jemand auf die Idee kommt, ich würde meine Pflichten vernachlässigen.«

Travis wollte dem Ritter auf die Schulter klopfen, aber irgendwie wurde daraus eine Umarmung. Vielleicht brauchte er in diesem Augenblick die Nähe eines Menschen, als würde das bedeuten, daß auch er ein Mensch war und kein Ungeheuer. Der Ritter roch nach Stahl, Schweiß und Leder.

Schließlich trat Travis zurück, und ihm fiel sofort auf, daß das Grinsen aus Beltans Gesicht verschwunden war. Hatte er den Ritter mit dieser Vertraulichkeit beleidigt? Er wollte sich entschuldigen, aber da hallte Falkens Stimme durch die Luft.

»Also gut, laßt uns aufbrechen.«

Als Travis am Vormittag den Kopf hob, nachdem er eine Zeitlang im Sattel gedöst hatte, sah er gerade noch, wie Lirith den Blick abwandte. Sie hatte ihn beobachtet – da war er sich sicher. Jetzt beugte sie sich zu Aryn hinüber, die in ihrer Nähe ritt. Grace befand sich auf der anderen Seite der Gruppe. Bevor er den Mut verlor, drückte er Fleck die Fersen in die Flanken und ritt zu ihrer Stute hinüber. Tira, die wie immer vor Grace saß, sah auf, als er näher kam, und beugte sich dann wieder über ihre Puppe.

»Was ist es, Grace?« fragte Travis leise.

Ihre grüngoldenen Augen sahen ihn überrascht an. »Was denn?«

»Du weißt genau, was ich meine. Die beiden da.« Er wies unmerklich mit dem Kopf auf die Baronesse und die Hexe. »Warum gehen mir Aryn und Lirith aus dem Weg?«

Sie packte die Zügel fester. »Ich weiß nicht, wovon du ...«

»Doch, das tust du.« Er schüttelte den Kopf. »Grace, nach allem, was wir zusammen durchgemacht haben, bin ich der Ansicht, daß du es mir sagen kannst.«

Sie wurde totenbleich. Ihr Blick flackerte an ihm vorbei zu Aryn und Lirith und richtete sich dann wieder auf ihn.

»Ich weiß wirklich nicht, wie ich es ausdrücken soll, Travis. Vielleicht habe ich es dir deshalb noch nicht gesagt, obwohl ich es hätte tun sollen. Aber ich glaube, die Hexen sind der Meinung, daß ...«

»Hallo!« Falkens Stimme übertönte die Hufgeräusche. »Wir legen hier eine kurze Rast ein.«

Travis und Grace zügelten ihre Pferde. Falken stieg ab, Melia schloß sich ihm an. Die beiden gingen auf etwas zu, das von einem Gebüsch überwuchert wurde.

Grace runzelte die Stirn. »Sollen wir uns ansehen, was sie gefunden haben?«

Langsam, aber sicher begann Travis die Dinge zu fürchten, die der Barde und die Lady entdeckten. Doch er rutschte von Flecks Rücken, nahm Grace Tira ab und setzte das Mädchen auf dem Boden ab, während Grace aus dem Sattel sprang. Sie folgten Falken, und die anderen schlossen sich ihnen an. Nur Durge blieb auf seinem Schlachtroß sitzen und spähte mit ernster Miene in die Ferne.

»Was ist das?« fragte Lirith und musterte den milchigen Stein, den Falken hinter den Zweigen enthüllt hatte.

Travis ging näher heran. Der Stein war nicht natürlichen Ursprungs. Wie eine Pyramide geformt, reichte er ihm bis zur Taille. Obwohl Jahrhunderte die Oberfläche verwittert hatten, konnte Travis noch immer die komplizierten Muster ausmachen, die in ihn eingraviert waren.

»Das ist ein *Talmaren*«, erklärte der Barde und ging vor dem Stein in die Hocke. »Ein Wegstein – ein Relikt des Krieges gegen den Fahlen König vor tausend Jahren.«

Aryn machte große Augen, dann trat sie einen Schritt zurück. »Ein Relikt? So etwas wie ein Pylon?«

»Nein«, sagte Melia. »Die *Talmareni* hatten nichts mit dem Fahlen König zu tun. Sie wurden von den Tarrasern aufgestellt, die gegen Berash kämpften. Jeder von ihnen markiert einen Ort, an dem eine Schlacht geschlagen wurde, und fungierte für die, die nach ihnen kamen, als Führer.«

Beltan zeigte auf den Wegstein. »Und was sagt er? Ich fürchte, mein Alttarrasisch ist etwas eingerostet.«

Melia kniete nieder und strich mit schlanken Fingern über den *Talmaren.* »Hier fielen Galarus vom Goldenen Horn und Tileros der Schweigsame. Ihre Pfeile töteten zwanzig *Maltheru*, bevor die *Siltheri* kamen.«

Travis schüttelte den Kopf. »Was bedeutet das? Ich meine, *Maltheru* und *Siltheri.*«

Die Lady stand wieder auf. »*Maltheru* ist die tarrasische Bezeichnung für *Feydrim.*« Sie wandte sich ihm zu. »Und *Siltheri* sind Phantomschatten.«

Travis richtete seine Brille, und dabei kam es ihm fast so vor, als könnte er sie sehen, zwei blasse Gespenster auf dem Hügel, zwei strahlende Krieger, die Pfeile auf eine heranwogende Masse aus grauem Fell und gelben Reißzähnen herabregnen ließen, bis die anderen so bleich und tödlich wie vereister Stahl die Hügelkuppe herabströmten.

Graces Stimme vertrieb die Vision. »Falken, das Symbol auf dem Stein – es sieht aus wie das auf Eurer Spange.«

Travis betrachtete das Symbol auf dem *Talmaren*, auf das Grace zeigte: ein stilisierter Knoten mit vier Schlingen. Sie hatte recht – die Silberspange, die Falkens Umhang hielt, wies denselben Knoten auf.

Der Barde berührte die Spange. »Ja. Das ist ein Symbol Malachors.«

Grace runzelte die Stirn. »Aber sagtet Ihr nicht eben, der Wegstein sei ein tarrasisches Relikt?«

Falken mußte lachen, auch wenn es ein trauriges Lachen war. »Das ist ebenfalls richtig. Kaiserin Elsara von Tarras gründete Malachor, und zwar zusammen mit König Ulther von Toringarth. Und seht Ihr?« Er strich über die Spange. »Das

Symbol stimmt nicht genau mit dem auf dem Stein überein. In der Mitte des Knotens befindet sich der Stern von Toringarth, nicht die Sonne von Tarras.«

Melia seufzte. »Im Krieg der Steine sind so viele tapfere Leute gestorben. Aber er ist so lange her – manchmal habe ich ihn vergessen. Doch das darf ich nicht.«

Falken legte ihr besorgt die Hand auf die Schulter. Melia tätschelte sie, den Blick noch immer auf den *Talmaren* gerichtet.

Travis kratzte sich am Kinn. Hier ging etwas vor, das wichtig war und das mit dem Stein zu tun hatte. Aber was? »Ihr seid doch im Süden geboren worden, oder, Melia?«

Die Lady sah ihn aufmerksam an. »Ja«, erwiderte sie dann.

Er kratzte sich weiter, dann wandte er sich an den Barden. »Und du, Falken, was ist mit dir? Wo wurdest du geboren?«

»Asheron«, sagte der Barde so leise, daß man ihn kaum verstehen konnte.

Beltan schnaubte. »Asheron? Noch nie davon gehört.«

Falken schaute auf, und sein Blick war plötzlich hart und abweisend. »Weil es nicht mehr existiert.« Er drehte sich um und ging zu den Pferden.

»Was habe ich denn gesagt?« beschwerte sich Beltan verletzt bei Melia.

Melia klopfte ihm auf den Arm. »Nichts, mein Bester, wirklich nicht. Ich fürchte, das ist sein ganz persönlicher Kummer.« Sie ging hinter Falken her.

Beltan schnaubte erneut. »Barden.«

Lirith lachte. »Gut gesagt, Herr Ritter.«

27

Nebelschwaden stiegen empor und hüllten die Reiter ein, als sich der Abend näherte.

Nach dem Halt bei dem *Talmaren* hatten sie einen weiten Bogen um die noch immer qualmenden Ruinen einer Reihe von Steinhäusern gemacht. Travis hatte längst aufgehört zu zählen, an wie vielen niedergebrannten Dörfern, Bauernhöfen und Hütten sie seit Verlassen des Tempels vorbeigekommen waren; an jedem Tag waren es mehr als am Vortag gewesen. Er klammerte sich an der Hoffnung fest, daß Grace recht hatte, daß sie sich dem Zentrum allen Unheils näherten.

Vor einer Reihe hoher Bäume schlugen sie schließlich ihr Lager auf – Travis hatte solche Bäume noch nie zuvor gesehen. Schlanke Äste endeten in flachen, dunkelgrünen Büscheln, die sich offenen Händen gleich dem Himmel entgegenstreckten. Die Bäume säumten einen Bach, der, wie die blankpolierten Kiesel nahelegten, für gewöhnlich schnell und gut gefüllt dahinfloß, jetzt aber kaum mehr als ein Rinnsal darstellte, das über glitschige Steine tröpfelte. Sie schöpften soviel Wasser wie möglich aus brackigen Pfützen und versuchten den bitteren Nachgeschmack zu ignorieren, als sie tranken.

»Wie weit ist es noch bis Spardis?« hörte Travis Melia fragen, als er mit einer wieder mal nur bis zur Hälfte gefüllten Wasserflasche zu den anderen zurückging. Die majestätische Frau kniete neben Aryn vor einem Feuer, wo die beiden aus den dürftigen Vorräten, die sich noch in den Satteltaschen fanden, eine Mahlzeit zubereiteten.

»Wir sind in den letzten Tagen gut vorangekommen.« Der Barde hielt darin inne, sich Kinn und Wangen mit einem Messer zu rasieren – ein Kunststück, das Beltan und Durge ebenfalls regelmäßig vollbrachten, Travis aber aus Angst vor dem sofortigen Tod noch nie gewagt hatte. »Wenn wir vor Sonnenaufgang aufbrechen, müßten wir es vor Sonnenuntergang bis zum Schloß schaffen.«

Beltan schüttelte den Kopf und schaute von dem Kettenhemd auf, das er mit einem Lappen polierte. »Wenn der Nebel noch dichter wird, reiten wir nirgendwohin, höchstens in einen Abgrund hinein.«

Durge nickte zustimmend. »Gut gesprochen, Herr Ritter.«

Beltan blinzelte, dann schüttelte er erneut den Kopf und beugte sich wieder über seine Rüstung.

Travis stellte die Feldflasche neben Melia ab. »Hier ist der Rest der Pfütze.«

»Danke, mein Bester. Ich werde es für den Eintopf nehmen.«

»Wißt Ihr, eigentlich *ist* es schon so etwas wie ein Eintopf.«

»Ich verstehe.« Melia stellte die Flasche in sicherer Distanz zu dem Topf ab.

Als Travis sich umdrehte, bemerkte er ein blaues Funkeln. Aryn. Die junge Frau hatte ihm zugesehen. Grace und Lirith saßen zusammen mit Tira auf der anderen Lagerseite. Grace lächelte ihm zu, und selbst Tira winkte ihm mit den kleinen Fingern, aber Lirith schaute nicht auf und kämmte dem Mädchen weiter das rote Haar.

Früher an diesem Tag hatte Travis endlich eine Gelegenheit gefunden, sich mit Grace zu unterhalten. Allein. Und jetzt wußte er, warum Aryn und Lirith ihn seit der Unterhaltung mit dem Drachen mieden.

Es sind die Hexen, Travis. Eine ihrer Aufgaben besteht darin, nach dem Ausschau zu halten, den man den Runenbrecher nennt.

Also nach mir Ausschau zu halten, das wolltest du doch sagen, Grace, oder?

Er entschied sich, dem Bach noch eine Chance zu geben, hob eine andere Feldflasche auf und ging auf die Bäume zu.

»Brauchst du Hilfe?«

Er drehte sich zu dem blonden Ritter um und lächelte. »Danke, Beltan. Ich glaube, das schaffe ich schon.«

Er ging weiter. Wenigstens hatte sich Beltan nicht von ihm abgewandt. Oder Grace. Oder Durge.

Aber vielleicht sollten sie es, Travis.

Sein Lächeln verblaßte, und etwas in seiner Brust zog sich zusammen. Vielleicht waren ja Aryn und Lirith die Vernünftigen unter ihnen, die wußten, daß man einem Ungeheuer besser aus dem Weg ging, wenn man eins sah.

Als er den Bach erreichte, stellte er die Feldflasche auf einem Stein ab und sprang dann ans andere Ufer. Es war ein langer Tag im Sattel gewesen, und er hatte, seitdem sie das Lager aufgeschlagen hatten, noch keine Gelegenheit zum Austreten gefunden. Er schob sich an den Bäumen vorbei, und hinter ihm füllten neue Nebelschwaden die Lücken, die er aufgerissen hatte.

Er schlitterte einen Abhang hinunter – die losen Steine waren feucht und glitschig – und kam unten ruckartig zum Stehen. Mehrere Steine rollten an ihm vorbei und verschwanden im Nebel. Es dauerte einige Sekunden, bevor er sie tief unter sich aufschlagen hörte.

»Ich schätze, das mit dem Abgrund hat Beltan nicht als Scherz gemeint.«

Er nahm sich vor, die anderen vor der Schlucht zu warnen, falls sie in diese Richtung gingen, dann kämpfte er mit Wams und Hose. Hosen mit einem Reißverschluß, wieder ein Eintrag für die Liste mit Dingen, die er vermißte. Sobald er fertig war, richtete er die ihm zu großen Kleidungsstücke, dann machte er sich daran, den trügerischen Abhang wieder hochzuklettern.

Er war erst ein paar Schritte weit gekommen, als vor ihm

die massigen Umrisse eines Baumstumpfs im Nebel auftauchten. Travis erinnerte sich nicht daran, vorhin beim Abstieg irgendwelche Bäume gesehen zu haben. Er zuckte mit den Schultern und fing an, um das Hindernis herumzugehen. Dann brachte eine verirrte Windböe Bewegung in den Nebel, und Travis blieb ruckartig stehen.

»Hallo, Bruder Wilder«, sagte der Baumstumpf mit heller, übersprudelnder Stimme. »Es ist so schön, Euch wiederzusehen.«

Es brauchte einige pochende Herzschläge, bevor Travis den Mann – denn darum handelte es sich und nicht um einen Baumstumpf – erkannte, der da vor ihm stand. »Bruder Eriaun!«

Der kleine Runensprecher kam einen Schritt näher. »Wie nett von Euch, sich an mich zu erinnern.«

Travis schluckte den Kloß herunter, der in seinem Hals steckengeblieben war. Hier stimmte etwas nicht. Bruder Eriaun war nach dem gescheiterten Versuch, Travis hinzurichten, aus dem Turm verschwunden. Warum tauchte er plötzlich hier und jetzt auf?

»Was denn, Bruder Wilder? Freut Ihr Euch denn gar nicht, einen alten Freund wiederzusehen?«

Travis wußte nicht, was er sagen sollte. Es war Bruder Eriaun, ja, aber er hatte nur noch wenig Ähnlichkeit mit dem wohlbeleibten und freundlichen Runensprecher aus seiner Erinnerung. Er war viel schlanker, seine Wangen waren eingefallen, als hätte eine zehrende Krankheit sein Fleisch verschlungen. Seine graue Kutte war dreckig, ihr Saum war ausgefranst, und seine Augen lagen tief in ihren Höhlen und funkelten auf seltsame Weise.

Eriaun kam noch einen Schritt näher, und diesmal trat Travis unwillkürlich einen Schritt zurück auf die hinter ihm im Nebel verborgene Schlucht zu. Eriaun runzelte die Stirn.

»Also wirklich, Bruder Wilder. Man sollte annehmen, daß Ihr mir mehr Dankbarkeit zeigt. Erinnert Ihr Euch denn nicht mehr daran, wer über Euch Runen gesprochen hat, als Ihr krank wart?« Er grinste; ein beunruhigender Ausdruck. »Na, egal. Ich helfe Euch auf die Sprünge.« Er hob die schmutzstarrenden Hände.

Travis erstarrte. Er sah wieder die Hände vor sich, die aus der Dunkelheit seines Deliriums zugriffen, und hörte, wie die Stimme ein einziges Wort zischte. Ja, Eriaun hatte über ihm Runen gesprochen. Aber keine Runen der Heilung ... *Krond* ...

»Ihr wart das! Ihr habt im Grauen Turm dafür gesorgt, daß ich das Fieber bekam!«

Eriaun bleckte die Zähne. »Ja! Ich sprach die Rune des Feuers über Euch, wieder und wieder.«

Travis bemühte sich, es zu verstehen. »Aber warum?«

»Warum?« Die Stimme des Runensprechers verwandelte sich in ein Zischen. »Ich mußte verhindern, daß Ihr den Runensprechern dabei helft, eine Methode zu finden, um den *Krondrim* zu schaden. Darum hat mich mein Herr im Grauen Turm aufgesucht, darum hat er mich dazu gebracht, vor ihm niederzuknien und ihm den Treueeid zu leisten. Um nach Euch Ausschau zu halten. Und Euch bei Eurem Eintreffen zu töten.«

Travis wollte etwas erwidern, aber er brachte keinen Ton heraus.

»Aber Ihr wolltet einfach nicht brennen. Ihr habt der Rune des Feuers widerstanden; so etwas hatte ich noch nie zuvor erlebt. Aber ich bin Euch gefolgt, ja, und ich habe Euch gefunden.« Eriaun ballte die Fäuste, und er stieß sie hoch über den Kopf. »Und jetzt werdet Ihr brennen!«

Das Knistern ertönte zuerst; es war laut und deutlich zu hören. Dann kamen sie einer nach dem anderen aus dem Nebel: drei schlanke, rußverschmierte Gestalten, von denen ein blutroter Lichtschein ausging. Eine Hitzewelle schlug über Travis zusammen, trotzdem fröstelte er. Er stolperte einen weiteren Schritt zurück. Steine knirschten, als sie von ihm fortrollten – und verstummten, als sie ins Nichts fielen. Die Verbrannten kamen mit langsamen, schwankenden Bewegungen näher.

Eriauns Grinsen wurde noch breiter. »Mein Herr hat an Euch Interesse gefunden, Bruder Wilder. Euer Talent mit den Großen Steinen hat ihn neugierig gemacht, und er glaubt, man könnte Euch dazu bringen, ihm zu helfen. Aber ich weiß, daß er sich da irrt. Ich weiß, daß Ihr gefährlich seid.« Er streckte die Hand aus. »Und daß man Euch ...«

»Travis?«

Eine große, im Nebel nur undeutlich zu erkennende Gestalt erschien oben am Abhang, und eine klare Stimme rief erneut.

»Travis, bist du da unten?«

Eriaun vollendete die Handbewegung als scharfen Ruck, und die *Krondrim* drehten sich um und mühten sich den Hang hinauf. Travis stockte der Atem.

»Beltan! Verschwinde!«

Sein Ruf kam zu spät. Die Verbrannten wankten dem Ritter entgegen und ließen nur geschmolzene Fußspuren zurück. Beltan riß das Schwert erst in dem Moment aus der Scheide, in dem der erste *Krondrim* heran war. Stahl schlug gegen obsidianfarbenes Fleisch. Der Verbrannte kippte um, rollte den Abhang bis zur Mitte herunter – und kämpfte sich wieder auf die Füße, um von vorn anzufangen.

Die anderen beiden *Krondrim* hatten den Ritter erreicht, aber ihm blieb keine Zeit, wieder in Ausgangsstellung zu gehen. Statt dessen machte er eine unbeholfen aussehende Verrenkung, packte das Schwert mit beiden Händen, stieß einen wilden Aufschrei aus und benutzte die breite Klingenseite, um die feurigen Kreaturen zurückzustoßen. Sie stürzten zu Boden und rutschten den Abhang hinunter, wobei sie Spuren aus heißem, glühendem Felsen zurückließen. Dann stolperten sie wieder auf die Füße und kamen erneut auf den Ritter zu.

Travis' Herz setzte einen Schlag aus. Beltan stand über sein Schwert gebeugt, dessen Spitze im Boden steckte. Sein Gesicht war schmerzverzerrt, und er hielt sich die Seite.

Eriaun lachte kreischend. »Euer Freund ist tapfer, Bruder Wilder, aber Edelmut allein reicht nicht. Die Verbrannten werden aus ihm einen Aschehaufen machen, so wie ich aus Euch.« Er spreizte die Finger. *»Krond.«*

Augenblicklich verwandelte sich die Luft um Travis herum in einen Ofen. Ihm blieb höchstens eine Sekunde, vielleicht sogar weniger, um zu reagieren. Er hob die Hand und spuckte förmlich ein Wort aus. *»Reth.«*

Er fühlte, wie die Magie von Eriauns Rune kehrtmachte und davonraste. Dann verharrte sie, als wäre sie gegen eine Wand geprallt – und bewegte sich wieder auf Travis zu. Schweiß strömte ihm übers Gesicht, sein Körper versteifte sich. Diesmal war die Hitze langsamer, aber er konnte sie nicht aufhalten: Sie stieg in ihm auf.

Eriaun bleckte die Zähne. »Seht Ihr, Bruder Wilder? Mein Herr hat mich stark gemacht. Die Runen, die ich spreche, lassen sich nicht so leicht brechen.«

Travis biß die Zähne zusammen, als er darum kämpfte, Eriauns Magie abzuwehren, aber sein Halt wurde unsicher. Um ihn herum knisterte die Luft, die Härchen auf seinen Armen rollten sich zusammen.

»Zurück mit euch!«

Jede Bewegung war unmöglich, aber der Schrei ermöglichte es Travis, den Blick zu heben. Oben auf dem Abhang schwang Beltan mit einer Hand das Schwert, während er sich mit der anderen die Seite hielt. Diesmal wichen die *Krondrim* dem unbeholfenen Hieb aus. Beltan taumelte. Dann griffen die Verbrannten mit ihren schwarzen Händen nach ihm.

Wut pulsierte durch Travis' Adern. Nein, er würde nicht zusehen, wie ein Freund verbrannte, nicht noch einmal. Er öffnete den Mund, und als er diesmal sprach, tat er es nicht nur mit seiner Stimme, sondern mit der Jack Graystones und einhundert anderen Stimmen, die alle durch ihn in einem donnernden Chorgesang sprachen.

»RETH!«

Eine Macht, die heißer als jedes Feuer war, durchfuhr Travis. Der Wall aus Eriauns Magie zersplitterte wie brüchiges Glas, und der Runensprecher keuchte ungläubig auf.

»Aber mein Herr ...«

Die Worte brachen abrupt ab, als Eriaun zur Fackel wurde. Mit einem Aufkreischen warf sich der Runensprecher Travis entgegen und fuchtelte wild mit seinen brennenden Händen herum. Travis sprang zur Seite. Eriaun stolperte über den Rand der Schlucht. Wie ein lodernder Komet stürzte er ins Zwielicht. Dann erloschen sowohl der Schrei wie auch das Feuer.

Travis drehte sich um und stürmte den Abhang hinauf, verharrte aber mitten im Schritt. Die Verbrannten rissen die Hände von dem Ritter zurück. Wie ein Mann krümmten sie sich zusammen und warfen sich den Abhang hinunter. Sie prallten mehrmals auf und flogen über die Felskante, folgten ihrem Herrn in die Tiefe.

»Travis ...«

Er schaute auf und sah, wie Beltan ihm entgegentaumelte. Aber der Ritter durfte sich nicht bewegen. Travis lief zu ihm hin. Er streckte die Hand nach dem Freund aus ...

... und riß sie wieder zurück. Selbst in dem schlechten Licht konnte er sehen, daß sein Körper Hitze ausstrahlte. Und zwar die Hitze von Eriauns Rune und der des Runenbrechens.

»Travis, alles in Ordnung?«

War er in Ordnung? Er wußte es nicht, nickte aber trotzdem. »Mir geht es gut, Beltan.«

In Beltans Augen lag ein Funkeln, und obwohl sich auf seinem Gesicht noch immer Schmerz abzeichnete, war da auch noch etwas anderes, eine Intensität, die Travis nicht benennen konnte.

»Als du nicht zurückkamst, bin ich dir nachgegangen. Aber hätte ich gewußt, was geschieht, wäre ich früher gekommen. Bei Vathris, ich hätte ...«

Beltan schüttelte den Kopf, und Travis wollte etwas sagen, aber die in ihm tobende Hitze verschmolz Muskeln und Knochen.

»Ich werde dich nie wieder allein lassen, Travis. Das schwöre ich bei meinem Blut.« Der Schmerz verschwand aus Beltans Gesicht und wurde von tiefer Ruhe ersetzt. »Ich hätte nie daran gedacht, es dir zu sagen, aber jetzt weiß ich, daß Melia recht hatte, daß ich es sagen muß. Denn seit jenem Tag, an dem wir uns in Kelcior zum ersten Mal begegnet sind ...«

Das wütende Prasseln des Feuers bemächtigte sich Travis' Kopf und übertönte Beltans Worte. Was sagte der Ritter da? Travis konnte es nicht verstehen. Dann griff Beltan nach ihm, und neues Entsetzen machte sich in ihm breit. Wenn ihn der Ritter jetzt berührte, bevor er sich abgekühlt hatte, würde er verbrennen. Das wußte Travis mit absoluter Sicherheit.

»Nein, nicht!«

Travis hatte nicht schreien wollen, aber es war die einzige Möglichkeit, das Tosen der in ihm lodernden Flammen zu übertönen.

Beltan erstarrte. Er wurde totenbleich, sein Blick wurde stumpf.

Travis zitterte jetzt am ganzen Körper. »Hast du verstanden? Rühr mich nicht an!«

Beltan riß die Hand zurück. Das Lärmen des Feuers in Travis wurde leiser.

»Ich verstehe«, sagte der Ritter leise. »Vergiß, was ich gesagt habe.«

Daß er was gesagt hatte? Travis begriff nicht, worauf Beltan eigentlich hinauswollte, aber etwas war geschehen – etwas Schreckliches. Beltans sonst so fröhliches Gesicht war nun wie versteinert. Travis wollte etwas sagen, aber da hatte sich der Ritter bereits abgewandt. Und bevor Travis reagieren konnte, ertönte eine andere Stimme.

»Travis! Beltan! Bei den Göttern, was ist passiert?«

Eine Gestalt trat aus einer Nebelbank. Falken. Hinter ihm erschienen weitere Schatten. Die anderen waren auch da.

Beltan taumelte und hielt sich die Seite. »Fragt Travis.«

Grace und Lirith eilten zu dem blonden Ritter, und er sackte gegen sie.

Travis schüttelte den Kopf; er wünschte, er hätte begriffen, was eigentlich los war. Aber er kühlte nun ab – der Schweiß stieg nicht länger als Dampfwolken von seiner Haut auf. Er konnte später mit Beltan reden. Er befeuchtete die vertrockneten Lippen und stieg den Abhang hinauf, um den anderen von Eriaun zu berichten.

28

Grace bekam nur Bruchteile von Travis' Geschichte mit, während sie ihn untersuchte und sich vergewisserte, daß ihm beim Kampf mit Eriaun und den *Krondrim* nichts passiert war. Sein Wams war an einigen Stellen angesengt, und er hatte so gut wie alle Härchen auf den Armen verloren, aber als sie ihn abtastete, verrieten ihr Erfahrung und Instinkt, daß mit ihm alles in Ordnung war. Sie nickte ihm aufmunternd zu, dann begab sie sich zu dem blonden Ritter, der am Ufer des von Bäumen gesäumten Baches saß.

»Beltan?«

Er hatte zusammengekrümmt dagesessen, aber jetzt schaute er auf und grinste sie an. »Grace.«

So strahlend das Lächeln auch war, konnte sie doch mühelos durch es hindurchsehen. *Er hat starke Schmerzen. Darum sitzt er hier, abseits von den anderen. Er kann nicht stehen, und er will nicht, daß sie es mitbekommen.*

Sie ging neben ihm auf die Knie. »Laß mich mal sehen.«

Er sträubte sich zuerst und hielt den Arm ganz nahe an den Körper, um die linke Seite zu schützen, aber sie sah ihn nur streng an, und er ließ zu, daß sie den Arm zur Seite zog. Sie griff mit routinierten Bewegungen unter sein Wams und tastete mit kühlen Fingern. Beltan holte zischend Luft, sein ganzer Körper versteifte sich. Sie machte mit ihrer Untersuchung weiter. Die Wunde hatte sich nicht wieder geöffnet, aber sie hätte den kleinen Finger für ein tragbares Röntgengerät gegeben, um feststellen zu können, ob es innere Verletzungen gegeben hatte.

Aber es gibt eine Möglichkeit, wie du das feststellen kannst, Grace.

Bevor sie der Mut verließ, griff sie nach der Gabe. Wie schon auf dem Dorfanger von Falanor und an der Brücke über den Dimduorn mied sie ihren Lebensfaden und ergriff statt dessen den leuchtenden goldenen Strang, der Beltan gehörte. Schnell untersuchte sie die Schwäche in seinem Bauch. Ja, es hatte innere Blutungen gegeben, aber sie hatten bereits aufgehört. Er war außer Gefahr. Sie ließ seinen Lebensfaden los ...

... und erblickte aus dem Augenwinkel einen Schatten. Furcht krallte sich in ihr Herz. Hatte sie aus Versehen doch ihren eigenen Faden ergriffen? Aber nein, der Schatten war kleiner und weniger dicht als der Schatten, von dem sie wußte, daß er in ihr lauerte, und er war auch nicht mit ihrem Faden verbunden. Er gehörte Beltan. Sie sah genauer hin. Etwas bewegte sich im Herzen des Schattens: zwei blutverschmierte Hände lösten sich vom Griff eines Dolches.

»Grace?«

Der Faden entglitt ihr. Sie blinzelte, und die normale Sicht kehrte zurück.

Beltan runzelte die Stirn. »Was ist los, Grace?«

Sie zog sein Wams herunter. »Die Stelle, an der deine Muskeln von den *Feydrim* zerfetzt wurden, ist noch immer sehr schwach. Das bedeutet, daß du sie leicht wieder verletzen kannst. Ich glaube, diesmal ist es noch glimpflich abgegangen, aber beim nächsten Mal kann es anders ausgehen. Ich weiß, daß das bei deinem Handwerk alles andere als einfach sein wird, aber du mußt vorsichtiger sein.«

»Es tut mir leid, Grace.«

»Entschuldigung angenommen.« Sie strich ihm das weißblonde Haar aus der hohen Stirn. »Du mußt besser auf dich aufpassen, Beltan von Calavan. Wir brauchen dich hier. Und zwar wir alle.«

Ein seltsamer Ausdruck trat in seinen Blick. »Wirklich?« Seine Stimme war leise. »Ist das die Wahrheit?«

Grace starrte ihn an. Da war noch etwas anderes, was dem Ritter Qualen bereitete, was nichts mit der alten Wunde in seiner Seite zu tun hatte. Aber was? »Beltan«, sagte sie aufgrund einer Eingebung, »als ich in deine Wunde blickte, habe ich noch etwas anderes gesehen. Und zwar das Bild zweier Hände. Sie waren blutverschmiert und ließen gerade einen Dolch fallen.«

Beltan runzelte die Stirn. »Das ist aber seltsam. Ich frage mich, warum ausgerechnet du das sehen solltest.«

»Worum geht es denn dabei?«

Er zuckte mit den Schultern. »Das ist ein alter Traum, den ich manchmal habe. Falls er etwas zu bedeuten hat, weiß ich aber nicht, was es sein könnte. Und ich hatte den Traum auch schon lange nicht mehr.«

Sie wollte nachhaken, aber er kam ihr zuvor.

»Wir sollten gehen, Grace. Die anderen kommen zurück.«

Sie erhob sich, dann streckte sie die Hand aus, um ihm auf die Beine zu helfen. Beltan zögerte, dann ergriff er die angebotene Hand. Er verzog gequält das Gesicht, und sie schätzte, daß sie mindestens hundert Kilo Ritter hochzog, aber mit vereinten Kräften gelang es ihnen, ihn auf die Füße zu holen.

Als Grace und Beltan das Lager erreichten, fanden sie die anderen in einem Halbkreis stehend vor, wie sie etwas mit offenstehenden Mündern anstarrten. Grace blinzelte verwirrt, dann entdeckte sie den Grund für dieses Verhalten und starrte selbst. An ihrem Lagerfeuer saß ein älterer Mann in einer schneeweißen Kutte und machte sich eine Tasse *Maddok*.

Durge zog das Breitschwert vom Rücken. Das schleifende Geräusch ließ den alten Mann aufsehen.

»Nun, das ist nicht nötig, junger Mann«, sagte er mit sanfter Stimme. »In dem Topf ist genug für alle.«

Durge verharrte mitten in der Bewegung; auf seiner Miene

zeichnete sich Überraschung ab, aber Grace vermochte nicht zu sagen, ob sie von der Frechheit des ungebetenen Gastes verursacht wurde oder von der Bezeichnung ›junger Mann‹. Bevor sie weitere Überlegungen anstellen konnte, stürmte eine kleine, in Blau gekleidete Gestalt herbei.

»Tome!«

Der Alte kam gerade noch rechtzeitig gelenkig auf die Füße, um Melia in Empfang zu nehmen, die sich ihm in die Arme warf.

»Mein liebes Kind, wie schön, dich wiederzusehen, und das so bald.«

Grace schüttelte den Kopf. Sie hätte nie gedacht, jemals jemanden Melia *Kind* nennen zu hören. Aber in diesem Augenblick erschien die sonst so majestätische Frau wie ein Kind, das klein und schlank in der Umarmung des alten Mannes verschwand, der jetzt, da er stand, sich als mindestens so groß wie Beltan erwies.

»Nun kommt schon«, sagte Falken mit einem Lachen. »Das ist unser alter Freund, von dem wir euch erzählt haben. Unser *sehr* alter Freund.«

Der Fremde, der sich als der Mann namens Tome entpuppt hatte, schaute auf und fixierte den Barden mit seinen hellen, goldfarbenen Augen. »Falken von Malachor, ausgerechnet du mußt vom Alter sprechen!«

Grace wußte nicht, wie ihnen geschah, aber Augenblicke später saßen sie alle um das Feuer versammelt, lachten und tranken aus den Holzbechern, die Tome verteilt hatte und von denen Grace nicht hundertprozentig überzeugt war, daß sie nur *Maddok* enthielten. So wie sie vermutete, daß sich auch mehr hinter Tome verbarg, als auf den ersten Blick ersichtlich war. Er war alt, das schon. Sein Gesicht wies tiefe Falten auf, und sein Bart – der so weiß wie die Kutte war – reichte ihm bis zur Brust, während sein kahler Kopf glänzte.

Aber Grace hatte den Eindruck, daß Tomes Falten das Resultat von sowohl Fröhlichkeit wie auch Weisheit waren, und an seinen Ohren baumelten goldene Ringe. Aryn kicherte – was in der letzten Zeit nur selten bei ihr vorkam –, als der Alte ihr einen Becher reichte, und Tira hatte fast sofort auf seinem Schoß ihr Lager aufgeschlagen.

Von ihnen allen schien sich allein Beltan nicht von Tomes humorvoller Art anstecken zu lassen, denn der Ritter saß zusammengesunken am Rande des Lichtkreises und trank stumm aus seinem Becher. Es hatte den Anschein, als würde sein Blick auf Travis ruhen. War bei dem Kampf gegen die *Krondrim* etwas zwischen ihnen vorgefallen – etwas, das Travis ihnen verschwiegen hatte? Bevor Grace darüber nachdenken konnte, fühlte sie, wie ihr jemand einen Becher in die Hand drückte.

»Trinkt, Euer Durchlaucht«, sagte Tome mit leuchtenden Augen. Er schenkte Lirith und Aryn nach, die neben Grace saßen. »Und ihr auch, Töchter Sias.«

Grace nahm einen Schluck. »Wer ist eigentlich Sia?« fragte sie, ohne darüber nachzudenken. Vielleicht lag es daran, daß sie den Namen nun schon so oft gehört hatte – Lirith hatte ihn erwähnt, Melia auch, sogar der Drache.

Tome grinste und zeigte die perfektesten Zähne, die Grace je gesehen hatte. »Wer Sia ist, wollt Ihr wissen? Nun, mein liebes Kind, das ist eine gute Frage. Das habe ich mich schon oft selbst gefragt. Vielleicht möchte ja die Lady Melia dies beantworten.«

Melia verschränkte die Arme. »Das glaube ich nicht!«

Ihre Wangen waren knallrot, und sie saß schief da. Hätte Grace es nicht besser gewußt, hätte sie geglaubt, die Lady sei betrunken.

Falken schaute Lirith über den Becherrand an. »Sollte diese Frage nicht lieber Graces und Aryns Lehrerin beantworten?

Tatsächlich überrascht es mich, daß sie es nicht schon längst getan hat.«

Verwirrt wandte sich Grace Lirith zu, und Aryn folgte ihrem Beispiel. Die Tolorianerin nickte, dann stellte sie den Becher ab. Alle verstummten und beugten sich näher heran, um ihr zuzuhören.

»Man kennt Sia an vielen Orten unter vielen Namen, aber sie alle bedeuten ein und dasselbe: die Göttin. Aus Sia entspringt die Weltenkraft, das Netz, das alles Leben miteinander verwebt.« Mit einem Finger zeichnete Lirith einen Kreis in den Staub. »Sia war es, die die Welt gebar. Und die die Welt *ist*, denn ganz Eldh ist ihr Körper.«

Travis kratzte sich am Kinn. »Aber ich dachte immer, der Weltenschmied hätte die Welt geschaffen, als er die Erste Rune sprach.« Er sah Falken an. »Zumindest hat man es mir so erzählt.«

»Das ist der Glauben der Runensprecher«, erwiderte Lirith kühl. »Aber es gibt noch andere Geschichten über die Schöpfung Eldhs als nur die, die von den Männern des Grauen Turms erzählt wird.«

Aryn strich mit einem Finger über den Kreis. »Aber wenn die Weltenkraft Sia entspringt, warum habt Ihr nicht schon früher von ihr erzählt?«

Lirith schien ihre Worte mit großer Sorgfalt zu wählen. »Es gibt unter den Hexen welche, die den Namen Sias heutzutage lieber nicht aussprechen.«

»Warum das denn?« fragte Grace überrascht.

Lirith zuckte mit den Schultern. »Es gibt Leute, die verbinden mit Sia die alten Zeiten und das Wirken von Vetteln und Kräuterweibern.«

Jetzt begriff Grace. »Also beschwört Sia ein Bild herauf, das die Hexen lieber vergessen würden, wollt Ihr das damit sagen?«

Liriths Schweigen war Antwort genug. Grace wollte nachhaken, aber Melia kam ihr zuvor, und jegliche Spuren eines Rausches, den Grace noch vor wenigen Augenblicken entdeckt zu haben glaubte, waren nirgendwo mehr in Sicht.

»Ich unterbreche diese interessante Unterhaltung über Theologie nur ungern, aber wir haben wichtige Dinge zu besprechen. Zum Beispiel warum du hier bist, Tome.« Sie musterte den Alten. »Wollten wir uns nicht auf Spardis treffen?«

Augenblicklich verschwand jede Spur von Fröhlichkeit aus dem Kreis. Grace stellte den Becher ab; aller Blicke richteten sich auf Tome.

Der Alte nickte. »So war es ausgemacht. Aber als ich auf Spardis eintraf und du noch nicht da warst, kam ich zu dem Schluß, daß es besser sei, dich auf dem Weg zu treffen. Du mußt wissen, daß ich etwas über denjenigen erfahren habe, der *Krondisar* gestohlen hat.«

Falken nickte. »Das haben wir auch. Wir haben den Tempel in den Fal Erenn besucht. Du hattest recht – der Stein ist von dort gestohlen worden. Und zwar von Dakarreth.«

Bedauern flackerte über Tomes Gesicht, verschwand aber schnell, um von einem anderen und überraschenden Ausdruck ersetzt zu werden: Wut. »Er also war es. Aber das überrascht mich nicht, vor allem nicht nach dem, was ich in Erfahrung bringen konnte.«

»Aber was ist es, Tome?« Melia legte ihre Hand auf die seine. »Du mußt es uns sagen.«

Der Alte seufzte. »Ich weiß jetzt, warum er *Krondisar* stahl. Er will ihn dazu benutzen, sich zu verwandeln.«

Als Grace das hörte, fröstelte sie unwillkürlich. »Verwandeln«, murmelte sie. »Aber in was?«

Tome richtete den Blick aus seinen goldenen Augen auf sie. »In einen Gott.«

29

Vor langer Zeit nahmen sich vierzehn der Nindari Körper aus nichtlebendem Fleisch, um im Dienste Berashs, des Fahlen Königs, als seine Nekromanten auf Eldh zu wandeln.«

Travis beobachtete Melia, als sie mit leisem Tonfall erzählte. Er fühlte Graces Hand in der seinen, und er erwiderte den Druck. Sie alle hatten sich eng um das Feuer versammelt, damit ihnen kein Wort des Barden, der Lady und des Fremden mit den goldenen Augen entging.

Falken streckte die behandschuhte Hand aus und blickte zwischen den Fingern in die Flammen. »Es hat den Anschein, als sei Dakarreth des Fleisches überdrüssig geworden, und jetzt will er wieder zu einem Nindari werden.«

»Nein, nicht nur zu einem der Neuen Götter«, sagte Tome. »Bevor er sich in einen der Dunklen verwandelte, war Dakarreth weder der wichtigste noch der unbedeutendste der Nindari. Aber jetzt will er als etwas Größeres zurückkehren, als er einst aufbrach, und über die Neuen Götter herrschen.«

Melia ballte die kleinen Hände zu Fäusten. »Aber das kann er nicht machen.«

»Ich fürchte doch, Liebes.« Tome legte die faltigen Hände auf Melias Fäuste und bog ihre Finger mit sanfter Gewalt wieder gerade.

»Aber ich verstehe das nicht«, sagte Grace. »Warum haben die Neuen Götter denn nichts unternommen, um diejenigen von ihnen aufzuhalten, die zu Nekromanten wurden?«

»Weil es im Verborgenen geschah, Kind«, sagte Tome düster. »Und als die Nindari die schreckliche Tat entdeckten, war es bereits viel zu spät, um dagegen einzuschreiten.«

»Aber sie haben etwas unternommen«, fuhr Falken fort.

»Als die Dreizehn körperliche Gestalt annahmen, um dem Fahlen König zu dienen, entsagten neun andere von ihnen ihrer himmlischen Heimat und nahmen ebenfalls Gestalt an, damit sie auf Eldh wandeln und den Nekromanten Widerstand entgegenbringen konnten.«

Falkens Worte ließen Travis aufhorchen. »Also besteht doch noch Hoffnung. Vielleicht können wir einige dieser neun Nindari aufspüren – vielleicht können sie Dakarreth aufhalten.«

Melia schaute in den sternenübersäten Himmel hinauf. »Nein, Travis, von den Neun ist keine Hilfe zu erwarten. Viele von ihnen sind gegangen.« Sie seufzte. »So viele ...«

Travis schüttelte den Kopf. »Aber wo sind sie denn hin?«

»Einige versanken in der Tiefe des Erdbodens, einige verblaßten im Wind, und einige wurden wie Gischt auf den Wellen, um sich aufzulösen«, sagte Tome. »Es ist ermüdend für einen Gott, als Unsterblicher auf der Welt zu wandeln, der dabei aber gleichzeitig nie richtig lebendig ist. Es ist auf eine Weise ermüdend, die Ihr Euch nicht vorstellen könnt, Travis. Nach dem Krieg der Steine, als alle die Nekromanten für vernichtet hielten, entledigten sich die meisten der Neun dieser Last und verließen diese Welt.«

»Ihr meint, sie wurden wieder zu Göttern?« fragte Aryn mit bebender Stimme.

»Nein, mein Kind. Es war unmöglich, zu dem zurückzukehren, was einst war, sowohl für die Dreizehn wie auch für die Neun. Die, die verschwanden, sind für alle Zeiten gegangen.«

Travis erschauderte. Tome hatte gesagt, daß er das Leid eines Gottes nicht nachvollziehen konnte, und vielleicht hatte der alte Mann recht. Aber er konnte sich vorstellen, alles aufzugeben, was er je geliebt hatte, *weil* er es liebte. Genau das hatten die Neun für Eldh getan, oder?

»Und warum hat er es dann bis jetzt nicht getan?« fragte Durge.

»Was denn, junger Mann?« Tome wandte sich Durge zu.

Der hartgesichtige Embarraner zuckte zusammen, hatte sich aber schnell wieder in der Gewalt. »Wenn Dakarreth den Stein des Feuers gestohlen hat, um mit seiner Hilfe zu einem Gott zu werden, warum hat er es dann nicht schon getan?«

Tome schnippte mit den Fingern. »Eine gute Frage, junger Mann. Und die Antwort ist der alleinige Grund, warum wir hier sitzen und darüber sprechen, statt in der heißen Sonne unter der Peitsche zu schuften, um dem großen Gott Dakarreth einen Tempel zu errichten. Der Stein des Feuers hat die Macht, einen in das zu verwandeln, was man sein will. Aber das kann nur dem gelingen, der den Schlüssel hat. Alle anderen werden früher oder später vernichtet.«

Melia blinzelte. »Aber natürlich«, sagte sie mit frischer Zuversicht. »Ihm fehlt der Schlüssel zu *Krondisar.* Und ohne ihn kann er nicht zu dem werden, was er werden will.«

Tome nickte. »Das ist auch der Grund, warum die *Krondrim* so fehlerhaft sind, warum so viele von ihnen sterben, bevor sie die Transformation vollenden, die Dakarreth für sie gewählt hat. Ohne den Schlüssel kann Dakarreth die Macht *Krondisars* nicht richtig entfesseln.«

Lirith räusperte sich. »Sagt, Falken, sprach der Mann, dem wir an der Grenze begegnet sind – der Spinnenmann –, nicht von einem Schlüssel?«

Der Barde nickte. »Das ist richtig. Er sagte, er hätte einen Verbrannten kennengelernt, der noch der Sprache mächtig war und der behauptete, nach dem Schlüssel des Feuers zu suchen. Ihr habt ein gutes Erinnerungsvermögen.«

Die Tolorianerin nickte und legte die Arme um die Knie.

»Das muß die Aufgabe der *Krondrim* sein«, sagte Beltan.

Der blonde Ritter hatte stumm am Rande des Lichtkreises gesessen, aber jetzt rutschte er mit steifen Bewegungen näher heran. »Ihre Bewegungen ließen sich immer am besten als eine Art von Suche erklären. Ich schätze, wir wissen jetzt, wonach sie suchen.«

»Ich glaube, da habt Ihr recht, Herr Ritter«, sagte Tome. »Darum hat Dakarreth die Flammenpest erschaffen – um eine Armee von Sklaven zu haben, die den Schlüssel zu *Krondisar* suchen und finden.«

Travis befeuchtete sich die Lippen. »Da hat noch jemand etwas von einem Schlüssel gesagt.«

Aller Blicke richteten sich auf ihn. Er holte tief Luft, dann erzählte er von den Worten, die der Mann in Schwarz – der Runenmeister Mindroth – im Mine Shaft Saloon gesagt hatte.

Ja, du bist es, dem ich den Schlüssel geben muß ...

Als er endete, war nur das Prasseln des Lagerfeuers zu hören.

Schließlich ergriff Tome das Wort. »Und hat er ihn Euch gegeben?«

»Was?«

»Den Schlüssel. Hat Mindroth ihn Euch gegeben?«

Travis sackte in sich zusammen. »Nein. Er hat nur gesagt ›Sei auf der Hut – es‹ – oder er – ›wird dich verzehren‹. Dann ... ist er verbrannt.«

Ein Wind kam auf, fachte das Feuer an und schickte blutrote Funken in den Nachthimmel, um zwischen den Sternen zu blinzeln.

Falken rückte ein Stück vom Feuer weg. »Nun, ich glaube, wir wissen jetzt, was wir wissen müssen. Wir müssen Dakarreth daran hindern, den Schlüssel zu *Krondisar* zu finden.«

»Aber wie sollen wir ihn rechtzeitig aufspüren?« fragte Melia.

»Ihr findet ihn in der Flammenfestung«, raunte Tome.

Beltan setzte sich aufrecht hin. »Der Flammenfestung?«

Der Alte runzelte die Stirn. »Ja – der Ort, an dem Dakarreth *Krondisar* versteckt hat. Ich habe in Erfahrung bringen können, daß die Festung in der Ödnis liegt, nordöstlich von Spardis. Aber Eure Frage hatte noch etwas anderes zu bedeuten, Herr Ritter. Was ist es?«

Beltan antwortete ihm nicht. Falken tat es an seiner Stelle. »Es war etwas, das der Drache Sfithrisir sagte.«

Travis drehte den Kopf und entdeckte, daß Grace ihn bereits ansah. Sie verstärkte den Griff um seine Hand.

Tomes struppige Brauen zogen sich zusammen, als er die Stirn runzelte. »Ich schätze, du weißt, daß man der Weisheit der Drachen mit Mißtrauen begegnen muß, Falken.«

»Aber sie sagen die Wahrheit, oder?« flüsterte Beltan, mehr zu sich selbst als an den Alten gerichtet.

»Nein«, widersprach Tome. »Drachen sagen *ihre* Version der Wahrheit.«

Beltan schüttelte den Kopf, schwieg aber.

»Danke, Tome«, sagte Melia. Tira war auf ihren Schoß geklettert, und die Lady streichelte ihr Haar, während sie ins Feuer schaute. »Dieses Wissen wird uns helfen. Auch wenn ich den Eindruck nicht abschütteln kann, daß ich alles schon viel früher hätte erkennen müssen. Dakarreth war schon immer bösartig und launisch, schon lange bevor der Fahle König die *Imsari* dazu benutzte, die Nekromanten an sich zu binden.«

Durge runzelte die Stirn. »Ihr sprecht beinahe so, als hättet Ihr ihn persönlich gekannt, Lady Melia.«

Ihre bernsteinfarbenen Augen blitzten auf. »Ich habe ihn gekannt.«

Travis hätte nicht zu sagen vermocht, wie er zu dem Schluß kam. Vielleicht war es das Resultat Hunderter anderer Hinweise – Dinge, die Melia gesagt und getan hatte –, die zusammen mit diesem letzten Puzzlestück endlich ein klares und verblüffendes Bild ergaben. Ein Bild, das er nie erwartet hätte, und doch ergab es einen perfekten Sinn.

Er starrte Melia über die tanzenden Flammen hinweg an. »Ihr seid eine von ihnen, nicht wahr?«

»Eine von was?« grollte Durge.

»Eine der Neun.« Bevor die anderen etwas sagen konnten, wandte sich Travis dem alten Mann in der weißen Kutte zu. »Und Ihr auch. Melia hat gesagt, daß ihr alte Freunde seid.« Verrücktes Gelächter stieg in ihm auf. »Sie hat nur nicht gesagt, wie alt.«

Aryn schüttelte den Kopf. »Wovon sprecht Ihr, Travis?«

»Sie sind Götter, Aryn. Oder sie waren es. Bis sie nach Eldh kamen, um gegen die Nekromanten zu kämpfen.«

Die Baronesse riß die Augen weit auf. Sie starrte Falken an. Der Barde nickte nach einem langen Augenblick – so wie Beltan und Lirith.

»Warum, Melia?« Travis drohte an den Worten zu ersticken, aber er brachte sie trotzdem heraus. »Warum habt Ihr uns nie verraten, wer Ihr wirklich seid?«

»Und hast du mir verraten, wer du wirklich ist, mein Bester?«

Er schlug sich mit der Faust aufs Knie. Nein, das reichte nicht. »Falken, warum hast du nichts gesagt?«

Melias Lippen verzogen sich zu einem Lächeln, aber es war ein trauriger Ausdruck. »Aber Falken hat seine eigenen Geheimnisse, mein Bester. Schließlich bin ich nicht die einzige, die Dakarreth kannte.«

Travis starrte den Barden an. »Wovon spricht sie? Wie kannst du Dakarreth gekannt haben?«

Falken schwieg so lange, daß Travis schon dachte, er würde niemals antworten. Dann hob der Barde die Hand mit dem schwarzen Handschuh. »Das hat mir Dakarreth angetan.«

Keiner sagte ein Wort. Sie konnten ihn nur anstarren. Falkens Stimme war so bitter wie Gift.

»Du mußt wissen, er nahm meine Hand als Belohnung. Und als Erinnerung. An die Rolle, die ich unabsichtlich auf seinen Befehl hin spielte – denn ich hatte bei dem Tod eines Königreichs meine Hand im Spiel.«

»Von welchem Königreich sprecht Ihr, Falken?« fragte Durge leise.

Der Barde ballte die behandschuhte Hand zur Faust und stieß ein einzelnes, knirschendes Wort aus. »Malachor.«

Melia legte die Hand auf seine Faust, ihre Augen schimmerten traurig. »Du darfst dich dafür nicht verantwortlich machen.«

Falken senkte die Hand. »Nein, dafür sind andere zuständig.«

Aryn raffte den Stoff ihres Reitgewandes mit der linken Hand zusammen. »Aber das ist unmöglich. Malachor fiel vor siebenhundert Jahren.«

»Ja«, sagte Tome. »Das ist richtig.«

»Natürlich.« Travis nahm es völlig ruhig auf. »Falken von Malachor. So hast du dich damals im Winterwald mir vorgestellt. Was bedeutet, daß du ...«

»Siebenhundertzweiundvierzig Jahre alt bist«, vollendete der Barde den Satz mit einem humorlosen Lachen. »Und, fühlst du dich jetzt besser, wo du die Zahl kennst?«

»Aber wie ist das möglich?« wollte Grace wissen.

Falken zuckte mit den Schultern. »Auch das war ein Teil von Dakarreths Belohnung. Daß ich niemals sterbe, damit ich mich für alle Ewigkeit an die Taten erinnere, die die Hand verübte, die ich verloren habe.«

Melia nahm den Barden in die Arme, und die beiden legten die Köpfe aneinander, während Tome mit Tränen in den Augen zusah.

Mitleid durchfuhr Travis' Herz wie ein Stich … aber dann verwarf er es. Wer waren diese Leute – nein, diese Wesen –, daß sie sie alle auf diese Weise benutzten? Sie waren schlimmer als Sfithrisir. Wie zuvor Duratek hatte der Drache ihnen nichts vorgespielt, nicht verschleiert, wie er tatsächlich war. Nein, Melia und Falken waren wie die Sucher und enthüllten nur genug, damit andere genau das taten, was sie wollten.

Grace sah ihn überrascht an. »Travis, was hast du?«

Er sprang auf die Füße und starrte die Lady und den Barden an; seine Stimme war ein Knurren. »Und welche Geheimnisse habt ihr uns noch vorenthalten?«

Melia hob den Kopf, die Lippen zu einem schmalen Strich zusammengepreßt. Dann senkte sie ihn wieder, lehnte sich an Falken und sprach mit einer Stimme, der weder Traurigkeit noch Wut innewohnte, sondern einfach nur Müdigkeit.

»Laß uns allein, Travis. Bitte. Laß uns einfach allein.«

Die Wut strömte aus ihm heraus wie Wasser aus einer zerbrochenen Flasche und hinterließ nichts als Leere. Er ließ sich wieder auf seinen Platz sinken und starrte in die bleichen Gesichter der Gefährten. Dann schob sich eine Hand in die seine, und er schaute in ein Paar grüngoldener Augen.

»Es ist schon in Ordnung, Travis«, sagte Grace ganz ruhig. »Es sind immer noch Falken und Melia.«

Ich weiß, wollte er erwidern. *Aber bin ich immer noch ich?*

Statt dessen legte er sich hin, bettete den Kopf auf ihren Schoß und weinte.

30

Grace betrachtete von Shandis' Rücken aus das Schloß, das sich aus dem nebelverhangenen Wasser des Sees erhob.

Tja, ich schätze, ich bin doch noch angekommen, Boreas.

Sie griff in ihren Umhang und berührte das noch immer steife Stück Pergament, das dort zusammengefaltet in einer Tasche steckte. Es schien Jahre her zu sein, daß Boreas ihr die Bestätigungsurkunde gegeben hatte. Auf der Reise hatte sie Dinge gesehen und getan, die sie sich nicht einmal hätte vorstellen können. Und sie hatte die Mission, mit der sie König Boreas an jenem Sommermorgen auf Calavere beauftragt hatte, daß sie auf Schloß Spardis als seine Spionin fungieren sollte, fast schon vergessen gehabt. Doch am Ende hatte sie ihre Reise hierhergeführt, und zwar rechtzeitig.

Minus zwei Rittern und einem Jungen, Grace.

Ihr Herz setzte einen Schlag lang aus. War es das wert gewesen? War diese Mission Kalleths und Meridars Tod wert gewesen? Und Daynens?

Aber Grace wußte, daß nichts davon – ihre Reise, Travis' Rettung, Boreas' Mission – irgend etwas wert sein würde, wenn sie keine Möglichkeit fanden, Dakarreth den Zugang zum Schlüssel für den Stein des Feuers zu verwehren. Dabei glaubte Grace nicht mal an Götter. Wie sollte sie da gegen einen kämpfen?

Aber du wirst nicht gegen ihn kämpfen, Grace. Du nicht und auch Travis nicht. Falken und Melia reisen zur Flammenfestung, und sie werden Dakarreth gegenübertreten. Allein.

Als sie die Sache am Morgen besprochen hatten, hatten

sich Falken und Melia in diesem Punkt nicht beirren lassen, während Beltan mit einer Vehemenz gesprochen hatte, wie es Grace zuvor noch nie bei ihm erlebt hatte; seine Stimme war so hart und unnachgiebig wie das Schwert an seiner Seite gewesen.

»Du reitest nicht in die Ödnis, Grace. Und Travis auch nicht. Habt ihr verstanden?«

Sie starrten den blonden Ritter an, zu verblüfft, um etwas zu erwidern.

Beltan verschränkte die Arme über der breiten Brust. »Der Drache hat gesagt, daß ihr beide sterben werdet, wenn ihr die Festung betretet. Also haltet ihr euch von dort fern. Ihr werdet auf Spardis bleiben, wo ich euch im Auge behalten kann.«

Grace wußte, daß sie den Mund hätte halten sollen, aber sie sagte es trotzdem. »Und was ist mit Lady Melia?«

Beltans grüne Augen zogen sich zusammen, aber Melia trat vor und legte ihm die Hand auf den Arm.

»Ich habe Sir Beltan von seinen Pflichten als mein Ritter-Hüter befreit.«

Der Ritter sah Melia fassungslos an.

»Für den Moment«, sagte sie scharf und erwiderte seinen Blick. Dann wandte sie sich wieder Grace zu. »Es ist besser, wenn Falken und ich diese Reise allein machen, Liebes. Wir werden an Orte reisen, die ... Sterblichen verwehrt sind. Ihr könnt alle bis zu unserer Rückkehr auf Spardis bleiben, wo ihr in Sicherheit sein werdet.«

Falls ihr zurückkehrt, hatte Grace in Gedanken hinzugefügt, es aber nicht laut ausgesprochen. Denn wenn Melia und Falken versagten, spielte es keine Rolle, was einer von ihnen unternahm. Das Feuer würde sie alle finden.

Falken zeigte auf dem Rücken seines schwarzen Hengstes auf das Schloß. »Sollen wir?«

Aryn zog den Umhang enger um die Schultern. »Ja. Es wird guttun, aus dieser Kälte und Feuchtigkeit rauszukommen.«

Grace fröstelte unter ihrem Umhang. Mehr als nur einmal war sie während ihres Rittes durch die zunehmend heißer werdenden Weiten Perridons in Versuchung gewesen, das Kleidungsstück vom Rücken des Pferdes zu werfen. Aber als sie sich an diesem Nachmittag dem Schloß näherten, gab es einen Temperatursturz, und jede Oberfläche war mit einer feinen Feuchtigkeitsschicht überzogen. Das war das Perridon, wie es Grace sich vorgestellt hatte: in kühlen Nebel und Geheimnisse gehüllt.

Durge führte den Weg den Abhang hinunter an, und die anderen folgten ihm. Auch ohne den Nebel wäre es nicht leicht gewesen, die Türme von Spardis zu zählen. Groß und klein, dick und schmal, rund und rechteckig: Sie alle erhoben sich auf der Insel in der Mitte des dumpf schimmernden Sees.

Unterwegs lenkte Grace ihre Stute neben Melias Pferd. Es gab noch etwas, das sie wissen wollte.

»Wo ist er hingegangen, Melia? Tome?«

Melia hielt den Blick geradeaus auf das Schloß gerichtet. »Er mußte sich um andere Dinge kümmern, Liebes. Und das hier ist keine Aufgabe für jemanden wie Tome. Er war von uns immer die sanfteste Seele.«

Grace erschauderte, und das kam nicht nur von dem Nebel. *Uns. Einer der Neun, meint sie.* Sie starrte die majestätische Lady an, dann den Barden, der in ihrer Nähe ritt. Die Wahrheit über Melia und Falken zu wissen hatte alles verändert. Sie waren Unsterbliche – Grace würde das niemals vergessen können. Und doch hatte es auch gar nichts verändert. Nur weil Grace jetzt etwas über sie wußte, was ihr vorher nicht bekannt gewesen war, bedeutete das nicht, daß die beiden anders waren. Wenn das Wissen jemanden verändert hatte, dann Grace.

Sie erreichten den Dammweg, der über die reglose Oberfläche des Sees führte, und die Hufe ihrer Pferde traten auf Stein. Der Nebel schloß sich und verbarg das Wasser, und Grace überkam das seltsame Gefühl, daß sie eine Brücke über eine Wolkenbank überquerten. Dann riß der Nebel wieder auf, und eine riesige Fläche aus mit Eisen beschlagenem Holz ragte vor ihnen auf.

»Ist das normal, daß die Tore tagsüber geschlossen sind?« fragte Lirith den Barden.

»Auf Spardis schon«, sagte Falken und lachte. »Mißtrauen ist hier die Regel, nicht die Ausnahme.«

Durge starrte die geschlossenen Tore finster an. »Und wie sollen wir Einlaß bekommen?«

»Wir klopfen«, sagte Melia. Sie stieg ab und ging auf das Tor zu.

Falken, Grace und Aryn schlossen sich ihr an, während die anderen bei den Pferden blieben. Aber das Anklopfen erwies sich als unnötig, denn in dem einen Torflügel öffnete sich eine kleine vergitterte Klappe, als sie näher kamen.

»Verschwindet!« grollte eine Stimme. »Ihr seid hier nicht willkommen!«

Falken schenkte Melia ein wölfisches Grinsen. »Mir gefällt es hier. Sie scheinen sehr freundlich zu sein.«

»Das ist mir auch aufgefallen«, sagte sie.

Sie blieben vor dem Tor stehen. Hinter der kleinen Öffnung waren ein Stahlhelm und ein Paar entschieden unfreundlich blickender Augen zu sehen.

»Ich bin Falken Schwarzhand«, sagte der Barde. »Bei mir sind die Lady Melia, Ihre Hoheit Aryn, Baronesse von Elsandry, und Ihre Durchlaucht Grace, Herzogin von Beckett. Wir erbitten vom König Gastfreundschaft.«

Die Augen weiteten sich bei den Worten des Barden, dann wurden sie wieder hart. »Ich kann Euch Eure Bitte nicht erfüllen, Lord Falken. Perridon hat keinen König, und der Regent hat befohlen, daß die Schloßtore als Schutz gegen die Seuche versiegelt bleiben. Ihr müßt gehen.«

Grace mußte es zugeben – es war ein vernünftiger Befehl. Eine selbst auferlegte Quarantäne, um jede Ansteckung zu vermeiden. Aber sie mußte ins Schloß. Sie griff in den Umhang und zog das zusammengefaltete Pergament hervor.

»Ich habe hier eine Bestätigungsurkunde von König Boreas. Er bittet Euch ...«

»Ich diene nicht König Boreas«, sagte die Stimme auf der anderen Torseite nun deutlich ärgerlicher. »Ich habe es Euch schon gesagt – der Regent hat verboten, daß bis zu seiner Rückkehr jemand Spardis betritt. Geht jetzt.«

Grace wollte etwas erwidern, aber Melia schob sich an ihr vorbei. Ihre bernsteinfarbenen Augen funkelten unter den zur Hälfte geschlossenen Lidern. »Aber der Regent erwartet uns«, sagte sie in einem beschwichtigenden Tonfall.

Ein kurzes Schweigen trat ein, dann sagte die Stimme hinter dem Tor dumpf: »Der Regent erwartet Euch ...«

»Wir sind seine Gäste«, fuhr Melia fort.

»Ja, Ihr seid seine Gäste ...«

»Gut«, sagte Melia. »Und jetzt mußt du uns das Tor öffnen, damit der Regent nicht unzufrieden mit dir ist.«

Entsetzen trat in die Augen unter dem Helm. »Nein! Der Regent darf nicht unzufrieden sein.«

Die Klappe wurde zugeknallt, dann ertönte ein Knirschen, und eine in das Tor eingesetzte Pforte öffnete sich. Der Barde gab den anderen, die mit den Pferden kamen, ein Zeichen.

Falken beugte sich zu Melia herüber, als sie durch den Eingang traten. »Ich wußte, daß du nicht widerstehen kannst, ihn zu beeinflussen.«

»Ich habe ihn nicht beeinflußt«, sagte sie. »Ich habe ihn lediglich zu der einzig logischen Lösung hingeführt.«

»Hinführen, beeinflussen. Ich sehe da keinen Unterschied.«

»Der Unterschied besteht darin, daß ich uns reingebracht habe und du nicht.«

Bevor Falken darauf etwas erwidern konnte, schritt Melia mit erhobenem Kopf durch die Pforte.

Der Wächter, der eine Rüstung aus einer Art dunklem, poliertem Metall trug, baute sich vor ihnen auf. Er machte eine präzise Verbeugung. »Ihr dürft die Pferde hier lassen – ich versichere Euch, daß man sich gut um sie kümmern wird. Wenn Ihr mir jetzt folgen wollt, bringe ich Euch unverzüglich in den Großen Saal zum Kammerherrn.«

»Aber gern, mein Bester«, sagte Melia.

Obwohl Grace davon ausging, daß der Wächter in seiner Eile den direkten Weg zum Großen Saal nahm, überzeugt war sie davon nicht. Das hier schien eher ein Labyrinth als ein Schloß zu sein, und der Nebel machte die Dinge nicht einfacher. Im Handumdrehen hatte sie die Orientierung verloren, als sie zwischen Türmen durchgingen, sich durch kleine Torbogen zwängten und schmale Brücken überquerten.

Melia stöhnte. »Die Perridoner müssen alles kompliziert machen, oder?«

Falken zuckte mit den Schultern. »Ich glaube, da ist etwas in ihrem Trinkwasser, das daran schuld ist.«

Schließlich stieß der Wächter eine Flügeltür auf, und sie betraten einen Raum, der eine gewisse Ähnlichkeit mit dem Großen Saal von Schloß Calavere hatte. Binsen lagen auf dem Boden, mit Wandteppichen geschmückte Wände ragten bis zu geschwärzten Deckenbalken in die Höhe. Am anderen Ende des Saals befand sich ein Podium, auf dem sich ein zur Zeit unbesetzter, mit vielen Verzierungen geschmückter Stuhl erhob. Allerdings hatte man auf der untersten Stufe des Podiums einen weiteren Stuhl aufgestellt, auf dem ein kleiner Mann mit eingesunkener Brust saß, dessen Augen in einem pockennarbigen Gesicht unstet hin- und herzuckten. Sie erinnerten Grace an das Frettchen, das einer der Medizinstudenten mal ins Krankenhaus mitgebracht hatte, um es dann in dem Ventilationssystem zu verlieren.

Der Wächter stellte sie vor, und im ersten Augenblick war der Kammerherr, der auf den Namen Lord Siferd hörte, außer sich vor Wut, daß man die Besucher ins Schloß gelassen hatte. Aber nach einer kurzen Unterhaltung mit Melia besserte sich Siferds Benehmen schlagartig.

»Ihr müßt mir verzeihen«, sagte er und buckelte vor Melia. »Ich hatte ja keine Ahnung, daß man mir solch illustre Gäste bringt. Seid versichert, daß die Verantwortlichen bestraft werden. Und zwar streng.« Siferd warf dem Wächter, dessen Augen hervorquollen, einen vernichtenden Blick zu.

»Nicht zu streng«, sagte Melia und legte dem Kammerherrn eine sanfte Hand auf den Arm.

Sein Kopf ruckte rauf und runter. »Natürlich, Mylady.«

Melias Lächeln war mehr als nur etwas selbstzufrieden.

Grace trat vor den Kammerherrn. Es war besser, hier keine Zeit zu verschwenden. »Lord Siferd, man sagte uns, der Regent sei fort.«

»Ja, Mylady, das entspricht der Wahrheit. Ich bezweifle, daß Ihr davon gehört habt, aber es gab Gerüchte über eine Seuche in den entfernteren Teilen der Domäne. Der Regent ist losgeritten, um zu sehen, was er für das Volk tun kann.« Er legte eine Hand auf die Hohlbrust. »Ein so tapferer und mitfühlender Mann.«

»Davon bin ich überzeugt«, sagte Grace. »Aber könnten wir in der Zwischenzeit mit Königin Inara sprechen?«

Siferd seufzte. »Äh, nein, das geht nicht. Die Königin ist in

Trauer und hat sich von der Welt zurückgezogen, solange sie den Tod ihres Gemahls König Persard beklagt.«

Grace kaute auf der Unterlippe herum. Das war eine böse Nachricht. Sie hatte mit der Königin sprechen wollen. Auch wenn Inara noch sehr jung war, mußte sie dennoch einen Einblick in die hiesige politische Situation haben.

»Und was ist mit Herzog Falderan oder Lord Sul?« fragte sie. »Kann ich einen von ihnen sprechen?«

»Und wieder muß ich Euch enttäuschen, Mylady. Lord Sul ist nach dem Tod des Königs zu seinen Besitztümern im Norden Perridons abgereist. Herzog Falderan hält sich zwar hier auf Spardis auf, aber er ist im Frühling von einer schweren Krankheit heimgesucht worden und empfängt keine Besucher.«

Grace konnte ein Stirnrunzeln nicht unterdrücken. Warum war jeder, mit dem sie sprechen wollte, nicht verfügbar? Andererseits hätte sie wissen müssen, daß Inara noch in Trauer war. Der Tod ihres Gemahls war keine zwei Monate her. Und es war logisch, daß Lord Sul nach Hause zurückgekehrt war; zweifellos hatte der neue Regent seine eigenen Berater. Was nun Falderans Krankheit anging – von allen Leuten kannte sie die Wahrscheinlichkeit, auf dieser Welt zu erkranken, wohl am besten. Da brauchte man nur an die Flammenpest zu denken.

Obwohl aus dem, was sie bis jetzt gesehen und gehört hatte, hervorging, daß die Seuche Spardis noch nicht erreicht hatte. Aber das war seltsam, denn alle Beweise hatten auf Spardis als das Epizentrum der Pandemie gezeigt.

Grace stieß die angehaltene Luft aus. König Boreas hatte ihr gesagt, daß auf Schloß Spardis Geheimnisse warten würden, und sie hatte sie gefunden. Wenigstens würde sie nach Falkens und Melias Abreise etwas zu tun haben.

Siferd klatschte in die Hände und wandte sich an die versammelten Gäste. »Nun, wenn alle Fragen beantwortet sind, werde ich für Euch Gemächer vorbereiten lassen – die schönsten auf ganz Spardis.« Er verbeugte sich noch mehrmals vor Melia und eilte aus dem Großen Saal.

Falken schüttelte den Kopf. »Weißt du, eines Tages mußt du mir diesen Trick beibringen.«

»Darauf kannst du lange warten«, erwiderte Melia.

31

Du mußt zugeben«, sagte Grace zu Travis und deutete mit dem Kopf auf den Barden und die Lady, die auf der anderen Seite des Großen Saals standen, »daß ehemalige Göttinnen und unsterbliche Barden ihren Nutzen haben. Ich glaube, die Füße des armen Kammerherrn haben kaum den Boden berührt, als er losstürmte, um uns Gemächer zu besorgen.«

Travis bedachte Graces Bemerkung mit einem Lächeln – er wußte ihre Bemühungen zu schätzen –, aber er war sich noch nicht sicher, ob er über dieses Thema schon scherzen konnte. Zumindest jetzt noch nicht. Das Lächeln verblaßte.

Sie zögerte und berührte ihn an der Schulter. »Wir sind diejenigen, die sich verändert haben, nicht sie. Sie haben sich nicht verändert, nur weil sie uns verrieten, wer sie in Wirklichkeit sind.«

»Grace, das weiß ich.« Er schaute auf seine Hände. »Glaub mir, das weiß ich. Ich brauche nur noch ein bißchen mehr Zeit, um mich daran zu gewöhnen, das ist alles.«

Sie verschränkte die Arme vor der Brust und wandte sich von ihm ab. »Ich glaube, für mich ist das einfacher. In gewisser Weise ist jeder für mich ein Fremder. Vielleicht macht es das schwerer, über Dinge überrascht zu sein, die ich über andere erfahre.«

Travis verspürte einen Stich in der Herzgegend. Er machte einen Schritt auf sie zu. »Bin ich für dich denn ein Fremder, Grace?«

Sie nickte, wobei sie ihm noch immer den Rücken zuwandte. »Aber ich liebe dich, Travis.«

Er öffnete den Mund, aber bevor er das aussprechen konnte, was er mehr als alles andere sagen wollte –

Ich liebe dich auch, Grace.

- setzte sie sich in Bewegung und ging zu Lirith und Aryn herüber, die zusammen mit Tira auf einer Bank saßen.

Travis seufzte, dann drehte er sich um und begab sich zu den Satteltaschen, die in einer Ecke des Großen Saals aufgestapelt waren. Durge und Beltan waren gegangen, um sich zu vergewissern, daß die Pferde vernünftig versorgt wurden. Er konnte sich nützlich machen, wenn er die Besitztümer der Gruppe sortierte. Er ging auf die Knie, um den Proviant zu überprüfen – und riß die Hand zurück. Zu spät. Die vier nadelspitzen Krallen trafen genau ins Ziel.

»Ich möchte mal wissen, was du gegen mich hast«, sagte er beleidigt und hielt sich die verletzte Hand.

Das schwarze Kätzchen leckte sich die Schnurrbarthaare und setzte das Schläfchen fort, das es in einer der Satteltaschen hielt. Travis wich vor dem Tier zurück. Dabei fiel sein Blick auf einen schmalen Gegenstand. Er stand auf und nahm den Runenstab, den ihm Großmeister Oragien gegeben hatte.

Der Stab war noch immer in Filz eingewickelt – Travis hatte ihn während der ganzen Reise nicht ausgepackt. Es war keine Zeit gewesen, ihn einer genauen Untersuchung zu unterziehen. Zumindest hatte er sich das eingeredet, obwohl er genau wußte, daß das nicht der wahre Grund war, warum er ihn sich nicht angesehen hatte. Sogar in diesem Augenblick konnte er fühlen, wie sie den Stab vibrieren ließ – der dicke Filz dämpfte sie zwar, aber es war unverkennbar. Macht.

Genau was du brauchst, Travis. Noch eine Methode, anderen Leuten zu schaden.

Er beugte sich vor, um den Runenstab zurückzustellen.

»Wirst du ihn jemals auspacken?« fragte eine Stimme hinter ihm.

Er drehte sich um, den Stab in der Hand. »Melia. Ich habe dich gar nicht kommen gehört.«

»Natürlich nicht, mein Bester.« Die Lady glitt auf ihre unnachahmliche Art auf ihn zu. »Weißt du, du kannst deine Macht nicht immer verstecken. Eines Tages wirst du sie ans Licht des Tages bringen und dir ansehen müssen, was man dir vermacht hat.«

Er faßte den Stab fester. »Ich habe nicht darum gebeten, Melia. Ich wollte sie nicht haben.«

»Und macht das einen Unterschied?«

Sie hatte natürlich recht. Er strich über den Filz, fragte sich, welche Geheimnisse sich ihm erschließen würden, wenn er ihn entfernte.

»Es tut mir so leid, daß wir es dir nicht früher gesagt haben, mein Bester.«

Er schaute auf, und es verschlug ihm den Atem. Es erschien unmöglich, daß jemand wie sie seinetwegen weinen konnte, aber jetzt glitzerten Tränen in ihren Augen. Plötzlich erschien ihm seine Wut selbstsüchtig und dumm.

»Aber Ihr habt es mit gesagt, Melia. Und allein das zählt.«

»Nein, wir hätten es dir schon früher sagen sollen. Ich sehe jetzt, wie sehr dich unser Schweigen verletzt hat.« Sie lächelte traurig. »Vermutlich glaubten wir, wir würden dich beschützen.«

Beinahe hätte er gelacht. War nicht genau das der Grund, warum er seine Macht versteckte, genau wie den Runenstab? Um andere Menschen zu beschützen? Ja, Melia und Falken hatten gelogen. Genau wie Deirdre und die Sucher. Immerhin hatte keiner von ihnen die Wahrheit benutzt, um jemandem zu schaden. So wie der Drache. So wie Duratek. Und wem von ihnen ähnelte er? Melia hatte gesagt, er könne die Dinge nicht für immer verbergen. Aber wenn er seine Macht offen zeigte und benutzte – in dem Wissen, daß er andere damit verletzen konnte –, würde er dann nicht unwillkürlich zu einem Ungeheuer wie Sfithrisir werden?

Eine eiskalte Klinge durchtrennte den Nebel, der ihn am Denken hinderte, und sorgte für eine ganz klare Offenbarung. Ja, es gab doch noch einen anderen Weg ...

Melia runzelte die Stirn. »Travis, deine Miene – was ist?«

Es blieb ihm erspart, selbst eine Lüge auszusprechen, denn in diesem Augenblick kamen Beltan und Durge mit klirrenden Kettenhemden in den Großen Saal gestürmt.

Falken ging ihnen entgegen. »Was ist? Stimmt was nicht mit den Pferden?«

Beltan schnaubte. »Nein, trotz Durges Vorhersagen sind sie gut untergebracht worden. Es ist die Königin.«

Grace stand auf. »Die Königin? Du meinst Inara?«

»Wir haben sie eben gesehen«, sagte Durge. »Sie spazierte mit ihren Hofdamen auf dem Inneren Burghof.«

Beltan überbrückte mit drei Schritten die Distanz zu einem Fenster. »Wenn nach dem Herumgerenne in dieser Rattenfalle von Schloß noch etwas von meinem Orientierungssinn übriggeblieben ist, glaube ich, daß wir sie von hier aus sehen können. Wenn einer von euch sie sich ansehen will, hier ist die Möglichkeit.«

Alles drängte sich um das Fenster. Travis schaute über die Köpfe der anderen in den schmalen Hof. Zuerst konnte er nur einen einsamen Bauern ausmachen, der einen Karren mit Torf über die Pflastersteine schob. Dann kam eine schmale, schwarz verschleierte Gestalt in Sicht, die mit gebeugtem Kopf ging. Hinter ihr gingen drei Frauen, von denen eine ein in Weiß gehülltes Bündel trug.

»Das muß ihr Sohn Perseth sein«, sagte Falken.

Aryn seufzte. »Sie sieht so traurig aus. Glaubt ihr, sie hat König Persard doch geliebt?«

Durge räusperte sich. »Es ist unmöglich, daß jemand im Frühling seines Lebens einen Mann wahrhaft lieben kann, der schon weit in seinem Winter ist.«

»Nein, ich glaube es auch«, sagte Lirith leise. »Das Herz ist ein seltsames Ding.«

Durge sah nicht in Richtung der Hexe, sondern starrte bloß aus dem Fenster.

Grace schüttelte den Kopf. »Ich wünschte, wir könnten mit ihr sprechen. Es gibt so viel, das ich sie fragen ... *Tira!*«

Während Graces Worten war das barfüßige Mädchen an ihr vorbei auf die niedrige Fensterbank geklettert. Tira wich ihren zupackenden Händen aus, schlüpfte durch das Fenster und stellte sich auf den Fenstersims. Graces Aufschrei hallte von den Steinwänden wider. Die Königin unten blieb stehen und hob das verschleierte Gesicht.

Tira grinste und winkte ihr zu.

Die Hofdamen starrten mit offenstehenden Mündern entsetzt nach oben. Königin Inara zögerte, dann hob sie die Hand und winkte schüchtern zurück. Grace erwischte das Mädchen endlich und riß es zurück in den Raum. Unten nahmen die Königin und ihre Begleiterinnen wieder ihren Spaziergang auf und verschwanden aus der Sicht.

Beltan schloß die Läden, nachdem alle vom Fenster weggetreten waren. Grace drückte Tira an ihre Brust.

»Tu so etwas nie wieder«, sagte sie mit geröteten Wangen. »Hörst du?«

Tira wehrte sich nicht gegen sie. Statt dessen schloß sie die Augen und schmiegte ihr vernarbtes Gesicht an Graces Brust.

»Etwas nicht in Ordnung, Mylords, Myladys?«

Sie drehten sich um und sahen Lord Siferd quer durch den Großen Saal herannahen. Ihm folgte ein Diener mit einem Tablett voller Pokale.

Melia ging ihm entgegen. »Nein, Mylord, alles in bester Ordnung.«

Der Kammerherr strahlte über das ganze Gesicht und verneigte sich tief. »Eure Gemächer sind fast fertig, schöne Lady.

Ich darf Euch nur noch um etwas Geduld bitten. Bitte, erfrischt Euch doch, während Ihr wartet.«

Der Kammerherr eilte wieder aus dem Saal, und der Diener kam heran. Jeder von ihnen nahm sich einen Pokal mit hellem Wein von dem Tablett. Travis trank und seufzte zufrieden. Er war durstig, und der Wein war kühl und nur leicht gesüßt.

Beltan stellte seinen geleerten Pokal mit einem Grunzen wieder ab. »Das ist zwar kein Bier, aber ich könnte mich daran gewöhnen.« Er nahm sich noch zwei Pokale, während der Diener ihm mit großen Augen zusah.

Die meisten von ihnen setzten sich, während sie auf die Rückkehr des Kammerherrn warteten, wobei die anderen im Großen Saal umherspazierten oder Nebentüren öffneten, die in kleine Vorräume führten. Travis saß auf einer Bank und starrte in seinen Wein. Konnte er wirklich das tun, was er sich vorgenommen hatte? Aber es gab keine andere Möglichkeit, um sicherzugehen, daß er nie jemandem schaden würde, der ihm etwas bedeutete.

»Was befindet sich hinter dieser Tür, Travis?«

Er schaute auf. Melia näherte sich der Tür neben seiner Bank.

Er zuckte mit den Schultern. »Ich weiß es nicht. Ich habe nicht nachgesehen.«

Melia drückte die Klinke herunter, und die Tür schwang auf. »Nun ja, ich habe stets die Meinung vertreten, wenn eine Tür nicht verschlossen ist, dann ist es auch kein Herumschnüffeln.«

Travis grinste sie an. Dem konnte er nicht widersprechen. Sie öffnete die Tür weiter und betrat den dahinter befindlichen Raum. Travis beugte sich wieder seufzend über seinen Wein.

Ein Keuchen kam durch die Tür, gefolgt von einem leisen, aber deutlich verständlichen Aufschrei.

»O nein!«

Im nächsten Augenblick ertönte ein dumpfer Aufprall, gefolgt vom klirrenden Geräusch von Metall auf Stein.

Travis sprang erschrocken auf. Er starrte auf die Tür, dann stürmte er durch sie hindurch. Beltan war ihm bereits voraus. Die beiden Männer fanden sich in einem kleinen Raum wieder. Licht aus einem hohen Fenster erhellte ein paar Gegenstände: einen Stuhl, einen Tisch, eine Marmorbüste auf einem Podest, die einen stattlichen Mann darstellte. Aber Travis nahm nichts davon wahr. Er sah nach unten, und ihm drohte das Herz stehenzubleiben.

Eine kleine Gestalt in Blau lag in einer Weinpfütze auf dem Boden. Der Pokal war aus ihrer schlaffen Hand gerollt, und die Augen in ihrem bleichen Gesicht waren geschlossen.

»Nein!« Beltans Schrei hallte von den Wänden zurück. Er fiel neben der kleinen, reglosen Gestalt auf die Knie, während die anderen hereinstürmten.

»Was ist?« rief Falken von der Tür aus.

Travis drehte sich um und erwiderte den Blick des Barden. »Es ist Melia.«

32

Zwei Tage später versammelten sie sich im Morgengrauen in den Schatten der vielen Schloßtürme im untersten der Burghöfe. Grace zog den Umhang eng um den Körper. Nach der drückenden Hitze auf der Reise nach Osten mußte sie sich noch immer an die Kälte gewöhnen, die von Spardis' Steinen ausging.

Falken wollte sich in den Sattel seines schwarzen Hengstes schwingen, hielt inne und sah Grace mit sorgenvollem Blick an.

»Ihr werdet Euch gut um sie kümmern, Grace, nicht wahr?«

Sie antwortete in einem Tonfall, den jahrelange Übung routiniert und beruhigend klingen ließ. »Ich tue alles, was in meiner Macht steht, Falken.«

Er nickte und stieg aufs Pferd.

»Seid Ihr bereit, Mylady?« fragte Durge, der bereits auf Schwarzlocke saß.

Lirith richtete ihr Reitgewand auf dem Rücken ihrer Stute und nickte. »Ich bin soweit.«

Grace versuchte den Kloß in ihrem Hals herunterzuschlukken, aber es wollte ihr nicht gelingen. Sie war die einzige, die auf den Burghof gekommen war, um die drei zu verabschieden. Beltan konnte man nicht von Melias Lager trennen. Travis war bei dem Ritter geblieben, und Aryn paßte auf Tira auf. Grace wußte, daß auch sie hätte bleiben sollen, aber sie konnte ihre Freunde nicht ohne Abschied ziehen lassen. Nicht, wo sie wußte, daß sie, wenn sie ihr Ziel tatsächlich erreichten, womöglich niemals zurückkehrten.

Außerdem hatte sie Travis befohlen, sie zu benachrichtigen, falls sich Melias Zustand veränderte. Nicht, daß sie damit rechnete. Niemand hatte Melia fallen gesehen, und es gab keine sichtbaren Anzeichen einer Krankheit oder eines Traumas, aber Melia war in ein tiefes Koma gefallen, und sie kannte die Ursache dafür noch immer nicht.

Falken hatte natürlich allein zu seiner Reise aufbrechen wollen. Bis zum vergangenen Abend hatte er eisern darauf beharrt, daß nur er allein sich in die Ödnis wagen, die Flammenfestung aufspüren und dem Nekromanten *Krondisar* entreißen konnte, bevor es zu spät war.

»Ich bin der einzige, der Dakarreth kennt und weiß, zu welchen Dingen er fähig ist«, hatte er gesagt, während er wie ein gefangener Wolf in dem Gemach auf und ab gegangen war, das sich direkt neben dem befand, in dem sie die bewußtlose Lady untergebracht hatten.

Lirith hatte ihm den Weg verstellt und ihn entschlossen angesehen. »Der Drache hat mit keinem Wort erwähnt, daß ich zur Festung reise.«

»Für mich gilt das gleiche«, hatte Durge ernst gesagt.

Falken hatte widersprechen wollen, aber schließlich hatte er seine gesamten Argumente erschöpft. Also hatte er genickt und sich abgewendet.

Wind kam auf, wirbelte den Nebel durcheinander und riß an Durges grauem Umhang. »Wir sollten aufbrechen«, sagte der Ritter. »Wenn wir zu lange im Hof bleiben, wird der Kammerherr unseren Aufbruch bemerken.«

Melia hatte den Kammerherrn fast schon zu gut beeinflußt. Lord Siferd war nun fest davon überzeugt, daß sie wichtige Gäste und Freunde des Regenten waren, und zweifellos hätte er dagegen protestiert, daß jemand von ihnen vor der Rückkehr seines Regenten das Schloß verließ.

»Kommen wir an den Torwachen vorbei?« fragte Lirith.

Nach langer Zeit zeigte sich wieder das wölfische Grinsen auf Falkens Gesicht. »Wir werden einen Weg finden.«

»Lebt wohl, Mylady«, sagte Durge zu Grace und verbeugte sich tief in seinem Sattel. »Es war mir stets eine Ehre, Euch zu dienen.«

Lirith schenkte ihr eines der geheimnisvollen Lächeln, für die sie bekannt war. »Ich werde Euch vermissen, Schwester.«

»Paßt gut auf sie auf, Grace«, sagte Falken.

Grace nickte. Sie verspürte einen dumpfen Schmerz in der Brust. Es gab so viel, das sie sagen wollte – daß sie sie alle liebte, daß sie auf sich achtgeben sollten und daß sie so schreckliche Angst hatte, sie niemals wiederzusehen. Aber der Nebel schien in ihren Hals zu kriechen und ihn zuzuschnüren, und so bekam sie nur ein leises »Lebt wohl!« heraus.

Die drei drehten ihre Pferde und ritten über den Burghof. Der Nebel schloß sich hinter ihnen, und sie waren verschwunden. Grace schaute in die weißen Schwaden, dann seufzte sie, drehte sich um und ging zurück ins Schloß.

Sie brauchte länger als erwartet, um zu ihren Gemächern zurückzukehren. Aber wie sie in den vergangenen beiden Tagen entdeckt hatte, war auf Schloß Spardis die kürzeste Distanz zwischen zwei Punkten nicht mal annähernd eine gerade Linie. Sie durchschritt Torbögen, die nirgendwohin führten, ging Korridore entlang, die sie im Kreis führten, und stieg Treppen hinauf, die vor nackten Mauern endeten.

In gewisser Weise hieß sie den Irrweg sogar willkommen, verschaffte er ihr doch Zeit zum Nachdenken – etwas, zu dem sie seit dem Aufbruch von Calavere nicht gerade oft gekommen war. Falken, Durge und Lirith hatten ihre Aufgabe, und Grace hatte die ihre. Und es ging nicht nur allein darum, die politische Situation auf Spardis zu ergründen.

Wieder ging sie in Gedanken jeden einzelnen Aspekt von Melias Zustand durch, den sie hatte feststellen können. Atemfrequenz und Puls waren verlangsamt, sie verriet keine Schmerzreaktion. Allerdings reagierten ihre Pupillen noch immer auf Licht, und in ihren Extremitäten gab es keine Anzeichen für reflexartige Spastik. Das war gut – es bedeutete, daß kein Hirnschaden vorlag. Falls Melia überhaupt so etwas wie einen Hirnschaden davontragen konnte.

Denn das war ein Teil des Problems. Melia war keine Sterbliche. Grace hatte nicht die geringste Idee, welchen Einfluß dies auf ihre Physiologie hatte – falls die Lady überhaupt eine Physiologie hatte. Aber Grace blieb nichts anderes übrig, als sie wie jede andere Person auch zu behandeln, und bis jetzt war eine Diagnose unmöglich gewesen.

Sie hatte den Raum untersucht, in dem Melia zusammengebrochen war, aber nichts von Interesse gefunden – ein paar Möbel, einen Wandteppich und die Marmorbüste eines Mannes. Das war alles. Beltan hatte gemeint, daß der Wein schuld sei, aber sie alle hatten davon getrunken, und Lord Siferd war die letzte Person im Schloß, die Melia hätte vergiften wollen. Davon abgesehen hatte Lirith die Weinreste im Pokal mit der Gabe untersucht und keine Spur von Gift gefunden.

Bevor Grace Antworten fand, fand sie ihr Gemach. Seufzend öffnete sie die Tür und trat ein. Travis, der zusammengesunken auf einem Stuhl gesessen hatte, fuhr hoch.

»Nun«, sagte sie, »sie sind weg.«

Er nickte düster.

Grace deutete auf die Tür, die zu Melias Gemach führte. »Wie geht es ihr?«

»Keine Veränderung. Beltan ist bei ihr. Er will noch immer nicht schlafen. Ich glaube, er wartet, bis er über ihr zusammenbricht. Aber Aryn und Tira ruhen sich in dem anderen Gemach aus.«

»Du solltest dich auch ausruhen. Du siehst schlimm aus.«

Er grinste. »Danke.«

»Keine Ursache.«

Travis legte sich auf eine Bettstatt. Grace nahm ihm die

Nickelbrille ab und setzte sie auf dem Tisch ab. Dann deckte sie ihn mit einer Decke zu. Sie richtete sich wieder auf, um zu gehen.

»Glaubst du, sie schaffen es?« Seine Stimme war leise und heiser. »Dakarreth den Stein des Feuers abzunehmen?«

Grace drehte sich um. Er hatte die Augen geschlossen.

»Ich weiß es nicht«, erwiderte sie. »Ja, ich glaube schon. Mir bleibt keine andere Wahl.«

Travis behielt die Augen geschlossen, aber er nickte. Grace sah ihm zu, bis seine Atemzüge tiefer wurden, dann schlüpfte sie leise aus der Tür.

Und nun?

Sie seufzte. Es gab nichts, das sie tun konnte, um Melia zu helfen. Also konnte sie genausogut an ihrer anderen Mission arbeiten, die, die Boreas ihr aufgetragen hatte, auch wenn sie kaum noch wichtig erschien. Scheiterte Falken, würde es egal sein, wer über welche Domäne herrschte. Dakarreth würde sie alle beherrschen. Aber wenn sie wirklich glaubte, daß der Barde es schaffte, dann *war* es wichtig, herauszufinden, wer dieser neue Regent war und ob er für Königin Inara und Prinz Perseth die besten Interessen im Sinn hatte.

Erneuerte Entschlossenheit setzte in Grace frische Energien frei. Sie marschierte los.

Fünf Sackgassen, ein halbes Dutzend Fragen an Diener, und dreißig Minuten später ging sie im Nordflügel des Schlosses auf eine vergoldete Tür zu. Um *welchen* Nordflügel es sich genau handelte, wußte sie nicht, da Spardis anscheinend drei davon hatte. Als sie näher kam, kreuzten zwei Wächter in schwarzer, polierter Rüstung die Speere und blockierten ihr den Weg.

»Königin Inara darf nicht gestört werden«, knurrte der eine Wächter.

Grace trat einen schnellen Schritt zurück, damit ihr nicht

die Nase abgeschnitten wurde. »Darf ich ihr dann bitte eine Botschaft schicken?«

»Die Königin nimmt während ihrer Trauer keine Botschaften entgegen.«

Sie legte eine Hand an die Brust. »Auf wessen Befehl?«

»Befehl des Regenten. Falls Ihr der Königin eine Botschaft zukommen lassen wollt, dürft Ihr nach der Rückkehr des Regenten darum ersuchen.«

Grace senkte den Kopf, drehte sich um und ging, bevor sie noch von einem Speer durchbohrt wurde. Sie hatte ohnehin nicht damit gerechnet, zur Königin vorstoßen zu können, aber der Versuch war interessant gewesen. Falls Inara wirklich in Trauer war, hätte der Befehl, jede Kommunikation zu unterbinden, nicht von ihr kommen müssen?

Nicht, wenn es eine erzwungene Trauer ist. Du mußt zugeben, es ist eine praktische Methode, sie aus allem rauszuhalten. Bricht sie die Trauer, erscheint sie gefühllos. Ihr bleibt keine andere Wahl, als in ihren Gemächern zu bleiben und zuzusehen, wie der Regent in ihrem Namen regiert.

Natürlich waren das wilde Schlußfolgerungen. Es war durchaus möglich, daß der Regent Inaras volle Unterstützung hatte. Wenn es doch nur jemanden gegeben hätte, mit dem sie sprechen konnte. Aber vielleicht gab es so eine Person ja doch ...

Es war Nachmittag, als Grace endlich den Raum gefunden hatte, nach dem sie gesucht hatte. Sie hatte mit einem Dutzend Diener gesprochen, aber sobald sie erwähnt hatte, zu wem sie wollte, warf jeder von ihnen einen erschrockenen Blick über die Schulter und eilte weg. Am Ende fand sie einen Jungen, der einen Eimer mit Abfall trug und für eine Silbermünze zu reden bereit war.

»Meine Oma kümmert sich um ihn«, sagte der Junge. »Ihr findet sein Gemach im Ostflügel.«

Grace seufzte. »Und in welchem Ostflügel?«

Das mit Schorf bedeckte Gesicht des Jungen verzog sich zu einem Grinsen. »Da gibt es nur einen, Mylady.« Dann eilte er den Korridor entlang.

Überraschenderweise erwiesen sich die Worte des Jungen als wahr. Grace zögerte, dann klopfte sie an der Tür.

»Herein«, sagte eine krächzende Stimme auf der anderen Seite.

Grace öffnete die Tür und betrat den Raum, und der Gestank traf sie wie ein Schlag und hätte sie beinahe zurücktaumeln lassen. Sie hielt sich eine Hand vor den Mund, stählte sich und ging weiter in das halbdunkle Gemach hinein.

Das also passiert auf Spardis mit kranken Herzögen.

In dem Raum stand kaum mehr als eine Pritsche und ein Stuhl. Auf der Pritsche lag ein Mann mittleren Alters in einem verdreckten Nachthemd, der von ein paar ausgefransten Kissen etwas aufrecht gehalten wurde. Sein Haar war fettig und ungekämmt, seine Wangen unrasiert. Er starrte mit leerem Blick vor sich hin, während ihm Speichel das Kinn herunterrann. Auf dem Stuhl saß eine alte Frau, die kaum sauberer als der Mann wirkte. Als sie Grace erblickte, sprang sie auf die Füße.

»Mylady!« sagte sie mit einem unbeholfenen Hofknicks.

Grace ging näher an das Bett heran. Es stank nach Kot. Wann waren die Laken das letzte Mal gewechselt worden? Sie betrachtete die blicklosen Augen des Mannes, dann wandte sie sich an die alte Frau. »Ist das Herzog Falderan?«

»Aye, das ist er.« Die Alte strich über ihr verfilztes Haar, scheiterte jedoch kläglich, es zu glätten. »Man hat mich geschickt, damit sich jemand um ihn kümmert, jawohl.«

Grace biß die Zähne zusammen. Welchen Zweck hätte es gehabt, die Alte zu rügen? Sie verstand nichts von Krankenpflege, soviel war klar. Nein, derjenige, der sie hergeschickt hatte, verdiente Graces Zorn.

Sie kniete vor dem Bett nieder und schnippte ein paarmal mit den Fingern vor Falderans Augen. Keine Reaktion, kein Blinzeln. Dann bemerkte sie den Lappen an der Seite seines Kopfes, der dunkel vor verkrustetem Blut war. »Wie lange ist er schon so?« fragte sie die Alte.

Ein Schulterzucken. »Seit ich zu ihm kam, Mylady. Das ist jetzt über einen Mond her.«

»Weißt du, warum er krank ist?«

Die Alte kicherte heiser. »Eine Meinungsverschiedenheit mit dem Regenten, darum ist er krank, Mylady. Er ist die Treppe runtergefallen, aber nicht ohne Hilfe, das sage ich Euch.«

Grace stand wieder auf. Es gab nichts, das sie für Falderan hätte tun können.

»Glaubst du, es war der Regent?«

Die Alte riß die Augen weit auf. Sie wich bis zur Wand zurück. »O nein! Seid Ihr eine Spionin, Mylady? Aber das war doch nur ein Scherz. Ja, ein Scherz. Ich liebe den Regenten, jawohl, das tue ich. Die Götter mögen ihn schützen.« Tränen strömten ihr schmutziges Gesicht herunter. »Helft mir, o ihr Götter, helft mir.«

»Es ist schon gut«, sagte Grace. »Wirklich.« Sie streckte die Hand aus, aber die Alte schrie auf, als wäre sie mit einem Messer gestochen worden, und wich zusammengekrümmt rückwärts in eine Ecke zurück; Rotz lief ihr aus der Nase. Bevor sie noch Schlimmeres tat, verließ Grace das Gemach und schloß die Tür hinter sich.

Draußen atmete sie tief durch und versuchte ihre Lungen zu reinigen, aber der Gestank des Todes folgte ihr den ganzen Weg zurück zu ihrem Gemach.

33

Travis ging den Korridor entlang, blickte nach rechts und nach links und fragte sich, ob er wohl gesehen worden war.

Was glaubst du wohl, Travis? Das hier ist Spardis. Allein in der letzten Minute haben dich vermutlich zwei Dutzend Leute gesehen.

Aber es waren nicht die verfolgenden Blicke der Intrigen schmiedenden Schloßbewohner, die ihm Sorgen machten. Es waren die Blicke seiner Freunde, denen er aus dem Weg gehen wollte. Er wollte nicht, daß einer von ihnen ihn fragte, wo er hinging. Er wollte sie nicht anlügen. Und er wollte sie nicht mit der Wahrheit verletzen.

Du mußt die anderen verlassen, Travis, bevor du einem von ihnen einen Schaden zufügst. Und das ist deine letzte und beste Chance. Beltan wird nicht von Melias Seite weichen, solange sie krank ist. Und Grace hat eine Mission, die sie erfüllen muß. Und nach dem zu urteilen, was sie über Herzog Falderan herausgefunden hat, sieht es durchaus so aus, als gäbe es hier für sie eine Menge zu untersuchen.

Und was Aryn und Tira anging – Travis wußte, daß sie Grace nie verlassen würden. Er packte den eingewickelten Runenstab fester, rückte die Satteltasche zurecht, die er sich über die Schulter geworfen hatte, und ging weiter.

Um ein Haar hätte er sich am Morgen verraten. Er hatte zusammen mit Grace, Aryn und Tira in ihrem Gemach gefrühstückt, und der Anblick ihrer Gesichter – die er aller Voraussicht nach jetzt das letzte Mal sah – hatte ihn in bittere Tränen ausbrechen lassen.

»Travis, was ist denn?« fragte Aryn und berührte ihn mit der linken Hand.

»Ich habe nur etwas ins Auge bekommen«, sagte er und wandte sich dann ab. Die Lüge war ihm mühelos über die Lippen gekommen.

Danach stattete er Beltan einen Besuch ab – nicht um sich zu verabschieden, das war unmöglich, sondern um den Ritter ein letztes Mal zu sehen. Von ihnen allen hatte Travis seit seiner Entscheidung, sie zu verlassen, über ihn am längsten nachgedacht. Er wußte nicht, warum das so war; vielleicht lag es einfach nur daran, daß Beltan sein Ritter-Hüter war. Trotzdem fragte er sich, ob er sich jemals wieder so sicher fühlen würde wie in Beltans Nähe. Aber jetzt war er es, der der Beschützer sein mußte. Denn wie lange würde es Beltan noch gutgehen, solange er bei ihm blieb?

An diesem Morgen hatte der Ritter tatsächlich Melias Seite verlassen – um sich die Beine zu vertreten, wie er Aryn gesagt hatte, aber die Baronesse glaubte eher, daß er nach einem Vathris-Schrein Ausschau hielt, an dem er beten konnte. Travis suchte ihn eine Stunde lang und fand den Ritter dann schließlich auch, nur daß der in die andere Richtung ging.

»Beltan!«

Die Art und Weise, wie der Ritter kurz zögerte, verriet Travis, daß er ihn gehört haben mußte. Aber der Ritter ging einfach weiter, ohne sich umzudrehen.

Travis verspürte eine bittere Enttäuschung. Es war offensichtlich, daß Beltan ihn seit ihrem Kampf mit Eriaun und den *Krondrim* mied. Hatte er etwas getan, das den Ritter beleidigt hatte?

Er wußte es nicht. Vielleicht hielt Beltan ihn nun doch für ein Ungeheuer und nicht für einen Menschen. Ob es nun stimmte oder nicht, es war besser so, denn es machte die Flucht einfacher.

Er hatte die Sachen aus dem Alkoven geholt, wo er sie zuvor verborgen hatte, und war mit schnellen Schritten losgegangen. Er mußte das Schloß verlassen haben, bevor die anderen sein Fehlen bemerkten.

Er duckte sich durch einen Torbogen und trat auf eine Pflastersteinstraße, auf der sich Menschen drängten. Er tauchte in der Menge unter und ging in Richtung der beiden hohen Türme, von denen er wußte, daß sie das Schloßtor flankierten. Dahinter lag – ja, was?

Travis seufzte. Er würde es wohl herausfinden, wenn es soweit war. Aber vielleicht wußte er es ja auch schon. Er konnte sie spüren, wie sie ihm anhaftete wie ein Schatten. Die Macht.

Geh, Runenbrecher! Geh und zerstöre die Welt, indem du sie rettest!

Nein – genau darum ging er ja, ging so weit von jedem anderen Menschen fort, wie er nur konnte. Travis faßte den Runenstab fester und beschleunigte seine Schritte.

Die Menge wurde langsamer. Voraus sah Travis einen Karren mit Steckrüben, der umgekippt war und seine Ladung quer über die Straße verteilt hatte. Eine Ziegenherde machte sich darüber her, während ein barfüßiger Junge mit einer Gerte in der Hand vergeblich versuchte, sie zusammenzutreiben. Travis stöhnte auf. Er konnte jetzt keine Verzögerung gebrauchen. Er blickte sich um und entdeckte einen Durchgang, der zu einer Seitengasse führte. Er drängte sich an wütenden Menschen vorbei und trat durch den Durchgang.

Nach dem Gedränge auf der Hauptstraße war die Gasse dunkel und still. Die Häuserwände neigten sich einander zu und sperrten dabei fast den Himmel aus.

Ein paar Minuten später fragte Travis sich bereits, ob dieser Umweg eine gute Idee gewesen war. Zuerst hatte er die Spitzen der Türme am Schloßtor sehen können. Dann machte die Gasse einen scharfen Knick nach rechts, und die Türme verschwanden. Es folgte eine Biegung nach der anderen, bis sich Travis nicht mehr sicher war, ob er sich von der Schloßmitte entfernte oder darauf zuging. Hier und da spannten sich über seinem Kopf Brücken, aber es war einige Zeit her, daß er einen Durchgang gesehen hatte, der zur Hauptstraße zurückführte, und es war kein Ende in Sicht.

»Habt Ihr Euch verirrt, mein Freund?«

Travis kam ruckartig zum Stehen. Er riß den Kopf herum, blickte nach rechts und links, aber da waren nur nackte Häuserwände zu sehen.

»Nein, mein Freund. Hier drüben.«

Er fuhr herum und sah einen Mann sich von einer Wand lösen, die er noch vor Sekunden angestarrt hatte. Wieso hatte er ihn nicht gesehen? Dann bemerkte er den Umhang des Mannes: Der Stoff hatte exakt dieselbe graue Farbe wie alle Wände auf Schloß Spardis.

Der Mann war jung – jünger als Travis mit seinen einunddreißig Jahren, soviel war sicher –, eher schmächtig und mit einem Gesicht ausgestattet, das man nicht als ansehnlich, sondern schon als hübsch bezeichnen mußte. Ein blonder Spitzbart schmückte sein Kinn, und seine Augen waren von einem so hellen Blaugrau, daß sie schon silbern wirkten. Er hielt eine Hand hoch, die in einem perlgrauen Handschuh steckte.

»Heil der Königin. Mögen ihre Geheimnisse niemals ausgesprochen werden.«

Travis blinzelte. »Entschuldigung?«

Der Mann runzelte die Stirn. Er zögerte, dann machte er mit den Fingern der linken Hand eine komplizierte Geste. Travis schüttelte den Kopf. Was sollte das?

Es geschah so schnell, daß ihm keine Zeit zu einer Reaktion

blieb. Der Mann trat vor und drückte ihm die Spitze eines kleinen, scharfen Dolches unter das Kinn.

»Wer seid Ihr?«

»Ich bin Travis Wilder«, antwortete er, zu überrascht, um etwas anderes als die Wahrheit zu sagen.

Der Mann kniff die Augen zusammen. »Wo habt Ihr diesen Umhang her?«

»Was?«

»Den Umhang!« Der Mann riß an Travis' Nebelmantel.

Travis schluckte. »Den hat mir Falken gegeben.«

Der Mann schien zum ersten Mal zu zögern. »Falken? Ihr meint Falken Schwarzhand?«

Travis wollte nicken und holte zischend Luft, als sich die Dolchspitze in seine Haut bohrte. »Ja.«

Der Fremde musterte ihn, dann nahm er den Dolch mit einer anmutigen Bewegung herunter und trat einen Schritt zurück. »Ich sehe in Euren Augen, daß Ihr die Wahrheit sagt. Ihr müßt mir verzeihen. So viele von meinem Orden sind nun tot. Ich fürchtete, Ihr hättet den Mantel einem toten Kameraden gestohlen.«

Travis rieb sich den Hals. »Euer Orden?«

Der Fremde schwieg. Travis senkte die Hand, dann fiel ihm wieder der Mann ein, der ihnen an Perridons Grenze begegnet war, der Mann, der sich mit der Flammenpest angesteckt hatte – der den gleichen grauen Nebelmantel getragen hatte wie Travis.

»Ihr seid ein Spinnenmann!« rief er.

Der Mann hob die schmalen Brauen. »Es stünde völlig im Einklang mit den Rechten, die mir die Monarchie von Perridon verliehen hat, wenn ich Euch für dieses Wissen umbringen würde.«

Aus einem ihm unerklärlichen Grund fühlte sich Travis plötzlich mutig. »Warum tut Ihr es dann nicht?«

Der Mann bückte sich und schob den Dolch in den Stiefelschaft. »In der letzten Zeit hat es auf diesem Schloß genug Tod gegeben.«

»Wovon sprecht Ihr? Hat die Seuche das Schloß erreicht?«

»Nein. Das heißt, noch nicht. Wir wissen, daß sie kommt, aber das ist auch alles. Einige der Spinnenmänner haben Spardis verlassen, um das zu erkunden. Keiner von ihnen ist zurückgekehrt.« Der Mann blickte Travis in die Augen. »Und sie werden auch nicht zurückkehren, oder?«

Travis schüttelte den Kopf.

»Das habe ich mir gedacht.«

»Ich bin einem von ihnen begegnet«, sagte Travis. »An der Grenze.«

»Und, war er erkrankt?«

Travis zögerte, dann nickte er kaum merklich. Der Spinnenmann wandte den Kopf ab. Er schwieg. Dann wandte er sich wieder Travis zu.

»Also gehört Ihr zu Falken Schwarzhands Gruppe.«

»Das ist richtig.«

Der Spinnenmann lächelte traurig. »Vor gar nicht so langer Zeit hätte ich diese Frage gar nicht stellen müssen, aber ich fürchte, wir wurden ... entrechtet. Das hat unsere Arbeit etwas schwieriger gemacht.« Er streckte die Hand aus. »Würdet Ihr mich zu Falken bringen? Ich möchte mit ihm sprechen.«

»Ich fürchte, er ist vor ein paar Tagen abgereist.«

Der Spinnenmann zuckte zusammen. »Und das habe ich auch nicht gewußt. Nun, egal. Wißt Ihr, Ihr solltet besser auch gehen.«

»Ich war gerade auf dem Weg nach draußen.«

Der Spinnenmann lachte. »Nein, aber nicht auf diesem Weg.«

Travis seufzte. »Ich glaube, ich habe mich verlaufen.«

»Ja, das glaube ich auch. Kommt, ich bringe Euch zum Tor.

Oder zumindest bis in seine Nähe, denn es wäre nicht gut, wenn man mich sehen würde. Betrachtet es als Gefallen für Falken Schwarzhand, für die Hilfe, die er uns in früheren Zeiten geleistet hat.«

Ohne ein weiteres Wort ging der Spinnenmann los. Travis starrte ihm hinterher, dann lief er los, bevor er ihn aus der Sicht verlor. Er folgte dem Spinnenmann durch eine schwindelerregende Reihe von Abzweigungen. Gerade als er zu dem Schluß gekommen war, daß der andere sich genauso verirrt hatte wie er selbst, bogen sie um eine Ecke, und er konnte durch einen ein Dutzend Schritte entfernten Torbogen einen gepflasterten Platz und ein hohes Tor sehen.

Der Spinnenmann berührte seinen Arm. »Gebt dem Wächter mit der Augenklappe eine Goldmünze, und er läßt Euch hinaus. Habt Ihr eine Goldmünze?«

Travis nickte. Beltan hatte ihm etwas eldhisches Geld gegeben. »Danke.«

Der Spinnenmann lächelte; seine Zähne waren schwarz verfault. »Keine Ursache.«

Travis tat es fast schon leid, sich zu verabschieden. Er kannte nicht mal den Namen des Spinnenmannes, aber er stellte fest, daß ihm der Mann sympathisch war.

»Ich hoffe, Ihr findet eine Möglichkeit, Eurer Königin zu helfen.«

Der Spinnenmann preßte die Lippen aufeinander, dann nickte er. Travis ging auf den Torbogen zu.

Laute Fanfaren erschollen.

Eine Hand legte sich auf Travis' Schulter und riß ihn zurück. Er starrte in das unleserliche Gesicht des Spinnenmannes.

»Was ist?«

Der Spinnenmann schüttelte den Kopf. »Ihr seid zu spät gekommen, mein Freund.«

»Was?«

»Der Regent kehrt zurück.«

Der Spinnenmann zeigte auf das Schloßtor. Beide Torflügel schwangen auf, und ein Mann auf einem tänzelnden weißen Pferd ritt hindurch, gefolgt von einem Dutzend Rittern auf schwarzen Schlachtrössern. Aus dieser Entfernung war es schwer, einen guten Blick auf den Mann auf dem weißen Pferd werfen zu können, aber er saß stolz und hoch aufgerichtet im Sattel. Goldenes Haar wogte auf seine Schultern herab, sein Umhang wies die gleiche Farbe auf.

»Wer ist das?« fragte Travis den Spinnenmann.

»Das, mein Freund, ist Regent Darrek. Ich habe heute gehört, daß man die Tore nach seiner Rückkehr versiegelt, und aus Furcht vor der Seuche darf niemand mehr hinein oder hinaus. Ich fürchte, Ihr geht nirgendwohin.«

Ein Stich der Furcht durchfuhr Travis, viel kälter und schneidender als der Dolch des Spinnenmannes. »Nein!«

»Es ist wahr, mein Freund. Allein der Versuch, durch das Tor zu kommen, bringt Euch in den Kerker.«

Travis wollte protestieren, ließ es dann aber sein. Er vermochte nicht zu sagen, warum das so wahr, aber er wußte, daß ihm der Spinnenmann die Wahrheit sagte. Er sah zu, wie der Mann in Gold an ihnen vorbeiritt.

»Da kommt er«, sagte der Spinnenmann giftig. »Genau das, was die Leute wollen. Ein starker Führer für dunkle Zeiten.«

Travis erschauderte. »Ihr hört Euch an, als würdet Ihr ihn hassen.«

»Das tue ich auch, Travis Wilder. Und aus gutem Grund. Ihr müßt wissen, er ist es, der uns von unserer Königin fernhält. So wie er die Hinrichtung aller Mitglieder meines Ordens befahl.«

Aus Furcht wurde Erstaunen, als Travis den Spinnenmann anstarrte. Der Mann lächelte bitter.

»Viel Glück, mein Freund. Und denkt an meinen Rat – tragt Euren Umhang nicht da, wo ihn der Regent sehen kann.«

Der Spinnenmann hob einen Arm, und grauer Stoff flatterte vor Travis' Augen. Travis blinzelte, und als sich sein Blick wieder klärte, war der Spinnenmann verschwunden.

Travis wußte es besser, als nach dem Spion zu suchen. Stattdessen nahm er seinen Umhang ab, knüllte ihn zu einem Knäuel zusammen und trat durch den Torbogen. Er schaute noch einen Augenblick lang auf das Tor. Dann seufzte er und machte sich auf den Rückweg zu seinem Gemach, und sein Schatten ging ihm voraus.

34

Lirith drückte sich dichter an die rauhe Sandsteinwand, als hinter ihr der nächste Strahl aus glühendheißer gelber Energie an dem metallischen Himmel verglühte.

Reiß dich zusammen, Schwester. Das ist doch nur ein Feuerwerk und sonst nichts. Als Mädchen bist du in den Regen hinausgelaufen, um dir schlimmere Stürme als den hier anzusehen.

Aber das hier war nicht Süd-Toloria, wo warme Wolkenbrüche grüne Hügel wuschen, während Blumenduft die Luft erfüllte. Es war auch nicht der Lärm des Sturms, der Nadeln in ihren Schädel trieb, bis sie glaubte schreien zu müssen. Donner wäre ein Trost gewesen. Statt dessen krochen Blitze schlangengleich über den Himmel, und der einzige Laut war das Knirschen des vom Wind hochgeschleuderten Sandes, der zugleich Stein, Fleisch und Nerven blank scheuerte.

Sie kniff die Augen fest zusammen und hielt wieder mit ihrem Bewußtsein Ausschau – vergeblich. Falls es an diesem Ort noch eine Spur der Weltenkraft oder von *irgendwelchem* Leben gab, befand sie sich außerhalb ihrer Reichweite. Dieser Ort hieß nicht grundlos die Ödnis.

Nach drei Tagen der Reise durch die leere Steppe waren sie kurz vor dem gestrigen Sonnenuntergang an den Rand einer nackten, zerborstenen Ebene gekommen. In der Ferne waren Blitze vom Himmel gezuckt, die scharfkantige, aus dem Boden emporragende Schlackehügel und die Ränder tiefer Erdspalten beleuchteten. Lirith hatte das Gefühl gehabt, vor eine Mauer zu laufen: So mußte sich der Tod anfühlen.

»Was ist das für ein Ort, Falken?« keuchte sie.

Durge antwortete mit seinem üblichen Ernst. »Das ist die Ödnis, Mylady.«

Falken ließ den Blick über das leblose Land schweifen. »Lange bevor es auf dieser Welt Menschen gab, führten hier die Gordrim und die Eldhari – die Drachen und die Alten Götter – miteinander Krieg. Die Drachen wollten die Welt zerstören, und die Alten Götter sie wieder aufbauen.«

»Und wer hat gewonnen?« fragte Durge.

Lirith seufzte. »Keiner von ihnen, so wie es hier aussieht.«

Falken warf ihr einen durchdringenden Blick zu, dann lenkte er seinen Hengst einen trügerischen Abhang hinunter und betrat die Ödnis. Lirith und Durge schlossen sich ihm an.

Stundenlang suchten sie sich ihren Weg durch ein zerstörtes Land, in dem kein Regen fiel, kein Wasser floß und es seit einer Ewigkeit kein Leben mehr gegeben hatte. Für Lirith, die an die ständige Gegenwart der Weltenkraft gewöhnt war, die sie wie ein warmer, goldener Mantel einhüllte, war es, als hätte man sie in einen Steinsarkophag eingesperrt.

Irgendwann erschienen sie dann im Licht der Blitze: gewaltige Säulen, die man aus einem Felsmassiv herausgeschlagen hatte und hinter denen nur Finsternis herrschte. Weder Lirith noch Durge brauchten Falken, um ihnen zu erklären, daß das der Ort war, nach dem sie gesucht hatten. Die Flammenfestung.

»Aber warum ist es so dunkel?« fragte Durge. »Ich sehe auf den Stufen keine Wächter. Müßte es keine Verteidigung geben, um andere am Eindringen zu hindern?«

Falken schüttelte den Kopf. »Dakarreth braucht keine Wächter. Er hat ... seine eigenen Verteidigungsmöglichkeiten.«

Zusammen waren sie über das letzte Stück zerborstenen Felsgesteins auf die Festung zugeritten.

Und jetzt erschauderte Lirith, als sich der nächste Blitz über den Himmel schlängelte. Eine Gestalt sprang von dem Rand des Felsüberhangs, wo sie vor dem Sturm Schutz gesucht hatten und wo sie laut Falkens Befehl warten sollten. Sie schaute auf und blickte in grimmige braune Augen.

»Kein Zeichen von ihm?«

Der Embarraner schüttelte den Kopf, und Sand rieselte aus seinem Haar. Sein Schnurrbart war weiß verfärbt.

Lirith zwang sich zur Ruhe, ließ die Panik wie Wasser aus sich herausfließen. »Aber es ist erst eine Stunde vergangen, seit er hineingegangen ist, oder?«

Es war so schwer zu sagen, wie spät es war. Gestern bei Sonnenuntergang hatten sie das letzte Mal die Sonne gesehen. Es hatte keine Morgendämmerung gegeben. An diesem Ort waren Nacht und Tag gleich.

»Nein, Mylady«, sagte Durge und duckte sich unter den Felsüberhang, um wenigstens dem schlimmsten Wüten des Sturms zu entgehen. »Meiner Meinung nach sind es mindestens vier Stunden.«

Ihre Finger strichen über den Sandstein und versuchten, dort ein Loch zu graben. Sie zwang ihre Hand dazu, sich wieder zu entspannen. »Nun«, sagte sie mit betont ruhiger Stimme, »das bedeutet, daß er bald wieder da ist.«

»Ganz wie Ihr meint, Mylady.«

So leise Durges Worte auch gewesen waren, trafen sie sie doch wie der Sturmwind. Sie wandte sich ab. Falken hatte die Festung des Nekromanten allein betreten, und sie hatten gar nicht erst versucht, darüber mit dem Barden zu diskutieren.

»Ihr seid nur aus einem einzigen Grund hier«, hatte Falken gesagt. »Um zurückzureiten und die anderen zu warnen, falls ich scheitern sollte. Wenn Melia erwacht, gibt es noch eine Chance, Dakarreth zu besiegen. Bin ich nach einem Tag noch nicht zurückgekehrt, verschwindet ihr von hier. Und ihr werdet die Festung unter gar keinen Umständen betreten. Habt ihr verstanden?«

Lirith hatte den Barden zuvor noch nie so gesehen – seine Züge waren so hart wie der vom Wind geschliffene Felsen. Man konnte ihr so leicht keine Angst machen, aber in diesem Augenblick hatte sie sich vor Falken gefürchtet. Sie und Durge hatten beide genickt. Dann hatte der Barde sie ohne weiteres Wort verlassen, war dreizehn Stufen hinaufgestiegen und zwischen zwei gigantischen Säulen in der dahinterliegenden Finsternis verschwunden.

Durge setzte sich auf den staubigen Boden. »Ich werde wieder gehen und nach ihm Ausschau halten, Mylady. Ich muß mich nur ... kurz ausruhen.«

Lirith musterte den Ritter. Die Falten in seinem hageren Gesicht waren staubverkrustet, und seine Schultern wurden vom Gewicht des Kettenhemdes nach unten gedrückt. Wann hatte er das letzte Mal geschlafen?

Wann hat überhaupt einer von euch das letzte Mal geschlafen, Schwester?

Nicht, daß einer von ihnen schlafen konnte. Nicht hier und nicht jetzt. Aber von ihnen allen hatte sich Durge auf der Reise am wenigsten ausgeruht; er hatte ununterbrochen über sie gewacht und nach Gefahren Ausschau gehalten.

Lirith schob sich tiefer unter den Überhang und begab sich zu den Pferden, die schnaubten und mit den Hufen stampften. Sie nahm eine Feldflasche von ihrem Sattel und kehrte zu Durge zurück. Jeder von ihnen trank einen kleinen Schluck Wasser – die Flasche war weniger als halb voll –, dann saßen sie schweigend da und lauschten nach näher kommenden Schritten.

»Glaubt Ihr, es stimmt, was er gesagt hat, Mylady?«

Sie schaute auf.

»Der Drache«, sagte er. »Glaubt Ihr, daß Falken recht hatte, daß er die Wahrheit gesagt hat?«

Lirith dachte über die uralte Kreatur und ihre leisen, vergifteten Worte nach.

Hier sind zwei Töchter Sias, beide dazu verdammt, ihre Schwestern und ihre Herrin zu verraten.

Und was hatte der Drache noch über Durge gesagt?

Du gibst dich so stark wie ein Felsen, Ritter, und doch hast du ein weiches Herz, das gefühlvoll für jemand anders schlägt, nicht wahr? Wärst du doch bloß jung und ansehnlich genug, um sie zu verdienen.

Es waren bittere Worte gewesen. Ließ der Ritter deshalb so die Schultern hängen, weil er unablässig darüber nachgrübelte?

Lirith sammelte ihre Gedanken. »Ich glaube, der Drache hat einen *Teil* einer Wahrheit gesagt. Eine Wahrheit, von der er hofft, daß sie so eintritt, die er gestalten will. Aber, Durge, es gibt viele Wahrheiten. Schließlich hat Sfithrisir auch gesagt, daß Travis und Grace sterben würden, wenn sie die Flammenfestung betreten. Aber sie sind nicht hier, oder?«

Durge grunzte, doch sein Blick war entrückt. Lirith seufzte. Sie wünschte, sie hätte etwas tun können, um die Sorgen des braven Ritters zu lindern. Hätte sie doch nur die Weltenkraft berühren können, dann hätte sie etwas von ihrer Wärme und ihrem Leben nehmen und an den Mann weitergeben können.

Aber es gab Leben an diesem Ort. Es gab sie selbst, und sie konnte einen kleinen Teil der Weltenkraft, der sie durchströmte, an den Ritter weitergeben. Es würde nicht viel sein – auch sie war erschöpft –, aber es würde dem Ritter vielleicht dabei helfen, den Sturm durchzustehen. Den hier draußen und den in seinem Inneren.

Ohne zu fragen, nahm sie seine Hand. Sie schloß die Augen und konnte sie beide sehen, wie sie sich leuchtend von der sie umgebenden Leere abhoben. Sie griff mit der Kraft ihrer Gedanken in das Netz ihres Lebens und wob einen dünnen Faden, dann brachte sie ihn in Kontakt mit Durge.

Die Fäden berührten einander, und es gab eine grelle Entladung. Viel zu hell. Lirith erstarrte und wollte sich zurückziehen – sie hatte nicht beabsichtigt, daß die Gabe sie einander so nahe brachte. Aber die Macht des Lebens zog sie schneller in ihn hinein als gedacht. Sie hätte wissen müssen, daß das passieren würde – daß ihre Verbindung ohne andere Stränge der Weltenkraft in der Nähe tief und unmittelbar sein würde. Aber sie war selbst so erschöpft.

Sie konnte Durges Erstaunen fühlen, als das Leben zwischen ihnen hin- und herfloß. Lirith versuchte die Rückflut zu blockieren, aber sie war zu langsam. Bilder und Gedanken rasten den Faden aus Weltenkraft entlang auf sie zu: Erinnerungen, die nicht ihr gehörten.

Sie sah Durge als blutjungen Mann, kaum älter als neunzehn, wie er nur mit Hosen bekleidet am Ufer eines silbern schimmernden Sees stand, auf seine Weise ein ansehnlicher Bursche mit breitem Grinsen und wehendem Haar, an dessen Armen und Brust bereits harte Muskeln hervortraten, als er ein Breitschwert schwang: ein frisch ernannter Ritter.

Das Bild veränderte sich. Jetzt kämpfte Durge in einer blutigen Schlacht, schwang sein Breitschwert mit tödlicher Gewalt, grinste noch immer, während vor ihm Männer starben.

Und wieder wechselten die Bilder. Diesmal war Durge etwas älter – er war nun in seinen Zwanzigern. Er riß eine schlanke junge Frau mit braunen Augen in die Arme. Er wirbelte sie herum, und beide lachten. Dann war da eine kleine Gestalt auf ihren Armen. Ein Kind. Durge beugte sich herunter, um das Baby zu küssen.

Nebel zog auf und ließ das Bild verschwimmen, und als es wieder klarer wurde, war Durge allein. Er kniete mit gesenktem Kopf auf dem Boden vor zwei frischen Gräbern: das eine war groß, das andere klein.

Jetzt kamen die Bilder immer schneller. Noch mehr Schlachten, aber das Grinsen war nun verschwunden, und Durges Gesicht war älter, härter und grimmiger. Alles war nur noch ein endloser Strom aus Grau und Rot. Aber dann, gerade als Lirith es schaffte, sich abzuwenden, erhaschte sie einen Blick auf einen winzigen leuchtenden Farbtupfer. Es war wieder eine hübsche junge Frau. Nur diesmal waren ihre Augen nicht braun, sondern saphirblau.

Lirith riß die Augen auf, sie taumelte von Durge weg. Der Ritter hob eine Hand an die Stirn und starrte sie an. Voller Entsetzen.

»Was ... was habt Ihr mit mir gemacht, Mylady?«

Sie schüttelte den Kopf. *Es tut mir leid*, wollte sie sagen. *Es tut mir so leid, Durge. Das wollte ich nicht.* Aber als sie dann sprach, sagte sie etwas anderes.

»Es ist Aryn, nicht wahr? Von ihr hat der Drache gesprochen. Ihr liebt sie, Durge – nicht wahr?«

Die Angst verschwand aus Durges Antlitz und wurde von einem so strengen Ausdruck ersetzt, daß er wie aus Stein gemeißelt erschien. Er stolperte vorwärts und packte sie bei den Armen. Hart.

»Ihr dürft es ihr niemals verraten, Mylady.« Seine Worte trafen sie so schmerzhaft wie der durch die Luft peitschende Sand. »Das müßt Ihr mir schwören. Jetzt und bei allem, was Euch heilig ist.« Er schüttelte sie mit furchtbarer Kraft. »Ihr dürft ihr niemals sagen, daß Ihr es wißt!«

Lirith war vor Entsetzen über das, was sie da getan hatte, wie gelähmt. Sie konnte den Ritter nur anstarren.

»Schwört es!«

Sie stöhnte schmerzvoll auf. »Ich schwöre es bei Sia!«

Durge ließ sie los. Auf seinen Zügen zeichnete sich nun

abgrundtiefe Müdigkeit und Scham ab. Er wandte sich von Lirith ab und rang die Hände. »Vergebt mir, Mylady. Bitte vergebt mir. Ich wollte Euch nicht weh tun.«

Ich Euch doch auch nicht, wollte sie erwidern, aber sie schluchzte. Was hatte sie ihm nur in ihrer Dummheit angetan? Sie hatte etwas tief Verborgenes und Privates genommen und es ihm gestohlen. Mit zitternder Hand griff sie nach seinem breiten Rücken.

Knirschende Schritte ließen sie innehalten. Sie und Durge blickten auf und sahen eine dunkle Gestalt über ihnen aufragen.

»Falken!«

Der Ritter fing den Barden auf, als dieser heruntersprang und zusammensackte, dann setzte er ihn behutsam auf den Boden. Lirith ging neben ihm in die Hocke und hielt ihm die Wasserflasche an die Lippen. Der Barde trank einen Schluck, hustete und trank noch einen Schluck.

Dann drückte er die Flasche beiseite. »Danke, Lirith. Ich ... mir geht es gut, wirklich.«

Sie betrachtete ihn, von seinen Worten nicht besonders überzeugt. Auch ohne den Staub, der sein Gesicht wie eine Maske bedeckte, war er bleich und sah erschöpft aus. In seinen Augen lauerten Schatten.

»Was ist, Falken?« fragte Durge. »Habt Ihr Dakarreth gefunden?«

Falken schüttelte den Kopf. »Er ist nicht hier.«

Lirith konnte ihn bloß anstarren.

»Ich verstehe nicht«, sagte der Ritter.

Der Barde hielt sich die Hände, bekam ihr Zittern aber nicht unter Kontrolle. »Er ist nicht in der Festung. Dakarreth. Ich habe überall gesucht, aber sie ist leer. Allem Anschein nach ist er schon vor Monaten gegangen. Und er hat *Krondisar* mitgenommen.«

Endlich fand Lirith ihre Stimme wieder. »Aber wenn Dakareth nicht hier ist, wo ist er dann?«

Falken drehte den Kopf und blickte mit einem heimgesuchten Ausdruck in den blauen Augen stumm in die Richtung, aus der sie gekommen waren. Lirith erstarrte. Sie wollte etwas sagen, aber was es auch immer war, sie brachte es nicht heraus, denn der Wind schwoll zu einem durchdringenden Heulen an.

35

Ich freue mich, Euch heute abend alle hier an meiner Tafel begrüßen zu können.«

Grace blickte den großen, breitschultrigen Mann an, der am Kopf der langen Tafel in Spardis' Großem Saal stand. *Und wenn wir nicht gekommen wären, hättet Ihr uns dann alle hinrichten lassen, Mylord?*

Sie faßte das Weinglas fester. Das war unfair. Selbst wenn das, was der Spinnenmann Travis erzählt hatte, der Wahrheit entsprach – daß dieser Mann, Lord Darrek, seines Zeichens Regent von Prinz Perseth, die Ermordung aller persönlichen Spione Persards befohlen hatte –, war es nur die eine Seite der Geschichte. Und wie Grace gelernt hatte, gab es in der Politik immer zwei Seiten. Oder drei oder vier.

Der Regent hob sein Glas. »Wir können uns glücklich schätzen, so viele bemerkenswerte Gäste auf unserem Schloß zu haben. Ich heiße alle im Namen des Prinzen willkommen.«

Grace musterte den Regenten über den Glasrand. Zumindest bezog sich Darrek auf Prinz Perseth. Aber wie lange noch? Wie lange würde es dauern, ehe der Regent aufhörte, die Befehle im Namen des Prinzen zu geben, bevor er es für passender hielt, sie in seinem eigenen Namen zu geben?

Darrek trank, und Grace sah ihm wie gebannt zu, unfähig, den Blick abzuwenden. Sie sah das Zusammenspiel der perfekten Muskeln unter der gebräunten Haut des Halses. Darrek war der attraktivste Mann, den sie je gesehen hatte. Sein Körper war perfekt proportioniert, die Finger waren lang und wohlgeformt, die markanten Züge des glattrasierten Gesichts waren völlig symmetrisch. Die Augen und das wehende Haar ließen mit ihrem Braungelb an einen Löwen denken. Nur die

Lippen boten einen seltsamen Kontrast zu seiner Männlichkeit, denn sie waren weich, voll und sinnlich. Aber es war dieser Mangel, der die ganze Erscheinung so unwiderstehlich machte.

Grace blickte verstohlen zu Aryn und Beltan hinüber. Beide starrten den Herrn der Tafel an. Also war sie nicht die einzige, die Mühe hatte, den Regenten zu ignorieren. Sie hatte sich gefragt, wieso gerade dieser Mann es geschafft hatte, sich über alle Intrigen hinwegzusetzen und im Chaos nach Persards Tod die Macht zu ergreifen. Aber vielleicht lagen ihr ja alle Information bereits vor. Wer – ob Mann oder Frau – konnte schon der physischen Ausstrahlung und Macht des Regenten widerstehen?

Aber da muß es noch mehr geben, Grace. Attraktivität bringt dich nur bis zu einem gewissen Punkt. Du mußt klug, stark und schnell sein, um zwanzig andere Pläne schmiedende Adligen auszustechen. Und skrupellos.

Möglicherweise wußte sie ja doch mehr über Lord Darrek, als sie gedacht hatte. Solange sie die Frage außer acht ließ, ob es ihm mit dem Wunsch ernst war, in Prinz Perseths Namen zu regieren, bis der Junge das nötige Alter zur Thronbesteigung erreicht hatte, und ob er es mit Königin Inaras Segen tat.

Der Regent setzte sich und lächelte breit; irgendwie schien er mehr als die üblichen zweiunddreißig menschlichen Zähne zu haben. »Ich freue mich darauf, mich von den Berichten über Eure Reisen unterhalten zu lassen, und von dem, was jeden von Euch nach Spardis bringt.«

Grace warf Aryn und Beltan erneut einen Blick zu und hoffte inständig, daß ihr die Panik nicht allzu deutlich ins Gesicht geschrieben stand. Beltan bemerkte ihren Blick und gab ihr ein kleines Handzeichen, mit dem er nach rechts und links zeigte. Grace zwang sich dazu, ruhig durchzuatmen. Der Ritter hatte recht. Sie waren nicht die einzigen Gäste, die zum

Abendessen mit dem Regenten eingeladen worden waren. Um sie herum saßen umherreisende Barone, Gräfinnen und sogar ein paar wohlhabende Kaufleute – von denen einer sogar aus den Freien Städten kam, die sich weit südlich von Toloria befanden.

Alle Gäste des Regenten – mit Ausnahme von Beltan, Aryn und Grace – plauderten, lachten und tranken. Vielleicht war ja keiner von ihnen unterwegs mit der Flammenpest konfrontiert worden. Vielleicht waren sie auch nur daran gewöhnt, daß Untertanen tot umfielen, und einfach daran vorbeigeritten. Und hier auf Spardis gab es keinerlei Anzeichen für die Seuche. Und es würde auch keine geben, jetzt, wo Darrek die Schloßtore hatte versiegeln lassen.

Grace kam ein Gedanke, und sie fröstelte. Wie würden Falken, Durge und Lirith bei ihrer Rückkehr ins Schloß kommen?

Vorausgesetzt, sie kommen zurück, Grace.

Sie hob das Glas und leerte es in der Hoffnung, daß der Wein die Farbe zurückbringen würde, die ihr Gesicht verloren hatte. Aryn sah sie besorgt an. Sie schüttelte den Kopf. Das würde bis später warten müssen, bis sie unter sich waren. Dann konnte sie den anderen von ihren Ängsten berichten.

»Ich sehe ein leeres Glas.« Der Regent schnippte mit den Fingern, als ein Diener vorbeiging. »Mehr Wein für die schöne Lady mit den grünen Augen.« Er lächelte Grace an, und dieses Mal versetzte ihr der Ausdruck einen Stich mitten ins Herz. »Ihr habt außergewöhnliche Augen, Mylady. Ich habe noch nie etwas Derartiges gesehen. Sie sind nicht nur grün, sondern auch golden, nicht wahr?«

Grace hielt das nachgefüllte Glas fester und bemühte sich, den Inhalt nicht zu verschütten. Sie suchte fieberhaft nach einer Erwiderung. »Wird uns die Königin mit ihrer Anwesenheit beehren?« Sie hatte noch nicht zu Ende gesprochen, als sie auch schon innerlich zusammenzuckte. Was hatte sie sich denn nur dabei gedacht?

Darrek wurde plötzlich ganz ernst – wenn auch nicht ärgerlich. »Die Königin nimmt ihr Abendessen heute in ihren Gemächern ein, Mylady. So wie jeden Abend seit Beginn ihrer Trauerzeit.«

Am Tisch erklang verständnisvolles Gemurmel.

Grace befeuchtete sich die Lippen. Nun hatte sie sich schon weit in unbekannte Gewässer gewagt, und das Wasser hatte sie noch nicht verbrüht – jetzt konnte sie auch ganz hineinspringen.

»Und was ist mit Lord Siferd?«

Darreks Lächeln kehrte zurück. »Seht – da kommt der gebratene Schwan.«

Grace seufzte, froh, daß sich die Aufmerksamkeit von ihr abgewendet hatte. Aber ihr war keinesfalls entgangen, daß Darrek ihre Frage nicht beantwortet hatte. Was *war* mit Lord Siferd geschehen? Sie hatte den Kammerherrn seit der Rückkehr des Regenten nicht mehr gesehen.

Ein verbrannter Geruch stieg in ihre Nase, und unwillkürlich mußte sie krampfhaft schlucken. Ihr drehte sich der Magen um, als sie zusah, wie Diener mehrere Tabletts auf dem Tisch abstellten. Auf jedem Tablett befand sich ein in seinem Federkleid gebratener ganzer Schwan. Sie versuchte nicht an die verbrannten Körper zu denken, die sie in jedem der von den *Krondrim* zerstörten Dörfer gesehen hatte.

Ein Diener trat an ihre Seite. »Etwas Schwan, Mylady?«

Sie biß die Zähne zusammen und versuchte, sich nicht zu übergeben, als der Mann eine Brotscheibe mit mehreren Stükken tropfenden, zur Hälfte garen Fleisches vor ihr abstellte. Noch mehr Essen wurde aufgetragen: dampfender Pudding, Gewürzbrot, eine ganze Reihe von Gerichten aus gebratenem Wild und Geflügel, sowie Dessert aus Obst und Sahne. Grace brachte ein paar Bissen Brot herunter und war froh, daß keiner ihren mangelnden Appetit bemerkte.

Irgendwann mitten in der Mahlzeit trugen zwei Diener ein weiteres mit einem weißen Tuch verhülltes Tablett zum Tisch. Der Art und Weise, wie sie sich unter der Last beugten, nach zu urteilen, mußte es sich um etwas Schweres handeln.

Darreks Augen leuchteten. »Darauf habe ich schon gewartet.«

Er erhob sich und riß das Tuch fort. Auf dem Tablett lag kein Gericht, sondern der Kopf eines Mannes.

Einen schrecklichen Augenblick lang hielt Grace ihn für den Kopf einer Person, die das Mißfallen des Regenten erregt hatte, und dem um sie herum ertönenden Aufstöhnen nach zu urteilen, war sie nicht die einzige, die so dachte. Dann sah sie genauer hin und erkannte, daß der Kopf aus Marmor bestand. Es war ein hervorragendes Abbild. Sie sah Darrek an, dann wieder zurück zu der Büste. Von der Farbe des Marmors abgesehen waren die beiden identisch.

Der Regent breitete die Arme aus. »Was haltet ihr davon?«

Beifälliges Gemurmel ertönte.

»Sie ist wunderschön«, sagte Grace, obwohl sie es eigentlich nicht hatte laut aussprechen wollen, da die Worte nicht nur als Kompliment gemeint waren. Denn jetzt, wo sie sie betrachtete, kam ihr die Büste irgendwie vertraut vor. Aber wo hatte sie sie vorher gesehen?

Darrek verneigte sich in ihre Richtung. »Danke, Mylady.«

Die Wangen des Regenten waren gerötet, was Grace komisch vorkam. Dann bemerkte sie, wie sein Blick auf der Büste verweilte, und sie begriff.

Es ist Eitelkeit, Grace. Das ist das Problem bei hübschen Leuten – man muß ihnen ständig sagen, daß sie schön sind, weil sie nämlich sonst anfangen, daran zu zweifeln, zusammen mit allem anderen, was sie sind.

»Euer Hoheit, besteht Eure Gruppe nicht noch aus anderen Personen?« wandte sich Darrek an Aryn, als er sich wieder setzte.

»Die eine ist erschöpft von der langen Reise, Lord Regent«, erwiderte Aryn. »Sie ruht sich in unserem Gemach aus, und der andere leistet ihr Gesellschaft.« Wahrer Adel machte sich bezahlt – Grace bezweifelte, jemals so selbstsicher und herablassend klingen zu können.

Als sie die unerwartete Einladung zum Abendessen erhalten hatten, hatte Beltan um jeden Preis bei Melia bleiben wollen. Aber Travis hatte dem Ritter gesagt, er solle gehen und daß er bei Melia und Tira bleiben würde.

»Gibt es in dieser Gruppe noch einen Erwachsenen, der noch bei Bewußtsein und kein Adliger ist?« Travis hatte die Hand gehoben. »Was denn, das bin ja ich!«

Travis hatte sich durchgesetzt, und Beltan war zum Essen gegangen.

Darrek wandte sich erneut an Aryn. »Ich hatte noch keine Gelegenheit, den Ritter an Eurer Seite kennenzulernen, Mylady. Ist das Euer Gemahl?«

»Nein, Mylord. Das ist mein Cousin, Lord Beltan von Calavan.«

»Ich verstehe.« Darrek musterte Beltan. »Irre ich mich, oder seid Ihr ein Krieger, Herr Ritter? Und ein Angehöriger von Vathris?«

Grace sah, wie an Beltans Kiefer die Muskeln zuckten. »Ich bin beides, Mylord.«

Darrek nahm das Weinglas und hielt es behutsam in den Fingern. »Wißt Ihr, ich könnte einen so tapferen Krieger wie Euch gut gebrauchen, Lord Beltan.« Er musterte Beltan von oben bis unten, und die Wangen des Ritters röteten sich.

Grace hätte beinahe gelacht und umklammerte statt dessen

den Tischrand. *Zumindest erkennt Darrek einen guten Mann, wenn er ihn sieht.*

»Aber nun verratet mir, was euch alle nach Perridon geführt hat.«

Überrascht sah Grace, daß Darreks Blick wieder auf ihr ruhte. Sie suchte nach Worten. Etwas sagte ihr, daß es wirklich nicht klug sein würde, wenn sie ihm sagte, daß sie als Spionin gekommen war.

»König Boreas sind die Probleme in Perridon zu Ohren gekommen, Mylord«, erwiderte sie und war durchaus erfreut, daß ihr die Worte so schnell über die Lippen kamen. »Er hat mich geschickt, um Euch zu fragen, ob er irgendwelche Hilfe nach Spardis entsenden soll.«

Der Regent nickte. »Das ist sehr freundlich von Eurem König, Mylady. Aber ich bin erst kürzlich von einer Rundreise durch die Domäne zurückgekehrt, und alles ist einwandfrei unter Kontrolle. Ihr dürft Eurem Lehnsherrn meinen Dank ausrichten, aber wir brauchen keine Hilfe.« Er strich sanft mit dem Finger über den goldenen Stoff seines Wamses. »Aber sagt mir, Mylady, ist das nicht das schönste goldene Tuch, das Ihr je gesehen habt?«

Grace starrte ihn an. Sie öffnete den Mund in dem Wissen, daß sie darauf etwas erwidern mußte, egal was.

Da sah sie aus dem Augenwinkel einen blutroten Blitz; sie drehte sich um, und eine kleine Gestalt stürmte auf sie zu. Sie öffnete die Arme gerade noch rechtzeitig genug, um das kleine Mädchen aufzufangen.

»Tira! Was tust du denn hier?«

Das Mädchen schaute mit ruhigem Blick zu ihr hoch.

»Was ist das ... für ein *Ding*?« Der Regent war aufgesprungen, und er zeigte mit aschfahlem Gesicht auf Tira. Die anderen Gäste starrten das Mädchen mit offenstehenden Mündern an. »Schafft es sofort hier raus!«

Diener eilten herbei. Grace stand auf und stellte sich ihnen in den Weg. Natürlich – Kinder waren am Tisch des Lords nicht erlaubt. Und Tiras Gesicht war auf dieser Welt für die meisten Leute erschreckend.

»Vergebt uns, Mylord«, sagte sie. »Ich weiß nicht, wie sie herkommen konnte. Mit Eurer Erlaubnis ziehen wir uns sofort zurück.«

Sie warf Aryn und Beltan einen Blick zu. Die beiden waren bereits aufgestanden.

Der Regent setzte sich, seine Miene war wieder völlig beherrscht. »Nein, Ihr müßt mir vergeben, Mylady. Ich war nur überrascht, das ist alles. Auf der Reise kürzlich sah ich mehrere solcher Kinder. Bitte, geht, wenn es Euer Wunsch ist.«

»Danke, Mylord.«

Grace nahm Tira auf den Arm und eilte zusammen mit Aryn und Beltan aus dem Großen Saal.

»Was hatte das denn zu bedeuten?« fragte Beltan, als sich die Flügeltür hinter ihnen geschlossen hatte.

Aryn zuckte die Achseln. »Ich weiß es nicht, aber ich bin froh, dort weg zu sein. Darrek hat ein so merkwürdiges Gesicht. Es ist so schön anzusehen, aber je länger man es ansieht, desto klarer wird einem, daß es völlig leer ist.«

Erst als Aryn das gesagt hatte, erkannte Grace, daß die Baronesse recht hatte. Sie hielt Tira fester. »Laßt uns auf unsere Gemächer gehen.«

Sie waren fast da, als sie um eine Ecke bogen und mit Travis zusammenstießen.

Er taumelte zurück und griff nach seiner Brille, um zu verhindern, daß sie auf dem Boden landete. »Tira! Da bist du ja!«

Grace setzte das Mädchen auf dem Boden ab. »Travis, wie konnte das passieren?«

»Ich weiß es nicht. Eben war sie noch da, und dann ...« Er riß die Augen auf. »Aber ihr müßt mitkommen. Schnell.«

Beltan trat vor. »Was ist geschehen?«

»Es ist Melia.« Travis holte tief Luft. »Sie ist aufgewacht.«

Augenblicke später stürmten alle in das Gemach.

»Aber wie?« stieß Grace hervor, während sie nach Luft rang.

»Ich weiß es nicht«, erwiderte Travis. »Jedenfalls nicht genau. Ich fand in einer der Satteltaschen ein paar alte *Alasaiblätter* und dachte mir, vielleicht mag sie den Geruch – du weißt schon, daß er sie an zu Hause erinnert. Also habe ich sie in einer Schale mit heißem Wasser aufgelöst, die ich dann neben ihr abstellte.«

Grace nickte – das klang logisch. Geruch war von allen Sinnen derjenige, der am stärksten Erinnerungen heraufbeschwören konnte. Manchmal konnte ein Geruch, der unmittelbar mit alten und erfreulichen Erinnerungen assoziiert wurde, einen Bewußtlosen ins Leben zurückrufen.

»Melia!« rief Beltan und stieß die Tür in den Nebenraum auf.

»Ich kann dich auch so hören, Beltan«, sagte eine entschieden klingende Stimme. »Du brauchst nicht zu blöken wie ein verrückt gewordener Stier.«

Sie alle kamen vor Melias Bett zum Stehen. Die kleine Frau saß aufrecht an ein paar Kissen gelehnt da; sie war sehr blaß, aber ihre Augen blickten hell und klar.

Der Ritter ging neben dem Bett auf die Knie und nahm ihre Hand. »Melia, geht es Euch gut?«

Ihr Blick wurde weicher. »Ja, Beltan. Jetzt schon. Ich hatte meine Heilung beendet, aber das Aufwachen fiel so schwer. Der Geruch des grünen Zepters war eine enorme Hilfe.« Sie sah Travis an. »Danke, mein Bester.«

Er konnte nur nicken.

Tira entwand sich Graces Griff und kletterte auf das Bett. Sie legte den Kopf auf die Schulter der Lady.

»Tira«, sagte Grace, »du solltest Melia in Ruhe lassen.«

»Nein, schon in Ordnung«, sagte Melia und streichelte dem Mädchen übers Haar. »Aber es gibt Dinge, über die wir sprechen müssen. Wichtige Dinge. Sagt mir, wie lange war ich krank?«

»Über eine Woche«, sagte Aryn.

Melia versteifte sich. »Über eine Woche?« Sie seufzte. »Aber ihr seid noch da – das bedeutet, daß noch Hoffnung besteht.«

Beltan runzelte die Stirn. »Melia, wovon sprecht Ihr? Was hat Euch krank gemacht?«

»Hat einer von euch in dem kleinen Raum neben dem Großen Saal die Büste eines Mannes gesehen?«

Grace schlug sich mit der flachen Hand vor die Stirn. »Aber natürlich – da habe ich sie gesehen. Das ist ein Abbild des neuen Regenten. Wir haben gerade mit ihm zu Abend gegessen.«

Melia setzte sich aufrecht hin. »Ihr habt mit ihm gegessen?« Ihre Augen zogen sich zu leuchtenden Schlitzen zusammen. »Aber er war schon immer sehr bewandert in der Kunst der Verstellung.«

Beltan starrte sie finster an. »Ich verstehe nicht. Wovon sprecht Ihr?«

Ein schwarzes, haariges Ding sprang aufs Bett. Melia strich über das weiche Fell des Kätzchens. »Die Büste des Regenten verursachte meine Krankheit. Ich war so dumm, sie anzufassen, aber woher hätte ich wissen sollen, was sich darin befindet? Ein Körnchen von *Krondisar.* Und die Magie der *Imsari* hat mir noch nie zugesagt. Hätte ich es euch doch nur damals sagen können.«

Grace hatte das Gefühl zu ertrinken. »Uns was sagen?«

»Daß der Regent Dakarreth ist.« Melias Augen funkelten. »Ihr habt gerade mit einem Nekromanten zu Abend gegessen, Liebes.«

36

Spinnenmann!« Travis spähte in die Schatten und den Nebel, die die Straße erfüllten, und rief erneut so laut, wie er es wagte: »Spinnenmann, wo seid Ihr?«

Travis zitterte unter dem Nebelmantel. Er war davon überzeugt, falls ihnen jetzt noch jemand helfen konnte, dann nur der Spinnenmann. Aber wie sollte er jemanden finden, der die Kunst, nicht gefunden zu werden, zur Höchstform perfektioniert hatte?

Er spähte in das Halbdunkel. An diesem Ort war er dem Spinnenmann zuvor begegnet, oder doch nicht? Je länger er hinsah, desto unsicherer wurde er. In dem Nebel nahm alles eine andere Gestalt an; Stein zerschmolz zu unbekannten Formen.

Travis seufzte. Es wurde Zeit, zu den anderen zurückzukehren – das hieß, falls er den Rückweg fand. Sie würden eben selbst einen Plan schmieden müssen. Melia zufolge blieben ihnen nur Stunden, vielleicht sogar noch weniger, bevor Dakarreth jetzt, wo sie wieder erwacht war, ihre Anwesenheit im Schloß spürte und etwas gegen sie unternehmen würde. Er zog den Nebelmantel enger, drehte sich in die Richtung um, aus der er gekommen war ...

... und lief mit voller Wucht gegen eine Wand, die der Nebel verborgen hatte.

»Also das muß weh getan haben«, sagte eine zischende Stimme hinter ihm.

Travis riß die Hand vom Kopf zurück und fuhr herum. Ein schlanker Mann in einem grauen Umhang trat aus dem Nebel, und Travis vergaß seinen dröhnenden Schädel.

»Spinnenmann!«

Silberne Augen glühten im schwachen Mondlicht auf, das durch den Nebel sickerte. »Was soll das, Travis Wilder? Warum seid Ihr nicht in Eurem Gemach, wo Ihr sein solltet? Ihr begebt Euch in große Gefahr, um mich zu finden. ›Spinnenmann‹ ist heutzutage auf Spardis kein populäres Wort.«

Travis trat einen Schritt auf den Mann zu. »Ich bin froh, daß ich Euch gefunden habe.«

Ein leises, freudloses Lachen ertönte. »Ihr habt mich nicht gefunden, Travis Wilder. Ich habe Euch gefunden. Und allem Anschein nach ist das gut so. Oder macht es Euch Spaß, zu versuchen, durch festen Stein zu gehen?«

Sie hatten keine Zeit für so etwas – es spielte keine Rolle, wer wen gefunden hatte. »Ihr müßt mich begleiten.«

»Und warum, wenn ich fragen darf?«

Jetzt war es an Travis zu lachen. »Wir brauchen Eure Hilfe, um die Welt zu retten.«

Der Spinnenmann hob eine einzelne goldene Braue.

Minuten später – viel weniger, als Travis je geglaubt hätte – betraten sie Melias Gemach. Die anderen sahen überrascht auf. Beltan griff nach dem Schwert.

Der Spinnenmann grinste Travis an. »Eure Freunde sind nicht gerade glücklich, mich zu sehen.«

Trotz seines pochenden Herzens erwiderte Travis das Grinsen. »Sie kennen Euch nur nicht so gut wie ich.«

Melia saß auf der Bettkante, wie immer in ihr blaues Gewand gekleidet, und band ihr blauschwarzes Haar hinten zu einer Rolle zusammen. »Ist das dein kleiner Freund, der uns deiner Meinung nach helfen kann, mein Bester?«

Travis nickte. »Das ist ...« Aber er konnte den Mann doch nicht einfach *Spinnenmann* nennen.

Der schlanke Spion verbeugte sich vor Melia. »Mein Name ist Aldeth, ehrenwerte und große Lady. Zu Euren Diensten.«

Melias Augen leuchteten auf, als sie zuließ, daß ihr der

Spinnenmann die Hand küßte. »Für einen Spion und Attentäter seid Ihr schrecklich höflich.«

»Vortrefflichkeit in allen Dingen, Mylady. Das ist meine Philosophie.«

»Travis, du hast recht«, sagte Melia. »Er wächst einem schnell ans Herz.«

»Und was tun wir jetzt?« fragte Grace. Sie saß auf einem Stuhl, Tira auf dem Schoß, auf deren Schoß wiederum das schwarze Kätzchen saß.

Aldeth strich sich über den blonden Spitzbart. »Darf ich vorschlagen, daß wir mit der Botschaft beginnen, die ich für Euch habe?«

Melia runzelte die Stirn. »Eine Botschaft? Von wem?«

»Falken Schwarzhand.«

Der Spinnenmann hatte ihre ungeteilte Aufmerksamkeit.

»Ich habe Falken heute abend vor den Schloßmauern getroffen. Er und seine beiden Gefährten konnten Spardis aufgrund des Befehls des Regenten nicht betreten.«

»Moment mal.« Beltan starrte den Spion finster an. »Wenn die Tore versiegelt sind, wie konntet Ihr dann raus, um mit Falken zu sprechen?«

»Und wieder herein?« fügte Aryn hinzu.

»Es gibt außer dem Tor noch andere Wege, um nach Spardis hinein- und wieder hinauszukommen.«

»Aldeth, die Botschaft«, sagte Melia. »Bitte.«

Aldeth wandte sich ihr zu. »Falken und die anderen sind gerade von einer langen Reise zurückgekehrt. Ich glaube, in die Ödnis, auch wenn ich mir nicht vorstellen kann, warum man dorthin reisen sollte.« Er legte den Kopf schief. »Aber ich schätze, ihr wißt es. Wie dem auch sei, Falkens Botschaft lautet wie folgt: *Die Flammenfestung liegt verlassen da. Der Stein ist nach Westen gewandert. Spardis ist nicht sicher.*«

Melia strich über den Stoff ihres Gewandes. »Falkens Botschaft kommt etwas zu spät. Ich fürchte, das wissen wir alles schon. Er ist hier, auf Spardis.«

Aldeth runzelte die Stirn. »Wer ist hier?«

Travis wollte ihm antworten, aber bevor er dazu kam, schwang ein Teil der Wand plötzlich zur Seite und enthüllte eine dämmrige Öffnung, aus der fauchend ein trockener Luftschwall entwich. Zwei in Schwarz gekleidete Gestalten traten aus dem Schatten ins Licht.

Im ersten Augenblick stand er vor Überraschung wie gelähmt da, aber Beltan bewegte sich mit einer Geschwindigkeit, die unmöglich erschien. Der Ritter zog das Schwert und sprang vor die Öffnung.

»Wenn ihr näher kommen wollt«, stieß er zwischen den zusammengebissenen Zähnen hervor, »dann müßt ihr an diesem Schwert vorbei.«

Die eine Gestalt zögerte, dann hoben sich kleine Hände und schoben einen Schleier aus schwarzer Spitze zurück.

Beltan ließ das Schwert sinken. Travis starrte die junge Frau – nein, eigentlich war es noch ein Mädchen – an, die vor ihnen stand.

Aldeth stürmte vorwärts, ließ sich auf ein Knie fallen und senkte vor der jungen Frau in Schwarz den Kopf. »Meine Königin! Indem Ihr herkommt, habt Ihr Euch in schreckliche Gefahr begeben!«

Die Königin richtete den Blick auf Beltan. »So sieht es aus.«

Beltans Wangen röteten sich. »Bitte vergebt mir, Euer Majestät.«

»Nein, nein, guter Ritter. Man sollte Euch zu Eurer Schnelligkeit beglückwünschen. Auch wenn ich diese Geheimtüren erstaunlich praktisch finde, haben sie doch einen Nachteil – es ist so gut wie unmöglich, sie zu benutzen, ohne die auf der anderen Seite zu erschrecken.«

Die Königin sprach mit der hohen, klaren Stimme eines

Kindes, aber ihren Worten haftete ein Unterton an, der an den Verstand eines Erwachsenen denken ließ. Andererseits vermutete Travis, daß Inara auf diesem Schloß schnell hatte erwachsen werden müssen, um nicht den Kopf zu verlieren.

Die anderen verbeugten sich vor der Königin, und er folgte schnell ihrem Beispiel. Inara gab mit einem Nicken zu verstehen, daß sie sich wieder aufrichten konnten. Die zweite Gestalt trat aus dem Durchgang: eine Dienstmagd, die kaum älter als die Königin war und in deren rundem Gesicht die Angst geschrieben stand.

»Meine Königin«, sagte Aldeth. »Was tut Ihr hier?«

»Ich könnte Euch dasselbe fragen.«

Der Spinnenmann trat einen Schritt zurück. »Ich kann das erklären.«

Die Königin lächelte – es war ein hübsches Lächeln, das allerdings nicht unbedingt dazu einlud, sich zu entspannen. »Das werdet Ihr auch, mein Aldeth.«

Melia glitt auf die junge Königin zu. »Man hat uns gesagt, daß Ihr Euch in die Trauer zurückgezogen habt, Euer Majestät.«

»Man sagt viele Dinge über mich, Lady Melia. Nur wenigen darf man glauben. Ich trauere noch immer um meinen Gemahl, das ist richtig. Aber was meine Zurückgezogenheit angeht, so könnte man auch sagen, daß ein Gefangener zurückgezogen in seinem Kerker lebt.«

Grace deutete auf die Geheimtür. »Nicht unbedingt, Euer Majestät.«

Inara lächelte wieder. »Eine Königin – sogar eine, der es nicht erlaubt wird, im Namen ihres Sohnes zu herrschen – ist nicht ohne Möglichkeiten. Aber ich bin hier nicht die einzige, die in Gefahr schwebt. Darum bin ich gekommen.«

»Worum geht es, Euer Majestät?« fragte Melia.

»Kurz nach dem Abendessen traf ein Bote für Regent Darrek ein. Ich konnte nicht sehen, wer es war, denn er trug eine Kutte, und zwar eine schmutzige. Ich konnte auch nicht hören, worüber sie sprachen. Aber danach war der Regent sehr wütend, und er erteilte seinen Wächtern Befehle – sie sollen das Schloß durchsuchen, eine Frau mit hellgelben Augen und schwarzem Haar finden und zu ihm bringen.«

Beltan hob das Schwert. »Wie lange noch, Euer Majestät?«

Inara schüttelte den Kopf. »Das kann ich nicht sagen. Das Schloß ist groß, und sie haben nicht mit diesem Flügel angefangen. Aber es sind viele Wächter, und sie arbeiten schnell. Ihr habt eine Viertelstunde. Höchstens eine halbe.«

Melias Augen funkelten. »Und warum warnt Ihr uns, Euer Majestät? Was, wenn der Regent mich sucht, weil ich gefährlich bin?«

»Ich schätze, Ihr seid tatsächlich eine gefährliche Person, Lady Melia. Ich habe einige Geschichten über Euch gehört. Aber ich weiß, daß Regent Darrek noch gefährlicher ist, und zwar für mich und meinen Sohn.« Ein Schauder durchfuhr Inara, und plötzlich schien sie mehr Mädchen als Königin zu sein. »Ich kann nicht sagen, warum das so ist, zumindest nicht genau, aber er ist schrecklich. Dieser Mann hat keine Seele.«

Travis hätte beinahe gelacht. »Ihr wißt mehr, als Ihr glaubt, Euer Majestät.«

Inara und Aldeth sahen ihn fragend an.

»Nun ist für uns der Zeitpunkt gekommen, Euch etwas zu sagen«, sagte Melia.

Als die Lady ein paar Minuten später fertig war, saßen sowohl Inara wie auch Aldeth auf dem Bett, und die Magd kauerte in der Ecke und hielt sich krampfhaft die Ohren zu. Aldeths Augen waren weit aufgerissen, aber Inara stand auf, die kleinen Hände zu Fäusten geballt.

»Ich wußte, daß mit Darrek etwas nicht stimmte – oder Dakarreth, wie Ihr ihn nennt. Er hat Macht über andere, er kann andere mit einem Blick dazu bringen, ihm seine Wünsche zu erfüllen. Ein Lord ohne jede familiäre Bindungen, der nach Spardis kommt, hätte spätestens zwei Tage später mit einem Dolch im Rücken im Schloßgraben enden müssen. Aber er errang in wenigen Wochen die Regentschaft.« Sie wandte sich Melia zu. »Ich danke Euch, Mylady. Zumindest weiß ich jetzt, daß ich nicht den Verstand verloren habe. Oder eine völlige Närrin bin.«

Travis war klar, daß das die Frau war, die trotz ihrer Jugend Perridon beherrschen sollte, bis Perseth alt genug war, um zum König gekrönt zu werden. Vielleicht sogar länger. Er warf Grace einen Blick zu. Sie nickte – sie war zu demselben Schluß gekommen.

»Und was jetzt?« fragte Beltan. »Uns bleiben nur noch ein paar Minuten, bis sie hier sind.«

Melia verschränkte die Arme. »Wir müssen herausfinden, wo er den Stein des Feuers versteckt hat.«

»Ist das ein wertvoller Stein?« wollte Inara wissen.

Travis ballte die Faust. »Das kann man wohl sagen, Euer Majestät.«

Inara ging zum Fenster und öffnete die Schlagläden. »Da, seht ihr, der Nebel hebt sich. Der schmale Turm dort mit den zwei Fahnenstangen. Allen bis auf Dakarreth ist der Eintritt verboten, und er geht oft spät in der Nacht dort hinein.«

»Das muß es sein«, sagte Grace.

Wenige Augenblicke später hatten sie einen Plan geschmiedet, obwohl es beschönigend gewesen wäre, ihn als verzweifelt zu bezeichnen. Aryn würde die Königin zurück in ihre Gemächer begleiten – die Magd war im Moment zu nichts mehr zu gebrauchen –, für den Fall, daß Dakarreth der Königin einen Besuch abstattete. Sollte das geschehen, sollten Aryn und Inara ihn auf jede nur vorstellbare Weise ablenken, solange sie sich dabei nicht in Gefahr brachten.

Beltans Aufgabe bestand darin, mit Hilfe einer von Aldeth gezeichneten Karte zu einem in der Südmauer des Schlosses verborgenen Portal zu gehen, das sich auf Seehöhe befand. Er sollte es öffnen und auf Falken, Lirith und Durge warten, die dort mit einem Boot anlegen würden – Aldeth hatte bereits vorgehabt, den Barden und seine Gefährten dort bei Mondaufgang zu treffen. Aber der Spinnenmann hatte jetzt eine andere Aufgabe. Er mußte Melia den Weg zu Dakarreths Turm zeigen. Und Travis begleitete sie.

»Nur du kannst den Stein anfassen, mein Bester«, sagte Melia. »Du hast gesehen, was mir schon ein winziger Splitter angetan hat.«

Beltan setzte sich in Bewegung, hielt dann aber inne. »Und was ist mit Grace?«

»Ich begleite Melia und Travis.«

Melia runzelte die Stirn. »Und was ist mit Tira, Liebes?«

Grace hielt das Mädchen an den Schultern.

»Sie kann nicht allein hierbleiben«, sagte Travis.

Melia nickte, und Grace seufzte.

Beltan trat neben den Geheimgang. »Dann los.«

Mit der Linken nahm Travis den Runenstab, den Oragien ihm gegeben hatte. Er hatte nicht die geringste Ahnung, was er damit machen sollte – oder ob der Stab überhaupt etwas bewirken würde –, aber im Zweifelsfall konnte er ihn als Stock benutzen. Er wollte Beltan Glück wünschen, aber der Ritter wandte sich von ihm ab und verschwand im Dunkel des Ganges. Aryn und die Königin nahmen die noch immer schluchzende Magd zwischen sich und folgten ihm.

Aldeth wandte sich Melia zu. »Bereit, Mylady?«

»Zeigt mir den Weg«, erwiderte sie.

Travis war sich nicht sicher, aber er glaubte im Korridor vor Melias Gemach das Echo stampfender Stiefel zu hören. Dann zog Aldeth die Geheimtür hinter ihnen zu, und sie standen in völliger Dunkelheit.

Licht flammte auf. Aldeth hielt eine Kerze an eine Zinnlaterne. »Hier entlang.«

Melia folgte dem Spinnenmann, Grace und Tira gingen hinter ihr her, und Travis bildete den Abschluß. Sie blieben früher als erwartet stehen. Der Gang endete vor einer Tür, die aus dicken, von verrosteten Eisenbändern zusammengehaltenen Holzbohlen bestand.

Aldeth schloß die Laterne und dämpfte das Licht. »Diese Tür führt in den Turm des Regenten.« Er probierte die Klinke aus, aber die Tür rührte sich keinen Zentimeter. »Sie ist verschlossen. Ich werde ein paar Minuten brauchen, um sie zu öffnen.« Er zog einen dünnen Draht aus der Tasche.

Travis trat vor. »Nein. Laßt es mich versuchen.«

Bevor Aldeth protestieren konnte, legte Travis die Hand auf die Tür und flüsterte ein Wort. *»Urath.«*

Ein leises Klicken ertönte, und die Tür schwang auf. Jenseits von ihr herrschte tiefe Finsternis.

Aldeth sah ihn beeindruckt an. »An Euch ist mehr, als der erste Blick vermuten läßt, Travis Wilder.«

Melia tätschelte Travis die bärtige Wange. »Die Erfahrung haben wir auch machen müssen.«

»Kommt schon«, sagte Grace und ging mit Tira im Schlepptau durch die Tür. Die anderen folgten ihr eine Wendeltreppe hinauf.

»Ist er hier, Melia?« flüsterte Travis nach ein paar Stufen.

»Ich kann ihn nicht spüren. Trotzdem ... stimmt hier etwas nicht.«

Das versteht sich wohl von selbst, hätte Travis beinahe gemurmelt, aber er biß sich auf die Zunge und stieg weiter durch Schatten und Stille in die Höhe.

»Wir müßten fast oben sein«, wisperte Aldeth, als sie zu einer weiteren Tür kamen.

Travis biß die Zähne zusammen. Mit jedem Schritt war eine Welle des Grauens in ihm aufgestiegen, die nun über ihm zusammenzuschlagen drohte. *Man hätte uns mittlerweile aufhalten müssen. Wenn er hier den Stein versteckt, wo sind dann seine Verteidigungsmaßnahmen?*

Melia sagte: »Es ist sinnlos abzuwarten.«

Travis griff nach der Tür, aber als Aldeth ihr einen Stoß versetzte, schwang sie auf. Sie betraten den kreisrunden Raum, der dahinterlag.

Aldeth hatte recht behalten. Es war das höchste Gemach im Turm. Die schmalen Fenster boten Travis den freien Blick auf das ganze Schloß. In eisernen Haltern steckende Fackeln brannten, was Aldeths Laterne überflüssig machte. Travis trat zögernd einen Schritt vor. Das aufsteigende Entsetzen erreichte seinen Höhepunkt, schlug über ihm zusammen und erfüllte ihn mit einer alles ertränkenden Furcht.

»Hier ist nichts«, sagte er.

Die anderen starrten genau wie er in den leeren Raum. Sie waren umsonst gekommen.

»Nein«, sagte Grace. »Seht doch.«

Travis folgte ihrem Blick. Auf der gegenüberliegenden Seite des Gemachs hing etwas an der Wand. Es sah aus wie ein Bündel Lumpen. Er ging mit den anderen darauf zu. Als sie die Mitte des Raumes erreicht hatten, blieben sie wie angewurzelt stehen. Übelkeit stieg in Travis auf, er packte den Runenstab fester. Es war gar kein Lumpenbündel. Es war ein Mann, den man mit Eisennägeln an die Steinwand genagelt hatte; das Gesicht mit den weit aufgerissenen Augen war zu einer Maske aus Grauen und Tod erstarrt.

Grace ergriff Tira und versuchte das Mädchen von dem schrecklichen Anblick abzuwenden.

Aldeth fluchte. »Lord Siferd!«

Erst als der Spinnenmann den Namen nannte, erkannte Travis, daß es tatsächlich der Kammerherr war, den man an der Wand gekreuzigt hatte.

In Melias Augen lag tiefes Mitleid. »Also das passiert mit denjenigen, die Dakarreths Mißfallen erregen.«

»Wie Ihr alle bald selbst erfahren werdet, Mylady.« Die Stimme, die das in ihrem Rücken sagte, war so bitter wie Rauch.

Sie drehten sich um und sahen einen Mann in einer schmutzigen Kutte in der Farbe von Asche eintreten. Fäulnisgestank erfüllte die Luft. Aldeth zog den Dolch aus dem Stiefel, aber Melia hielt ihn mit einer Handbewegung zurück. Sie trat vor.

»Wer seid Ihr? Ich verlange, daß Ihr Euch zu erkennen gebt.«

Meckerndes Gelächter ertönte. »Ganz wie Ihr wünscht, Mylady.«

Der Mann hob verkrümmte und eiternde Hände, dann riß er die Kapuze seiner Kutte zurück.

Travis entfuhren zwei Worte wie ein gequältes Aufstöhnen. »Bruder Eriaun!«

Der Runensprecher grinste, und seine Zähne hoben sich schneeweiß von der geschwärzten Ruine seines Gesichts ab. »Es ist so schön, Euch wiederzusehen, Bruder Wilder.«

37

Beltan ging tiefer in die mit Dampf gefüllten Katakomben hinein, und seine nackten Füße verursachten auf den feuchten Fliesen nicht den geringsten Laut.

Bei Vathris, hoffentlich weißt du, was du da tust, Beltan von Calavan. Hoffentlich weißt du es.

Aber es war viel zu spät, seine Entscheidung in Frage zu stellen. Beltan ging an Heißwasserbecken vorbei, die von Keramikrohren gespeist wurden. Von den Mauerbögen in der Höhe tropfte Wasser. Die Bäder von Spardis waren vor Jahrhunderten als Kopie des alten tarrasischen Stils gebaut worden. Eine Reihe rechteckiger Becken erlaubten es dem Badenden, sich an das von Mal zu Mal heißer werdende Wasser zu gewöhnen. Auf dem Grund schwammen blaue Mosaikdelphine, auf den Wänden flossen grüngekachelte Wellen.

Es war leicht gewesen, den Aufenthaltsort des Regenten herauszufinden – für Beltans Geschmack sogar viel zu leicht. Es waren nur ein paar Fragen nötig gewesen, und ein Diener hatte ihn zum Eingang der Bäder geführt. Er hatte befürchtet, dort von Wächtern aufgehalten zu werden. Aber in dem feuchten Vorraum waren nur zwei Diener gewesen, die ihm das Schwert abgenommen und ihn dann mit geschickten Händen ausgezogen hatten. Sie hatten ihm einen kurzen Leinenrock gegeben, den er sich um die Hüfte geschlungen hatte, und dann kommentarlos zugesehen, wie er einen Dolch aus dem zusammengefalteten Wams nahm und unter den Rock schob.

Er konnte die Klinge bei jedem Schritt heiß auf der Haut spüren. Er berührte sie unter dem Stoff, um sich zu vergewissern, daß sie noch immer verborgen und sicher an Ort und

Stelle war. Schweiß perlte über seine Haut, er schob sich feuchtes Haar aus der Stirn.

»Dakarreth, wo seid Ihr?« Sein Flüstern verschmolz mit dem Zischen des Wasserdampfes. »Wo steckt Ihr?«

Sein Blick fiel auf ein Mosaik, das braunhäutige Männer in einem Boot zeigte, die mit Speeren schwarze Robben in azurblauem Wasser jagten. War der Mond schon untergegangen? Hatten Falken, Lirith und Durge die verborgene Tür mit ihrem Boot erreicht? Schon möglich, aber er konnte unmöglich die Zeit bestimmen.

Er hatte das Portal gefunden, das ihm der Spinnenmann Aldeth beschrieben hatte. Er hatte es geöffnet und auf der anderen Seite das an die Mauer schwappende, nebelverhangene Wasser des Sees gefunden. Eine Zeitlang hatte er in das Zwielicht gestarrt und darauf gewartet, daß der Barde und die anderen kamen. Aber warten war nichts für ihn. Also hatte er von einer verloschenen Fackel ein Stück Holzkohle abgebrochen und so gut er konnte die folgenden Worte auf die Rückseite von Aldeths Karte geschrieben:

Melia, Travis, Grace im Turm mit den zwei Fahnenstangen.
Suchen Stein des Feuers. Trefft sie dort.
Beltan

Er hatte die Nachricht in den Türspalt geklemmt und sich dann aufgemacht, den Regenten zu finden. Melia und Travis brauchten Zeit, um den Stein des Feuers zu finden, und er würde dafür sorgen, daß sie ihn bekamen. Vielleicht würde es der letzte Dienst sein, den er jemals für sie tun konnte – er wußte, daß er einem ehemaligen Gott auf keinen Fall gewachsen war –, aber konnte ein Ritter-Hüter auf eine bessere Art sterben als in Ausübung seiner Pflicht?

Mal davon abgesehen, daß Melia ihn eigentlich nicht

brauchte. Beltan hatte es immer gewußt – als ehemalige Göttin stand sie so hoch über ihm wie der Mond am Himmel. Aber um seinetwillen, aus Freundlichkeit oder vielleicht auch aus Mitleid hatte sie seinen Schwur akzeptiert. Und obwohl er es besser wußte, hatte er sich zu dem Glauben verleiten lassen, daß er wirklich die Macht hatte, sie zu beschützen.

Natürlich war Melia nicht sein einziger Schützling. *Und Travis braucht dich noch weniger als sie. Du bist schlimmer als ein Narr, weil du etwas haben wolltest, von dem du wußtest, daß du es nicht haben kannst. Du hättest dich mit seiner Freundschaft zufriedengeben sollen, aber selbst das mußtest du dir verderben.*

Was hatte er sich dabei nur gedacht?

Irgendwo plätscherte Wasser. Beltan blieb stehen, griff nach dem Messer unter dem Rock. Dampfwolken erfüllten die Luft und vernebelten ihm die Sicht.

»Ist da jemand?« rief er, und seine Stimme hallte laut zurück.

Es trat wieder Stille ein, dann plätscherte Wasser, gefolgt von einer Stimme, die wie reines Gold klang. »Kommt näher.«

Trotz Wärme und Schweiß fröstelte Beltan. Dann trat er zwischen zwei Säulen. Die Dampfschwaden klafften vor ihm auf. Er stand am Rand eines Raumes, am Rand eines Beckens, das mit Sicherheit das letzte und das heißeste von allen war. Dampf kräuselte sich auf der Wasseroberfläche und stieg auf wie aus einem Becher frisch aufgebrühten *Maddok*.

Ein Mann stand in dem Becken, bis zum Hals eingetaucht, den Kopf abgewandt. Beltan konnte nur sein gelbbraunes Haar sehen; das brodelnde Wasser machte alles andere unkenntlich. Der Ritter wollte etwas sagen, aber der andere kam ihm zuvor.

»Ich wußte, daß Ihr kommt, Sir Beltan. Ich wußte es, als ich Euch heute abend bei Tisch gesehen habe. Ihr könnt Eurem

Schicksal nicht entkommen. Denn Ihr müßt wissen, daß Ihr und ich füreinander bestimmt sind.«

Beltan suchte nach einer Erwiderung, aber ihm fehlten die Worte. Was auch immer er von dem anderen erwartet hatte, diese Worte bestimmt nicht. Er trat an den Beckenrand. Er mußte das Wasser nicht testen, um zu wissen, daß es ihm das Fleisch von den Knochen sengen würde, falls er auch nur den Fuß hineintauchte.

Der Mann in dem Becken drehte sich um und stieg die gefliesten Stufen hinauf. Beltan starrte ihn an, zu keiner Bewegung fähig.

War Dakarreth beim Abendessen im Großen Saal schon eine imposante Erscheinung gewesen, war das kein Vergleich mit dem, was er jetzt darstellte. Seine goldene Haut glühte förmlich von der Hitze des Wassers, und seine Augen waren funkelnde Abgründe. Seine Proportionen waren die eines Helden der Vergangenheit, den man als Statue verewigt hatte.

Beltan stockte der Atem. Dakarreth sah wie ein Gott aus.

Bei Vathris, er ist *ein Gott. Zumindest war er einer. Und er will wieder einer werden.*

Und warum auch nicht? Wenn man Dakarreth jetzt so sah, erschien der Gedanke, daß andere ihn nicht anbeten würden, völlig absurd.

Dakarreth stieg die letzte Stufe hoch. »Eure Gefährten wollen mich vernichten, Sir Beltan.« Selbst jetzt, wo er diese schrecklichen Worte aussprach, war seine Stimme volltönend und zwingend. »Aber das darf man ihnen nicht erlauben. Ihr wißt das natürlich. Und es wird ihnen auch nicht gelingen, denn ich habe ihnen einen meiner Sklaven geschickt, der sich um sie kümmert.«

Machst du dir nicht mal selbst die Hände schmutzig, wollte Beltan sagen, aber er bekam keinen Ton heraus.

»Ich sagte eben die Wahrheit«, fuhr Dakarreth fort, und in

seine Augen trat ein Leuchten. »Ich brauche einen Krieger an meiner Seite, der alle vernichtet, die gegen mich sind, damit ich noch viel heller strahlen kann. Und Ihr sollt dieser Krieger sein. Euer Gesicht und Euer Körper sind natürlich grob und ungeschliffen. Aber das spielt keine Rolle. Ich kann Fleisch wie Ton formen, wie es mir beliebt. Aber in Euch brennt ein Feuer, das man nicht so leicht findet oder erschaffen kann. Und genau das brauche ich.« Er streckte die Hand aus. »Kommt zu mir, Sir Beltan. Ich kann einen neuen Körper erschaffen, der das Feuer Eures Geistes beherbergt, einen Körper, der sowohl wunderschön als auch unsterblich ist.«

Beltan fühlte Übelkeit in sich aufsteigen. *Du meinst, du kannst mich verbrennen.*

Er wollte von diesem Ort fliehen, aber wie er sich geschworen hatte, zwang er sich dazu stehenzubleiben. Jeder Augenblick, den er den anderen erkaufte, war es wert, egal welchen Preis er auch dafür bezahlen mußte. Mühsam stieß er hervor: »Zeigt es mir.«

Dakarreths Lächeln wurde breiter, ein Ausdruck tiefer und endloser Geheimnisse. Er kam näher. Möglicherweise war der Körper des Nekromanten nicht richtig lebendig, trotzdem trugen die Hitzewellen, die er ausstrahlte, einen sauberen, frischen Geruch mit sich.

Dakarreth ergriff seinen Arm. Beltan war ein starker Mann, aber er kam nicht gegen ihn an. Dakarreth zwang ihn auf eine Marmorbank, das Opferlamm auf dem Tempelaltar. Der Stein drückte sich heiß in Beltans Rücken.

Dakarreth beugte sich über ihn, legte ihm die Hand auf die Brust und grub ihm die Finger in die Haut über der Herzgegend. Es schmerzte. Es schmerzte sogar sehr.

»Und jetzt, Sir Beltan«, sagte Dakarreth, und sein perfektes Gesicht verwandelte sich in eine Maske der Verzückung, »werdet Ihr verwandelt!«

Der Schmerz ließ Beltan aufstöhnen, und er verscheuchte die lähmende Hitze aus seinen Gedanken. Dakarreth war ein Gott, ja. Aber er war das Böse, und Beltan würde ihm niemals dienen. Mit einer fließenden Bewegung griff er in den Rock, zog den Dolch und trieb Dakarreth die Klinge tief in die Schulter.

Dakarreth riß die Augen weit auf. Mit einem Aufschrei taumelte er zurück. Beltan setzte sich grinsend auf. Also konnte man Götter doch verletzen.

Aber er ist kein Gott, Beltan. Noch nicht. Darum gibt es noch immer eine Chance.

Sein Grinsen verblaßte, als sich Dakarreths lodernder Blick auf ihn richtete und seine Seele verkümmern ließ.

»Du hast mich verraten!« Dakarreth riß sich mit der rechten Hand den Dolch aus der Schulter. Blut schoß hervor. Er schleuderte die Waffe beiseite, dann strich er mit den Fingern über die Wunde. Der Blutfluß wurde langsamer, wechselte die Richtung und floß schließlich in die Wunde zurück. Als Dakarreth die Hand senkte, war weder von der Verletzung noch von dem Blut etwas zu sehen. Sein Fleisch war wieder makellos.

Beltan umklammerte die Marmorbank in dem Wissen, daß das Ende gekommen war. Wenigstens starb er im Kampf.

Dakarreths Stimme war ein giftiges Zischen. »Ich hätte wissen müssen, daß du dich gegen mich wendest. Aber im Verrat bist du ja geübt, nicht wahr, Beltan, Sohn des Beldreas?«

Eine neue Furcht stieg in Beltan auf. »Was wollt Ihr damit sagen?«

Dakarreth kam näher. Sein Gesicht war noch immer wunderschön, aber nun war es schrecklich anzusehen. Es war das Antlitz eines rachsüchtigen Gottes. »Du suchst doch noch immer nach dem Mörder deines Vaters, Beltan, nicht wahr? Ja, du suchst den Mann, der deinen Vater getötet hat, den alten und starken König Beldreas – den Mann, der ihm wie ein Feigling einen Dolch in den Rücken rammte und dann die Flucht ergriff. Stimmt das nicht?« Dakarreth kniete vor der Bank nieder. »Betrachte deine Suche als beendet.«

»Ihr!« stieß Beltan hervor und rang in der feuchten Luft wie ein Ertrinkender nach Atem. »Ihr habt meinen Vater getötet!«

Der Nekromant lachte. Er stieß Beltan mit dem Finger an.

»Nein, mein guter Ritter. Nicht ich habe Beldreas getötet. Du warst es.«

Das war Wahnsinn. Beltan wollte es nicht hören. Er wandte den Kopf ab, aber seine Ohren konnte er nicht verschließen. Dakarreths Finger fand die gezackte Narbe auf seiner linken Seite – die kaum verheilte Wunde, die ihm der *Feydrim* am Runentor beigebracht hatte – und strich darüber.

»Als der Fahle König erwachte«, sagte der Nekromant leise, »da bat er mich, in den Domänen Unruhe zu stiften, eine Aufgabe, die ich gern übernahm. Und es war so einfach. Ein paar geflüsterte Worte in deinen Träumen, ein paar Nächte lang, mehr brauchte es dazu nicht. Der Geist der Sterblichen ist so einfach zu formen.«

Beltan wollte sich bewegen, aber sein Körper war wie Stein. »Nein«, stieß er krächzend hervor.

»Aber du weißt doch, daß es die Wahrheit ist, Beltan. Hast du sie denn nicht in deinen Träumen gesehen? Wer sonst hätte so nahe an Beldreas herankommen können, ohne den alten König mißtrauisch zu machen, wer sonst als sein Bastardsohn?«

Dakarreth drückte gegen die Narbe, und ein greller Schmerz durchschoß Beltan – zusammen mit einem schrecklichen und glasklaren Begreifen. Vor seinem inneren Auge blitzte ein Bild auf, das er bereits in zahllosen Träumen gesehen hatte: Eine Hand ließ den Griff eines blutigen Dolches los. Seine Hand.

»Nein!«

Dakarreths Gelächter dröhnte in seinem Schädel. »Ja, Beltan. Sieh die Frucht deines Verrats. Sieh zu, wie du deinen eigenen Vater ermordest.«

Beltan schrie. Die Finger des Nekromanten gruben sich wie Messerklingen in die Narbe und rissen die Wunde auf, und Blut und Erinnerungen schossen hervor.

38

Grace stand wie erstarrt da, als Bruder Eriaun in das Turmgemach hinkte. Die Hände des Runensprechers waren schwarz und wie Klauen gekrümmt; gargekochte Fleischstücke schälten sich von der eitrigen und brandblasenübersäten Maske seines Gesichts.

Was war mit Eriaun geschehen? Hatte er die Flammenpest? Nein, seine Augen waren nicht schwarz und leer, sondern braun, und in ihnen flackerte das Licht des Wahnsinns. Es war ein Feuer gewesen – das Feuer der Rune, die Travis auf ihn zurückgeschleudert hatte. Aber er hätte tot sein müssen. Er *roch* tot. Wie konnte er dann am Leben sein?

»Mein Herr hatte recht«, sagte Eriaun freundlich, was den Schrecken noch verstärkte. »Er dachte sich, daß Ihr irgendeine Dummheit ausheckt, Lady Melia. Und hier seid Ihr, wie aufs Stichwort.«

Die Lady sah ihn wütend an. »Dakarreth ist hier der Narr. Selbst als Gott war er ein oberflächliches und weinerliches Gör. Wie ich sehe, hat sich in zweitausend Jahren nichts verändert.«

Grace holte zischend Luft. Vielleicht kannte sie jetzt die Antwort für Eriauns Zustand. War sein Herr nicht ein Nekromant – ein Todeszauberer? Sie faßte Tiras Schultern fester. Wie sollten sie jemanden töten, der nicht mal richtig am Leben war?

Eriaun hob einen Finger, und die Tür schwang hinter ihm zu. Es knirschte, als sich der Riegel vorschob. »So«, sagte der Runensprecher; seine zerrissenen Lippen ließen seine Aussprache undeutlich klingen. »Jetzt wird uns keiner stören.«

Travis schob sich mit dem Runenstab in der Hand an Melia

und Aldeth vorbei. Sein Gesicht war auf eine Art und Weise hart und entschlossen, wie Grace es noch nie zuvor bei ihm gesehen hatte; seine grauen Augen blickten ernst. Er sah stark aus. Nein, das war es nicht.

Er sieht edel aus, Grace.

»Ich habe Euch einmal aufgehalten, Eriaun. *Wir* haben Euch aufgehalten. Und wir können es wieder tun.«

»Könnt Ihr das, Runenmeister? Könnt Ihr das wirklich?« Eriaun wankte näher heran. »Das Brennen im Feuer hat mich viel stärker gemacht. Wißt Ihr, es ist die Natur des Feuers, alles Weiche und Vergängliche zu verzehren und die Überreste zu härten und zu läutern. Ich glaube nicht, daß Ihr mich diesmal so leicht besiegen könnt.«

Eine Bewegung erregte Graces Aufmerksamkeit, dann zwang sie sich dazu, schnell wieder wegzusehen, um sich nicht zu verraten. Während Eriaun seine ganze Konzentration auf Travis gerichtet hatte, war Aldeth zurückgewichen und hatte angefangen, ihn zu umkreisen. Jetzt befand sich der Spinnenmann hinter ihm; seine Stiefel verursachten auf dem Boden keinen Laut. Aus einer Falte seines grauen Umhangs zog er ein schmales Stilett. Mit einer Bewegung, die so schnell war, daß sie wie ein Schemen erschien, riß er das Stilett hoch und rammte es Eriaun in den Nacken. Grace hörte deutlich, wie der Stahl Fleisch teilte und tief in den Körper des Runensprechers eindrang.

Eriaun riß die Augen weit auf, verkrampfte sich. War es das gewesen? Brauchte auch dieses Ding ein mit dem Gehirn verbundenes Rückgrat, um zu funktionieren?

Nein. Ein Kreischen drang aus Eriauns geöffnetem Mund, so schrill und unmenschlich wie das einer Sirene. Es erschien unmöglich, daß seine von der Hitze geschrumpften Hände sich so schnell bewegen konnten, aber mit einer fließenden Bewegung ergriff er das Stilett, zog es sich aus dem Nacken, was einen schwarzen Blutstrom freisetzte, drehte sich um und stieß Aldeth die Klinge in die Brust. Aldeths Mund öffnete sich erstaunt. Seine Lider flatterten, dann taumelte er rückwärts gegen die Wand.

»Oh«, sagte er leise.

Der Spinnenmann rutschte zu Boden, dann schlossen sich seine Augen, als er zusammensackte und still sitzenblieb.

Grace stieß Tira hinter sich und setzte sich in Bewegung – sie mußte Aldeth helfen, mußte sich vergewissern, ob der Spinnenmann noch lebte –, als Eriauns Blick sie verharren ließ.

»Schluß mit den Spielchen«, zischte er. »Wenn Ihr Euch mir jetzt unterwerft, werde ich vielleicht Gnade walten lassen.«

Melia hob die Arme. »Wir werden uns niemals etwas wie dir ergeben, Leiche.« Eine blaue Aura flammte auf und legte sich über die Umrisse ihres Körpers.

»Oh, das denke ich doch.«

Eriaun zog einen Gegenstand aus einer Tasche seiner drekkigen Kutte. Zwischen seinen dicht zusammengepreßten Fingern quoll blutrotes Licht auf. Melia keuchte auf, und die blauc Aura, die sie umgab, flackerte. Sie taumelte einen Schritt zurück. Grace und Travis starrten sie ungläubig an.

Eriauns Lippen zogen sich zu einem Grinsen zurück. »Was ist, Mylady? Stimmt was nicht?«

Die Aura wurde dunkler und verschwand. Melia faßte sich an den Hals. »Was ... was ist das?«

»Ihr meint das hier?«

Eriaun öffnete die Finger und enthüllte eine Kugel aus klarem Kristall. In der Mitte der Kugel leuchtete ein greller Funke, der so hell strahlte, daß Grace den Blick abwenden mußte, wollte sie nicht das Augenlicht verlieren. Melia schrie leise auf.

»Stört Euch das hier, Mylady?« Eriaun lachte. »Nun ja, die

Großen Steine und Ihr und Eure Art standen einander schon immer ablehnend gegenüber, oder? Ihr wart alle so schwach.«

Trotz ihrer Furcht ergriff Grace das Wort. »Ist das ... *Krondisar?*«

Wieder lachte Eriaun. »Nein. Das ist nur ein Körnchen des Großen Steins, das mein Herr entfernte und ins Innere dieser Sphäre band. Ein Geschenk – ein bißchen Licht, um mich in dunklen Zeiten zu trösten.«

Er hob die Kugel in die Höhe. Melia sank auf die Knie, hielt sich den Kopf.

Unternimm was, Grace. Berühre die Weltenkraft und tu etwas.

Aber wie sollte sie das anstellen? Der Schatten, der zwischen ihr und dem Netz der Weltenkraft lauerte, war für sie viel schrecklicher als selbst Eriaun. Sie griff nach Tira und rührte sich nicht. Eriaun hielt die Kugel ausgestreckt vor sich hin und stolperte auf Melia zu. Die Lady stöhnte auf.

Travis stellte sich ihm entgegen. »Laßt sie in Ruhe!«

»Aus dem Weg!« knurrte der Runensprecher.

Er hielt die Kugel Travis vors Gesicht, aber der verzog keine Miene.

»Aus dem Weg, Runenmeister, oder ich verbrenne Euch mit Runen!« Eriaun streckte die andere verbrannte Hand aus.

Travis beugte den Kopf über seinen Stab, und Panik drohte Graces Herz anzuhalten. Würde er einfach zulassen, daß Eriaun ihn tötete? Dann trat ein seltsames Lächeln auf seine Lippen, und er nickte wie jemand, der einer anderen Person zuhörte.

»Nein, Bruder Eriaun«, sagte er und hob die Hand. »Es ist Zeit, daß Ihr zu Ende bringt, was Ihr angefangen habt.«

Bevor der Runensprecher reagieren konnte, hob Travis den Runenstab und berührte mit seiner Spitze die Kristallkugel auf Eriauns Handfläche. Der Stab flammte blau auf; Travis warf ihn in dem Augenblick beiseite, in dem er in einer Splitterwolke zerbarst. Grace wandte schützend den Kopf ab, dann sah sie wieder hin.

Eriaun stand unversehrt da, und er lachte. »Schwach, Runenmeister. Euer Stab ist kein Gegner für ...«

Er stockte, als der Kristall auf seiner Hand mit einem hell singenden Laut entzweibrach. Der in seinem Inneren eingesperrte blutrote Funke tanzte, aus seinem Kerker befreit, auf seiner Handfläche.

»Er ist so schön!« flüsterte Eriaun.

Dann wurden seine Worte zu einem Schrei, als der Funke zu einer Miniatursonne anschwoll. Der Runensprecher verwandelte sich in eine Flammensäule. Grace wandte sich ab und schützte Tira mit ihrem Körper. Unerträgliche, verzehrende Hitze schlug gegen ihren Rücken ...

... und war verschwunden.

Das Echo von Eriauns Schrei verklang. Langsam drehte sich Grace um. Travis half Melia auf die Füße. Die Lady war blaß, und sie hielt sich noch immer die Stirn. Aber die Qual war aus ihrer Miene verschwunden. Von Eriaun und der Kristallkugel gab es keine Spur mehr – abgesehen von einem Brandfleck auf dem Steinboden.

Grace schüttelte den Kopf. »Was ist mit dem Splitter von *Krondisar* geschehen?«

»Der ist weg«, sagte Melia. »Ich glaube, er wurde zusammen mit Eriaun verschlungen.«

Graces Blick fiel auf eine leblose Gestalt. Sie ließ Tira los, lief quer durch das Gemach und kniete neben Aldeth nieder, der reglos auf dem Boden saß. Zwei an den Hals gedrückte Finger verrieten ihr, daß er noch lebte – sein Puls war schwach, aber regelmäßig. Das Stilett war aus seiner Brust gefallen, und sie untersuchte die Wunde mit präzisen Bewegungen. Sie war nicht tief. Sein Brustbein hatte die größte

Wucht des Stichs abgefangen; er hatte zwar Blut verloren, aber die Blutung hatte fast aufgehört.

Sie riß den Kopf hoch, als gegen die Tür gehämmert wurde.

»Geh zurück«, sagte Travis. »Ich versperre sie mit einer gebundenen Rune.«

Grace schloß kurz die Augen. Einen flüchtigen Augenblick lang hatte sie sie gesehen, bevor sie die Gabe wieder loslassen mußte – drei strahlende Gestalten im Netz der Weltenkraft.

»Nein«, sagte sie und stand auf. »Öffne sie.«

Travis sah sie prüfend an und nickte. Er sagte: *»Urath!«*, und die Tür schwang auf. Grace atmete erleichtert auf, als drei vertraute Gestalten eintraten.

Melia rannte los. »Falken!«

Der Barde fing die Lady in einer stürmischen Umarmung auf. Grace fand sich plötzlich in Liriths Umarmung wieder, und obwohl sie sich nicht sicher war, glaubte sie doch so etwas wie ein kurzes Grinsen auf Durges Gesicht gesehen zu haben, als er Travis' Arme drückte. Dann versammelten sie sich in der Mitte des Gemachs im Kreis, mit Tira in der Mitte.

»Wo ist Beltan?« fragte Travis.

Falken schüttelte den Kopf. »Ich habe keine Ahnung. Er hat uns eine Nachricht hinterlassen, auf der stand, wo ihr zu finden seid. Ich glaubte, er wäre bei euch.«

Grace biß die Zähne zusammen. Das war eine böse Nachricht – davon war sie überzeugt. Aber jetzt mußten andere Dinge besprochen werden. Schnell berichteten sie, was sich alles zugetragen hatte, seit Falken, Lirith und Durge Spardis verlassen hatten.

Wut und Mitleid spiegelten sich in Falkens Augen wider, als er Melia an sich zog. »Ich hätte dich beinahe verloren.«

Sie legte den Kopf an seine Brust. »Niemals, mein Freund. Ich bin nur für dich zurückgekommen.«

Lirith kehrte von der Wand des Gemachs zurück. Grace sah, daß Aldeth jetzt friedlich auf seinem Umhang lag.

»Er schläft jetzt«, sagte die Hexe. »Ich glaube nicht, daß er stirbt.«

Grace sah in Liriths geheimnisvolle braune Augen. *Danke.* Sie war sich nicht sicher, ob sie es laut gesagt hatte oder nicht, aber Lirith nickte trotzdem.

»Und was tun wir jetzt?« fragte Durge in seinem üblichen polternden Tonfall. »Wir haben den Stein noch nicht gefunden.«

»Er ist nicht hier«, sagte Grace.

»Nein. Aber es gibt noch einen Ort, an dem er sein könnte.«

Alle wandten sich Travis zu. Er hatte eine schmale Seitentür geöffnet, die ihnen bis jetzt entgangen war. Dahinter führte eine Treppe in die Höhe.

Minuten später standen sie auf der Spitze des Turms, auf einer kreisrunden Steinplattform, die nur von einer niedrigen Mauer umgeben wurde. Der Nebel war aufgeklart, am dunklen Netz des Himmels schimmerten die Sterne, die durch das Fehlen des Mondes besonders hell hervortraten. Im Süden pulsierte ein roter Fleck am Horizont: der rote Stern. Im Osten wurde es hell. Die Morgendämmerung zog herauf.

Melia drehte sich um. »Hier ist er auch nicht, oder? Der Stein?« fragte sie Travis.

Er seufzte, dann schüttelte er den Kopf. Falken ballte die Faust und fluchte.

Grace schloß die Augen. Sie waren so weit gekommen – sie konnten doch jetzt nicht einfach aufgeben. »Uns wird schon etwas einfallen. Er muß irgendwo im Schloß sein.«

»Bist du dir da wirklich sicher, Durchlaucht?«

Alle drehten sich um. Ein Mann kam gerade die letzte Stufe herauf. Er war groß und von atemberaubender Schönheit und nur mit einer lose sitzenden goldenen Tunika bekleidet. Gelbbraune Locken fielen auf breite Schultern. Er lächelte, und seine goldenen Augen funkelten.

Melia zitterte, als sie das Wort aussprach. »Dakarreth!«

Er nickte der Lady zu – eine spöttische Geste. »Liebste Melia. Es ist lange her, nicht wahr? Ein Zeitalter? Oder waren es zwei?«

Sie kniff die Augen zusammen. »Egal, wie lange es auch war, es war nicht lange genug, Dakarreth.«

Er legte in einem vorgetäuschten Ausdruck der Bestürzung die Hand auf die Brust. »Liebe Schwester, das ist kaum die richtige Begrüßung für deinen Bruder.«

»Du bist nicht mein Bruder, Dakarreth.«

Falken nahm Melia von hinten bei den Schultern und hielt sie zurück. Durge griff nach dem Breitschwert, aber Dakarreth sah ihn nur an, und der Embarraner erstarrte mitten in der Bewegung.

»Nein, Herr Ritter. Denk nicht mal dran, mir schaden zu wollen. Das gilt auch für dich, Schwester Sias.« Er richtete die goldenen Augen auf Lirith, und noch während sie dabei war, einen Zauber zu weben, brachte er sie dazu, daß sie die Finger ineinander verknotete und reglos verharrte.

Grace starrte ihre Freunde an. Der Ritter und die Hexe standen wie Statuen da. Waren sie tot? Ein amüsiertes Lachen erscholl. Sie wandte den Kopf und sah, daß Dakarreth sie musterte.

»Nein, Durchlaucht. Sie sind nicht tot. Keiner von euch muß sterben – nicht, wenn ihr vor mir niederkniet und mich als euren wahren Gott annehmt.«

Melia ballte die kleinen Fäuste. »Niemals!«

Dakarreth schüttelte den Kopf. »Niemals ist eine lange Zeit, meine Liebe. Vor allem für jemanden wie dich.«

Tira trat hinter Grace hervor, und sie war nicht schnell genug, das Mädchen zurückzureißen. Dakarreth fuhr herum, als hätte ihn jemand geschlagen. Sein schönes Gesicht verzerrte sich vor Haß.

»Was ist das? Ihr habt dieses abstoßende kleine ... Ding mitgebracht.« Er zeigte auf Tira. »Schafft sie mir aus den Augen!«

Falkens Blick war unleserlich. »Warum, Dakarreth? Sie ist doch nur ein Kind.«

»Nur ein Kind?« Der Nekromant lachte. »O nein, mein erbärmlicher Barde, sie ist mehr als nur ein Kind. Mindroths Wille hat sie auserwählt, durch seinen Willen ist sie zu ihm gekommen, und der Stein des Feuers hat sie gezeichnet. Ihre Gegenwart beschmutzte den Tempel – *meinen* Tempel. Aber ich vertrieb sie beide und nahm mir *Krondisar*, bevor Mindroth sein abscheuliches Werk mit ihr vollenden konnte.« Er wandte sich wieder Grace zu. »Und jetzt schafft sie mir aus den Augen, oder deine Freunde sterben, genau wie der große dumme Ritter.«

Dakarreth hob eine Hand und ballte sie zur Faust, und sowohl Durge wie auch Lirith quollen die Augen hervor, während ihre Glieder wie unter Krämpfen zitterten. Grace packte Tira und zog sie zurück und drückte sie eng an sich.

Travis trat einen Schritt vor; seine Miene war ausdruckslos. »Beltan? Sprecht Ihr von Beltan?«

Dakarreth wedelte abschätzig mit der Hand. »Ja, ich glaube, so hieß er. Nicht, daß die Toten Namen brauchen. War er dein Freund? Vielleicht interessiert es dich ja, daß er, so groß und stark er auch war, ordentlich schreien konnte.«

Travis taumelte. Falken wollte ihn stützen, ihn zurückziehen, aber ein Blick Dakarreths ließ ihn innehalten.

»Nein, laß ihn in Ruhe.« Der Nekromant trat nahe an Travis heran und studierte ihn lauernd. »Du bist das, nicht wahr? Der, von dem Eriaun sprach – der Mann, der die Großen Steine berühren kann und der mit Mindroth sprach, bevor dieser endgültig verbrannte.«

Schweißperlen sammelten sich auf Travis' Stirn.

»Ja, du bist es«, flüsterte Dakarreth. »Du besitzt den Schlüssel zu *Krondisar.* Mindroth floh, bevor ich ihn ihm entringen konnte, aber du wirst ihn mir jetzt geben – du wagst es nicht, dich mir zu widersetzen.«

Travis biß die Zähne so stark zusammen, daß an seinem Hals die Muskeln hervortraten, aber er gab keinen Ton von sich.

»Wo hast du ihn versteckt, Dakarreth?« fragte Melia in leisem, aber wütendem Tonfall. »Wo ist der Stein des Feuers?«

»Was denn, das weißt du nicht? Dabei war er die ganze Zeit genau über dir, liebste Melia.«

Dakarreth breitete die Arme aus und legte den Kopf in den Nacken. Grace folgte seinem Blick zu dem pulsierenden blutroten Fleck am Südhimmel. Der rote Stern blitzte auf, dann fing er an zu wachsen, bis sein ungezähmtes Licht ein Viertel des Himmels ausfüllte. Alle hatten die Gesichter nach oben gerichtet, und nun wurden sie scharlachrot angestrahlt, als der Stern an Größe gewann.

Nein, Grace, du irrst dich. Er wird nicht größer. Er kommt näher.

Er schoß wie ein Meteor heran, so hell, daß sie wußte, daß er sie alle verbrennen würde. Im letzten Augenblick wurde er langsamer, und die Flammenspeere schrumpften zu einer kleinen, leuchtenden Sphäre. Der rote Stern schwebte in die Tiefe und kam auf Dakarreths ausgestreckter Hand zur Ruhe. Aber es war gar kein Stern. Es war ein Stein. *Der* Stein.

Krondisar.

Melia stieß ein Keuchen voller wortloser Qual aus und sackte auf die Knie. Die anderen starrten den Stein des Feuers an, der auf Dakarreths Handfläche ruhte und mit seinem blutigen Licht dieses wunderschöne und zugleich so schreckliche Gesicht beleuchtete.

Aus dem Augenwinkel sah Grace, wie die Morgendämmerung den Horizont erhellte. Aber es war noch viel zu früh für die Sonne, und es handelte sich auch gar nicht um die Dämmerung. Der helle Schein kam jetzt aus allen Richtungen; er war rot und flackerte. Das Land brannte. Dann sah sie sie: dunkle, schlanke Gestalten, die sich von den in die Höhe steigenden Flammen abzeichneten. Hunderte von ihnen. Tausende. Das Licht umfing das Schloß. Die ganze Welt stand in Flammen.

Dakarreth brachte sein Gesicht nahe an Travis' heran, spitze Zähne entblößten sich zu einem furchteinflößenden Lächeln. »Jetzt gib mir den Schlüssel, Runenmeister, oder sieh zu, wie alle deine Freunde sterben.«

39

Die Luft um Travis herum knisterte. Er war sich seiner Gefährten bewußt, die bewegungslos hinter ihm standen, so wie er sich der Feuerwand bewußt war, die das Schloß eingekreist hatte. Irgendwo schrien Menschen. Aber das alles registrierte er nur flüchtig. Sein Blick konzentrierte sich auf den Stein mit seiner wilden Schönheit. Er konnte an nichts anderes denken als daran, wie gut es sich anfühlen würde, den Stein zu nehmen, ihn in der Hand zu halten und seine Wärme auf der Haut zu spüren. Reflexartig griff er danach.

Dakarreth riß *Krondisar* zurück und schloß die Finger darum. Rotes Licht quoll zwischen ihnen wie Blut hervor. »Denk nicht mal dran, den Stein des Feuers an dich zu nehmen, Runenmeister. Keiner von euch hat die Macht, ihn mir wegzunehmen – weder Falken noch Melia, und erst recht nicht du. So viel von seiner Macht gehört jetzt mir, viel mehr, als sich einer von euch auch nur vorstellen kann. Ich brauche nur noch Mindroths Schlüssel, um seine letzten Geheimnisse zu entschlüsseln. Und jetzt gib ihn mir!«

Travis versuchte, die Lippen zu befeuchten, aber es war, als wäre er mit Schmirgelpapier darübergefahren. Das Sprechen fiel ihm so schwer. »Ich habe ... den Schlüssel nicht.«

»Du lügst!« Unmenschliche Wut verlieh den perfekten Zügen von Dakarreths Gesicht eine nie dagewesene Schärfe. »Mindroth hat dir den Schlüssel gegeben. Warum auch nicht? Schließlich bist du von derselben Art, Runenmeister. Für deine Lüge wirst du mir jetzt dabei zusehen, wie ich einen deiner so kostbaren Freunde vernichte. Soll ich mit der verschlagenen Hexe beginnen? Oder mit dem wackeren Ritter?«

Der Nekromant richtete den Blick auf Durge. Der Embarraner stellte sich auf die Zehenspitzen, während seine Augen aus den Höhlen zu quellen drohten.

Travis hielt eine Hand hoch. »Nein, nicht! Bitte!«

»Gibst du mir den Schlüssel?«

Durges Gesicht lief dunkelrot an; er verdrehte die Augen.

Travis nickte. »Ihr könnt ihn haben.«

Der Nekromant lächelte. »Gut, Runenmeister. Sehr gut. Ich wußte, du bist kein kompletter Narr.«

Er schnippte mit den Fingern, und Durge und Lirith erschlafften am ganzen Körper und fielen zu Boden. Falken wollte zu ihnen, aber ein Blick Dakarreths ließ den Barden an Ort und Stelle verweilen, direkt neben Melia, die noch immer auf den Knien hockte. Aber sowohl der Ritter wie auch die Hexe bewegten sich. Sie lebten.

Aber wie lange würden sie alle noch weiterleben, sobald Dakarreth erkannte, daß Travis in Wahrheit nichts über den Schlüssel wußte? Er hatte ihnen nur ein paar Sekunden erkauft, mehr nicht.

Dakarreth kam näher heran, bis ihn nur noch wenige Zentimeter von Travis' Gesicht trennte. »Und jetzt gib ihn mir, Runenmeister.«

Travis öffnete den Mund, um etwas zu sagen.

Travis!

Die Stimme in seinem Kopf ließ ihn erstarren. Das war nicht Jack Graystone.

Travis, kannst du mich hören?

Grace? Bist du das?

Ja.

Aber ich dachte, du könntest die Gabe nicht anwenden.

Kann ich auch nicht, jedenfalls nicht für lange. Da ist ein ... ein ...

Aber sie brauchte es nicht auszusprechen. Er konnte ihn sehen, direkt hinter dem grüngoldenen Licht, das ihre Erscheinung ausmachte: ein monströser, lauernder Schatten. Er lachte mit einem Mund, der wie eine Tür aussah, entblößte Zähne aus zersplittertem Glas, begierig darauf, das Licht, aus dem sie bestand, zu zerfetzen. In diesem Augenblick erschloß sich Travis ein Anflug von Verstehen.

Oh, Grace ...

Nein, Travis. Dafür ist jetzt keine Zeit. Du mußt zuhören – ich glaube, ich weiß es.

Was denn?

Warum sich Dakarreth noch nicht in einen Gott verwandeln konnte. Es war schwer – er ist nicht lebendig, jedenfalls nicht im herkömmlichen Sinne –, aber ich glaube, ich konnte einen Blick in seinen Geist werfen. Es ist derselbe Grund, aus dem Tomes Meinung zufolge die Krondrim *so fehlerbehaftet sind.* Er *läßt nicht zu, daß die Transformation abgeschlossen wird. Er hat Angst davor.*

Angst? Angst wovor?

Davor zu verbrennen.

Er runzelte die Stirn, versuchte zu verstehen.

Travis, ich ...

Das grüngoldene Licht verschwand aus seinen Gedanken.

Grace!

Aber sie war bereits fort. Aus dem Augenwinkel sah er sie zu Boden sinken. Nur ein Herzschlag war vergangen, aber die Zeit rannte ihnen bereits davon. Dakarreth wartete auf eine Antwort. Aber was sollte er sagen?

Sei auf der Hut – es wird dich verzehren.

Wieder hallte die krächzende Stimme in seiner Erinnerung auf. Nur daß er diesmal endlich begriff. Grace hatte recht – die Transformation mußte abgeschlossen werden. Mindroths Worte stellten keine Warnung dar; es waren Instruktionen. Das war der Schlüssel.

Travis wußte, was er zu tun hatte. Er schaute in Dakarreths unfaßbar goldene Augen. Dann nahm er die Hand des Nekromanten. Die Hitze des Steins war durch Dakarreths nichtlebendes Fleisch zu fühlen.

»Was soll das werden, Runenmeister?«

Travis verstärkte den Griff um Hand und Stein. Er spürte die ersten schmerzhaften Stiche.

»Ich gebe Euch, was Ihr wollt, Dakarreth«, stieß er mühsam hervor. »Den Schlüssel zur Verwandlung.«

Dakarreths Augen blitzten auf. »Geh weg von mir!«

Der Nekromant wollte die Hand wegziehen, aber da flüsterte Travis das Wort. *»Krond.«*

Der Stein folgte dem Befehl. Grelles Licht flammte auf und schuf eine Sphäre aus Feuer, die Travis und Dakarreth einhüllte. Travis hörte Schreie – es waren die Schreie seiner Freunde – aber das Tosen der Flammen übertönte sie.

»Was hast du getan?« kreischte der Nekromant.

Er wollte den Stein loswerden, ihn Travis in die Hand drükken.

»Tut das nicht, Dakarreth!« brüllte Travis über den Lärm des Feuers hinweg. »Laßt ihn nicht los – nicht, wenn Ihr zu einem Gott werden wollt. Das ist der Schlüssel. Ihr müßt zulassen, daß es Euch verzehrt.«

In Dakarreths Augen loderte heißer Zorn. Er griff *Krondisar* fester. »Ich habe keine Angst, Runenmeister. Du bist es, der voller Furcht loslassen wird!«

Die beiden packten den Stein, und das Feuer raste durch sie hindurch. Dakarreths goldene Tunika verschwand in einem Feuerball. Travis fühlte, wie seine eigene Kleidung verbrannte. Dakarreths lange Locken loderten auf und waren verschwunden, und Travis' Haare rollten sich zusammen und verwandelten sich in Asche, bis sein Körper so glatt wie der des Nekromanten war.

Der Schmerz wurde zur unaussprechlichen Qual, nur daß er jetzt aus Travis' Innerem kam und nicht länger von außen. Dakarreth fing an, sich zu winden.

Travis' Worte waren ein Schrei. »Wehrt Euch nicht gegen das Feuer, Dakarreth! Darum tut es weh. Ihr müßt Euch ihm überlassen – laßt es alles wegbrennen!«

Der Nekromant warf den Kopf in den Nacken. »Ich *werde* ein Gott sein!« übertönte er die Flammen.

Der Stein wurde noch heller, sein Licht war jetzt wie brennendes Blut. Travis sah zu, wie sein Arm schwarz wurde und zusammenschrumpfte, aber er ließ den Stein nicht los. Vor ihm strahlte Dakarreth heller als je zuvor.

Er sah Travis an, grinste. »Ja ...«

Travis fühlte, wie sich sein Fleisch von den Knochen schälte. War es soweit? War der Augenblick gekommen, in dem der Nekromant zu einem Gott wurde und sie alle vernichtete? Lachend verstärkte Dakarreth den Griff um den Stein ...

... und die Hitze verzehrte seine Finger. Sein muskulöser Arm folgte, schrumpfte zusammen, dann wurde die glatte Haut seiner Brust pechschwarz und zersprang.

Der triumphierende Ausdruck des Nekromanten erstarrte. »Nein!«

Das Feuer verbrannte Dakarreths Beine zu Stümpfen, sein so schönes Gesicht schlug Blasen und schmolz. Travis konnte fühlen, daß mit seinem Körper dasselbe geschah, daß er verbrannte, aber er ließ den Stein noch immer nicht los.

»Tut es, Dakarreth«, sagte Travis, während seine Lippen verschlungen wurden und die Zähne freilegten. »Werdet ein Gott!«

Ihre Blicke trafen sich; sie hielten den Stein fest. Dann verwandelte das Feuer die Wut in Dakarreths Augen in Entsetzen. Ein Schrei aus züngelnden Flammen schoß aus dem Mund des Nekromanten.

»Der Schmerz!«

Dann ließ Dakarreth den Stein los.

Der schwarz verkohlte Körper des Nekromanten fiel zurück und verschwand aus der Sphäre. Travis wurde in ihrem Inneren von den Flammen umhergeworfen wie von Wellen aus Lava. Es war zu spät, um den Stein jetzt noch loslassen zu können. Travis' Arm war völlig verbrannt. Er fühlte, wie das Fleisch und die Knochen, wie alles, was er war und je gewesen war, von dem Feuer verzehrt wurde.

Tome hatte behauptet, *Krondisar* besäße die Macht, diejenigen zu verwandeln, die über den Schlüssel verfügten. Aber wenn das tatsächlich so war, was würde dann aus ihm werden? Würde er überhaupt noch existieren? Und plötzlich verstand Travis – mit seinen letzten noch flackernden Gedanken. Die Worte, die Deirdre vor scheinbar so langer Zeit im Mine Shaft Saloon gesagt hatte, hallten leise in ihm auf.

Am Ende muß jeder von uns selbst entscheiden, was er werden will.

Travis dachte an Dakarreth, der ein Gott sein wollte. Und er dachte an den Drachen, der ein Ungeheuer war. Dann erschien ein letztes Bild vor seinem inneren Auge, ein großer Mann mit blonden Haaren und einem Lächeln, das an das Licht des neuen Tages erinnerte.

Travis traf seine Entscheidung. Er war weder Gott noch Ungeheuer; er war einfach nur ein Mensch. Die letzten Fetzen seines Wesens wurden weggebrannt, und dann war da nur noch ...

... ein Licht.

Travis blinzelte. Das Licht kam näher. Es war weich, blau und kühl.

Eine belegte Stimme fragte: »Ist er ...?«

»Ja«, erwiderte eine rauchigere Stimme, während sanfte Finger seinen Hals berührten. »Er lebt.«

»Er zittert«, sagte eine dritte Stimme. Sie war tief und melodisch.

Erst jetzt wurde sich Travis bewußt, daß ihm schrecklich kalt war. Ein Umhang wurde auf seinen Körper gelegt. Der Stoff schmerzte – er fühlte sich rauh und unbehaglich auf seiner empfindlichen nackten Haut an –, aber er zog ihn trotzdem enger um sich.

»Travis?«

Hände halfen ihm, sich aufzusetzen.

»Travis, kannst du mich hören?«

Ein Gesicht nahm vor ihm Gestalt an, und er lächelte. »Grace.«

Sie lächelte ebenfalls, dann warf sie die Arme um ihn. »Ich glaubte schon, wir hätten dich verloren.«

»Vielleicht habt ihr das auch«, murmelte er, dann erwiderte er die Umarmung mit starken, neuen Armen.

Dann waren da Falken und Durge, die ihn auf die Füße stellten. Der Barde grinste. »Du hast ja eine Rasur dringend nötig gehabt, Travis, aber das hier war übertrieben.«

Travis strich mit der Hand über seinen kahlen Kopf und den glatten Kiefer. Alles – Haar, Bart, Augenbrauen – war weg. Nur seine Brille und die Rune der Hoffnung sowie der Lederbeutel mit der halben Silbermünze hatten die Flammen irgendwie überstanden. Am ganzen Körper war seine Haut so rosig und frisch wie die eines Neugeborenen. Aber vielleicht war er ja auch in gewisser Weise wie ein Baby. Er machte einen Schritt, in der festen Überzeugung, noch nie zuvor auf diesen Beinen gegangen zu sein.

Er schaute nach unten und sah eine verkohlte, entfernt menschlich aussehende Leiche. Die verkrümmte Gestalt qualmte noch immer.

»Du hattest recht, Grace. Dakarreth hatte Angst davor, das zu werden, was er unbedingt werden wollte – er hatte Angst vor der Transformation. Am Ende wich er vor dem Feuer zurück.«

»Aber du nicht, Travis. Du hattest keine Angst.«

Und ob ich die hatte, Grace. Ich hatte solch schreckliche Angst. Ich habe einfach nur nicht losgelassen. Er lächelte bloß als Antwort.

Falken stützte Melia, die mit zögernden Schritten näher kam. Die Lady betrachtete die Überreste des Nekromanten. Ihr strömten Tränen die Wangen hinunter, aber sie sagte kein Wort.

»Was ist mit den *Krondrim?*« wollte Lirith wissen und rieb sich den Hals, während sie sich der Mauerbrüstung näherte.

Durge blickte in das Zwielicht. »Die Feuer brennen aus. Ich vermute, sie fielen mit ihrem Herrn.«

Falken nickte. »Ihr habt recht, Durge. Dakarreth hat die Flammenpest verursacht. Als er verging, vergingen auch die *Krondrim.*«

Travis seufzte. Eine Brise liebkoste sein Gesicht, und er wandte sich nach Osten. Am Horizont schimmerte ein warmes, goldenes Licht. Die Morgendämmerung. Die einzig echte Morgendämmerung.

Eine kleine Gestalt ging auf nackten Füßen an Grace vorbei und blieb vor ihm stehen. Der Wind wehte das ungebändigte Haar aus ihrem Gesicht. Er lächelte und schaute in Augen voller Gelassenheit; das eine war wunderschön, das andere verschwand teilweise hinter einem zur Hälfte geschmolzenen Lid.

Tira streckte die kleinen Hände aus. *»Krondisar«*, sagte sie.

Travis warf Grace einen überraschten Blick zu. Sie hatte die Augen weit aufgerissen. Er sah Melia und Falken an, aber sie konnten das Kind ebenfalls nur anstarren. Er kniete nieder und schaute erneut in Tiras heiteres Gesicht. Er streckte ihr die

Hand hin, und erst jetzt bemerkte er, daß er noch immer *Krondisar* hielt. Er öffnete die Hand, einen Finger nach dem anderen. Der Stein des Feuers glänzte matt auf seiner Handfläche. Er war nun völlig inaktiv.

Grace setzte sich in Bewegung. »Tira – nein!«

Das Mädchen lachte hell, dann nahm es den Stein in beide Hände.

Er verbrannte sie nicht. Statt dessen pulsierte *Krondisar* mit einem rubinroten Licht. Wie Travis bereits schon einmal zuvor gesehen hatte, tanzte eine schimmernde Aura Tiras Umrisse entlang, die so rot wie der Stein war. Nur daß er diesmal wußte, daß es alle sehen konnten.

Durge ergriff Graces Arm und hielt sie zurück. »Nein, Mylady. Ihr dürft sie nicht berühren.«

Grace nickte, und als Durge sie losließ, blieb sie stehen, aber sie sah Tira betroffen an.

Tira lächelte zu Travis hinauf, dann wandte sie sich Grace zu. *»Krondisar«*, sagte sie wieder. Mitten auf ihrer Brust pulsierte ein Licht unter ihrem Kleidchen, das mit dem Pulsieren des Steins übereinstimmte. Dann wuchs das Licht an, bis Tiras ganzer Körper leuchtete.

Lirith keuchte auf. »Was geschieht mit ihr?«

»Ich bin mir nicht sicher«, sagte Falken.

»Ich schon«, sagte Melia. Die Lady trat vor, wieder bei Kräften, jetzt, wo der Stein nicht mehr gegen sie eingesetzt wurde. Sie kniete vor dem Kind nieder. »Willkommen, Schwester.«

Tira berührte Melias Wange mit der kleinen Hand. Dann verließen die Füße des Mädchens den Steinboden, als sie in die Luft schwebte.

»Nein!« schrie Grace und griff in die Höhe.

Aber sie war viel zu langsam. Tiras kleiner Körper strahlte immer heller, bis das Mädchen nicht mehr zu erkennen war und ein greller Lichtfunke dort schwebte. Der Funke raste in den Himmel und wurde dabei immer schneller, bis er die anderen Sterne erreichte, die am vormorgendlichen Himmel schimmerten – und zwischen ihnen hängenblieb. Der neue Stern leuchtete im Osten mit einem sanften Licht, so klar wie ein Rubin.

»Sehet«, sagte Melia leise. »Eine Göttin ward geboren.«

40

Grace sah zu, wie der Horizont in Flammen stand, als ein neuer Morgen nach Eldh kam. Ein frischer Wind blies über den See und nahm den dunklen Qualm der Nacht mit sich.

»Wer war sie?« fragte Lirith und betrachtete den rubinroten Stern, der tief am Himmel stand.

Falken stellte sich neben die Hexe. »Ich weiß nicht, ob wir das jemals genau erfahren werden. Ich glaube, sie war wirklich ein ganz normales Mädchen, möglicherweise aus einem der Dörfer im westlichen Perridon, bis es sie irgendwie in das Tal des Tempels verschlug und sie Mindroth fand.«

»Nein«, widersprach Melia leise. »Es war Mindroth, der sie fand und der sie zum Tempel führte. Soviel konnte ich erkennen. Und er hat sie aus diesem Grund dort großgezogen, um sie zu einer Göttin zu machen, die *Krondisar* beschützt. Aber Dakarreth kam dazwischen, bevor ihre Verwandlung vollendet werden konnte.«

Falken legte ihr die Hand auf die Schulter. »Jetzt wurde sie vollendet, Melia.«

Die Lady stieß einen Seufzer aus, aber es lag keine Traurigkeit darin, sondern etwas Geheimnisvolles. Sie richtete den bernsteinfarbenen Blick in den Himmel. »Ich hoffe, wir werden bald mehr über Euch erfahren, kleine Schwester.«

Durge räusperte sich. »Jetzt, wo *Krondisar* wieder ein Stern ist, wird da die Flammenpest zurückkehren?«

Melia schüttelte den Kopf. »Nein, mein Bester. Die Seuche ist vorbei. Auf dieser Welt. Und auf der anderen.«

Sie sah Travis an, und er nickte nachdenklich.

Der Wind trocknete die Tränen auf Graces Wangen, aber er

konnte nicht den Schmerz in ihrem Herzen wegblasen. »Ich werde sie vermissen«, flüsterte sie.

Am Horizont verblaßte der rubinrote Stern des Ostens und verschwand im goldenen Licht des neugeborenen Tages. Aber er würde in der kommenden Nacht wieder dort zu sehen sein, und in der nächsten und auch der übernächsten. Und jedesmal, wenn Grace zu dem Stern hochsah, würde sie sich erinnern.

Lirith legte ihr von hinten die Arme um die Schultern, und Durge trat vor sie.

»Mylady, uns werdet Ihr für immer haben«, sagte der Embarraner mit seiner grollenden Stimme.

Trotz der Tränen mußte Grace lächeln. »Ja, das glaube ich auch.«

Sie lehnte sich gegen Lirith, dann ergriff sie Durges Hand und zog ihn näher heran. Aber als sie das tat, wich Lirith zurück und wandte ihnen den Rücken zu. Durge starrte die Hexe ernst an. Was stimmte hier nicht? War auf der Reise in die Ödnis etwas zwischen den beiden vorgefallen?

Eine helle, klare Stimme vertrieb den Gedanken aus Graces Bewußtsein.

»Wie ich sehe, gibt es Dakarreth nicht mehr.«

Die Gefährten drehten sich um und sahen eine schlanke Gestalt in Schwarz auf den Turm treten und näher kommen. Falken verbeugte sich tief, und Melia machte einen Knicks, dann erinnerten sich die anderen daran, in wessen Gesellschaft sie sich befanden, und folgten ihrem Beispiel.

»Erhebt Euch«, sagte Königin Inara. »Die Retter der Domäne müssen sich nicht vor mir verbeugen.«

Grace gehorchte, dann musterte sie die Königin von Perridon. Inara hatte den schwarzen Schleier entfernt, und jetzt rahmte ihr helles Haar das kindliche Gesicht ungehindert ein.

Inara registrierte Graces Blick mit einem Nicken. »Ja, ich

habe den Schleier abgenommen. Die Trauerzeit ist vorbei. Jetzt ist die Zeit gekommen, Perridon im Namen meines Sohnes zu heilen.«

Trotz der Weichheit ihrer Züge funkelte in ihren Augen eine scharfe Weisheit, die weit über ihr Alter hinausging. Grace wußte, daß die junge Frau vielen Intrigen und Gefahren gegenüberstehen würde, während sie dafür sorgte, daß der Anspruch ihres Sohnes auf den Thron von Perridon zementiert wurde. Aber ihr war klar, daß Inara es schaffen würde.

Die Königin betrachtete die zusammengeschrumpfte Leiche, die einst Dakarreths Feuer beinhaltet hatte. »Wie ich sehe, ist viel geschehen.« Sie schaute zu Falken und Melia hoch. »Vielleicht sogar mehr, als ich verstehen kann. Aber das muß bis später warten. Ihr müßt mich auf der Stelle begleiten.«

»Was ist denn, Euer Majestät?« fragte Travis.

Aber Grace wußte bereits, was Inara sagen würde, und seinem Gesichtausdruck nach zu urteilen, Travis auch.

»Wir haben Euren Gefährten Sir Beltan gefunden«, sagte die Königin. »Es ... geht ihm nicht gut. Die Lady Aryn ist bei ihm. Wenn Ihr mit ihm sprechen wollt, solltet Ihr Euch beeilen.«

Grace wußte genau, was sie damit sagen wollte. Beltan lag im Sterben. »Führt uns zu ihm, Euer Majestät.«

Minuten später betraten sie die warmen, dampfgefüllten Katakomben von Spardis' Bädern. Grace atmete die feuchte, beruhigende Luft ein. Dann teilte sich der Dampf, und einen Augenblick lang stockte ihr der Atem.

Beltan erschien beinahe friedlich, wie er dort auf der Marmorbank auf dem Rücken lag, das Gesicht zur Seite gedreht, die Augen geschlossen. Bis auf einen kurzen Rock um die Hüften war er nackt. Der eine Arm hing zum Boden herab, der andere lag auf seiner Brust. Es hatte fast den Anschein, als würde er schlafen. Aber der blutrote Strom, der aus seiner Seite über die Bank und auf den verzierten Boden floß, zerstörte die Illusion.

Melia keuchte auf, und Falken stützte sie, während sie näher herangingen.

Aryn kniete an der Seite des Ritters. Als sie sie hörte, schaute sie auf; ihr Gesicht war nicht allein von dem Wasserdampf feucht. »Ich habe es versucht, Grace. Ich habe es so sehr versucht. Aber ich kann es nicht. Ich kann seinen Lebensfaden nicht mit der Weltenkraft verbinden. Nicht wie ...«

Die Baronesse preßte die Lippen zusammen, aber Grace wußte, was die junge Frau hatte sagen wollen.

Nicht wie du es könntest, Grace.

Aryn lehnte sich an die Bank, beugte den Kopf über Beltan und schluchzte, ohne die Tränen verbergen zu wollen. Lirith warf Durge einen Blick zu, aber der Ritter starrte nur geradeaus. Die Hexe schüttelte den Kopf, dann ging sie zu Aryn hinüber, half der Baronesse auf die Füße und führte sie ein Stück abseits.

Grace wußte, daß Travis sie ansah, aber sie ignorierte ihn. Er wußte nicht – er *konnte* nicht wissen, was er da von ihr verlangte. Oder etwa doch? In diesem flüchtigen Augenblick, in dem sie mit Hilfe der Weltenkraft mit ihm hatte sprechen können, in dem sie ihm mitgeteilt hatte, was sie über Dakarreth herausgefunden hatte, war sein Ich bei ihr gewesen – genau wie der Schatten.

»Bitte, Grace«, sagte er nur. »Heile ihn.«

Aber ich kann nicht! wollte sie ihm entgegenschleudern. *Verstehst du denn nicht? Ich habe Garf getötet, und ich werde auch Beltan töten. Verdammt, ich kann es nicht tun!*

Statt dessen erwiderte sie seinen Blick und nickte. »Ich versuche es.«

Grace spürte die Blicke aller auf sich ruhen, als sie zur Bank ging, aber sie ließ sie in dem Dampf hinter sich zurück. Jetzt gab es nur noch sie und Beltan.

Schnell machte sie eine Bestandsaufnahme seines Zustandes. Er atmete, seine Atemwege waren frei. Aber der Puls schlug schnell und schwach. Tachykardie. Die alte Wunde in seiner Seite war wieder aufgerissen worden: ein fünfundzwanzig Zentimeter langer Riß, der das Bauchfell durchstoßen hatte. Sie konnte die Wunde schließen, aber er hatte einen Schock erlitten, und der Blutverlust war beträchtlich. Möglicherweise waren seine Organe schon dabei zu versagen. Sie mußte ihn an ein Beatmungsgerät schaffen, ihn stabilisieren, damit sie ihn operieren konnte und dann ...

Und dann was? Sie war hier nicht im Denver Memorial Hospital, und die nächste Intensivstation war genau eine Welt weit weg. Hier gab es keine Beatmungsgeräte und keine Lebenserhaltungssysteme.

Aber das stimmte so nicht, und das wußte sie auch.

Verbinde ihn mit deinem eigenen Lebensfaden, Grace. Mehr brauchst du nicht zu tun – das wird dir die nötige Zeit verschaffen, die du brauchst, um ihn an einen Ort zu schaffen, wo du den Schaden beheben kannst.

Aber sie konnte es nicht, und das wußte sie ebenfalls genau. Um sich mit der Weltenkraft zu verbinden, mußte sie durch den Schatten gehen. Und wenn sie das tat, würde sie sich ihm ausliefern.

»Ich kann nicht«, flüsterte sie.

Travis trat an ihre Seite. »Ich weiß, Grace.« Seine Stimme war leise, diese Worte waren nur für sie allein bestimmt. »Ich habe es gesehen, als du mit mir gesprochen hast. Ich habe den Schatten des Waisenhauses gesehen. Und es tut mir so leid. Es tut mir so leid, was sie dir dort angetan haben. Aber, Grace, verstehst du nicht? Wenn du das nicht tust, bedeutet das, daß sie gewonnen haben.«

Ihr Herz verwandelte sich in Staub. »Ich glaube, das haben sie schon vor langer Zeit, Travis.«

Er nahm ihre Hände. »Nein, das will ich nicht glauben, Grace. Nicht, wo ich weiß, wieviel Leben in dir steckt – nicht, wo ich es selbst gesehen habe. Du kannst sie immer noch schlagen.«

Grace wollte schreien oder schluchzen oder sich in seine Umarmung fallen lassen. Aber sie war nur dazu in der Lage, sich steifbeinig auf den harten Boden zu knien und ihn anzustarren.

Travis holte tief Luft. »Melia hat mir gesagt, daß man seine Macht nicht für alle Zeiten verbergen kann«, sagte er dann in einem Tonfall, der mitfühlend und unerbittlich zugleich war. »Sie hatte recht. Und das ist deine Macht, Grace – die Sache, vor der du dich nicht verstecken kannst. Sie ist wie der Stein. Um an ihm vorbeizukommen, mußte man zulassen, daß er einen verbrennt.«

Diese Worte gaben ihr das Gefühl, sich gleich übergeben zu müssen. »Aber wenn ich das tue, werde ich mich verlieren.«

Zu ihrem Entsetzen lächelte Travis. »Nein, Grace. Dann wirst du dich selbst finden.«

Grace schloß die Augen, und einen kurzen Augenblick lang kam ihr die Erinnerung an einen sonnendurchfluteten Garten.

Ich glaube nicht, daß ich es tun könnte, hatte sie gesagt.

Die alte Frau, deren Haut so dünn und zart wie Blütenblätter gewesen war, hatte gelächelt.

Aber sicher könntet Ihr, Kindchen. Ihr müßt Euch nur dazu entscheiden, Euch für einen anderen aufzugeben – alles von ganzem Herzen zu opfern.

Grace schlug die Augen auf. »Hilf mir.«

Travis grinste sie an.

Sie nahm seine Hand und legte sie auf Beltans Wunde, dann drückte sie ihre Hand darauf. Sie atmete tief ein, schloß die Augen und sah sie sofort: die schimmernden Fäden, die die ganze Existenz zusammenhielten. Schnell fand sie Beltans Lebensfaden. Er war matt und schrecklich dünn. Wieder erblickte sie den Schatten; er schien größer und näher zu sein, aber darüber durfte sie jetzt nicht nachdenken. Dazu war jetzt keine Zeit.

Sie fand Travis' Lebensfaden, der stark und hell leuchtete, und versuchte, ihn mit Beltans zu verbinden. Sie schlüpften ihr beide durch die glühenden Finger. Es würde nicht funktionieren – sie konnte sie nicht verbinden, nicht direkt. Zuerst mußte sie sie mit einem anderen Strang verbinden. Sie hatte den Gedanken noch nicht zu Ende geführt, als er auch schon vor ihr aufleuchtete: der grüngoldene Faden ihres eigenen Lebens. Sie zögerte, dann griff sie danach.

Der Schatten war da, schockierend in seiner Größe und Schnelligkeit. Verbrannte Türen flatterten wie Flügel, zersplitterte Fenster starrten wie blinde, anklagende Augen. Ihr Faden führte direkt in das Herz der Dunkelheit.

Diesmal wich Grace nicht davor zurück. Statt dessen folgte sie ihrem Lebensfaden in den Schatten. Erinnerungen flogen wie weiße Eulen durch die Finsternis und riefen nach ihr. Hände griffen nach ihr und drückten sie nieder. Etwas preßte sich auf ihr Gesicht, weich und widerwärtig zugleich, und raubte ihr den Atem. Sie erzitterte, als kalte Luft auf nackte Haut traf. Zuerst kam ein übelkeiterregendes Gewicht, dann ein greller und vernichtender Schmerz, der mit einem Stoß begann. Irgendwo öffnete sich eine Tür, und in diesem Moment erinnerte sich Grace. Erinnerte sich an alles.

Die Flut der Erinnerungen drohte sie zu ertränken. Sie würde sie nicht mehr verdrängen können, jetzt, da sie endlich zugelassen hatte, daß sie sich erinnerte, sie ihre eigenen Verletzungen nicht mehr ignorierte. Aber sie konnten noch etwas länger warten. Sie wandte dem Schatten den Rücken zu.

Der dunkle Fleck blieb hinter ihr zurück – er war nicht verschwunden, er würde nie ganz verschwinden, jetzt nicht mehr –, und sie trat ins Licht. Wieder sah sie Beltans Lebensfaden, der kaum noch vorhanden war. Sie fing ihn mit einer Hand auf, mit der anderen griff sie nach Travis' Lebensfaden. Sie brachte beide nahe an sich heran, und mit einem Lächeln ...

Es ist so einfach, Frau Doktor.

... verband sie beide Fäden mit ihrem eigenen.

Grace, Travis und Beltan rissen gleichzeitig die Augen auf.

Beltans Lungen füllten sich keuchend, und er wollte hochschießen. Travis fing seine Schultern ab und hielt ihn, während Grace ihn zurück nach unten drückte.

»Bin ich ... am Leben?« fragte der Ritter heiser.

Grace lächelte und nickte, während ihre Tränen auf seine Brust tropften. »Du dummer Kerl. Du hast versprochen, besser auf dich selbst aufzupassen. Du hast gesagt, es täte dir leid.«

Trotz des Schmerzes in seinen Augen grinste Beltan. »Nur, weil es mir leid tut, heißt das doch nicht, daß ich es nicht wieder tun werde.«

Melia kam heran. »Ist er geheilt?«

Grace seufzte, dann schüttelte sie den Kopf. »Ich habe uns etwas Zeit erkauft, Melia. Das ist alles. Wir müssen an einen Ort, an dem ich ihn operieren kann.«

Aber wo in einem mittelalterlichen Schloß war das möglich?

»Travis ...«

Beltans Blick verschleierte sich wieder. Travis beugte sich über ihn.

»Was ist, Beltan?«

Die Stimme des Ritters wurde schwächer. »Ich glaube nicht,

daß mir noch lange bleibt. Also will ich dir noch etwas sagen. Ich will dir sagen, daß es mir nicht im mindesten leid tut.«

Travis schüttelte den Kopf. »Ich verstehe nicht. Was tut dir nicht leid?«

»Das hier.«

Der Ritter hob den Kopf und drückte seine blutverschmierten Lippen auf Travis'. Dann fiel er auf die Bank zurück, und seine Augen schlossen sich. Travis sah mit weit aufgerissenen Augen auf; sein Mund war blutverschmiert.

Melia legte die Hand an den Hals. »Ist er ...?«

»Nein«, sagte Grace. »Er ist nicht tot. Aber er wird es bald sein, wenn ich nicht etwas unternehme. Aber ich habe hier nicht die richtigen Werkzeuge.« Sie schüttelte den Kopf. »Ich brauche jetzt Medizin, keine Magie.«

Travis betrachtete den bewußtlosen Ritter. »Ich verstehe jetzt, Grace. Warum er so aufgebracht war, als ich ihm nach unserem ersten Kampf mit Eriaun sagte, er solle mich in Ruhe lassen. Ich glühte am ganzen Körper – jede Berührung wäre gefährlich gewesen. Und das Tosen der Flammen. Ich konnte nicht verstehen, was er sagte ...«

Grace erinnerte sich an die Unterhaltung zwischen Beltan und Melia, die sie einst belauscht hatte. »Er liebt dich, Travis. Das wollte er dir sagen. Er liebt dich mehr als sein eigenes Leben.«

Travis sah Melia an, und die Lady nickte.

»Liebst du ihn auch, mein Bester?« fragte sie leise. »Kannst du ihn lieben?«

Travis sah wieder auf den Ritter hinunter. »Ich weiß es nicht. Ja, doch. Vielleicht – ich weiß es wirklich nicht. Aber ich muß es herausfinden. Grace, du mußt ihn retten.«

Sie seufzte. »Wenn ich ihn ins Denver Memorial schaffen könnte, dann wäre es möglich.«

Melia trat einen Schritt näher an sie heran. »Erinnert Euch. Es gibt eine Möglichkeit.«

Sowohl Grace als auch Travis starrten die majestätische kleine Frau an, dann trafen sich ihre Blicke.

Wenige Minuten später waren sie bereit. Grace stand zusammen mit Travis neben Falken. Sie hatten den Ritter in Falkens Umhang gewickelt, und jetzt trug Travis Beltans Kleidung, die Aryn am Bädereingang gefunden hatte.

»Ihr erinnert euch, was ihr zu tun habt?« fragte Falken ernst.

Grace sah Travis an, und er nickte.

»Wir stellen uns beide das Krankenhaus vor.«

Melia schlug die Hände zusammen. »Seid bloß vorsichtig.«

Grace nahm die halbe Silbermünze, die Bruder Cy ihr vor scheinbar einer Ewigkeit gegeben hatte. Travis hielt die andere Hälfte der Münze. Grace hoffte, daß die Münze sie tatsächlich ins Denver Memorial Hospital bringen würde. Sie war nicht davon überzeugt, daß ihnen viel Zeit bleiben würde, sobald sie auf der Erde waren, daß ihre Magie Beltan lange am Leben erhalten würde. Als sie sich für die Reise fertiggemacht hatten, hatte Travis ihr erzählt, daß die Runen auf der Erde zwar funktionierten, sie aber bei weitem nicht so mächtig waren wie auf Eldh. Würde für die Weltenkraft das gleiche zutreffen?

»Möge Sia über euch wachen«, sagte Lirith.

Die Hexe stand neben Aryn und hielt die Hand der jungen Frau.

»Wir werden euch vermissen«, sagte die Baronesse, und in ihrem Blick lag Bedauern.

Durge stand auf der anderen Seite. Er hatte die ganze Zeit während ihrer Vorbereitungen kein Wort gesagt, und jetzt sah Grace, warum das so war. Eine Träne rollte ihm die rauhe Wange herunter.

Sie streckte die Hand nach ihm aus. »Oh, Durge ...«

»Kommt zu uns zurück, Mylady«, sagte er mit bebender Stimme. »Sobald Ihr könnt.«

»Wir müssen los, Grace.«

Sie nickte und erwiderte Travis' Blick. »Laß es uns tun.«

»Weißt du«, sagte er nachdenklich, »der Drache hatte unrecht. Spardis war die eigentliche Flammenfestung. Aber wir sind hier nicht gestorben.«

Grace spürte den Schatten, der direkt hinter ihr lauerte und der sich nie wieder wegsperren lassen würde, und sie nahm Travis bei der Hand und fühlte seine neue, rosafarbene Haut.

»Nein, der Drache hatte recht«, murmelte sie. »Das sind wir.«

Darauf erwiderte Travis nichts. Statt dessen stellte er sich ihr genau gegenüber; Beltan lag zwischen ihnen auf der Bank. Jeder von ihnen legte dem Ritter eine Hand auf die Brust, mit der anderen brachten sie die beiden Münzhälften zusammen.

»Laß uns nach Hause zurückkehren, Grace.«

Und alle Schatten wurden verbannt, als sich die Welt mit silbernem Licht füllte.